40

改革开放
40年文学丛书

新生代小说

陈晓明 主编

上卷

作家出版社

出版说明

今年是改革开放40周年。40年来，当代中国发生了翻天覆地的变化，社会经济繁荣发展，人民生活幸福美好，当代文学硕果累累。为了庆祝这一盛大的节日，展示改革开放40年来的文学创作成就，进一步树立文化自信和文学自信，推动中国文学创作的大发展大繁荣，根据中宣部和中国作家协会的部署，我们特别策划了这套规模宏大的"改革开放40年文学丛书"。

文学是时代的一面镜子。40年来，中国当代文学在反映时代变化和人民精神面貌上做出了突出贡献，一大批反映改革开放伟大历程和人民精神风貌变化的作品涌现出来，真实地记录了改革开放40年来我们伟大祖国和人民所走过的不平凡的道路。因此，这套丛书的编辑出版一方面意在展示当代文学40年的光辉历史，同时也展现改革开放40年的伟大成就。

在体例上，丛书以文学思潮和重大题材为纲，选取了改革开放40年中出现的比较有典型性和影响力的文学思潮和重大题材，以此为中心，遴选最能代表该文学思潮的作家作品。需要说明的是，这些文学思潮是历时性地交叉出现的，有一个更迭演变的过程，彼此之间在文学理念上各不相同又有诸多联系。受此文学环境的影响，作家们的创作也多是穿插于这些文学思潮之间的，许多作家在不同的文学思潮中有多个优秀的作品出现。但出于丛书体量和编排体例的整体考虑，我们每位作家只选取了一部作品并放置于某一个文学思潮的类目之下，这绝不是说该作家只有这一种类型的文学创作，而是为了显示其对某一个文学思潮的突出贡献，展现其创作的独特性。

入选丛书的作品经过了论证委员会的认真评审，专家评审从文学性、时代性、影响力等多方面进行综合考察，选取了最具代表性的作品。在一定意义上，这些作品构成了一部特殊形态的当代文学史，代表了当代文学40年的伟大成就。

40年来，中国文学始终与人民同心，与时代同行，文学既植根于时代生活的沃土，又以自身的发展融入时代的洪流，推动历史的前进。我们期待，丛书的出版能够实现对于当代文学40年光辉历程的展示，能够实现对于改革开放40年伟大成就的留影。更期待当代文学能够继续为人民美好生活的需要提供更多更优秀的精神食粮，为中华民族伟大复兴中国梦的实现贡献力量。

由于丛书体量有限，遗珠之憾在所难免，恳请读者朋友理解并谅解，同时更盼批评指正。

作家出版社

2018年10月

目 录

青衣

毕飞宇

一

　　乔炳璋参加这次宴会完全是一笔糊涂账。宴会都进行到一半了，他才知道对面坐着的是烟厂的老板。乔炳璋是一个傲慢的人，而烟厂的老板更傲慢，所以他们的眼睛几乎没有好好对视过。后来有人问"乔团长"，这些年还上不上台了？炳璋摇了摇头，大伙儿才知道"乔团长"原来就是剧团里著名的老生乔炳璋，八十年代初期红过好一阵子的，半导体里头一天到晚都是他的唱腔。大伙儿就向他敬酒，开玩笑说，现在的演员脸蛋比名字出名，名字比嗓子出名，乔团长没赶上。乔团长很好听地笑了笑。这时候对面的胖大个子冲着乔炳璋说话了，说："你们剧团有个叫筱燕秋的吧？"又高又胖的烟厂老板担心乔炳璋不知道筱燕秋，补充说："一九七九年在《奔月》中演过嫦娥的。"乔炳璋放下酒杯，闭上眼睛，缓慢地抬起眼皮，说："有的。"老板不傲慢了，他把乔炳璋身边的客人哄到自己的座位上去，坐到乔炳璋的身边，右手搭到乔炳璋的肩膀上，说："都快二十年了，怎么没她的动静？"乔炳璋一脸的矜持，解释说："这些年戏剧不景气，筱燕秋女士主要从事教学工作。"烟厂老板一听这话直着腰杆子反问说："什么景气？你说说什么景气？

关键是钱。"老板向乔炳璋送出他的大下巴，莫名其妙地颁布了他的命令，说："让她唱。"乔炳璋的脸上带上了狐疑的颜色，试探性地说："听老板的意思，老板想为我们搭台？"老板的脸上重又傲慢了，他一傲慢脸上就挂上了伟人的神情。老板说："让她唱。"乔炳璋对小姐招招手，让她给自己换上白酒。炳璋捏着酒杯站起身，说："老板可是开玩笑？"老板不仅傲慢，还严肃，一严肃就像做报告。老板说："我们厂没别的，钱还有几个——你可不要以为我们光会赚钱，光会危害人民的身体健康，我们也要建设精神文明。干了。"老板没有起立，乔炳璋却弓着腰站起来了。他用酒杯的沿口往老板酒杯的腰部撞了一下，仰起了脖子。酒到杯干。乔炳璋激动了。人一激动就顾不上自己的低三下四。乔炳璋连声说："今天撞上菩萨了，撞上菩萨了。"

《奔月》是剧团身上的一块疤。其实《奔月》的剧本早在一九五八年就写成了，是上级领导作为一项政治任务交代给剧团的。他们打算在一年之后把《奔月》送到北京，献给共和国十周岁的生日。可是，公演之前一位将军看了内部演出，显得很不高兴。他说："江山如此多娇，我们的女青年为什么要往月球上跑？"这句话把剧团领导的眼睛都说绿了，浑身竖起了鸡皮疙瘩。《奔月》当即下马。

严格地说，后来的《奔月》是被筱燕秋唱红的，当然，《奔月》反过来又照亮了筱燕秋。戏运带动人运，人运带动戏运，戏台本来就是这么回事。不过这已经是一九七九年的事了。一九七九年的筱燕秋年方十九，正是剧团上下一致看好的新秀。十九岁的燕秋天生就是一个古典的怨妇，她的运眼、行腔、吐字、归音和甩动的水袖弥漫着一股先天的悲剧性，对着上下五千年怨天尤人，除了青山隐隐，就是此恨悠悠。说起来十五岁那年筱燕秋还在《红灯记》中客串过一次李铁梅的，她高举着红灯站立在李奶奶的身边，没有一点铮铮铁骨，没有一点"打不尽豺狼决不下战场"的霹雳杀气，反倒秋风秋雨愁煞人了。气得团长冲着导演大骂，谁把这个狐狸精弄来了！?

但到了一九七九年，《奔月》第二次上马了。试妆的时候筱燕秋的第一声导板就赢来了全场肃静。重新回到剧团的老团长远远地打量着筱燕秋，嘟哝说："这孩子，黄连投进了苦胆胎，命中就有两根青衣的水袖。"

老团长是坐过科班的旧艺人，他的话一言九鼎。十九岁的筱燕秋立马变成了A档嫦娥。B档不是别人，正是当红青衣李雪芬。李雪芬在几年前的《杜鹃山》中成功地扮演过女英雄柯湘，称得上红极一时。但是，在A档和B档这个问题上，李雪芬表现出了一位成功演员的得体与大度。李雪芬在大会上说："为了剧团的明天，我愿意做好传帮带，我愿意把我的舞台经验无私地传授给筱燕秋同志，做一个合格的接力棒。"筱燕秋眼泪汪汪地和同志们一起鼓了掌。《奔月》被筱燕秋唱红了。剧组在各地巡回演出，《奔月》成了全省戏剧舞台上最轰动的话题。所到之处，老戏迷抚今追昔，青年人则大谈古代的服装。全省的文艺舞台"和其他各条战线一样"，迎来了他们的"第二个春天"。《奔月》唱红了，和《奔月》一样蹿红的当然是当代嫦娥筱燕秋。军区著名的将军书法家一看完《奔月》就豪情迸发，他用苍松翠柏般的遒劲魏体改换了叶剑英元帅的伟大诗篇："攻城不怕坚，攻戏莫畏难，梨园有险阻，苦战能过关。"下面是一行行书落款："与燕秋小同志共勉"。将军书法家把筱燕秋叫到了家中，他在抚今追昔之后亲自将一条横幅送到了筱燕秋的手上。

谁能料得到"燕秋小同志"会自毁前程呢。事后有老艺人说，《奔月》这出戏其实不该上。一个人有一个人的命，一出戏有一出戏的命。《奔月》阴气过重，即使上，也得配一个铜锤花脸压一压，这样才守得住。后羿怎么说也应当是花脸戏，须生怎么行？就是到兄弟剧团去借也得借一个。否则剧组怎么会出那么大的乱子，否则筱燕秋怎么会做那样的事？

《奔月》剧组到坦克师慰问演出是一个冰天雪地的日子。这一天李雪芬要求登台。事实上，李雪芬的要求不过分。她毕竟是嫦娥的B档。相反，过分的倒是筱燕秋。《奔月》公演以来，筱燕秋就一直霸着毡毯，一场都没有让过。嫦娥的唱腔那么多，戏那么重，筱燕秋总是说自己"年轻""没问题""青衣又不是刀马旦""吃得消"。其实大伙儿早就看出来了，闷不吭声的筱燕秋心气实在是旺了，有吃独食的意思。这孩子的名利心开始膨胀了，想着法子横在李雪芬的面前。可是谁也没法说，领导一找她，她漂亮的小脸就成了猪肝。筱燕秋没心没肺，就有猪肝，她是做得出来的。领导们只能反过来给李雪芬做工作，让她"多指导指点年轻人""多扶持扶持年轻人"。可是李雪芬这一次的理由很充分。李雪芬说，她演《杜鹃山》的时候就经常下部队，今天下午还有很多战士冲着她喊"柯湘"呢，她在部队有观众基础，她不上台，"战士们不答应"。

李雪芬在这个晚上征服了坦克师的所有官兵，他们从嫦娥的身上看到了当年柯湘的影子，当年的柯湘头戴八角帽，一双草鞋，一把手枪，威风凛凛的。而今夜的柯湘却穿起了古装。李雪芬嗓音高亢，音质脆亮，激情奔放，这种高亢与奔放经过十多年的巩固与发展，业已构成了李雪芬独特的表演风格，即李派唱腔。基于此，李雪芬在舞台上曾经成功地塑造过一连串的巾帼豪杰，透过李雪芬的一招一式，观众们可以看到女战士慷慨赴死，女民兵英姿飒爽，女知青豪情冲天，女支书须眉不让。李雪芬在这个晚上重点展示了她的高亢嗓音，战士们有组织地给她鼓掌，掌声整齐而又有力，使人想起接受检阅的正步方阵。没有人注意到筱燕秋。其实戏演到一半，筱燕秋已经披着军大衣来到舞台了，一个人站立在大幕的内侧，冷冷地注视着舞台上的李雪芬。谁都没有注意到筱燕秋，谁都没有发现筱燕秋的脸色有多难看。厄运在这个时候其实已经降临了，它笼罩着筱燕秋，同时也笼罩着李雪芬。《奔月》演完了。五次谢幕之后，李雪芬来到了后台，脸上洋溢着一股难以掩抑的飞扬神采。李雪芬就是在这个时候和筱燕秋在后台相遇了，面对面，一个热气腾腾，一个寒风飕飕。李雪芬一看见筱燕秋的脸色便主动迎了上去，左手拉着筱燕秋的右手，右手拉着筱燕秋的左手，说："燕秋，都看了？"筱燕秋说："看了。"李雪芬说："还行吧？"筱燕秋却不开口。说话的工夫许多人已经走上来了，围在了她们的四周。李雪芬掀掉肩膀上的军大衣，说："燕秋，我正想和你商量呢，你看看这样，这样，这句唱腔我们这样处理是不是更深刻一些，哎，这样。"李雪芬这么说着，手指已经翘成了兰花状，一挑眉毛，兀自唱了起来。艺人们都是知道的，同行是冤家，即使是师傅传艺，"宁教一声腔，不教一个字，宁教一个字，不教一口气"。可是李雪芬不。她把李派唱腔的一字一气毫无保留地演示给了筱燕秋。筱燕秋不声不响，只是望着李雪芬。人们站立在李雪芬和筱燕秋的四周，默默地看着剧团里的两代青衣，一个德艺双馨，一个谦虚好学，许多人都看到了这个令人感慨的一幕，这个令人心宽的一幕。但是筱燕秋的眼神很快就出了问题，是那种极为不屑的样子。所有的人都看得出，燕秋这孩子的心气实在是太旺了，心里头不谦虚就算了，连目光都不会谦虚。李雪芬却浑然不觉，演示完了，李雪芬对着筱燕秋探讨性地说："你看，这样，这才是旧社会的劳动妇女。我们这样处理，是不是好多了？"筱燕秋一直瞅着李雪芬，脸上的表情有些说不上来路。"挺好，"筱燕秋打断了李雪芬，笑着说，"只不过你今天忘了两样行头。"李雪芬一听这话就把双手捂在了身上，又捂到头上去，慌忙说："我忘了什么了？"筱燕秋停了好大一会儿，说："一双草鞋。一把手枪。"大伙儿愣了一下，但随即就和李雪芬一起明白过来了。燕秋这孩子真是过分了，眼里不谦虚就不谦虚吧，怎么说嘴上也不该不谦虚的！筱燕秋微笑着望着李雪芬，看着热气腾腾的李雪芬一点一点地凉下去。李雪芬突然大声说："你呢？你演的嫦娥算什么？丧门星，狐狸精，整个一花痴！关在月亮里头卖不出去的货！"李雪芬的脚尖一踮一踮的，再一次热气腾腾了。这一回一点一点凉下去的却是筱燕秋。筱燕秋似乎被什么东西击中了，鼻孔里吹的是北风，眼睛里飘的却是雪花。这时候一位剧务端过来一杯开水，打算给李雪芬焐焐手。筱燕秋顺手接过剧务手上的搪瓷杯，"呼"地一下浇在了李雪芬的脸上。

后台立即变成了捅开的马蜂窝。筱燕秋愣在原处，看着无序的身影在自己的面前急速穿梭，耳朵里充斥着慌乱的脚步声。脚步声轰隆轰隆的，从后台移向了过道，从过道移向了远处，最后变成了远处汽车的马达声。眨眼的工夫后台就空荡荡的了，而过道更空荡，像通往月亮的路。筱燕秋站立在原处，愣了好大一会儿，沿着寂静的过道拐进了化妆间。筱燕秋站在镜子面前，吃惊地盯着镜子里的自己。直到这个时候筱燕秋才弄明白自己到底干了什么。她失神地望着自己的双手，一屁股坐在了化妆间的凳子上。

保温杯里的水到底有多烫，这个问题已经没有任何意义了。事情的"性质"永远决定着事态的严峻程度。一心扶持筱燕秋的老团长气得晃动了脑袋，他把中指与食指并在一处，对着筱燕秋的鼻尖晃了十来下。老团长说："你，你，你，你你你你你呀——啊！"老团长急得都不会说话了，就会背戏文，"丧尽天良本不该，名利熏心你毁就毁在妒良才！"

"不是这样的。"筱燕秋说。

"又是哪样？"

"不是这样的。"筱燕秋泪汪汪地说。

老团长一拍桌子，说："又是哪样?"

筱燕秋说："真的不是这样的。"

筱燕秋离开了舞台。嫦娥的A角调到戏校任教去了，而B角则躺在医院不出来。《奔月》第二次熄火。"初放蕊即遭霜雪摧，二度梅却被冰雹捶。"《奔月》没那个命。

二

谁能想到《奔月》会遇上菩萨呢。

启动资金终于到账了。这些日子炳璋一直心事重重。他在等。没有烟厂的启动资金，《奔月》只能是水中月。其实炳璋只等了十一天，可是炳璋就好像熬过了一个漫长的岁月。等钱的日子里炳璋发现，钱不只是数量，还是时光的长度。这年头钱这东西越来越古怪了。

但是，炳璋没有料到反对筱燕秋重新登台的力量如此巨大，预备会在筱燕秋能不能登台这个问题上僵持住了。炳璋把玩着手上的圆珠笔，一直在听。后来他把手上的圆珠笔丢到会议桌的桌面上，上身靠住了椅背。炳璋笑了笑，说："你们还是让步吧，人家可是点了筱燕秋的名的。这年头给钱让步，不丢脸。"会议室里一片沉默。人们不说话。不说话虽说还是反对，但通融的余地肯定就大了。幸亏李雪芬离开剧团开饭店去了，要不然，李派唱腔的高亢嗓音炳璋现在可是招架不住的。大伙儿继续沉默，不说是，也不说否。但无声有时就是默许。炳璋因势利导，很含糊地说："我看就这样了吧。"

然而，谁担纲B档，问题又来了。对一个演员来说，给当红演员做B档，本来就是一个寒碜人的角色，更何况又是筱燕秋的B档呢。还是老高出了一个好主意，B档让筱燕秋自己在学生里挑。筱燕秋嫉妒心再重，再名欲熏心、利欲熏心，总不能和自己的弟子争风。大家都说好。可是老高接下来的一句话让炳璋心里不踏实了。老高说："我看你们都白说，二十年过去了，筱燕秋也四十岁的人了，她的嗓子还能不能扛得住? 我看玄。"这句话让炳璋觉得自己真的疏忽了，怎么就没有想到这个？毕竟是二十年呢。二十年，什么样的好钢不给你锈成渣？炳璋偷偷地叹了一口气。会议开来开去，在筱燕秋一个人的身上就纠缠了将近两个小时。这哪里是筹备？简直是回顾历史。没钱的时候想钱，钱来了却不知道怎么花。钱这东西不只是时光的长度，还有历史的脸色。钱这东西现在实在是太古怪了。

炳璋想听筱燕秋溜溜嗓子，这是必须的。要不然，烟厂的钱再多，还不如拿来卷鞭炮去放响呢。筱燕秋依照约定的时间来到会议室，刚一落座，炳璋发现自己又冒失了。很空的会议室里头只有他们两个，炳璋坐在这头，筱燕秋坐在那头，中间隔了一张长长的椭圆桌，有些公事公办的意味。筱燕秋胖了，人却冷得很，像一台空调，凉飕飕地只会放冷气。炳璋打算先和筱燕秋谈一谈《奔月》的，可《奔月》是筱燕秋永远的痛，炳璋越发不知道从哪儿开口了。

炳璋有几分惧怕筱燕秋。要是细说起来，炳璋比筱燕秋还长出一个辈分，不过筱燕秋的脾气戏校里头可是有名的。这个女人平时软绵绵的，一举一动都有些逆来顺受的意思，有点像水，但是，你要是一不小心冒犯了她，眨眼的工夫她就有可能结成冰，寒光闪闪的，用一种愚蠢而又突发性的行为冲着你玉碎。所以戏校食堂里的师傅们都说："吃油要吃色拉油，说话别找筱燕秋。"炳璋不知道怎么和筱燕秋挑开话题，就开始和筱燕秋绕。一会儿聊她的生活，一会儿聊她的教学、学生，还扯到了天气，有些前言不搭后语。东扯西拽了几分钟，筱燕秋闷头闷脑地说："你到底想和我说什么？"炳璋被堵住了，心里头一急，脱口说："你亮个相吧。"筱燕秋望着炳璋，把两只胳膊放到桌面上来，抱成了一个半圆，却又看不出任何风吹草动。筱燕秋毫无表情地望着炳璋，突然说："想听什么？是西皮《飞天》还是二黄《广寒宫》？"《飞天》和《广寒宫》是《奔月》里著名的唱腔选段，筱燕秋因为《奔月》倒了二十年的霉，这刻儿主动把话题扯到《奔月》上去，无疑就有了一种挑衅的意思，有了一种子弹上膛的意思。炳璋本能地直了直上身，等着筱燕秋的唇枪舌剑。不过炳璋手里有牌，倒也没有过分担心。炳璋说："那就来一段二黄。"筱燕秋站起身，离开座椅，拽了拽上衣的前下摆，又拽了拽上衣的后下摆，把目光放到窗户外面去，凝神片刻，开始运手，运眼，咿咿呀呀地居然进了戏。她的嗓音还是那样根深叶茂。炳璋还没有来得及诧异，一阵惊喜已经袭上了心头，一个贪婪而又充满悔恨的嫦娥已经站立在他的面前了。炳璋闭上眼睛，把右手插进裤子的口袋，跷起了四只手指头，慢慢地敲了起来，一个板，三个眼，再一个板，再三个眼。

筱燕秋一口气唱了十五分钟，炳璋睁开眼，眯起来，仔细详尽地打量起面前的这个女人。这段二黄慢板转原板转流水转高腔有极为复杂的表现难度，音域又那么宽，一个离开戏台二十年的演员能把它一口气完成下来，答案只有一个，她一直没有丢。炳璋歪在椅子里头，没有动。但是，他在暗中唏嘘感叹了一回。二十年，二十年哪。炳璋有些百感交集，对筱燕秋说："你怎么一直坚持下来了？"

"坚持什么？"筱燕秋说，"我还能坚持什么？"

炳璋说："二十年，不容易。"

"我没有坚持。"筱燕秋听懂炳璋的话了，仰起脸说，"我就是嫦娥。"

筱燕秋从炳璋的办公室里出来，人却恍惚了。这是十月里的一个日子，一个有风有阳光的日子。像春天。风和阳光都有些明媚，都有些荡漾，但是恍惚，像梦魇，萦绕在筱燕秋的周遭。筱燕秋踩着自己的身影，就这么在马路上游走。后来筱燕秋停下了脚步，迷迷糊糊朝四下打量。筱燕秋低下头，失神地看着自己的身影。现在正是午后，筱燕秋的影子很短，胖胖的，像一个侏儒。筱燕秋注视着自己的身影，夸张变形的身影臃肿得不成样子，仿佛泼在地上的一摊水。筱燕秋往前走了几大步，地上的身影像一个巨大的蛤蟆那样也往前爬了几大步。筱燕秋突然凝神了，确信了这样一个事实：地上的身影才是自己，而自己的身体只是影子的附带物。人就是这样，都是在某一个孤独的刹那突然发现并认清了自己的。筱燕秋的眼神再一次茫然了，伤心与绝望成了十月的风，从一个不确切的地方吹来，又飘到一个不确切的地方去了。

筱燕秋突然决定减肥，立即就减。

在命运出现转机的时候，女人们习惯于以减肥开启她们的崭新人生。筱燕秋叫了一辆红色夏利，直奔人民医院而去。人民医院是筱燕秋的伤心之地。这么多年了，即使在肾脏闹得最厉害的日子，筱燕秋也没有到这家医院就诊过一次。她的命运其实就是在人民医院彻底改变的，或者说，她的内心就是在人民医院彻底被击垮的。李雪芬住院的第二天，筱燕秋就被老团长逼到人民医院来了。李雪芬躺在医院里发过话了，只有筱燕秋自我批评的"态度"让她满意，她才可以考虑"是不是放她一马"。老团长一心想保筱燕秋，这一点全团上下都是知道的。老团长亲手给筱燕秋写了一份检查，让她到医院里念。事态是明摆着的，筱燕秋必须在李雪芬的面前走好这个场，剩下来的话才能往下说。筱燕秋看完检查书，合起来，急了。她一急就更加愚蠢。筱燕秋拼命地辩解说："我没有嫉妒她，我不是故意想毁了她。"老团长盯着筱燕秋，到了这样的光景这孩子的心气还这么旺，老团长的眼睛都气红了，就想抽她一耳光，怔了好半天又下不了手。老团长甩开了胳膊，大声说："大牢我待过七年，我可不想到那地方去看你！"筱燕秋望着老团长的背影，她从老团长的背影里头看清了自己潜在的厄运。

筱燕秋还是到人民医院去了。李雪芬躺在床上，脸上蒙着一块很长的白纱布。团里的领导都在，《奔月》的主创也在，高高矮矮站了一屋子。筱燕秋把两手叉在小肚子面前，走到李雪芬的床前，耷拉着两只眼皮。她看着自己的脚步，开始骂。她把自己的祖宗八代里里外外都骂了一遍，骂成了一摊屎。骂完了，病房里静悄悄的，没有一个人说话，只有李雪芬在纱布的后面干咳了一声。气氛顿时压抑了。没有人好说什么。李雪芬到现在都没有把筱燕秋告到公安局去，已经算对得起她了。筱燕秋承受不了这样的压抑，泪汪汪地四处找人。老团长站在门框的旁边，对她瞪起了眼睛。筱燕秋没有退路了，她慢腾腾地从口袋里掏出检查书，一层一层地打开来，开始念。筱燕秋像油印打字机那样，一个字一个字地往外蹦。念完了，所有的人都松了一口气。检查书的内容最终肯定了检查者的"态度"。李雪芬把脸上的纱布掀开来，她的脸上紫红了一大块，涂着一层油亮亮的膏。李雪芬接过检查书，拉起筱燕秋的手，笑着说："燕秋，你还年轻，心胸要宽，可不能再这样了。"筱燕秋看到了李雪芬的笑。还没看清，李雪芬却又把脸盖上了。筱燕秋感到李雪芬的笑容才是一杯水，并不烫，浇在了筱燕秋的心坎上。"吱"地一下，筱燕秋如焰的心气就彻底熄灭了。

筱燕秋走出病房的时候满天都是大太阳。她走到楼梯口，站在扶手旁边停下了脚步，转过头来。她看到了老团长如释重负的叹息。老团长对她点了点头。筱燕秋就那么望着老团长，突然也笑了一下，可是没能收住。她笑出了声来，一阵一阵的，两个肩头一耸一耸的，像戏台上须生或者花脸才有的狂笑。许多人都听到了筱燕秋出格的动静，她们从病房里探出脑袋，一起望着筱燕秋。筱燕秋就知道傻笑，膝盖一软，顺着楼梯的沿口一头栽了下去，从四楼一直滚到了三楼半。大伙儿跟下来，筱燕秋趴在水磨石地板上，听见老团长不停地对众人说："态度还是好的，态度还是深刻的。"

都二十年了。筱燕秋挂的是内分泌科，开过药，筱燕秋特地绕到了后院。二十年了，筱燕秋远远地看见了那座病房楼。一些人在那里进进出出。楼已经不是老样子了，墙面上贴上了马赛克，但是屋顶、窗户和过廊一如过去，这一来又似乎还是老样子。筱燕秋立在那里，发现生活并不像常人所说的那样，在伸向未来，而是直指过去。至少，在框架结构上是这样的。

筱燕秋比平时到家晚了近一个小时，女儿已经趴在餐桌上做作业了。筱燕秋打开门，丈夫正歪在沙发里头看电视，电视只有画面，没有声音。筱燕秋提着人民医院的药袋，懒懒地倚在了门框上，疲惫地看着自己的丈夫。丈夫从筱燕秋的神情里头感到了某些异样，连忙走上来。筱燕秋把药袋递到丈夫的手上，径自往卧室去，进了卧室就把卧室的门反关上了。丈夫把目光从筱燕秋的身上移到药袋里面，疑疑惑惑地掏出药盒子，反过来复过去地看。药盒子上全是外文，一副看不到底又望不到边的样子，这一来事态就进一步严峻了。丈夫从药盒子上预感到了大难，匆忙跟进卧室。刚一进门筱燕秋便扑在了他的身上，胳膊箍住他的脖子，用力往里收。她的腹部贴在他的腹部，一吸一吸的。他感到了她的努力。她用力忍着，一种强烈而又迅猛的伤恸。丈夫手里的药袋掉在了地上，大祸真的临头了。丈夫的身体向后退了一步，"咚"的一声，卧室的门重又关死了。丈夫就那么拥着自己的妻子，毁灭性的念头在脑袋里蹿来蹿去。筱燕秋终于开口了，她哭着说："面瓜，我又要上台了。"面瓜似乎没听清，拨过筱燕秋的脑袋，用那种侥幸的和将信将疑的目光再一次打量妻子。筱燕秋说："我又能上台了。"面瓜一把把筱燕秋推开了，惊魂未定，脱口说："至于嘛，你！弄成这样！"筱燕秋有些不好意思，瞥了一眼面瓜，笑了笑，却不停地掉泪，自语说："我就是难过。"面瓜拉开门，准备给妻子热晚饭，女儿却怯生生地堵在房门口。

面瓜逃出了假想中的劫难，骨头都轻了，故意拉下脸来，粗声恶气地说："做作业去！"

筱燕秋把面瓜拉住了，对女儿招了招手，示意女儿过来。她让女儿坐到自己的身边，端详起自己的女儿。女儿一点都不像自己，骨骼大得要命，方方正正的，全像她老子。但是筱燕秋今天晚上觉得自己的女儿特别耐看，细细地推敲起来还是像自己，只是放大了一号。面瓜又要上厨房，筱燕秋说："你不要做，我要减肥。"面瓜站在卧室的门口，不解地说："肥什么？我什么时候说你肥了。"筱燕秋把巴掌放到女儿的头顶上去，说："你不嫌我肥，观众可不承认嫦娥是个胖婆娘。"

幸运的夫妻最急着要做的事情就是命令孩子上床。等孩子入睡了，他们好回到自己的床上，开始他们的庆典。幸福的夜晚都是宁静似水的，但又是轰轰烈烈的。这个夜晚实在让面瓜喜出望外，他上上下下地忙，里里外外地忙，进进出出地忙，都不知道怎么好了。

面瓜是一个交通警察，从部队上下来的，五大三粗，就是不活络。说起婚姻，面瓜最大的愿望也就是娶上一位国营企业的正式女工。面瓜做梦也没有想到著名的美人嫦娥会成为自己的老婆。真的像一个梦。

面瓜的婚姻算得上一桩老式婚姻，没有一丝一毫的新鲜花样。先是由介绍人在公园的一棵柳树下面介绍他们认识了。接下来便是"谈"。"谈"了一些日子，匆匆便步入了洞房。

那时的筱燕秋绝对是一个冰美人。她在公园鹅卵石的路面上不像一个行人，而更像一个梦游者，一个失魂的走尸。不过女人的落魄不仅没有妨碍女人的美丽，反而让她们炫目起来了。对于年轻而又漂亮的女人来说，落魄会赋予她们额外的魅力，在体貌的姣好之外，附带上一种气息的美——那种让人怦然心动的、招人怜爱的异质。面瓜一见到筱燕秋两只手就凉了，心口也凉了。筱燕秋一身寒气，凛凛的，像一块冰，要不像一块玻璃。面瓜顿时就自惭形秽了。面瓜甚至在暗中抱怨起介绍人来了，再怎么说他面瓜也配不上这样亮晶晶的美人。面瓜小心翼翼地陪着筱燕秋沿着鹅卵石的路面往前走，筱燕秋不说话，面瓜就更不敢说了。最初的那些日子面瓜不是"谈"恋爱，简直是受罪。然而，这份罪受起来又有一份说不出来头的甜蜜。筱燕秋还是那么凛凛的，魂不守舍的，瞳孔里虚散着目光的。面瓜起初以为筱燕秋看不上他，可是又不像。只要面瓜约她，筱燕秋总是会病歪歪地准时到达的。面瓜一点都不知道筱燕秋现在的心思，筱燕秋中了邪了，她铁定了心思一心要把自己嫁出去，越快越好。但是筱燕秋却又不好好"谈"。她不说话，就知道和面瓜一起走。面瓜在筱燕秋的面前自卑得要了命，一点想象力都没有了。他反反复复地把筱燕秋约到公园的那条鹅卵石路上去——既然他们是在那儿认识的，他们的"恋爱"就只能和必须在那儿"谈"了。筱燕秋从来不问心思以外的事，她只是面瓜的影子。面瓜怎么走她怎么走，面瓜往哪儿去她往哪儿去。其实面瓜也不知道往哪儿走，但是第一次既然那么走了，第二次当然也那样走。依此类推。他们每一次都走相同的路，以同样的方向向同样的地方走去，在同一个地方拐弯，在同一个地方休息，走完了，在同一个地方分手。然后，面瓜说同样的话，约好下一次见面的时间。局面的改变起源于一次意外。那一天筱燕秋的鞋后跟意外地在鹅卵石的路面上崴了一下，呼噜一下倒在了地上。在此以前筱燕秋一直斜着头，看着天上的月亮。她的鞋跟一定踩到了鹅卵石路上的罅隙，脚踝迅速地朝外一撇，说倒就倒下去了。面瓜的脸色吓得比月光还要白。面瓜天生的慢性子，是那种火上了头顶也能够不紧不慢地迈动四方步的男人。面瓜乱了。面瓜在手忙脚乱的时候越发不知所措。他慌慌张张地把筱燕秋送进医院，慌慌张张地把筱燕秋送到了家中。筱燕秋的脚踝肿起来了，青紫了一大块，肘部也蹭掉了一块皮。

筱燕秋对自己的受伤一点都没有在意。受伤的似乎是别人，她只不过是一个旁观者，偶然看见的罢了。她那种事不关己的样子使你相信，即使有人把她的脑袋砍下来，放在了桌面上，她也能镇定自若地，不慌不忙地眨巴她的眼睛。

疼的是面瓜。面瓜在疼。面瓜望着筱燕秋的脚脖子，不敢看筱燕秋的眼睛。后来他到底偷看了一眼筱燕秋，目光立即又避开了。面瓜说："还疼吗？"面瓜的声音很小，但是筱燕秋听见了。筱燕秋不是一块玻璃，而是一块冰。只是一块冰。此时此刻，她可以在冰天雪地之中纹丝不动，然而，最承受不得的恰恰是温暖。即使是巴掌里的那么一丁点余温也足以使她全线崩溃、彻底消融。面瓜木头木脑的，痛心地说："我们还是别谈了吧，我把你摔成这种样子。"筱燕秋冷冷地望着面瓜，面瓜木头木脑的，扯不上边地胡乱自责。可胡乱的自责不是怜香惜玉又是什么？筱燕秋的心潮突然就是一阵起伏，汹涌起来了，所有的伤心一起汪了开来。坚硬的冰块一点一点地，却又是迅猛无比地崩溃了、融化了。收都来不及收，不能自已，不可挽回。她一把拉住面瓜的手，她想叫面瓜的名字，但是没有能够，筱燕秋已经失声痛哭了。她拼了命地哭，声音那么大，那么响，全然不顾了脸面。面瓜吓得想逃，没能逃掉。筱燕秋死死地拽住了面瓜，面瓜没有能够逃掉。

筱燕秋和面瓜都没有意识到这一次大哭对他们来说意味着什么。在某种时候，女人为谁而哭，她就为谁而生。

戏校的筱燕秋老师匆匆忙忙把自己嫁了出去。筱燕秋置身于大海，面瓜是她唯一的独木舟。在筱燕秋看来，这桩婚姻过了此村就再无此店了。面瓜是令人满意的，是那种典型的过日子的男人，顾家、安稳、体贴、耐苦，还有那么一点自私。筱燕秋还图什么？不就是一个过日子的男人吗？面瓜唯一的缺点就是床上贪了些，有点像贪食的孩子，不吃到弯不下腰是不肯离开餐桌的。不过这又算什么缺点呢？筱燕秋只是有点弄不明白，床上就那么一点事，每次也就是那么几个动作，又有什么意思？面瓜哪里来的那么大兴致，每一次都像吃苦，把自己累成那样。但是面瓜是疼老婆的，他在一次房事过后这样肉麻地对老婆说："只要没有女儿，你就是我的女儿。"面瓜的这句呆话让筱燕秋足足想了一个多星期。床上的事筱燕秋不太喜欢做，想起来有时候反而倒是蛮好的。

这个晚上是筱燕秋命令女儿上床的。面瓜从妻子垂挂着的睫毛上猜到了这个晚上精彩的压轴戏。结婚这么多年了，每一次做爱都是面瓜巴结着筱燕秋，都是面瓜死皮赖脸的，今天的光景还是头一次。筱燕秋在女儿的床边轻声喊了一声女儿，女儿那边没有了动静。面瓜站在客厅里头就高兴，又是转圈，又是搓手。后来筱燕秋回到了自己的卧室，默默地脱光了，钻进了被窝，再后来筱燕秋从被窝里伸出了一只胳膊，五根手指挂在那儿。筱燕秋对面瓜说："面瓜，来。"

这个晚上的筱燕秋近乎浪荡。她积极而又努力，甚至还有点奉承。她像盛夏狂风中的芭蕉，舒张开来了，铺展开来了，恣意地翻卷、颠簸。筱燕秋不停地说话，好些话说得都过分了，又不敢大声，一字一句都通了电。她急促地换气，紧贴着面瓜的耳边，痛苦地请求："要喊，面瓜。我想喊，面瓜。"筱燕秋像换了一个人，陌生了。这是好日子真正开始的征候。面瓜心花怒放，心旌摇荡，忘乎所以。面瓜疯了，而筱燕秋更疯。

三

炳璋算过一笔账，决定从启动资金里拿出一部分来请烟厂老板一次客。要想把这顿饭吃得像个样，费用虽说不会低，这笔费用也许还能从烟厂那边补回来的。现在，关键中的关键是必须让老板开心。他开心了，剧团才能开心。过去的工作重点是把领导哄高兴了，如今呢，光有这一条就不够了。作为一个剧团的当家人，一手挠领导的痒，一手挠老板的痒，这才称得上两手都要抓，把老板请来，再把头头脑脑的请来，顺便叫几个记者，事情就有个开头的样子了。人多了也好，热闹。只要有一盆好底料，七荤八素全可以往火锅里倒。革命不是请客吃饭，对的。炳璋不想革命，就想办事。办事还真的是请客吃饭。

烟厂的老板成了这次宴请的中心。这样的人天生就是中心。炳璋整个晚上都赔着笑，有几次实在是笑累了，炳璋特意到卫生间里头歇了一会儿。他用巴掌把自己的颧骨那么揉了又揉，免得太僵硬，弄得跟假笑似的。卖东西要打假，笑容和表情同样要打假。这可不是闹着玩的。

炳璋原以为启动资金到账之后他能够轻松一点的，相反，炳璋更紧张、更焦虑了。这么多年了，剧团没法上戏，一直干耗着，说过来居然也过来了。剧团不是美术家协会，不是作家协会，那些协会里的人老了，一个人待在家里，写几块招牌，画几根腊梅、几串葡萄，再不就到晚报上骂骂人，伸胳膊抬腿都有银子跟着来。一句话，那些人都是越来越值钱的。剧团不一样，再好的演员一个人待在家里也唱不来一台戏。当然了，为住房和职称找领导除外，在住房和职称面前，出色的演员一个人就能将生旦净末丑全部反串一遍。演戏这个行当说到底又与别的不同，不论是说唱念打还是吹拉弹奏，扛的是"艺术家"这块招牌，做的终究是体力活，吃的还是身体这碗饭，一到岁数身子骨就破了。他们的破身子骨全是沙漠，一盆水浇下去，不要说看不见水漂，就连"嗞"的一声都没有。他们挣不来一分钱，耗起银子来却是老将出马，一个顶俩。炳璋就愁钱。炳璋感到自己不只是一个剧团的团长，都快成商人了，就等着资本全部到位。炳璋想起了当年在学习班上听来的一句话，是一位领袖的著名格言：资本来到世上，从头到脚都滴着血和肮脏的东西。这话对。资本就是流淌的血，肮脏不肮脏事后再说。剧团等着这滴血，靠着这滴血，生产、生产、再生产、扩大再生产。急命呢。炳璋就等着《奔月》上马，越快越好。夜长了难免梦多。钱哪，钱哪。

宴会在老板和筱燕秋认识的那一刻达到高潮，这就是说，晚宴从头到尾都是高潮。宴会尚未开始，炳璋便把筱燕秋十分隆重地领了出来，十分隆重地叫到了老板的面前。这次见面对老板来说只是一次交际，也可以说，是一次娱乐活动，然而，它是筱燕秋一生中的一件大事。筱燕秋的后半生如何，完全取决于这次见面。筱燕秋得到宴会通知的时候不仅没有开心，相反，她的心中涌上了无边的惶恐，立即想起了前辈青衣、李雪芬的老师柳若冰。柳若冰是五十年代戏剧舞台上最著名的美人，"文革"开始之后第一个倒霉的名角。她去世之前的一段往事曾经在剧团里头广为流传，那是一九七一年的事了，一位已经做到副军长的戏迷终于打听到当年偶像的下落，副军长的警卫战士钻到了戏台的木地板下面，拖出了柳若冰。柳若冰丑得像一个妖怪，裤管上粘满了干结的大便和月经的紫斑。副军长远远地看看柳若冰，只看了一眼，副军长就爬上他的军用吉普车了。副军长上车之前留下了一句千古名言："不能为了图名气而弄脏了自己。"筱燕秋捏着炳璋的请柬，毫无道理地想起了柳若冰。她坐在美容院的大镜子面前，用她半个月的工资精心地装潢她自己。美容师的手指非常柔和，但她感到了疼。筱燕秋觉得自己不是在美容，而是在对着自己用刑。男人喜欢和男人斗，女人呢，一生要做的事情就是和自己做斗争。

老板在筱燕秋的面前没有傲慢，相反，还有些谦恭。他喊筱燕秋"老师"，用巴掌再三再四地请筱燕秋老师坐上座。老板并不把文化局的头头们放在眼里，但是，他尊重艺术，尊重艺术家。筱燕秋几乎是被劫持到上座上来的。她的左首是局长，右首是老板，对面又坐着自己的团长，都是决定自己命运的大人物，不可避免地有点局促。筱燕秋正减着肥，吃得少，看上去就有点像怯场了，一点都没有二十年前头牌青衣的举止与做派。好在老板并没有要她说什么。老板一个人说。他打着手势，沉着而又热烈地回顾过去。他说自己一直是筱燕秋老师的崇拜者，二十年前就是筱燕秋老师的追星族了。筱燕秋很礼貌地微笑着，不停地用小拇指捋耳后的头发，以示谦虚和不敢当。但是老板回忆起《奔月》巡回演出的许多场次来。老板说，那时候他还在乡下，年轻，无聊，没事干，一天到晚跟在《奔月》的剧组后面，在全省各地四处转悠。他还回忆起了一则花絮，筱燕秋那一回感冒了，演到第三场的时候居然在舞台上连着咳嗽了两声，——台下没有喝倒彩，而是响起了雷鸣般的掌声。老板说到这儿的时候酒席上安静了。老板侧过头，看着筱燕秋，总结："那里头就有我的掌声。"酒席上笑了，同时响起了掌声。老板拍了几下巴掌。这掌声是愉快的，鼓舞人心的，还是继往开来的、相见恨晚和同喜同乐的。大伙儿一起干了杯。

老板还在聊。语气是推心置腹的，谈家常的。他聊起了国际态势，WTO，科索沃，车臣，香港，澳门，改革与开放，前途还有坎坷；聊起了戏曲的市场化与产业化；聊起了戏曲与老百姓的喜闻乐见。他聊得很好。在座的人都在严肃地咀嚼，点头。就好像这些问题一直缠绕在他们的心坎上，是他们的衣食住行，油盐酱醋；就好像他们为这些问题曾经伤神再三，就是百思不得其解。现在好了，水落石出、大路通天了。答案终于有了，豁然开朗了，找到出路了。大伙儿又干了杯，为人类、国家以及戏剧的未来一起松了一口气。

炳璋一直望着老板。自从认识老板以来，他对老板一直都心存感激，但在骨子里头，炳璋瞧不起这个人。现在不同。炳璋对老板刮目相看了。老板不仅仅是一个成功的企业家，他还是一个成熟的思想家兼政治家。如果爆发战争，他也许就是一个出色的战略家和军事指挥家。一句话，他是伟人。炳璋有些激动，没头没脑地说："下次人代会改选市长，我投厂长一票！"老板没有接他的话茬儿，点烟，做了一个意义不明的手势，把话题重新转移到筱燕秋的身上来。

话题到了筱燕秋的身上老板更机敏了，更睿智也更有趣了。老板的年纪其实和筱燕秋差不多，然而，他更像一个长者。他的关心、崇敬、亲切都充满了长者的意味，然而又是充满活力的、男人式的、世俗化的、把自己放在民间与平民立场上的，因而也就更亲切、更平等了。这种平等使筱燕秋如沐春风，人也自信、舒展了。筱燕秋对自己开始有了几分把握，开始和老板说一些闲话。几句话下来老板的额头都亮了，眼睛也有了光芒。他看着筱燕秋，说话的语速明显有些快，一边说话一边接受别人的敬酒。从酒席开始到现在，他一杯又一杯，来者不拒，酒到杯干，差不多已经是一斤五粮液下了肚子。老板现在只和筱燕秋一个人说，旁若无人。酒到了这份儿上炳璋不可能没有一点担忧，许多成功的宴席就是坏在最后的两三杯上，就是坏在漂亮女人的一两句话上。炳璋开始担心，害怕老板过了量。成功体面的男人在女演员的面前被酒弄得不可收拾，这样的场面炳璋见得实在是太多了。炳璋就害怕老板冒出了什么唐突的话来，更害怕老板做出什么唐突的举动。他非常担心，许多伟人都是在事态的后期犯了错误，而这样的错误损害的恰恰正是伟人自己。炳璋害怕老板不能善终，开始看表。老板视而不见，却掏出香烟，递到了筱燕秋的面前。这个举动轻薄了。炳璋看在眼里，咽了一口，知道老板喝多了，有些把持不住。炳璋看着面前的酒杯，紧张地思忖着如何收好今晚这个场，如何让老板尽兴而归，同时又能让筱燕秋脱开这个身。许多人都看出了炳璋的心思，连筱燕秋都看出来了。筱燕秋对老板笑笑，说："我不能吸烟的。"老板点点头，自己燃上了，说："可惜了。你不肯给我到月亮上做广告。"大伙儿愣了一下，接下来就是一阵哄笑。这话其实并不好笑，但是，伟人的废话有时候就等于幽默。

哄笑之中老板却起身了，说："今天我很高兴。"这句话是带有总结性的。老板朝远处招招手，叫过司机，说："不早了，你送筱燕秋老师回家。"炳璋吃惊地看了一眼老板，炳璋担心他会在筱燕秋面前纠缠的，但是没有。老板举止恰当，言谈自如，一副与酒无关的样子，就好像一斤五粮液不是被他喝到肚子里去了，而是放在裤子的口袋里面。老板实在是酒席上的大师，酒量过人，见好就收。整个晚宴凤头、猪肚、豹尾，称得上一台好戏。倒是筱燕秋有些始料不及，没想到这么快就结束了。筱燕秋一时不知道说什么，慌忙说："我有自行车。"老板说："哪有大艺术家骑自行车的。"老板一边坚持着"请"的手势，一边关照司机回头来接他。筱燕秋瞥了老板一眼，只好跟着司机往门口去。她在走向门口的时候知道许多眼睛都在看她，便把所有的注意力全部集中到走路的姿势上，感觉有些别扭，甚至都不会走路了。好在没有人看出这一点。人们望着筱燕秋的背影，她的背影给人以身价百倍的印象。这个女人的人气说旺就旺了。

老板转过身来，和局长闲聊，请局长得空的时候到他们厂去转转。炳璋插进来，抢过话茬儿，说："老板好酒量，好酒量！"他一口气把这句话重复了四五遍。炳璋自己也弄不懂为什么逮着老板的酒量不要命地死奉承，听上去好像心里有什么疙瘩，受了什么惊吓似的。老板莞尔一笑，笑而不答，掐烟的工夫又一次把话题岔开了。

四

老话是对的，好运气想找你，就算你关上大门它也会侧着身子从门缝里钻进来。这年头好运气并不玄乎，说白了，就是钱。只有钱才能够侧着身子从门缝里钻来钻去的。烟厂的老板算什么？这年头大街上的老板比春天的燕子多，比秋天的蚂蚱多，比夏天的蚊子多，比冬天的雪花多。然而，烟厂的老板有钱，又不是他自己的，这就齐了。可是，剧团和戏校里的人们真正羡慕的倒不是筱燕秋，而是春来。春来这个小丫头这一回真的是撞上大运了。

春来十一岁走进戏校，从二年级到七年级一直跟在筱燕秋的身后，知道筱燕秋的人都知道，春来不仅仅是筱燕秋的学生，简直就是筱燕秋的宝贝女儿。春来最初学的并不是青衣，而是花旦，是筱燕秋厚着脸皮硬把她拽到自己的身边。青衣与花旦其实是两个完全不同的行当，只不过现在喜欢看戏的人少了，许多人都习惯于把戏台上的年轻女性统统称之为"花旦"。这种混淆局面的形成固然是后来的戏迷们功夫不到，但是，要是真的细究起来，这笔账还要记到著名大师梅兰芳的头上。梅老板博大精深，他在长期的舞台实践中把青衣与花旦的唱腔与表演程式杂糅在了一起，创建了一种有别于青衣同时又有别于花旦的新行当，也就是"花衫"。"花衫"行当的出现体现了梅老板的求新与创造的精神，也给后来的人们带来了不必要的麻烦，人们对青衣与花旦的区分也就再也不那么顶真，不那么严格了。比如说，当初所谓的"四大名旦"。这个统称其实就十分马虎，贴切的说法应当是"两大名旦，两大青衣"。好在所有的剧种都一起没落了，分不清青衣花旦也不算什么大事。可是，话还得反过来说，对于学戏和演戏的人来说，这可是一点含混不得的，青衣就是青衣，花旦就是花旦。它们的唱腔、道白、行头、台步、表演程式隔着九九艳阳天，真的是花开两朵，各表一枝的，永远弄不到一起去。

春来想学花旦有她的理由。就说道白，花旦的道白用的是脆亮的京腔，而青衣的韵白则拖声拖气的，在没有翻译、不打字幕的情况下，比看盗版碟片还要吃力，一句话，青衣的韵腔道白说的整个就不是人话。唱腔就更不一样了，花旦唱起来利索、爽朗，接近于捏着嗓子的流行歌曲，还歪着脑袋一蹦三跳，又活泼，又可爱，像一只叽叽喳喳的小麻雀。青衣则不同，就那么一个字，她也要咿咿呀呀的，一步三晃的，一手捂着小肚子，一手比画着，在那儿晃悠着，跷着个小指头，慢慢地哼，等你上完了厕所，把该尿的尿了，该拉的拉了，前前后后擦完了，一回头，那个字还没唱完呢。戏剧如此不景气，喜欢青衣的也就剩下那么几个离休老干部了。许多当红青衣都走下舞台了，不是穿上漆黑的皮夹克站在麦克风前面乱了头发狮吼，就是到电视连续剧里头演一回二奶，演一回小蜜。好歹也能到晚报的文化版上"文化"那么一下子。青衣说到底不能和花旦比，现在的晚会那么多，笑星歌星们再闹腾，民族文化总是要弘扬的，国粹总是要保留的，"爱江山更爱美人"之后，最次也得来个"打不尽豺狼决不下战场"。花旦的出路比青衣多少要好一些，要不然，人们也不会把剧团戏称为"蛋窝"的。

春来是在三年级的下学期改学的青衣。春来这孩子说话的嗓音和筱燕秋并不像。可是，一开腔，春来的唱腔简直就是另一个筱燕秋。戏校的老师们开玩笑说，春来的嗓子天生就是和筱燕秋唱对台戏的料。筱燕秋和春来商量，让她放弃花旦，改学青衣。春来不肯。商量来商量去，春来就是不肯。筱燕秋急了，筱燕秋的那句名言至今还是戏校里的一个笑话，一个笑柄。筱燕秋一急，拉下了脸来，对春来说："你要是不肯拜我为师，我就拜你，我拜你做我的学生，你答应不答应？"做老师的把话说到了这份儿上，春来还敢说什么？

戏校的人还记得春来刚到戏校时的模样，一口浓重的乡下口音，衣袖和裤腿都短得要命，袜子的上方还留了一截小腿肚。那时的春来一到冬天两只腮帮总是皲着的，裂了好几道红颜色的口子。没有人会相信春来能出落成今天的这副模样，什么叫女大十八变？春来就是一个最生动的例子，一个最具感召力的例子。谁能想到筱燕秋能有今天？谁能想到春来能赶上这趟车？

　　筱燕秋在戏校待了二十年，教了那么多学生，细细排下来，却没有一个能唱出来的。大红大紫就不说了，显一下山露一下水的都没有过。这样的局面给筱燕秋带来了十分强烈的失败感。筱燕秋对自己是彻底死了心了，然而，毕竟又没有死透。一个人可以有多种痛，最大的痛叫作不甘。筱燕秋不甘。三十岁生日那一天筱燕秋就知道自己死了，十年里头筱燕秋每天都站在镜子面前，亲眼看着自己一天一天老下去，亲眼看着著名的"嫦娥"一天一天死去。她无能为力。焦虑的过程加速了这种死亡。用手拽都拽不住，用指甲抠都抠不住。说到底时光对女人太残酷，对女人心太硬，手太狠。三十岁，我的亲爹，我的亲娘。三十岁生日那一天筱燕秋头一回喝了酒，不到二两。筱燕秋醉得不成样子。酒后的筱燕秋握着剪刀把厨房里的围裙剪成了两块。她把两块白布捏在手上，权当了水袖。筱燕秋挥舞着油迹斑斑的围裙，跌跌撞撞，油盐酱醋的罐子倒了一厨房，哐丁哐当的，碎了一厨房。她的手不知道被什么碎片刮破了，鲜红的血液流淌在水袖上，红白相间的围裙在半空中抛上去，又落下来，再抛上去，再落下来。面瓜冲进了厨房，抱住了筱燕秋，筱燕秋愣愣地盯着面瓜，喊面瓜"亲娘"。筱燕秋用纯正的韵腔对着面瓜念起了道白："亲——娘——啊——啊！"面瓜知道筱燕秋醉了。面瓜担心妻子的叫喊传播出去，他把带血的围裙堵在了筱燕秋的嘴边。筱燕秋的嘴巴给堵紧了，腹部却激荡了起来，一挺一挺的，嗓子里发出母兽的呼噜声。面瓜心疼万分，不住地喊燕秋的名字。筱燕秋侧过头，回望着面瓜，叫不出声。然而，她的腹部还在叫，面瓜看得见。她用她的腹部一遍又一遍地呼喊："亲、娘、啊、啊、啊、啊！"

　　"千生万旦，难求一净。"这是旧时的艺人留下来的古话了。其实这话不对。筱燕秋从一开始就不能同意这句话。生、旦、净、末、丑，唱花脸的固然难求一个，然而，没有一个行当的演员可以成千上万地一把抓。自古到今，唱青衣的成百上千，真正把青衣唱出意思来的，真正领悟了青衣的意蕴的，也就那么几个。唱青衣固然要有上好的嗓音、上好的身段，可是好嗓音算得了什么？好身段又算得了什么？出色的青衣最大的本钱是你是一个什么样的女人。哪怕你是一个七尺须眉，只要你投了青衣的胎，你的骨头就再也不能是泥捏的，只能是水做的，飘到任何一个码头你都是一朵雨做的云。戏台上的青衣不是一个又一个女性角色，甚至不是性别，而是一种抽象的意味，一种有意味的形式，一种立意，一种方法，一种生命里的上上根器。女人说到底不是长成的，不是岁月的结果，不是婚姻、生育、哺乳的生理阶段。女人就是女人。她学不来也赶不走。青衣是接近于虚无的女人。或者说，青衣是女人中的女人，是女人的极致境界。青衣还是女人的试金石，是女人，即使你站在戏台上，在唱，在运眼，在运手，所谓的"表演""做戏"也不过是日常生活里的基本动态，让你觉得生活就是如此这般的——话就是那样说的，路就是那样走的；不是女人，哪怕你坐在自家的沙发上、床头上，你都是一个拙巴的戏子，你都在"演"，演也演不像，越演越不像人。与此相应的是，花脸则是一个绝对的男人，或者说，是绝对男人的绝对侧面。男人就应当是简单的，所有的身心只是一张脸谱，简单到夸张的程度，简单到恒久与一成不变的程度。所以，戏的衰退首先是男人与女人的携手衰退。是种性的一天不如一天。

老天爷创造出一个花脸不容易，老天爷创造出一个青衣同样不容易。筱燕秋是其中的一个，其中的另一个则是春来。

春来的出现让筱燕秋看到了希望。春来是"嫦娥"能够活在这个世上最充分的理由。筱燕秋宛如一个绝望的寡妇，拉扯着唯一的孩子。只要有春来，筱燕秋的香火终究可以续上了，这是老天爷对筱燕秋的最后一点补贴，最后一点安慰。春来刚过了十七岁，严格地说，还是一个女孩子。但是春来从来就不是女孩子，她天生就是一个女人，一个风姿绰约的女人，一个风情万种的女人，一个风月无边的女人，一个她看你一眼就让你百结愁肠的女人。这不是早熟，只能说，它与生俱来。春来在十七岁的这个夏天就此步入了青衣的黄金年段，身段该有的都有，该没的都没。腰肢里头流宕着一股天成的婀娜态，风流态。春来的一双眼睛里头有一种独特而美妙的神采，她看所有的东西都不是看，而是盼顾，左盼盼，右顾顾，有股美目盼兮的意思，有股依依不舍的意思，还有股此怨不知所从何来的意思。春来运动的眼珠就像戏台上的运眼，她有一种将最戏剧化的程式还原到生活中来的禀赋，她同时还有一种将最日常化的动态提升到戏台上的异质。而春来的变声期也格外地顺利，居然没怎么在意说过去就过去了，许多演员过不了变声期这么一个鬼门关，昨晚上洗澡的时候还好好的，一觉睡来，好嗓子已经被鬼偷走了。

春来这孩子命好。所有的一切好像都是给预备好了的。虽说只是嫦娥的B档，但是谁也不能否认，二郎神的灵光已经照亮春来了。

五

一部戏总是从唱腔戏开始。说唱腔俗称说戏，你先得把预设中一部戏打烂了，变成无数的局部、细节，把一部戏中戏剧人物的一恨、一怒、一喜、一悲、一伤、一哀、一枯、一荣，变成一字、一音、一腔、一调、一掣、一笑、一个回眸、一个亮相、一个水袖，一句话，变成一个又一个说、唱、念、打，然后，再把它组装起来，磨合起来，还原成一段念白，一段唱腔。说戏过后，排练阶段才算真正开始。首先是连排。一个人成不了一台戏，"戏"首先是人与人的关系。那么多的演员挤在一个戏台上，演员与演员之间就必须沟通、配合、交流、照应，这样的完善过程也就是连排。连排完了还不行。演员的唱腔、造型还得与乐队、锣鼓家伙形成默契，没有吹、拉、弹、奏、打，那还叫什么戏？把吹、拉、弹、奏、打一同糅合进去，这就是所谓的响排了。响排过了还得排，也就是彩排。彩排接近于实弹演习，是面对着虚拟中的观众进行的一次公演，该包头的得包头，该勾脸的得勾脸，一切都得按实在演出的模样细细地走场。彩排过去了，一出大戏的大幕才能拉得开。

几乎所有的人都注意到了，从说了唱腔的第一天开始，筱燕秋就流露出了过于刻苦、过于卖命的迹象。筱燕秋的戏虽说没有丢，但毕竟是四十岁的人了，毕竟是二十年不登台了，她的那种卖命就和年轻人的莽撞有所不同，仿佛东流的一江春水，在入海口的前沿拼命地迂回、盘旋，巨大的旋涡显示出无力回天的笨拙、凝重。那是一种吃力的挣扎、虚假的反溯，说到底那只是一种身不由己的下滑、流淌。时光的流逝真的像水往低处流，无论你怎样努力，它都会把覆水难收的残败局面呈现给你，让你竭尽全力地拽住牛的尾巴，再缓缓地被牛拖下水去。

截至说戏阶段，筱燕秋已经从自己的身上成功地减去了四点五公斤的体重。筱燕秋不是在"减"肥，说得准确一些，是抠。筱燕秋热切而又痛楚地用自己的指甲一点一点地把体重往外抠，往外挖。这是一场战争，一场掩蔽的、没有硝烟的、只有杀伤的战争。筱燕秋的身体现在就是筱燕秋的敌人，她以一种复仇的疯狂针对着自己的身体进行地毯式轰炸，一边轰炸一边监控，减肥的日子里头筱燕秋不仅仅是一架轰炸机，还是一个出色的狙击手。筱燕秋端着她的狙击步枪，全神贯注，密切注视着自己的身体。身体现在成了她的终极标靶，一有风吹草动筱燕秋就会毫不犹豫地扣动她的扳机。筱燕秋每天晚上都要站到磅秤上去，她对每一天的要求都是具体而又严格的：好好减肥，天天向下。筱燕秋一定要从自己的身上抠去十公斤——那是她二十年前的体重。筱燕秋坚信，只要减去十公斤，生活就会回到二十年前，她就会站在二十年前，二十年前的曙光一定会把她的身影重新投射在大地上，顾长、婀娜、娉婷世无双。

　　这是一场残酷的持久战。汤、糖、躺、烫是体重的四大忌，也就是说，吃和睡是减肥的两大法门。筱燕秋首先控制的就是自己的睡。她把自己的睡眠时间固定在五个小时，五个小时之外，她不仅不允许自己躺，甚至不允许自己坐。接下来控制的就是自己的嘴了。筱燕秋不允许自己吃饭，不允许自己喝水，更不用说热水了。她每天只进一些瓜果、蔬菜。在瓜果与蔬菜之外，筱燕秋像贪婪的嫦娥那样，就知道大口大口地吞药。

　　减肥的前期是立竿见影的，她的体重如同股票遭遇熊市一样，一路狂跌。身上的肉少了，然而，皮肤却意外地多了出来。多余的皮肤挂在筱燕秋的身上，宛如捡来的钱包，浑身上下找不到一个存放的地方。多出来的皮肤使筱燕秋对自己产生了这样一种错觉：整个人都是形式大于内容的。这是一个古怪的印象，一个恶劣的印象，这还是一个滑稽的和歹毒的印象。最要命的还在脸上，多出来的皮肤使筱燕秋的脸庞活脱脱变成了一张寡妇脸。筱燕秋望着镜子里的自己，寡妇一样沮丧，寡妇一样绝望。

　　真正的绝望还在后头。减肥见了成效之后筱燕秋整日便有些恍惚，这是营养不良的具体反应。精力越来越不济了。头晕、乏力、心慌、恶心，总是犯困，贪睡，而说话的气息也越来越细。说戏阶段过去了，《奔月》就此进入了艰苦的排练阶段，体力消耗逐渐加大，筱燕秋的声音就不那么有根，不那么稳，有点飘。气息跟不上，筱燕秋只好在嗓子里头发力，声带收紧了，唱腔就越来越不像筱燕秋的了。

筱燕秋再也没有料到自己会出那么大的丑，当着那么多人的面。她在给春来示范一段唱腔的时候居然"刺花儿"了。"刺花儿"俗称"唱破"了，是任何一个靠嗓子吃饭的人最丢脸的事。那声音不像是人的嗓子发出来的，像玻璃刮在了玻璃上，像发情期的公猪趴在了母猪的背脊上。其实"刺花儿"也不是什么大不了的事，每一个演员都会碰上的，然而，筱燕秋到底又不是别人，她不能忍受一起集中过来的目光。那些目光不是刀子，而是毒药，它不需要你流一滴血，不让你有半点疼痛，活生生地就要了你的命。筱燕秋决定挽回她的体面。她必须在众人的面前捞回这个脸面。筱燕秋强作镇定，示意再来。连续两次，嗓子就是不肯给筱燕秋下这个台。筱燕秋的嗓子痒得要了命，宛如爬上了一万只小虫子，想咳。筱燕秋用力忍住，咬着牙，把满嘴的咳嗽堵在嗓眼里头。坐在一边的炳璋端来了一杯水，递到筱燕秋的面前，故意轻松地对大伙儿说："歇会儿，歇会儿了，哈。"筱燕秋没有接炳璋的杯子，接杯子这个动作筱燕秋无论如何是不肯做的。筱燕秋看着演后羿的男演员，说："我们再来一遍。"筱燕秋这一回没有"刺花儿"，她的高音部只爬到了一半，筱燕秋自己就停下来了。筱燕秋重重地吁出一口气，僵在那儿。没有一个人敢上来和筱燕秋搭腔，没有一个人敢看筱燕秋。筱燕秋强忍着，越忍越难忍。人在丢脸的时候不能急着挽回，有时候，你想挽回多少，反过来会再丢出去多少。她开始用目光去扫别人，他们像约好了的，都是一副过路人的样子，似乎什么都没发生过。众人的心照不宣有时候更像一次密谋，其残忍的程度不亚于千夫所指。筱燕秋想再来一遍，到底没有勇气了。炳璋端着茶杯，大声对众人宣布："筱燕秋老师感冒了，就到这儿，今天就到这儿了，哈。"筱燕秋泪汪汪地盯着炳璋，知道他的好意。可是筱燕秋就想扑上去，揪着炳璋的领口给他两个耳光。

排练厅立即走空了，只留下了筱燕秋与春来。春来同样不敢看她的老师，弓着腰，假装收拾东西。筱燕秋长久地望着春来，她年轻的侧影是多么的美，颧骨和下巴那儿发出瓷器才有的光。筱燕秋失神了，反反复复在心里问：自己怎么就没她那个命？春来直起身来，发现老师的目光一直罩在自己的身上，唬了一大跳。筱燕秋突然说："春来，你过来。"春来停住了，愣在那儿没有动。筱燕秋说："春来，你把刚才我唱的那一段重来一遍。"春来咽了一口，她在这样的时候怎么敢做那样的事。春来说："老师。"筱燕秋没开口，却挪了一张椅子，坐了下来。春来的心里头慌乱了一回，不过看老师的架势，躲是躲不过去了，反倒镇定下来了，站好了，进了戏。筱燕秋坐在椅子上，用心地看着春来，听着春来，几分钟过后筱燕秋却走神了。她瞥了一眼墙上的大镜子，大镜子像戏台，十分残酷地把春来和自己一同端了出来。筱燕秋有意无意地拿自己和春来做起了比较。镜子里的筱燕秋在春来的映照之下显得那样地老，几乎有些丑了。当初的自己就是春来现在的这副样子，她现在到哪儿去了呢？人不能比人，这话真是残忍。人不能比别人，人同样不能和自己的过去攀比。什么叫青山遮不住，毕竟东流去？镜子会慢慢地告诉你。筱燕秋的自信心在往下滑，像水往低处流，挡都挡不住。她想起了当初复出时的那种喜悦，那样的喜悦说到底也不过是过眼的烟云，刹那之间就荡然无存了。筱燕秋动摇了，甚至产生了打退堂鼓的意思，却又舍弃不下。虽说春来的表演还有许多地方需要打磨，然而，从整体上说，这孩子超过自己也就是眼前的事了。春来如此年轻，未来的岁月实在是不可限量。筱燕秋突然就是一阵难受，内中一阵一阵地酸，一阵一阵地疼。筱燕秋知道自己嫉妒了。细细说起来，筱燕秋就因为嫉妒吃了二十年的苦头，可是，她实在没有嫉妒过李雪芬。从来没有，一天都没有。但是，面对自己的学生，筱燕秋遏制不住。筱燕秋知道自己在嫉妒，她第一次尝到了嫉妒的厉害。她看到了血在流。筱燕秋痛恨自己，她不能允许自己嫉妒。她决定惩罚。她用指甲拼命地掐自己的大腿。越用力越忍，越忍越用力。大腿上尖锐的疼痛让筱燕秋产生了一种古怪的轻松感。她站起身来，决定利用这个空隙帮春来排练，不允许自己有半点保留。筱燕秋站到春来的面前，面对面，手把手，从腰身到眼神，一点一点地解释，一点一点地纠正，她一定要把春来锻造成自己的二十年前。太阳落下去了，梧桐树的巨大阴影落在窗户的玻璃上，抚摸着玻璃，絮絮叨叨的，苦口婆心的。排练大厅里的光线越来越暗，越来越安静了。她们忘记了开灯，师徒两个在昏暗的光线下面反反复复地比画，一遍又一遍，每一个动作都细微到手指的最后一个关节。筱燕秋的脸离春来只有几寸那么远，春来的眼睛忽闪忽闪的，在昏暗的排练大厅里反而显得异样地亮，那样的迷人，那样的美。筱燕秋突然觉得对面站着的就是二十年前的自己，二十年前的筱燕秋就在自己的面前，亭亭玉立。筱燕秋迷惑了，像做梦，像水中观月。眼前的一切都像梦幻那样飘忽起来，充满了不确定性。筱燕秋停下来，侧着看，用那种不聚焦的、近乎烟雾的目光笼罩了春来。春来不知道自己的老师怎么了，也侧过了脑袋，端详着自己的老师。筱燕秋绕到了春来的身后，一手托住春来的肘部，另一只手捏住了春来跷着的小拇指的指尖。筱燕秋望着春来的左耳，下巴几乎贴住春来的腮帮。春来感到了老师的温湿的鼻息。筱燕秋松开手，十分突兀地把春来揽进了怀抱。她的胳膊是神经质的，搂得那样地紧，乳房顶着春来的后背，脸贴在了春来的后颈上。春来猛一惊，却不敢动，僵在了那里，连呼吸都止住了。但只是一会儿，春来的呼吸便澎湃了，大口大口地换气，她喘息一次两只乳房就要在筱燕秋的胳膊里软绵绵地撞击一回。筱燕秋的手指在春来的身上缓缓地抚摸，像一杯水泼在了玻璃台板上，开了岔，困厄地流淌。她的手指流淌到春来腰部的时候春来终于醒悟过来了，春来没敢叫喊，春来小声央求说："老师，别这样。"

筱燕秋突然醒来了。那真是一种大梦初醒的感觉。梦醒之后的筱燕秋无限地羞愧与凄惶，她弄不清自己刚才到底做了些什么。春来捡起包，冲出了排练大厅。筱燕秋被丢在排练大厅的正中央，耳朵里头充满了春来下楼的脚步声，急促得要命。筱燕秋想叫住春来，可她实在不知道还能对春来说什么。筱燕秋就觉得羞愧难当。天已经黑了，却又没有黑透，是梦的颜色。筱燕秋垂着手，呆呆地站住，不知身在何处。

下班的路上筱燕秋就觉得这一天太古怪了，大街是古怪的，路灯的颜色是古怪的，行人走路的样子也是古怪的。筱燕秋一直想哭，但是，实在又不知道要哭什么。不知道要哭什么就不那么容易哭得出来。这一来筱燕秋的胸口反而堵住了。胸口堵住了，肚子却出奇得饿，这阵饿是丧心病狂的，仿佛肚子里长了十五只手，七上八下地拽。筱燕秋走到路边的一家小饭店，决定停下脚步。她怀着一股难言的仇恨走进了小饭店，要过菜单，专门挑大油大腻的点。一上来筱燕秋就恶狠狠地吞下了三只大肉丸。筱燕秋又是嚼，又是咽，一直吃到喘息都困难的程度。

六

春来并没有在筱燕秋的面前流露什么，戏还是和过去一样地排。只是春来再也不肯看筱燕秋的眼睛了。筱燕秋说什么，她听什么，筱燕秋叫她怎么做，她就怎么做，就是不肯再看筱燕秋的眼睛。一次都不肯。筱燕秋与春来都是心照不宣的，不过，这不是母亲与女儿之间才有的心照不宣，是女人与女人之间的那种，致命的那种，难以启齿的那种。

筱燕秋再也没有料到会和春来这样别扭，一个大疙瘩就这样横在了她们的面前。这个疙瘩看不见，也就越发无从下手了。筱燕秋恢复了饮食，可还是累。筱燕秋说不出这种累掩藏在身体的哪个部位，它具有发散性，在身体的内部四处延展，都无所不在了。好几次她都想从剧组退出，就是下不了那个死决心。这样的心态二十年以前曾经有过一次的，她想到过死，后来竟一次又一次犹豫了。筱燕秋责怪自己当初的软弱。二十年前她说什么也应当死去的。一个人的黄金岁月被掐断了，其实比杀死她更让人寒心。力不从心地活着，处处欲罢不能，处处又无能为力，真的是欲哭无泪。

春来那里一点动静都没有。她永远都是那样气闲神定的，没有一点风吹，没有一点草动，远远地，和筱燕秋隔着一两丈的距离。筱燕秋现在怕这孩子，只是说不出。如果春来就这么和自己不冷不热地下去，筱燕秋的这辈子就算彻底了结了，一点讨价还价的余地都没有了。"嫦娥"要是不能在春来的身上复生，筱燕秋站二十年的讲台究竟是为了什么？

筱燕秋终于和老板睡过了。这一步跨出去了，筱燕秋的心思好歹也算了了。这是迟早的事，早一天晚一天罢了。筱燕秋并没有什么特别的感觉，这件事说不上好，也说不上不好，从古到今反正都是这样的。老板是谁？人家可是先有了权后有了钱的人，就算老板是一个令人恶心的男人，就算老板强迫了她，筱燕秋也不会怪老板什么的。更何况还不是。筱燕秋在这个问题上没有半点羞答答的，半推半就还不如一上来就爽快。戏要不就别演，演都演了，就应该让看戏的觉得值。

可是筱燕秋难受。这种难受筱燕秋实在是铭心刻骨。从吃晚饭的那一刻起，到筱燕秋重新穿上衣服，老板从头到尾都扮演着一个伟人，一个救世主。筱燕秋一脱衣服就感觉出来了，老板对她的身体没有一点兴趣。老板是什么？这年头漂亮新鲜的小姑娘就是货架上的日用百货，只要老板喜欢，下巴一指，售货员就会把什么样的现货拿到他们的面前。筱燕秋是自己脱光衣服的，刚一扒光，老板的眼神就不对劲了，它让筱燕秋明白了减肥后的身体是多么不堪入目。老板一点都没有掩饰。在那个刹那里头筱燕秋反而希望老板是一个贪婪的淫棍，一个好色的恶魔，她就是卖给老板一回她也卖了，然而，老板不那样。老板上了床就更是一个伟人了。他十分从容地躺在了席梦思上，用下巴示意筱燕秋骑上去。老板平躺在席梦思上，一动不动，筱燕秋骑上去之后就只剩下筱燕秋一个人忙活了。有一个阶段老板对筱燕秋的工作似乎比较满意，嘴里哼叽了几声，说，"哦，叶儿。哦，叶儿。"筱燕秋不知道老板到底在哼叽什么。几天之后，筱燕秋伺候老板之前老板先让她看了几部外国毛片，看完了毛片筱燕秋才算明白过来，大老板在学洋人叫床呢。老板在床上可是冲出了亚洲走向了世界，一下子就与世界接轨了。这固然不是做爱，可是，这甚至不是性交，筱燕秋只是莫名其妙地巴结着一个男人，伺候着一个男人。筱燕秋就觉得自己贱。她好几次都想停止下来，然而，性是一个歹毒的东西，不是你想停就停得下来的。这样的感觉筱燕秋在和面瓜做爱的时候反而没有过。筱燕秋一边动作一边骂着自己，她这个女人实在是下贱得到了家了。

筱燕秋从老板那儿回来的时候外面下了一点小雨，马路上水亮水亮的，满眼都是汽车尾灯的倒影与反光，猩红猩红，热烈得有些过分，有些无中生有，因而也就平添了许多颓伤的意思。筱燕秋望着路面上的斑驳反光，认定自己今晚是被人嫖。被嫖的却又不是身体。到底是什么被嫖了，筱燕秋实在又说不上来。她弓在巷子的拐角处，想呕吐出一些什么，终于又没有能够如愿，只是呕出了一些声音。那些声音既难听，又难闻。

女儿已经睡了。面瓜正看着电视，陷在沙发里头等着筱燕秋。筱燕秋进了门就没有看面瓜。她不肯和面瓜打照面，低着头径直往卫生间去。筱燕秋打算先洗个澡的，又有些过于多疑，担心这样匆忙地洗澡面瓜会怀疑什么，只好坐到便池上去了。坐了一会儿，没有拉出什么，也没有尿出什么。只是拽着内衣，正过来看了看，反过来又看了看。筱燕秋把自己的上上下下全都检查了一遍，没有发现任何点点斑斑，放下心来走出了卫生间。筱燕秋困得厉害，为了不让面瓜看出来，便故意弄出一副精神饱满的样子。面瓜还坐在那儿，弄不懂筱燕秋为什么这样开心，傻笑起来，说："喝酒啦？脸红红的。"筱燕秋的心口咯噔了一下，轻描淡写地说："哪里红。"面瓜认真起来，说："是红了。"筱燕秋不敢纠缠，立即把话岔开了，说："孩子呢？"面瓜说："早就睡了。"筱燕秋不情愿面瓜老是站在自己的面前，她实在不能承受面瓜的目光。筱燕秋说："你先上床去吧，我冲个澡。"她回避了"睡觉"这两个字，但"上床"的意思其实还是一样的。筱燕秋说这句话的时候迅速地瞥了一眼面瓜，面瓜却开心起来了，不住地搓手。筱燕秋的胸口平白无故地便是一阵痛。

筱燕秋把洗澡水的温度调得很烫，几乎达到了疼痛的程度。筱燕秋就希望自己疼。疼的感觉具体而又实在，甚至还有一点快慰，有一种自虐和自戕的味道。筱燕秋把自己冲了又冲，搓了又搓。她用指头抠向身体的深处，企图抠出一点什么，拽出一点什么。洗完了，筱燕秋坐在了客厅里的沙发上，皮肤上泛起了一层红，有些火烧火燎的。大约在深夜十一点，面瓜裹着毛巾被出来了。面瓜显然没睡，挂着一脸巴结的笑，面瓜说："魂不守舍的，捡到钱包了吧？"筱燕秋没有搭腔。面瓜文不对题地"嗨"了一声，说："今天是周末了。"筱燕秋凛了一下，紧张起来了，不动。面瓜挨着筱燕秋坐下来，嘴唇正对着筱燕秋的右耳垂。面瓜张开嘴巴，顺势把筱燕秋的耳垂衔了嘴里，手却向常去的地方去了。筱燕秋的反应是她自己都始料不及的，她一把就把面瓜推开了，她的力气用得那样猛，居然把面瓜从沙发上推下去了。筱燕秋尖声叫道："别碰我！"这一声尖叫划破了宁静的夜，突兀而又歇斯底里。面瓜怔在地上，起先只是尴尬，后来竟有些恼羞成怒了，夜深人静的，又不敢发作。筱燕秋的胸脯一鼓一鼓的，像涨满了风的帆。筱燕秋抬起头来，眼眶里突然沁出了两汪泪，她望着自己的丈夫，说："面瓜。"

今夜不能入眠。筱燕秋在漆黑的夜里瞪大了眼睛，黑夜里的眼睛最能看清的就是自己的今生今世。筱燕秋的一只眼睛看着自己的过去，一只眼睛看着自己的未来。可筱燕秋的两眼都一样的黑。筱燕秋好几次想伸出手去抚摸面瓜的后背，终于忍住了。她在等天亮。天亮了，昨天就过去了。

除了学戏，春来总是闷不吭声，静得像一杯水。空闲的时刻春来习惯于一个人坐在一边，又长又弯的眉毛挑在那儿，大而亮的眼睛这儿睃睃，那儿瞅瞅，一副妩媚而又自得的模样。春来的身上有一种寂静的美，恬然的美，一举一动都透出弱柳扶风的意味。但是，这样的女孩子说来动静就来了动静。春来无风就是三尺浪。她带来了消息，一个让筱燕秋五雷轰顶的消息。

临近响排的那一天炳璋突然把筱燕秋叫住了。炳璋的脸上很不好看，他闷着头，不声不响地只是把筱燕秋往自己的办公室里带。春来坐在炳璋的办公室里，安安静静地翻着当天的晚报。筱燕秋一看见春来就预感到有什么事发生了。

"她要走。"炳璋一进办公室就这样没头没脑地说。

"谁要走？"筱燕秋蒙在那儿。她看了一眼春来，不解地问："要到哪里去？"

春来站起身来，依旧不肯看自己的老师。她站在筱燕秋的面前，一言不发，只是望着自己的脚尖。春来的模样再一次使筱燕秋想起了自己的当初，她当初站在李雪芬的病床前面就是这副样子的。但是，自己的心气和春来的现在显然是不可同日而语的。春来磨蹭了半天，开口说话了。春来说："我想走。"春来说："我要到电视台去。"

筱燕秋听清楚了，就是不明白。春来的那两句话前言不搭后语的，筱燕秋弄不清里面的山高水深。筱燕秋说："你要到哪里去？"

春来直接把底牌亮出来了。春来说："我不想演戏了。"

筱燕秋听明白了，每一个字都听清楚了。筱燕秋静静地打量着她的学生，慢慢歪过了脑袋。筱燕秋轻声说："你不想做什么？"

春来又沉默了，接下来的话是炳璋帮她说的。炳璋说："电视台要一个主持人，她报名去了，一个月之前她就报名去了。都已经面试过了，人家要她。"筱燕秋想起来了，说戏的那些日子里头电视台的确是在晚报上面做过广告的，那有一个月了，这孩子不声不响居然把什么都准备好了。筱燕秋傻在了沙发旁边，身体晃了一下，就好像被谁拽了一把。筱燕秋顿时就乱了方寸。她伸出双手，打算搭到春来的肩膀上去的，刚一伸手，又收回了原处。筱燕秋喘息了，突然喊道："你知道你在说什么？"

春来看了看窗外，不说话。

"你休想！"筱燕秋大声说。

"我知道你在我的身上花费了心血，可我走到今天也不容易。你不要拦我。"

"你休想！"

"那我退学。"

筱燕秋抬起了双手，就是不知道要抓什么。她看了看炳璋，又看了看春来。双手抖动起来。她一把拽住了春来的衣襟，心碎了。筱燕秋低声说："你不能，你知道你是谁？"

春来耷拉着眼皮，说："知道。"

"你不知道！"筱燕秋心痛万分地说，"你不知道你是多好的青衣——你知道你是谁？"

春来歪了歪嘴角，好像是笑，但没出声。春来说："嫦娥的B档演员。"

筱燕秋脱口说："我去和他们商量，你演A档，我演B档，你留下来，好不好？"

春来掉过头去，说："我不抢老师的戏。"

春来还是那样生硬，然而，口气上毕竟有所松动了。筱燕秋抓住了春来的手，慌忙说："没的，你没有抢我的戏！你不知道你多出色，可我知道。出一个青衣多不容易，老天爷要报应的——你演A档，你答应我！"她把春来的手捂在自己的掌心里，急切地说，"你答应我。"

春来抬起了头来，望着她的老师。这么些日子春来还是第一次这样正眼看她的老师。筱燕秋仔细地研究着春来的目光，这是一种疑虑的目光，一种打算改弦更张的目光。筱燕秋全神贯注地看着春来，就好像春来的目光一移开立即就会飞走了似的。炳璋一直注视着春来，他从春来细微的变化当中看到了玄机。那绝对是七不离八的。炳璋有底了，知道和春来的谈话从哪儿入手了。炳璋对筱燕秋摆了摆手，示意她先出去。

筱燕秋不动，都有些神经质了，直到炳璋把手搭在了她的肩上她才还过了神来。筱燕秋一步一回头。炳璋悄声说："先回去，你先回去。"

筱燕秋回到了排练大厅，远远地打量着炳璋的那扇窗。那扇窗现在是她的命。排练结束了，人去楼空，空荡荡的排练大厅孤零零地吊着筱燕秋的身影。筱燕秋在焦急地等。夕阳残照，大厅里的粉尘悬浮在半空，橙黄橙黄的，弥漫着一股毫无由头的温馨，植物的叶片被残阳放大了，已经看不出植物叶片的轮廓。筱燕秋抱着胳膊，在大厅里来来回回。炳璋的窗户突然打来了，探出了炳璋的脑袋和一条手臂。筱燕秋看不见炳璋的表情，然而，她看到了炳璋挥舞胳膊。炳璋挥得很有力，最后还把指头握成了拳头。筱燕秋明白了。她扶着墙边的练功架，泪水涌了上来。她的身体沿着墙面慢慢滑落了下去。在她坐在地板上的时候，筱燕秋终于哭出了声来。她的一切差一点就付诸东流了，这真的是一场劫后余生。这是多么幸福的泪水？多么令人欣慰的泪水？筱燕秋扶着一把椅子，扶着椅子的靠背坐了上去。她在椅子上慢慢地哭，慢慢地体会这份幸福和欣慰。筱燕秋在抹眼泪的时候认认真真地责备了自己一回，剧组一成立她其实就应该和春来说明白的，春来要是有戏演，她断不至于去找别的出路的。自己都这个年纪了，一个青衣到了这个岁数，还争什么戏？还演什么A档。这样多好！反正春来都已经顶上来了，再怎么说，春来终究是另一个自己，是自己的另一种方式。只要春来唱红了，自己的命脉一样可以在春来的身上流传下来的。这么一想筱燕秋突然轻松了，心中的压力与阴影荡然无存。放弃，彻底放弃。筱燕秋深深地出了一口气，心情为之一振。

减肥真的像一场病。病去如抽丝，病来如山倒。开禁没几天，磅秤的红色指针呼啦一下就把筱燕秋的体重反弹上去了，还捞回了零点五公斤，都有点像有奖销售了。筱燕秋的心情爽朗了一些日子，但是，等体重真的回复到过去，筱燕秋便又后悔了。刚刚到手的机会说失去就这么失去了，这样的伤心实在是毁灭性的。筱燕秋望着磅秤上的红色指针，指针上去一点筱燕秋的心就沉下去一点。但是筱燕秋不允许自己伤心，不是不允许自己流露出伤心，而是不允许自己产生一点点难受的念头，产生多少就掐死多少。做出放弃的承诺之后，筱燕秋原以为自己从此就能够心静如水的。但是没有。相反，登台的念头甚至比以往更强烈了。

可是放弃A档毕竟是筱燕秋在炳璋的面前亲口承诺的，这个承诺是一把剑，筱燕秋亲眼看着自己被这把剑劈成两个，一个站在岸上，另一个则被摁在了水底。当水下的筱燕秋企图浮出水面的时候，岸上的筱燕秋毫不犹豫地就会用鞋底把她踩向水的深处。岸上的筱燕秋感到了水下的窒息，而水下的筱燕秋则亲眼看见了谋杀的冷酷。岸上和水下的两个女人一起红眼了，怒目相向。筱燕秋在水底与岸上两头挣扎，疲惫万分。她选择了拼命进食，宛如溺水的人拼命喝水。她的体重就此一路飙升。捞回来的体重不仅是对春来的一种交代，同样也是对自己最有效的阻拦。筱燕秋第一次发现自己这么能吃，实在是好胃口。

　　剧组的人从筱燕秋的身上看出了种种反常。这个沉默的女人在减肥初见成效的时刻说放弃就放弃了。没有人听到筱燕秋说起过什么，然而，人们看着筱燕秋的脸色重新红润起来了，而唱腔的气息也再一次落了地，生了根。有人猜测，那次"刺花儿"对筱燕秋的刺激一定太大了，要不然，像筱燕秋这样好强的女人不可能说放弃就放弃。真正反常的也许还不是筱燕秋放弃了减肥，几乎所有的人都注意到了，《奔月》刚进入响排，筱燕秋其实已经把自己撤下来了。实地排练的差不多全是春来，筱燕秋只是提着一张椅子，坐在春来的对面，这儿点拨一下，那儿纠正一下。筱燕秋显出一副愉快万分的模样，只是愉快得有些过了头，就好像太阳都已经放到她们家冰箱里了。这一来就免不了夸张和表演的意思。筱燕秋把所有的精力全都耗在了春来的身上，看上去再也不像一个演员在排练，更像一个导演，严格地说，像春来一个人的导演。人们不知道筱燕秋到底怎么了，没有人知道这个女人的脑子里栽的是什么果，开的是什么花。

　　一到家筱燕秋的疲惫就全上来。那种疲惫像秋雨之后马路两侧被点燃的落叶，弥散出呛人的浓烟，缭绕着，纠缠着，盘旋在筱燕秋的体内。筱燕秋甚至连眼睛都有些累了，只要一看住什么东西，一看就是好半天，眼珠子就再也懒得挪动一下了。好几次筱燕秋都直起了腰，大口大口地做深呼吸，想把虚拟的烟雾从自己的胸口呼出去，可是深呼吸总也是吸不到位，努力了几次，筱燕秋只好作罢。

　　筱燕秋的失神自然没有逃出面瓜的眼睛，她那种半死不活的模样不能不引起面瓜的高度关注。她在床上已经连续两次拒绝面瓜了，一次冷漠，另一次则神经质。她那种模样就好像面瓜不是想和她做爱，而是提了一把匕首，存心想刺刀见红。面瓜已经暗示了几次了，有些话说得都已经相当露骨了，她竟然什么都没有听得进去。这个女人的心一定开岔了，这个女人看来是不为所动了。

 七

炳璋在筱燕秋给春来示范亮相的时候找到了筱燕秋。春来在亮相这个问题上老是处理得不那么到位。亮相不仅是戏剧心理的一种总结，还是另一种戏剧心理无言的起始。亮相有它的逻辑性，有它的美。亮相最大的难点就是它的分寸，艺术说到底都是一种恰如其分的分寸。筱燕秋连续示范了好几遍。筱燕秋强打着精神，把说话的声音提到了近乎喧哗的程度。她要让所有的人都看出来，她热情洋溢，她还心平气和，她没有丝毫不甘，没有丝毫委屈，她的心情就像用熨斗熨过了一样平整。她不仅是最成功的演员，她还是这个世上最幸福的女人，最甜蜜的妻子。

炳璋这时候过来了。他没有进门，只在窗户的外面对着筱燕秋招了招手。炳璋这一次没有把筱燕秋叫到办公室里去，而是喊到了会议室。他们的第一次谈话就是在办公室里进行的。那一次谈得很好，炳璋希望这一次同样谈得很好。炳璋先是询问了排练的一些具体情况，和颜悦色的，慢条斯理的。炳璋要说的当然不是排练，可他还是习惯于先绕一个圈子。他这个团长不知道为什么，就是有点害怕面前的这个女人。

筱燕秋坐在炳璋的对面，专心致志。她那种出格的专心致志带上了某种神经质的意味，好像等待什么宣判似的。炳璋瞥了一眼筱燕秋，说话便越发小心翼翼了。

炳璋后来把话题终于扯到春来的身上来了，炳璋倒也是打开窗子说起了亮话。炳璋说，年轻人想走，主要还是担心上不了戏，看不到前途，其实也不是真的想走。筱燕秋突然堆上笑，十分突兀地大声说："我没有意见，真的，我绝对没有意见。"炳璋没有接筱燕秋的话茬儿，顺着自己的思路往下走。炳璋说："照理说我早就该找你交流交流的，市里头开了两个会，耽搁了。"炳璋自我解嘲似的笑了笑，说："你是知道的，没办法。"筱燕秋咽了一口，又抢话了，说："我没意见。"炳璋小心地看了一眼筱燕秋，说："我们还是很慎重的，专门开了两次行政会议，我想再和你商量商量，你看这样好不好——"筱燕秋突然站起来了，她站得如此之快，把她自己都吓了一跳。筱燕秋又笑，说："我没意见。"炳璋紧张地跟着站起了身，疑疑惑惑地说："他们已经和你商量了？"筱燕秋茫然地望着炳璋，不知道"他们"和她"商量了"什么了。炳璋把下嘴唇含在嘴里，不住地眨眼，有些欲言又止。炳璋最后还是鼓起了勇气，磕磕绊绊地说："我们专门开了两次行政会议，我们想呢，——他们还是觉得我来和你商量妥当一些，能够从你的戏量里头拿出一半，当然了，你不同意也是合情合理的，你演一半，春来演一半，你看看是不是——"

下面的话筱燕秋没有听清楚，但是前面的话她可是全听清楚了。筱燕秋突然醒悟过来了，这些日子她完全是自说自话了，完全是自作主张了！领导还没有找她谈话呢！一出戏是多大的事？演什么，谁来演，怎么可能由她说了算呢？最后一定要由组织来拍板的。她筱燕秋实在是拿自己太当人了。一人一半，这才是组织上的决定呢，组织上的决定历来就是各占百分之五十。筱燕秋喜出望外，喜出了一身冷汗，脱口说："我没意见，真的，我绝对没有意见。"

筱燕秋的爽快实在出乎炳璋的意料。他小心地研究着筱燕秋，不像是装出来的。炳璋悄悄地松了一口气。炳璋有些激动，想夸筱燕秋，一时居然没有找到合适的词句。炳璋后来自己也奇怪，怎么说出那样一句话来了，几十年都没人说了。炳璋说："你的觉悟真是提高了。"筱燕秋在返回排练大厅的路上几乎喜极而泣，她想起了春来闹着要走的那个下午，想起了自己为了挽留春来所说的话。筱燕秋突然停下了脚步，回头看会议室的大门。筱燕秋当着炳璋的面说过的，春来演A档，可炳璋并没有拿她的话当回事。显然，炳璋一定只当是筱燕秋放了个屁。筱燕秋对自己说，炳璋是对的，她这个女人所做的誓言顶多是一个屁。不会有人相信她这个女人的，她自己都不相信。

过道里旋起了一阵冬天的风，冬天的风卷起了一张小纸片。孤寂的小纸片是风的形式，当然也就是风的内容。没有什么东西像风这样形式与内容绝对同一的了。这才是风的风格。冬天的风从筱燕秋的眼角膜上一扫而过，给筱燕秋留下了一阵战栗。纸片像风中的青衣，飘忽，却又痴迷，它被风丢在了墙的拐角。又是一阵风飘来了，纸片一颠一颠的，既像躲避，又像渴求。小纸片是风的一声叹息。

天气说冷就冷了，而公演的日子说近也就近了。老板在这样的时刻表现了老板的威力，老板实在是一个操纵媒体的大师，最初的日子媒体上只是零零星星地做一些报道，随着公演一天一天地逼近，媒体逐渐升温了，大大小小的媒体一起喧闹了起来。热闹的舆论营造出这样一种态势，就好像一部《奔月》业已构成了公众的日常生活，成了整个社会倾心关注的焦点。媒体设置了这样一个怪圈：它告诉所有的人，"所有的人都在翘首以待"。舆论以倒计时这种最为撩拨人的方式提醒人们，万事俱备，只欠东风。

响排已经接近尾声。这个上午筱燕秋已经是第五次上卫生间了，一大早起床的时候筱燕秋就发现身上有些不大对路，恶心得要了命。筱燕秋并没有太往心里去。前些日子服用了太多的减肥药，感受好像也是这样的。第五次走进卫生间之后，筱燕秋的脑子里头一直挂牵着一件事，到底是什么事，一时又有点想不起来，反正有一件要紧的事情一直没有做。筱燕秋就觉得自己胀得厉害，不住地要小解。其实也尿不出什么。利用小解的机会筱燕秋又想了想，还是觉得有一件要紧的事情还没有做。就是想不起来。

洗手的时候一阵恶心重又犯上来了，顺带着还涌上来一些酸水。筱燕秋呕了几口，突然愣住了。她想起来了。筱燕秋终于想起来了。她知道这些日子到底是什么事还没做了。她惊出了一身汗，站在水池的面前，一五一十地往前推算。从炳璋第一次找她谈话算起，今天正好是第四十二天。四十二天里头她一直忙着排戏，居然把女人每个月最要紧的事情弄忘了。其实也不是忘了，破东西它根本就没有来！筱燕秋想起了四十二天之前她和面瓜的那个疯狂之夜。那个疯狂的夜晚她实在是太得意忘形了，居然疏忽了任何措施。她这三亩地怎么就那么经不起惹的呢？怎么随便插进一点什么它都能长出果子来的呢？她这样的女人的确不能太得意，只要一忘乎所以，该来的肯定不来，不该来的则一定会叫你现眼。筱燕秋下意识地捂住了自己的小肚子，先是一阵不好意思，接下来便是不能遏制的恼怒。公演就在眼前，她那天晚上怎么就不能把自己的大腿根夹紧呢？筱燕秋望着水池上方的小镜子，盯着镜子中的自己。她像一个最粗鲁的女人用一句最下作的话给自己做了最后总结："×你妈的，夹不住大腿根的贱货！"

肚子成了筱燕秋的当务之急。筱燕秋算了一下日子，这一算一口凉气一直逼到了她的小腿肚子。公演的日子就在眼前，要是在戏台上犯了恶心，呕吐起来，救火都来不及的。首选当然是手术。手术干净、彻底，一了百了。可手术到底是手术，皮肉之苦还在其次，恢复起来可实在是太慢了。上了台，你就等着"刺花儿"吧。筱燕秋五年之前坐过一次小月子，刮完了身子骨便软了，拖拉了二十多天。筱燕秋不能手术，只有吃药。药物流产不声不响的，歇几天或许就过去了。筱燕秋站在水池的前面，愣在那儿，突然走出了卫生间，直接往大门口的方向去。筱燕秋要抢时间，不是和别人抢，而是和自己抢，抢过来一天就是一天。

筱燕秋的手上捏了六粒白色的小药片。医生交代了，早晚各一粒，后天上午两粒，吃完了再去找他。小药片的名字起得实在是抒情，"含珠停"。就好像筱燕秋的肚子里头这刻儿含着的是一粒锃亮的珍珠，正在缓缓地生长，筱燕秋要做的事情是把它停下来。难怪现在写诗的少了，写戏的少了，他们都忙着给大大小小的药丸子起名字去了。筱燕秋望着手里的小药片，心中涌起了一阵酸楚。女人的一生总是由药物相陪伴，嫦娥开了这个头，她筱燕秋也只能步嫦娥的后尘。药物实在是一个古怪的东西，它们像生活当中特别诡异的阴谋。

筱燕秋的家离医院有一段路，筱燕秋还是决定步行回去。一路上她生着自己的气，更多的是生面瓜的气。到家的时候她已经不是在生面瓜的气了，而是对面瓜充满了仇恨。一进家门她就没有给面瓜好脸。筱燕秋没有吃，没有洗，倒下头便睡。

筱燕秋没有请假，说到底流产这样的事情也不是什么了不得的光荣，没必要弄得路人皆知。只不过筱燕秋有点扛不住"含珠亭"的药物反应。她恶心得厉害了，身子骨全轻了，像是从月亮上刚飞回来的。筱燕秋用力支撑着，总算把这一天的排练挺过来了。但是，她的仇恨却与日俱增。筱燕秋这一次总算把面瓜恨到骨子里头了。第二天的夜晚是昨天晚上的翻版，气氛却比昨天更为凌厉。筱燕秋走进家门的时候更加严峻地阴着一张脸，不吃，不喝，不洗，不说，一声不响地上床。家里异样了。冬天的风一起堵在了面瓜的门口，顺着门缝扁扁地劈了进来。面瓜静静地听了一会儿，不知所以，不知所措。

但是筱燕秋并没有睡。面瓜在夜深人静的时候听到了她的沉重叹息。她把气吸得那么深，而呼的时候却故意收住了，静悄悄的，好像故意不让人听见似的，这又瞒得住谁呢？面瓜也轻轻地叹了一口气。生活出了问题了，生活绝对出了问题了。面瓜看到了生活的尽头。

面瓜开始缅怀起过去。一个人学会了缅怀，必然意味着某一种东西走到了尽头。面瓜是在筱燕秋最落魄的时候鸠占了雀巢，两个人原本就不般配的。人家现在又能演戏了，又要做大明星了，做了嫦娥的人除了想往天上飞还往哪儿飞？她迟早总是要飞回到天上去的。这个家离鸡飞狗跳的日子绝对不远了。面瓜记起了筱燕秋这些日子里的诸种反常，面对着夜的颜色，兀自冷笑了一回。

一大早筱燕秋吃掉最后两粒药片，坐在家里静静地等。上午九点，筱燕秋带上擦换的纸巾往医院去。医生没有做别的，还是命令她吃药。这一回医生给她的是三颗六角形的白色片剂，筱燕秋一口吞进了肚子，转了一会儿，在一边的椅子上静静地坐等。腹部的阵痛在她坐下之后慢慢开始了，一阵紧似一阵。筱燕秋弓在那里，不声不响地喘息。后来医生过来了，厉声说："坐在这儿做什么？要等四个小时呢。出去跑，跳，坐在这儿做什么？"筱燕秋来到了楼下，肚子却疼得咬人了，有些支撑不住，就想找个地方好好躺下来。筱燕秋不敢回到楼上，实在又不愿意待在医院的门口，万一碰上熟人免不了丢人现眼。筱燕秋实在熬不过去，一赌气就回到了家中。家中没有人，整座楼上都没有人。筱燕秋站在客厅里头，突然想起了医生的话。她决定跳，决定在这个无人的时刻弄出一点动静来。筱燕秋脱了鞋，光着脚，"呼"地一下一蹦多高。光着的脚后跟落在了楼板上，楼板"咚"地一下，吓了筱燕秋一跳，听上去却鼓舞人心。筱燕秋倾听了片刻，再跳，楼板"咚"地又一下。楼板的轰隆声激励了筱燕秋，筱燕秋越跳越疼，越疼越跳，颠跳伴随着疼痛，疼痛伴随着颠跳。筱燕秋越跳越高，越跳越来神了。一阵空前的畅快与轻松突然间布满了筱燕秋全身，这真是一次意外的收获，意外的惊喜。筱燕秋扒掉了大衣，在自己的大衣上拼命地跳跃、拼命地扭动。她的头发散开来了，像一万只手，在半空中乱舞乱抓。筱燕秋就想叫，只想叫。不过不叫也没有关系，这样就足够了。筱燕秋都忘记了为什么而跳的了，她现在只是为跳而跳，为"咚咚"作响而跳，为地动山摇而跳。筱燕秋痛快淋漓了，升腾起来了，飞起来了。她竭尽了全力，直至耗尽了最后一丝体力。筱燕秋躺在地板上，眼窝里沁出了幸福的泪。

楼下小卖部的女人听到了楼上的反常动静。她抻出了脖子，自语说："楼上这是怎么啦？"她的丈夫正在数钱，没有抬头，"嗨"了一声，说："装修呢。"

中午时分那粒"珍珠"从筱燕秋的体内滑落了出来。血在流，疼痛却终止了。无痛一身轻，从疼痛中解脱出来的时刻多么令人陶醉！筱燕秋疲惫万分。她躺在床上，仔细详尽地体会着这份陶醉、这份轻松、这份疲惫。陶醉是一种境界。轻松是一种领悟。疲惫是一种美。

筱燕秋睡着了。

筱燕秋不知道这一觉睡了有多久，昏睡之中筱燕秋做了许多细碎的梦，连不成片段，像水面上的月光，波光粼粼的，密密匝匝的，闪闪烁烁的，一个都捡不起来。筱燕秋甚至知道自己在做梦，但是醒不来。

"咣当"一声，面瓜下班了。今天下午面瓜下班到家之后显得有点异样，手上没有了轻重，似乎什么都碍他的事。面瓜摔摔打打的，这儿"咚"地一下，那儿"轰"地一下。筱燕秋想支起身子和他说些什么，但是整个人都绵软了，只好罢了。筱燕秋翻了个身，接着睡。

筱燕秋看出了事态的严重性。事实上，当一个人看出了事态的严重性的时候，事态往往已经超出了当事人的认知程度。说起来还是女儿提醒了筱燕秋，那天女儿晚上故意绕到了卫生间里头，问筱燕秋说："爸爸最近怎么啦？"女儿的脸上是一无所知的样子，孩子的一无所知往往意味着知根知底。这句话把筱燕秋问醒了，她从女儿的目光当中看到了自己的恍惚，看到了家中潜在的危险性。第二天排练一结束筱燕秋就撑着身子拐到了菜场，买了一只老母鸡，顺便还捎了一些洋参片。天这么冷了，面瓜一天到晚站在风口，该给他补一补了。再说自己也该补一补了。等吃完了这顿饭，筱燕秋一定要和面瓜好好聊一聊的。

面瓜回家的时候脸上紫紫的，全是冬天的风。筱燕秋迎了上去。筱燕秋一点都不知道自己热情得有多过分，一点都不像居家过日子的模样。面瓜疑疑惑惑地看了筱燕秋一眼，挪开之后的目光愈加疑云密布了。女儿远远地看了看父母这边，趴在阳台上做作业去了。客厅里头只有筱燕秋和面瓜两个。筱燕秋回头瞄了一下阳台，舀了一碗鸡汤端到了餐桌上。筱燕秋像一个下等酒馆的女老板，热情地劝了，说："喝点吧，天冷了，补补，鸡汤，还加了洋参片。"

面瓜陷在沙发里头，没动，却点起了一根香烟，面瓜的胸脯笑了一下，脸上的笑容就不那么像笑，看上去有些古怪。面瓜把打火机丢在茶几上，自语说："补补。鸡汤。还加了洋参片。"面瓜抬起头，说，"补什么补？这么冷的天，让我夜里到大街上去转圆圈？"

这话伤人了。这话一出口面瓜也知道伤人了，听上去还特别的别扭，就好像夫妻两个在一起生活就为了床上那些事似的，这一来又戳到了筱燕秋的痛处。面瓜其实并没有细想，只是心情不好，脱口就出来了。面瓜想缓和一下，又笑，这一回笑得就更不像笑了，看上去一脸的毒。筱燕秋当头遭了一盆凉水，生活中最恶俗、最卑下的一面裸露出来了。筱燕秋重新把脸拉了下来，说："不喝拉倒。"

说完这话筱燕秋瞄了一眼阳台，目光正好和女儿撞上了。女儿立即把目光避开了。仰起头，做出一副认真思考的样子。

八

彩排极其成功。春来演了大半场，临近尾声的时候筱燕秋演了一小段，算是压轴。师生同台，真的成了一件盛事了。炳璋坐在台下的第二排，控制着自己，尽量平静地注视着戏台上的两代青衣。炳璋太兴奋了，差不多溢于言表了。炳璋跷着二郎腿，五根手指像五个下了山的猴子，开心得一点板眼都没有。几个月之前剧团是一副什么样子，现在说上戏就上戏了。炳璋为剧团高兴，为春来高兴，为筱燕秋高兴，然而，他还是为自己高兴。炳璋有理由相信自己成了最大赢家。

筱燕秋没有看春来的彩排，她一个人坐在化妆间里休息了。她的感觉实在不怎么好。后来筱燕秋上台了，筱燕秋一登台就演唱了《广寒宫》，这是嫦娥奔月之后幽闭于广寒宫中的一段唱腔，即整部《奔月》最大段、最华彩的一段唱，二黄慢板转原板转流水转高腔，历时十五分钟之久。嫦娥置身于仙境，长河既落，晓星将沉，嫦娥遥望着人间，寂寞在嫦娥的胸中无声地翻涌，碧海青天放大了她的寂寞，天恩浩荡，被放大的寂寞滚动起无从追悔的怨恨。悔恨与寂寞相互撕咬，相互激荡，像夜的宇宙，星光闪闪的，浩渺无边的，岁岁年年的。人是自己的敌人，人一心不想做人，人一心就想成仙。人是人的原因，人却不是人的结果。人啊，人哪，你在哪里？你在远方，你在地上，你在低头沉思之间。人总是吃错了药，吃错了药的一生经不起回头一看，低头一看。吃错药是嫦娥的命运，女人的命运，人的命运。人只能如此，命中八尺，你难求一丈。

这段二黄的后面有一段笛子舞，嫦娥手里拿着从人间带过去的一把竹笛，众仙女飘飘然，徐徐而上。嫦娥在众仙女的环抱之中做无助状，做苦痛状，做悔恨状，做无奈状，做盼顾状。嫦娥与众仙女亮相。整部《奔月》就是在这个亮相之中降下大幕的。

照炳璋原来的意思，彩排的戏量筱燕秋与春来一人一半的。筱燕秋没有同意。她对自己的身体没有把握。嫦娥在服药之后有一段快板唱腔，快板下面又是一段水袖舞，水袖舞张狂至极，幅度相当大。不论是快板还是水袖舞，都是力气活儿。放在过去筱燕秋自然是没有问题的，今天却不行。筱燕秋流产毕竟才第五天。虽说是药物流产，可到底失了那么多的血，身子还软，气息还虚，筱燕秋担心自己扛不下来，到底也不是正式演出。筱燕秋的决定的确是明智的，笛子舞过大，大幕刚刚落下，筱燕秋一下子就坍塌在地毯上了，把身边的"仙女们"吓了一大跳。好在筱燕秋并不慌张，她坐在毡毯上，笑着说："绊了一下，没事的。"筱燕秋没有谢幕，直接到卫生间去了。她感到了不好，下身热热的，热热的东西在往下淌。

筱燕秋从卫生间里出来，一拐弯就被众人围住了。炳璋站在最前面，冲着她无声地微笑，跷着他的大拇指。炳璋在赞美筱燕秋。炳璋的赞美是由衷的，他的眼里噙着泪水。筱燕秋的嫦娥实在是太出色了。炳璋把左手搭在筱燕秋的肩膀上，说："你真的是嫦娥。"

筱燕秋无力地笑着。她突然看见春来了，还有老板。春来依偎在老板身边，仰着脸，满面春风，一路走一路和老板说着什么。老板步履矫健，神采奕奕，像微服私访的伟人。老板亲切地微笑着，边微笑边点头。筱燕秋从他们的神态上敏锐地捕捉到了异样的征候，心口"咯噔"

了一下。筱燕秋笑了笑，迎了上去。

《奔月》公演的这天下起了大雪，一大早就是雪霁之后晴朗的冬日。晴朗的太阳把城市照得亮亮的，白白的，都有些刺眼了。大雪覆盖了城市，城市像一块巨大的蛋糕，铺满了厚厚的奶油，又柔和，又温馨，笼罩着一种特殊的调子，既像童话，又像生日。筱燕秋躺在床上，目光穿过了阳台，静静地看着玻璃外面的巨大蛋糕。筱燕秋没有起床，她就是弄不明白，下身的血怎么还滴滴答答的，一直都不干净。筱燕秋没有力气，她在静养。她要把所有的力气都省下来，留给戏台，留给戏台上的一举一动，一字一句。

临近傍晚时分，厚厚的蛋糕已经被糟蹋得不成样子了，有一种客人散尽、杯盘狼藉的意味。雪化了一部分，积余了一部分，化雪的地方裸露出了大地的乌黑、肮脏、丑陋，甚至狰狞。筱燕秋叫了一辆出租车，早早来到了剧院。化妆师和工作人员早到齐了。今天是一个不一般的日子，是筱燕秋这一生当中最为重要的日子。一下车筱燕秋就在台前与台后都走了一遍，看了一遍，和工作人员招呼了几回，然后，回到化妆间，查看过道具，静静地坐在了化妆台的前面。

筱燕秋望着镜子里的自己，慢慢地调息。她细细地端详着自己，突然觉得自己今天是一个古典的新娘。她要精心地梳妆，精心地打扮，好把自己闪闪亮亮地嫁出去。她不知道新郎是谁，尚未拉开的红色大幕是她头上的红头盖，把她盖住了。一阵慌张十分突兀地涌向了筱燕秋的心房，筱燕秋慌张得厉害。红头盖是一个双重的谜，别人既是你的谜，你同样又构成了别人的谜。你掩藏在红头盖的下面，你与这个世界彻底变成了互猜的关系，由不得你不紧张，不心跳，不神飞意乱。

筱燕秋深吸了一口气，定下心来。她披上了水衣，扎好，然后，筱燕秋伸出了手去。她取过了底彩。她把肉色的底彩挤在了左手的掌心上，均匀地抹在脸上，脖子上，手背上。抹匀了，筱燕秋开始搽凡士林。化妆师递上了面红，筱燕秋用中指一点一点地把自己的眼眶、鼻梁画红了，左右研究了一回，满意了，拍定妆粉。筱燕秋开始上胭脂了。胭脂搽在了面红抹过的部位，面红立即出彩了，鲜亮了起来，镜子里青衣的模样顿时就出来了一个大概。现在轮到眼睛了。筱燕秋用指尖顶住了眼角，把眼角吊向太阳穴的斜上方，画眼，画眉。画好了，筱燕秋松开手，眼角的皮肤一起松垮垮地掉了下来，而眼眶却画在了高处，这一来眼角那一把就有些古怪，妖里妖气的。

化完妆，筱燕秋便把自己交给了化妆师。化妆师湿好了勒头带，开始为筱燕秋吊眉，化妆师把筱燕秋的眼角重新顶上去，筱燕秋感到有点疼。化妆师用潮湿的勒头带把筱燕秋的脑袋裹了一圈又一圈，勒住了眼角的皮，紧绷绷的，吊上去的眼角这一回算是固定住了，筱燕秋的双眼呈倒"八"字状，看上去有点像传说中的狐狸，妖媚起来了，灵动起来了。吊好眉，化妆师为筱燕秋贴上大片，左腮一个，右腮一个，筱燕秋的脸型一下子变了，居然变成了一只剥了壳的鸡蛋。上好齐眉穗，盖好水纱，戴上头套、假发，一个活灵活现的青衣立时就出现在了镜框里。筱燕秋盯着自己，看，她漂亮得自己都认不出自己来了。那绝对是另一个世界里的另一个人。但是，筱燕秋坚信，那个女人才是筱燕秋，才是她自己。筱燕秋挺起了胸，侧过头，意外地发现化妆间里挤了好些人。他们一起愣在那儿，专心地看着她，用一种疑惑的眼光研究着她。筱燕秋看到了春来，春来就在身边。春来一直就站在筱燕秋的身边。春来呆在那儿，她不敢相信面前的女人就是与她朝夕相处的老师筱燕秋。筱燕秋简直就是变魔术，突然变出一个人来了。筱燕秋睃了春来一眼。她知道这个小女人此时此刻的心情，她看得出，这个小女人妒忌了。筱燕秋没有开口，她现在谁也不是。她现在只是自己，是另一个世界里的另一个女人。是嫦娥。

大幕拉开了。红头盖掀起来了。筱燕秋撂开了两片水袖。新娘把自己嫁出去了。没有新郎，这个世界就是新郎，所有的人都是新郎。所有的新郎一起盯住了唯一的新娘。筱燕秋站在入口处，锣鼓响了起来。

筱燕秋没有料到一出戏如此之短，筱燕秋只觉得刚开了一个头，刚刚离开了这个世界，说回来就又回来了。筱燕秋起初还担心自己的身体吃不消的，刚刚登台的时候是有那么一点紧张，很快她就完全放松下来了。她开始了抒发，开始了倾诉，她彻底忘记了自己，甚至，彻底忘记了嫦娥，她把满腔的块垒抽成了一根绵延的细长的丝，一点一点地吐了出来。缠绕了起来，挥洒了起来。她在世界的面前袒露出了她自己，满世界都在为她喝彩。她越来越投入，越来越痴迷，筱燕秋越陷越深。这是喜悦的两个小时，哭泣的两个小时，五味俱全的两个小时，缤纷飞扬的两个小时，酣畅的两个小时，凄艳的两个小时，恣意的两个小时，迷乱的两个小时，这还是类似于床第之欢的两个小时。筱燕秋的身体连同她的心窍，一起全都打开了，舒张了，延展了，润滑了，柔软了，自在了，饱满了，接近于透明，接近于自溢，处在了亢奋的临界点。筱燕秋就感到自己成了一颗熟透了的葡萄，就差轻轻的、尖锐的一击，然后，所有黏稠的汁液就会了却心愿般流淌出来。可是，戏完了，没戏了，结束了，"那个女人"说走就走，毫不留情地把筱燕秋留给了筱燕秋。筱燕秋置身于巨大的惯性之中，她停不下来，她的身体不肯停下来。筱燕秋欲罢不能，她还要唱，还要演。筱燕秋不知道自己是怎么谢幕的，可大幕黑了一张脸，拉下了。那感觉就如同高潮临近的时候男人突然收走了他的器具。筱燕秋伤心欲绝。筱燕秋就想对着台下喊："不要走，我求求你们，你们都回来，你们快回来！"

散场了，一切都结束了。筱燕秋不是不累，而是有劲无处使。她在焦虑之中蠢蠢欲动。她在百般失落之中走向了后台，炳璋站在那儿，似乎在等着她。炳璋张开了双臂，正在出口那边高兴地迎候着她。筱燕秋走到炳璋的面前，委屈得像个孩子。她扑在了炳璋的怀里。她把脸埋进炳璋的胸前，失声痛哭。炳璋拍着她，不停地拍着她。炳璋懂。炳璋一个劲地眨巴他的眼睛。没有人知道筱燕秋的心思，没有人知道筱燕秋此时此刻最想做的是什么。筱燕秋自己也说不上来。嫦娥飞走了，只把筱燕秋一个人留在这个世界上。筱燕秋就觉得自己想找一个男人，不要命地做一次爱。筱燕秋突然抬起了头来，脸上的油彩糊成了一片，三分像人，七分像鬼，炳璋吓了一跳。炳璋再也没有料到筱燕秋会说出这样的话来，炳璋听了筱燕秋的话才知道自己并不懂得这个女人。筱燕秋冷冷地望着炳璋，说："明天还是我。你答应我。明天我还是要上！"

筱燕秋一口气演了四场。她不让。不要说是自己的学生，就是她亲娘老子来了她也不会让。这不是 A 档 B 档的事。她是嫦娥，她才是嫦娥。筱燕秋完全没有在意剧团这几天气氛的变化，完全没有在意别人看她的目光，她管不了这些。只要化妆的时间一到，她就平平静静地坐在了化妆台的前面，把自己弄成别人。

天气晴好了四天，午后的天空又阴沉下来了。昨晚的天气预报说了，今天午后有大风雪的。下午风倒是起了，雪花却没有。午后的筱燕秋又乏了，浑身上下像是被捆住了，两条腿费劲得要命。下午刚过了三点，筱燕秋突然发起了高烧，而下身又见红了，量比以往似乎还多了些，都没完没了了。高烧来得快，上得更快。筱燕秋的后背上一阵一阵地发寒，大腿的前侧似乎也多出了一根筋，拽在那儿，吊在那儿，无缘无故地扯着疼。筱燕秋到底不踏实了，到医院挂了妇科门诊。筱燕秋计划好了的，开上药，吃了，好歹也不会耽搁晚上的演出。可这一回医生倒是没有忙着让她吃药，而是问了又问，开出一大串的检查单子，叫她查了又查。医生一脸的肃穆，既没有吓人的话，也没有宽慰人的话，一副死不了也不怎么好的样子。医生最后开口了。医生说："怎么拖到现在？内膜都感染成这样了，你看看血项。"医生后来说，"手术还是要做。最好呢，住下来。"筱燕秋没有讨价还价，生硬地说："我不住。"筱燕秋又追了一句，说，"手术能不能等些时候？"医生的目光从眼镜框的上方看过来，说："身体不等人哪。"筱燕秋说："我不住。"医生拿起了处方，龙飞凤舞，说："先消炎，再忙你也得先消炎。先吊两瓶水再说。"

利用取药的工夫筱燕秋拐到大厅，她看了一眼时钟，时间不算宽裕，毕竟也没到火烧眉毛的程度。吊到五点钟，完了吃点东西，五点半赶到剧场，也耽搁不了什么。这样也好，一边输液，一边养养神，好歹也是住在医院里头。

筱燕秋完全没有料到会在输液室里睡得这样死，简直都睡昏了。筱燕秋起初只是闭上眼睛养养神的，空调的温度打得那么高，养着养着居然就睡着了。筱燕秋那么疲惫，发着那么高的烧，输液室的窗户上又挂着窗帘，人在灯光下面哪能知道时光飞得有多快？筱燕秋一觉醒来，身上像松了绑，舒服多了。醒来之后筱燕秋问了问时间，问完了眼睛便直了。她拔下针管，包都没有来得及提，拔完了针管就往门外跑。

天已经黑了。雪花却纷扬起来。雪花那么大，那么密，远处的霓虹灯在纷飞的雪花中明灭，把雪花都打扮得像无处不入的小婊子了，而大楼却成了器宇轩昂的嫖客，挺在那儿，在错觉之中一晃一晃的。筱燕秋拼命地对着出租车招手，出租车有生意，多得做不过来，傲慢得只会响喇叭。筱燕秋急得没病了，一个劲地对着出租车挥舞胳膊，都精神抖擞了。她一路跑，一路叫，一路挥舞她的胳膊。

筱燕秋冲进化妆间的时候春来已经上好妆了。她们对视了一眼，春来没有开口。筱燕秋上课的时候关照过她的，化上妆这个世界其实就没有了，你不再是你，他也不再是他——你谁都不认识，谁的话你也不要听。筱燕秋一把抓住了化妆师，她想大声告诉化妆师，她想告诉每一个人，"我才是嫦娥，只有我才是嫦娥！"但是筱燕秋没有说。筱燕秋现在只会抖动她的嘴唇，不会说话。此时此刻，筱燕秋就盼望着王母娘娘能从天而降，能给她一粒不死之药，她只要吞下去，她甚至连化妆都不需要，立即就可以变成嫦娥了。王母娘娘没有出现，没有人给筱燕秋不死之药。筱燕秋回望着春来，上了妆的春来比天仙还要美。她才是嫦娥。这个世上没有嫦娥，化妆师给谁上妆谁才是嫦娥。

锣鼓响起来了。筱燕秋目送着春来走向了上场门。大幕拉开了，筱燕秋看见老板坐在了第三排的正中央。他像伟人一样亲切地微笑，伟人一样缓慢地鼓掌。筱燕秋望着老板，反而平静下来了。筱燕秋知道她的嫦娥这一回真的死了。嫦娥在筱燕秋四十岁的那个雪夜停止了悔恨。死因不详，终年四万八千岁。

筱燕秋回到了化妆间，无声地坐在化妆台前。剧场里响起了喝彩声，化妆间里就越发寂静了。她望着自己，目光像秋夜的月光，汪汪地散了一地。筱燕秋一点都不知道她做了些什么，她像一个走尸，拿起水衣给自己披上了，然后取过肉色底彩，挤在左手的掌心，均匀地、一点一点地往脸上抹，往脖子上抹，往手上抹。化完妆，她请化妆师给她吊眉、包头、上齐眉穗、戴头套，最后她拿起了她的笛子。筱燕秋做这一切的时候是镇定自若的，出奇地安静。但是，她的安静让化妆师不寒而栗，后背上一阵一阵地竖毛孔。化妆师怕极了，惊恐地盯着她。筱燕秋并没有做什么，也没有说什么，只是拉开了门，往门外走。

筱燕秋穿着一身薄薄的戏装走进了风雪。她来到剧场的大门口，站在路灯的下面。筱燕秋看了大雪中的马路一眼，自己给自己数起了板眼，同时舞动起手中的竹笛。她开始了唱，她唱的依旧是二黄慢板转原板转流水转高腔。雪花在飞舞，剧场的门口突然围上来许多人，突然堵住了许多车。人越来越多，车越来越挤，但没有一点声音。围上来的人和车就像是被风吹过来的，就像是雪花那样无声地降落下来的。筱燕秋旁若无人。剧场内爆发出又一阵喝彩声。筱燕秋边舞边唱，这时候有人发现了一些异样，他们从筱燕秋的裤管上看到了液滴在往下淌。液滴在灯光下面是黑色的，它们落在了雪地上，变成了一个又一个黑色窟窿。

我爱美元

朱 文

上 篇

父亲的来访总是让我猝不及防。

听到那重重的敲门声，我就知道是谁来了，所以叫王晴赶快穿衣服。而后者企图拉住我，让我不要出声，就像往常应付这种情况一样。那个敲门的人敲上一会儿觉得没趣，就会自己走开的。

我把藤椅上的连衣裙扔给王晴，示意她快一点。

磨蹭是没有用的，我了解门外的那个人，为了我的木门不至于今天就被砸坏，我开始隔着门和外面的那个人说话，我问他是什么时候到的，家里怎么样，是出差路过这里吗，那么，什么时候走？他又狠狠地砸了一下门，他说，让老子进来再说。

王晴终于收拾停当，她还想把凌乱的床铺稍微整理一下，但是我已经把门打开了。

父亲一头冲了进来，像一只警犬迅速地在房间里转了一圈，东闻西嗅，目光最后自然落在了王晴的身上。

后者有些不安地站在床边，头发蓬乱，面色红润，看起来有几分姿色，不算丢我的脸。

父亲没有理睬我的招呼，上前一步，对她说，小姐贵姓？父亲的口音，南腔北调，只有母亲可以一字不落地听懂，因为她并不依据父亲说的话来听，而是看他脸上的表情。

王晴说，什么？她有了一点好奇，于是身上那种本地女人的土腥味就溢出来了，我不愿意让父亲看出刚才和他儿子睡觉的那个女人是个十足的烂货，是个离过婚的老女人。

那样他就会低估他的儿子。

我对父亲说，她叫什么名字关你什么屁事？一边示意王晴先走开。

王晴拿上她的小皮包，冲我父亲一笑就走了，临走时要我给她打电话。

当时我就担心她会笑，你不知道，她一笑，眼角全是皱纹。

这个过程中，王晴的右手一直紧握着，不敢有丝毫的放松，其实，我想父亲早一眼看出了，那里面不是乳罩，就是来不及穿上的白色内裤。

父亲过去把窗帘拉开，把门也完全打开，然后在床上坐下，掏出烟来抽。

这会儿，我才注意到，父亲竟然是空手来的，连件行李都没有带。

我这时也懒得先说话，我还沉浸在性生活刚进行了一半的心情中。

我并不沮丧。相反，我有一种从没体会到的缓慢上升的感觉。

父亲坐不住，又起身在我屋里乱翻，碰到信件就毫不犹豫地拆开来看，一边对我唠叨，你看，今天天气多好，我跟你讲了多少遍了，你要多进行一些户外运动，到有阳光，有水，有新鲜空气的地方去。

但是爸爸，有些事情就只能在房间里进行，多么遗憾，我做梦都想能有一天到个阳光充足的草坪上去干这件事情，像两只快乐的牲口。

你没有给我的血液中注入过这种勇气，你忘掉这么做了，就像爷爷也不曾把这种勇气传给你一样。

两个人商量以后决定，先去找弟弟，然后再找个地方吃午饭，父亲的意思是吃饭无所谓，弄碗面条就可以了。

但是到了我这儿，说什么我也不该让你吃面条。

我的弟弟还在读大学，四年级，专业是数理统计。

我也有好久没有见到他了。

因为他想退学的事，我们吵了一架，他的手指细长而富有魔力，他的理想是做一个流行音乐家。

实际上我是受了父亲的指使才去教训他的，我本人在此之前一直很赞成他那种一意孤行的做法。

父亲知道，只有我的意见能够影响弟弟，而且他也知道，他是有能力说服我的。多年来，他已经摸索出了一整套对付我这个长子的行之有效的办法。

弟弟最终接受了我的意见，答应把大学读完以后再说，但是他对我出尔反尔的做法表示了他的失望。

他表示失望的方式就是毫不留情地攻击我的作品。他对我说，一个生活平庸的人是写不出好作品的，狭隘的人只能看到自己的脚尖，看不到这个世界。

但是弟弟，拒绝平庸不等于说，把全家人都动员起来，跟在你的后面为你擦屁股。

从小到大，我无怨无悔地尽我所能为你擦屁股，并且为之无限自豪。

但是，现在你已长大成人，你不应该再这样下去，随你怎么做，但是你要向我保证，从今以后，你必须自己为自己擦一回屁股了。

我的母亲想到她两个不在身边的儿子，偏头痛就发作，他们可能正流落街头，嗷嗷待哺，这个日子是没法过了。

"你不会和刚才那个女人结婚吧？"

在十字路口的公厕里，父亲忽然转过脸来，非常严肃地问道。

"——不会。"

"你到现在不结婚，也不是因为那个女人吧？"

"不是，不是。"

"那就好。"

父亲不等把裤子系好就往外跑，他总是这样。

刚来到外面时，我确实不太适应九月明媚的阳光。

我像是一步从黑夜来到白昼的。

必须声明，我并不是出于个人偏爱而把这大好时光消磨在床上的，而是出于不得已。

如果你想和那个叫王晴的女人睡觉，那你就只能在白天里干。

晚上她没时间，她也许已经答应让另一个男人来干她。

他肯定是比我重要的一个或几个男人，所以黄金时间要为他们留着。

在这一点上，我不得不做出一些让步。我的性欲需要满足，而这方面，我的境况从来没有富裕到不用为之费脑筋的地步。

在大学的时候，我还能过上较为稳定的性生活，一个星期一到两次，我的女朋友是个活跃的学生会干部，她有一把钥匙，可以打开大学生俱乐部旁边的那个堆放文体用具的房间。

那是一段让人留恋的时光，我们刚做完一次回到各自的宿舍，我"性"这个病就又犯了，我不得不再次找上门去，把我瘦小的女朋友又拖出来，逼她把那间房子再给我打开。

但是出校门以后，我就坠落到了饥一顿饱一顿，吃了上顿没下顿的状态中。

主要是因为没时间，为了生活，我必须在一家工厂过一种日夜颠倒的日子，每周工作七十小时。

没想到这样不但没有治伏我脑袋里那个该死的性，反而使它更加猖狂了。

我双眼通红，碰见一个女人就立刻动手把她往床上搬，如果一时搬不成，我调头就走，绝不拖泥带水，因为我时间有限，我必须充分利用做一些实在的事情。

这是一种病，每天服上一服泻药，才能使病情好转那么一些。

我服的泻药就是写作，没完没了地写作。

当画满几十页稿纸以后，我的目光就柔和多了。这会儿，我就可思考一些"从哪里来，到哪里去"之类的问题，真知灼见，字字珠玑。

我就是这样一个病人，无可救药，想治好我病的人，都可以来试试。

弟弟已经不在他的宿舍住了，在外面和几个朋友合租了一间房，天哪，我竟然一点都不知道。

当时刚下上午第四堂课，学生宿舍走廊里到处都是饭盆的声响。

他们饿得要命，以为敲敲饭盆就可以驱走性压抑的阴影。

我抓住一个瘦高个，想让他告诉我弟弟的新住处。

但是他说不知道。

父亲仍然在宿舍里乱翻，好像要从那大堆破烂中翻出一个愁云满面的弟弟来。

这里什么也没有，我们走吧。

父亲说，不，我们就在这等一下，总有个人会知道他的住处的。

果然，一个戴眼镜的家伙说他去过，他放下饭盆，为我们画了一张草图。

我们找到了那个地方，在市体育馆后面，是一间看起来很肮脏的平房。

但是弟弟还是不在，我趴在窗口可以看到房间里放着电吉他、电贝斯和散乱的几面嗵嗵鼓。

没有床，只有铺在地上的几条席子，和席子上的几条毯子。

父亲也趴上去看了看，回头说，他们就这样睡觉吗？我听出父亲的语气中有责怪我的意思。

是啊，我这个哥是怎么做的，自己不但有床，而且床上时不时地还有一个热乎乎的女人。

看来，只能由我一个人陪父亲共进午餐了。

附近就有一家小酒馆，我们站在门口还在犹豫，一个浓妆艳抹的小姐冲了过来，不由分说就把父亲拉了进去。

父亲坐在我的对面的火车座上，我仔细看了看他，头发又掉了不少，前额像一块光秃秃的礁石从时间的河流里浮现出来。

但是，虽然年过半百，他身体却仍然像年轻人一样硬朗。

额上有一块伤疤，这是近几年我们对父亲的一大发现。

几十年来我们都没有注意到。

父亲说过，他小时候在老家那阵子就是个厉害的角色，可以攀着树枝从一棵树蹿到另一棵树上去，就像猴子一样敏捷。

但是这块伤疤是怎么落下的，他始终没有讲清楚。我对那个服务员小姐说，找他，他是老板，我是跟班的。

父亲确实像个见过世面的乡镇企业的经理，应付起那个可笑的小女人的调情来，显得非常自如。

他没有被她的撒娇搅昏头，这从他点的菜上可以看出来。

我们只要了一瓶啤酒，喝完以后，又要一瓶。

父亲的脸色明亮起来，脸上变得一条皱纹都没有了，他的秃顶就变成了一种不错的发型。

那个小姐像个鸡那样倚在柜台上，往我们这边笑呢，做出一副媚态，严重地影响了我的食欲。

对这种女人而言，我想我的父亲是更有吸引力的。

"她在冲你笑呢。"

我对父亲说。

父亲回头看了看，喝了一口啤酒，又再次回头看了看。

"她看起来岁数很小，"父亲说，"跟你妹妹差不多大。"

"唉，你不要打这样的比方，干吗要打这样的比方呢？"

"为什么？她确实和晓晴差不多大，不是吗？"

"是的，但是你不要打这样的比方。"

"为什么？"

父亲跟我较起真来。

"因为，你这样打比方，你就不敢对她下手啦。"

我们两个人都笑了起来，父亲差点被啤酒呛住。

我说爸爸，如果我想和一个老女人睡觉，只要我有这样的想法，我就决不会把她们比作像妈妈那么大，或者像奶奶那么大，那样我就萎掉了，一点办法都没有。

你想和你女儿一样大的女人睡觉吗？她们正年轻，像刚刚绽放的花蕾，你对她们美丽新鲜的身体已经没有印象了，丰满的葡萄总是不断地上市，品种很多，贵的也有，便宜的也有，等到了冬天没有新鲜葡萄卖的时候，我们再吃我们的葡萄干吧。

生活就是这样，新鲜的葡萄从来都是有的，只是到后来，你买不起了，或者被禁止去自由市场了。

但是你总有办法可想的，是吗？你应该试试，如果你有机会的话。

我们这笑，那个和我妹一样大的小姐可逮着机会了，她大大咧咧地走过来，往我父亲旁边一坐，一脸的白粉淹没了她几丝做作的天真。

裙子的领口开得够低的，但是再低也没用，因为她没有长乳房，发育的时候，忘掉长了，现在才想起已经错过了机会。

面对这样的女人，我的心情总是很低落，我想为这个同胞姐妹的不幸大哭一场。

"你们肯定在说我的坏话，我听到了！"

父亲连忙说没有，没有，一边往墙那边挪了挪屁股，因为她差不多要坐到父亲的腿上了。

我从邻桌又拿过一只杯子，为她倒了大半杯啤酒。

"我们老板刚才还在夸你呢。你应该陪我们老板喝一杯。"

"是吗？"

她也不谦让，拿起杯子碰了一下父亲的杯子。

父亲这会儿有了一点拘谨。

从他的眼神中，我可以看出，父亲还没有把她看成一个可以与之性交的女人，他大概把她当作妹妹带回家的一个同学了。

"那还有假？我们老板说小姐长得挺漂亮，准备请小姐晚上出去跳舞。"

"是吗？"

她看看我，又看看父亲。

"你是哪儿的人啊？"

父亲忽然问到。

"——安徽。"

"安徽我很熟的，安徽什么地方？"

"干吗，我是巢湖的。"

"巢湖我去过，你家在巢湖什么地方？"

我不知道父亲想干吗，他的话题我觉得是无谓的、盲目的。

于是我打断了父亲的话。

"怎么样，晚上有空吗？我替我们老板来接你。"

"干吗？"

"干吗？你是真不知道，还是假不知道？接你出去玩啊。"

"好啊，去曼哈顿，或者去……""不，不，我们老板今天不想跳舞，可以干点别的嘛。"

"那干什么呢？"

"我们老板乘明早的飞机要走，今晚你就好好陪陪他嘛。"

"去，我就知道，你们想叫我干坏事。"

"那是好事，怎么能叫坏事呢？"

"玩玩可以，我从来没干过坏事的。"

"我就不信，你就从来没干过？一次也没干过？"

"没干过。真的。天天晚上有人约我出去，但我从来不跟他们干坏事。"

"了不起，了不起。"

我转脸对父亲说："老板你看，我真想要这位小姐做我的老婆了，老板你看呢？省得你老说我不结婚。"

"那可不行，"父亲说，"结婚以后，她也不跟你干坏事，你不完蛋了？"

"你们说什么呀！"那位小姐一副委屈得要命的样子。

"到底干不干啊？我再问你一遍。"

"我真的不干。不过，我可以给你介绍我的朋友，我有很多朋友，都很漂亮，她们会干的。"

"真的吗？她们不会像你这样不上路子吧？"

"噢，不跟你干坏事就叫不上路子啦？你这个人真是。"

"怎么，不服气？不服气，就干一次试试啊。"

"你激我也没用，坏事我肯定不干。"

"你以后会干的，我们一年以后再来找你，好吧？"

显然，父亲的午餐吃得比以往少，但是看得出来，情绪还是不错的。

出门的时候父亲一本正经地对我说，刚才那个没有乳房的小女人确实不是鸡。

我说，你怎么能这么肯定？他说，她有点像晓晴，还是个孩子。

像晓晴就怎么样呢？你的女儿就不可能成长为一个像样的妓女了吗？这个职业比我们的传统还要古老。

关于妓女是不是女人天生的职业这个问题，我和父亲发生了争论。

其实他是同意我的观点的，只是我们需要争论，有些问题我们需要自己和自己争论一番。

父亲的声音渐渐低了下去，因为我们再次来到了弟弟租的那间平房前。

他还是没有回来。

父亲趴在窗口看了一会儿，忽然问我，弟弟交女朋友了吗？我说不知道，至少我没见过。

那么大的人都没想过去搞一搞女人，只知道整天抱着他的琴，我想弟弟的生活是出了问题了。

父亲伏在窗台上写了一张便条，插在了门缝里。

他叫弟弟回来以后去我那里一趟。

父亲最后同意，这下午和晚上的时间由我来替他安排。

明天一早，他要赶回去，他是到附近一个城市开会的，顺便来看看我们。

他总是这样临时决定了就冲过来，有时一个孩子也碰不到，在大街上转两圈买一双袜子就回去了。

现在想起来，父亲是个性欲旺盛的人，只是有点生不逢时。

他们那会儿的性欲不叫性欲，而叫理想或者追求。

父亲每天早晨起来，都要到操场或者公路上跑上一万米，这个习惯现在他老人家大概已经戒掉，因为不再需要。

所以，我也知道那几毫升凝固汽油要省着点用，不能时刻都开足马力。

和这个世界一样，能源问题是你今天以及明天的主要问题。

我也在我的门上留了个条，告诉弟弟我们去外面转转，他如果来了就在房间里等一下。

他有我房间的钥匙。

但是父亲还是说，我们是不是就在房间里待着，不要让他久等。

我说没必要这样，直觉告诉我他下午不会来，要是平常他倒是可能找来的，但是他如果知道是你来了，他反而不会过来了。

所以，我们不应该白白地把整整一下午的美好时光浪费掉。

父亲提出他要洗个脸再出门，他好像有点疲惫，但是我的房间里连瓶热水都没有。

我说这样吧，我带你去楼下的一家小发廊，我请你洗面，顺便再请那个温州来的妹子帮你把头发染染。

当然出门前我没忘了把压在席子下的钱统统揣上。

那是我所有的积蓄，我要把它们花完，一个子也不剩，那是一件快活无比的事情。

可惜我从来没有过很多的钱可供我挥霍，我真不走运。

但是我相信自己会有那么一天变得大名鼎鼎，然后一开门就有大把大把的支票劈头盖脸地冲我砸过来，躲也躲不掉。

那种叫作美元的东西，有着一张多么可亲的脸，满是让人神往的异国情调。

一张美元支票在半空中又化为更多的人民币支票，就像魔术一般，往下飘呀飘呀，我双手张开眼望蓝天，满怀感激地领受着这缤纷的幸福之雨。

我不会因此感到苦恼的，给我一个机会，我就做一次给你看看，我就是想做一次让你激动不已的永不锈蚀的花钱机器。

最后，正如我朋友预言的那样，晚年的我必将在贫穷和孤独中死去。

这样的结局很合我的胃口，那会儿即使我还想嗅一嗅小姑娘的芳香，也没有足够的汽油把我再发动起来。

不行了，有没有钱也就无所谓了。

父亲站在发廊的镜子前，仔细地端详着自己。

看得出来，他对自己的新形象十分满意，虽然那头染发此刻更像是假发。

年轻时的父亲是个英俊的小伙子，很为自己陶醉，尤其擅长打篮球，当然是打中场。后来，不管在家里，或者在单位，他都擅长打中场，如果没有中场的位置给他，他会很难过的。

上大学的时候父亲是校男篮的主力兼女篮教练，经常带着十几个充满青春朝气的女队员去兄弟院校比赛。

他让我看那些发了黄的黑白照片，想使我更加尊敬他，结果只是让我发了疯地嫉妒。

我第一次勃起以后就不止一次地追问过我的父亲，他有没有和其中哪个搞过，你必须和我说实话。

如果他说他和她们都搞过，我会兴奋地跳起来的。

但是父亲的回答很平淡，他说确实没有，那会儿不兴这个。

现在父亲转过身来，拍了拍我的肩膀，说：走！好像他又要带着他的篮球队南征北战了。

我说等等，钱还没付呢。

我给了那个矮矮的一身发胶味的女人一张一百面值的钞票，让她帮我破开。

每当这种时候，我耳朵里好像都可以听到一声悦耳的金属碰击声，就像轻轻地击打了一下音叉，一张钞票变成了若干张小钞票。

当然，我也可以让她不用找了，只要拜托她把我的父亲领到那个门帘后面去，给他相当价值的货就可以了。

但是这个温州来的小姐除了她的年龄其他方面实在丑得要命，我怕我的父亲硬不起来。

另外，不出意外的话，她的身体肯定是有毒的。

所以，我不应该那样做，我觉得那样做对不住自己和父亲多年的友谊。

在这里我得承认，其实我本人搞过比她更丑的女人，这没什么，我并不为此感到耻辱。

但是当我想象我的父亲或者我的好朋友和这样一个女人在那里磨来蹭去的情景时，我就会压抑不住我的愤怒。

我爱我的父亲。

当我们行走在这个城市最繁华的街道上，我发现很多过往的行人都要对父亲多看两眼，不是看他的脸，而是看他的头发。

他走得很快，在人群中穿行，常常把我远远地落在后面。

我喜欢看他的背影，像一个冲劲十足的年轻人双手插在裤兜里。

有时从我的角度，只能看到那一头黑发随着人流一浮一沉，像一面旗帜。

但是，那毕竟是一头他妈的"一洗黑"染过的黑发，想到这一点，我禁不住鼻子一酸。

我的儿子将在我的身后，看着我的背影，我孙子将在我儿子的身后，看着我儿子的背影。当然，我孙子的背影还要留给他的后来者。

我们连成一线，就成了我在老家见过的那种拉网，各个时代的女人们就像色彩斑斓的热带鱼那样穿梭其中，有时我们有所收获，有时什么也捞不到，我们说不出其中的幸福，也道不出其中的悲哀，就是这样。

我说过，我不幸染上了"性"这种病，据说还是遗传性的，但是接触也能传染，发作时我口干舌燥，胡言乱语。

在这方面，我多么羡慕我的父亲，他不会没有这种病，但是从容得很，病情从来没有这么严重过，在他身上就像一次感冒那样不起眼。

当然——可以这么说吗？——这也正是为什么这种病到了我身上却变得如此严重的根本原因。

我紧追了几步，赶上了父亲。

我对他说，看你走得这么快，好像你已经打算好了去哪儿了似的。

父亲说，没有，去哪儿不是说由你决定吗？既然没决定去哪儿，你在前面为什么走那么快？

走走嘛，随便走走也很愉快的。你说吧，去哪儿？

我也不知道去哪好。

我拉着父亲来到街边的饮料点，买了两杯纸杯可乐。

父亲的脸在阳光下显得那么健康，阳光从毛孔里射出来。

他好像有点出汗，头发黏在一起，自然就不像刚才那么飘逸了，我担心他的额头会流下一小道黑水来，答应我，千万别这样。

母亲有没有叫你代买什么东西？我问他。

父亲说，没有，你母亲还不知道我到了你这儿。

那么说，你和我一样，是完全自由的啦？那当然，是一个男人和另一个男人在一起，我们应该干些什么呢？那还用说，我们应该去干一件男人干的事情。

但是这是下午，太阳还这么高？真是，太阳这么高又怎么样！只要我掏出两枚硬币一扔，只听到清脆的两响，黑夜就为我们提前到来了。

我和父亲捧着各自的可乐，蹲在人行道一侧的台阶上。

我们只是不时地抬头看看对方，但是潜在的对话一直没有中断过。

我想，我应该了解父亲需要的是什么。

对此，做儿子的有不该推卸的责任。

如果是我将来有一天得了个闲，摆脱了上老下小，摆脱了名誉地位，一头蹿出来，去找我的儿子，我就希望看到我的儿子能有些出息，能为他辛劳的父亲找点难得的乐子来，而不是像个白痴那样只知道一脸虔诚而又空洞地尊敬、尊敬。

听我说，儿子，尊敬这玩意儿太不实惠了。

我们都要向钱学习，向浪漫的美元学习，向坚挺的日元学习，向心平气和的瑞士法郎学习，学习它们那种绝不虚伪的实实在在的品质。

没想到那只可乐纸杯，给我们带来了小小的麻烦。

父亲边走边和我很投入地谈着海湾局势。

战争或者谈论战争从来就是可以用来缓解一些性欲问题的。

他的左手不停地挥动着，所以没有注意到他的右手已经把捏瘪了的纸杯扔在了真维斯服装专卖店的门口。

平时他是绝不会这样的，我保证，是因为日趋紧张的海湾局势造成了这一点。

另外，也有可能是因为我的缘故，父亲每次和我在一起总是有那么一点失态。

那位套着红袖章的中年妇女用当地土话大喊着，从后面追上来，一把抓住了父亲的手臂。

当他明白是怎么回事的时候，父亲的脸竟然一下子红了。

他连声说对不起，然后很快地跑过去，捡起纸杯把它扔到了草绿色的果壳箱里。

但是这么做，在那位一脸横肉的中年妇女看来仍然是不够的，所以她还是唰地撕下了一张罚款单，不多，也就两块钱。

父亲愣住了，三个人面面相对地站在那里。

街上的人流到了我们这就遭遇到了一小块意外的暗礁，有些人开始注意我们了。

这种事总是让我头疼，我从来没有周旋的耐心，即使我口袋里只有两块钱，这会儿我也会毫不犹豫地给她，给她，以免口舌之累。

父亲脸上的红退了，他变得非常冷静，伸手摁住了我掏钱的手。

这下你就听吧，两个人你一句我一句地论战开了，直到我们的周围站满了看热闹的人。

我觉得极不自然，我这个人有个缺点就是死要面子，所以，我的右手禁不住又去掏钱。

父亲在侃侃而谈的同时，眼都不抬，就伸手过来，再次准确地摁住了我的手。

我有点不高兴了，我想挣脱父亲的手把那该死的两块钱拉出来，但是父亲的手暗中加了一成力气。

我感觉到了父亲的坚决，于是也就算了。

作为儿子这种时候我能做的就是坚持站在父亲的身边，不管旁边围了多少人，不管别人用什么样的目光看待我们。

我不帮父亲说话，一句也不说，现在想起来我对自己很失望。

那个一脸横肉的中年妇女，起初是不近人情。

后来像骂街一样不讲道理，她执意想把那两块钱拿回家去。

父亲的解释相应地也变得有了一点意思。他说，那只纸杯是他准备带回去继续用的，多漂亮的纸杯啊，怎么会舍得扔掉？但是它不幸掉了，就像钱包掉了一样，掉钱包已经够倒霉的了。还要罚款吗？没听说过。

她反驳说，带回去用的东西？那你刚才为什么把它扔进垃圾箱里？父亲笑着说，它掉到了地上，沾上了脏东西，就是说，那已经不是我要带回去的那只纸杯了，它已不是原来的那只纸杯了，所以我把它扔了。

终于摆脱这件事的时候，我心情糟透了。

而父亲却显得有些意满志得，两块钱没有从我们的口袋里飞走，还在我们的口袋里享受我们亲人般的体温。

按时下的比价，两块钱也就是零点二五美元，即二十五美分。

我在父亲的身后走得很慢，不想追上去。

起初父亲没有觉察，走出五十米以后，才意识到。

他在原地站了下来，等我赶上。

"你觉得我丢了你的脸，是吗？"

"我有什么脸可以给你丢，真是，我没脸。"

我在旁边一声不吭。

"你是不是觉得我丢了你的脸？"

"没有。"

"没有？你是不是觉得我不仗义？"

"也没有。"

"也没有?"

父亲和我都笑了。

我们恢复了行走,但是彼此仍然不说话。

在快到天桥的地方,有几个穿着苗族服装的女人上来向我们兜售银器。

大家都知道她们是骗子,但是她们的服装那么艳丽,那么新奇,于是大家就原谅了她们。

父亲仔细地从上到下研究了一下她们的服饰,并不看她们手中的银项链银手镯。

我掏钱买了一条银项链,我这个人经不住劝。

何况很便宜,就两块钱,我知道那是假货,但是它很漂亮,比真的还漂亮。

父亲把项链缠在手上反复看了看,然后说,确实不错。

他说再买一条吧。

我知道他是想带回去作为礼物,送给我的妹妹,就花两块钱就把她打发了。

她还在读中学,成绩不太好,因为人长得像这条银项链一样亮闪闪的。

"你看,两块钱就可以买到这么漂亮的东西!"

"你什么意思?"

我问父亲。

"没什么,刚才要是把两块钱给了……""两块钱买个耳根清净,不值吗?"

"值不值,我们不管。如果那样做了,我总觉得对那两块钱不够尊重,你看呢?是两块钱,它就该得到两块钱的尊重。"

最后,我们来到了南方影城。

这里正在独家放映一部获了什么大奖的爱情片,所以大厅里有很多人,三点三十的一场就快要检票了。

票很好买,但是风骚的陪看小姐不太好找。

往常这里总是不难找到的,花上四十块钱,买两张包厢票,你不愁没人陪你看。

开始放映以后，场内灯全黑了下来，你就可以在角落里合着银幕上的节奏干自己的事情。

当然要想干得很深入，有些困难，但是你们可以坐在沙发里慢慢从容地商量一下，看完电影以后，另找个地方移师再战。

电影开场五分钟以后，我终于逮到了两只。

看起来不太理想，她们两个在大厅里结伴而行，穿着短短的黑裙子。

那四条腿瘦得连一点肉星儿都没有，就像两个过冬的树杈杈。

但是我们不应该忘记就在那两个不起眼的树杈杈里，不出意外的话，还有两个构造合理的小鸟窝，鸟窝里每个月都会有一只温暖的小鸟蛋。

我们不该再苛求什么了，我们时间有限。

我买了两组包厢票，准备和父亲分头行动。

后者对这种方式，好像有那么一点陌生，但是我相信他那经过时间充分考验的适应能力。

进场时，我在父亲的耳边说，票价是四十块钱。按时下的比价，合五美元。

我只是想提醒他，用他自己的话来说，是四十块钱，就该得到四十块钱的尊重。

这是怎样的一部爱情影片啊。

男主人公小林是个不走运的画家。一幅画也卖不出去，最后连买油画颜料的钱都没有，更不用说请模特儿了。

为了糊口，他不得不到街头去为人画像。这生意也不好做，因为小林总是画得不像，他的顾客对他说，这是我吗？然后拒绝付钱。

这时女主人公出现了，她叫小艾。她在小林对面的那张方凳上款款地坐了下来。小林有些紧张。因为陪小艾一起来的那个胖胖的男人就站在他的后边，像条恶狗一样监视着他的一笔一画。当然这次，小林画得糟透了，不断修改，致使那张美丽的脸变得有些黑。

那个男人先跳了起来，把那张像扔到了地上，而且好像还要揍小林一顿。但是小艾过来了。从地上捡起了那幅画，仔细地看了看，说，她喜欢。小林于是意外地得到了双倍的报酬。

这就是小林小艾爱情故事的开端。

再下去，情节就有点让人难受了。

小艾原来是个流莺，靠和男人睡觉来生活。她每个星期都要来小林的画摊，让小林给她画一次像，然后给小林一笔钱。这笔钱可维持小林一个星期的开销，还能买上点颜料。钱花完的时候，小艾就又来了，就是说小林每星期要画上一张小艾的肖像，每星期都要用那样的眼神端详一番小艾，于是爱便油然而生。

但是小艾从来都拒绝小林的非分之想，不让他接近自己。

小林当然很是苦恼，但是他毕竟可以继续画画了。

就这样，艺术家小林度过了他一生中最困难的时期，他的画开始卖得不错了，成了个小名人，他本人也要离开这个地方去谋求更大的发展。

于是他想找到小艾告诉她这一点，我估计他还想和小艾睡上一觉，以使他们的关系有个说法。

但是阴差阳错，他没能见到小艾。

他便在他的画摊那儿贴了一张给小艾的公开信，上面说他爱她，请她不要躲避他，并且留下了联系地址。

小林离开那个地方以后，一直在等着小艾的信，但是一直没有。

他就是在这种思恋中继续他的艺术生涯的，结果他成了一个名闻遐迩的大画家。

这种故事难免有一个庸俗的结尾，功成名就的小林回到了那个地方，在一个意外的场合见到了倍受男人摧残的婊子小艾。后者年老色衰，拉不到什么客人了。小林没有嫌弃她，把她带回旅馆，两个人终于睡了一回。小艾身体满是让人潸然泪下的伤痕。

但是小艾始终否认她就是小艾。她对小林说，他编这套谎话来骗她，是不是想不付钱。

小林还想说什么，小艾大闹起来，引起很多人围观。

小艾大骂着，要他赶快付钱，小林没有办法，在众人的注视下痛不欲生地扔下了一沓钞票。

请注意，这里是慢镜头，一张张美丽的美元身体轻盈地旋转着，缓缓地飘啊，飘啊。

婊子小艾忙不迭地把钱捡了起来，骂骂咧咧地离开了旅馆。

她已经有些年头没卖过这么好的价了。

免不了还有这样的镜头，小艾匆匆地转过几个街角，然后在黑暗的角落里靠着墙流下了亮亮的泪珠。

小林无限惆怅地踏上归途，他当然落下了心病，这对他以后的艺术生涯无疑也是很有帮助的。

这就是一个伟大的婊子成就一个艺术家的爱情故事，编剧是朱文。

这种故事一分钱两个，既批发也零售，你就慢慢享用吧。

我很想知道父亲那边的进展情况。

但是我什么也看不见，电影院里光线只够你跌跌撞撞地找到上厕所的路。

我搂着的那个女孩——我得这么称呼，因为她告诉我她只有十七岁——跟我要一听可乐，我给了她一块口香糖。

我说，喝那么多水干吗，上厕所不是件很麻烦的事情吗？她说，你这人怎么这样，小气巴拉的。

我说懂了，你要一听可乐其实并不是因为渴，是吗？你只是认为让我在这儿摸摸弄弄的，你有理由让我再花上妈的四块钱，也就是零点五美元。

对吗，没关系，一会儿散场的时候，我再给你四块钱现金就得了。

她把我的手从她的裙子里拉了出来，说你这个人真没劲，一点情调都没有。

情调？情调是什么东西？我因此认为，这个女孩还没有成长为一个地道的婊子，她还知道情调，可以去做一个女作家女诗人。

电影上的情调把她完全吸引住了，她像截木头那样听凭我的手在她身上寻找我的情调。

后来，我觉得乏味得很，便离了座，开始在黑暗中辨认父亲的方位。

转了一大圈也没能找到，因为坐在这种鸳鸯座里的人都抱成一团，隐隐地，你可以看到一些修长的腿在闪光，但是就是看不清脸。

在这样的光线下，脸已经不重要了。

不得已，我又回到我的包厢，很后悔没记好父亲的包厢号，因为此刻我真想看看父亲的德行。

我重新坐了下来，侧过身体，刚想把手伸过去，却意外地发现那个女孩出神地盯着银幕，眼角挂着一颗晶亮的泪珠。

我迟疑了一会儿，把手又缩了回来。

你说这算什么事，我对自己有那么一点失望，我竟然认为婊子的眼泪比她的另一种分泌物更应该得到男人的尊敬。

这就坏了，我没能克服这一点，剩下的时间就被我给浪费了。

当电影的情节稍微有一点欢乐色彩的时候，我问她，你的同伴多大岁数？她说，和她同岁。

你们不会还在上中学吧？她真诚实，她告诉我，她们确实是高中二年级学生。

这就有点意思了。

我的妹妹，也是高二的学生。

出于好奇，我接着问她，你们父母是不是过世得早？她很生气，骂了我一句，说你父母才死得早呢。

那你们是为了买新衣服的钱才出来干这一行的吗？我接二连三的问题显然已经让她有些不耐烦了。她皱着眉头，追问我，干哪一行？明摆着，这一行啊！你说说清楚，我们是干哪一行的？那还用说吗，你们是婊子，我们是嫖客。那还会有错吗？她不吭声了，半天才说了一句，你这个人真没劲。

又过了一会儿，她提出要上厕所。

我说，你自己去好了。

她挎上她的小包笃笃笃地去了，但是再也没有回来。

我是一个人待在空阔的包厢里把影片看完的。

散场以后，我随着人流往外去，我头昏脑涨，但心里仍然是那种性生活刚进行了一半的感觉。

那个老女人王晴现在不知道在谁的怀抱里。

我四处看了看，希望看到父亲和他那个婊子，希望他别像我这样倒霉。

我自己琢磨着，这四十块，我大概只捞回来四分之一，也就是说，其中三十块，合三点七五美元泡了汤。

我在电影院门口的台阶上站了很久，始终不见父亲出现。

又过了大概五分钟时间，父亲终于出现了，他站在对面的商场门口大声叫着我，手里挥动着一串烤羊肉。

现在他要到我这边来，必须从天桥上过来。

我仰着头就这么看着父亲一个人精神抖擞地拾级而上，然后在繁华的车流之上水平地滑行，再然后，他一步两个台阶地下来了。

看那架势，他应该是已经把我失去的三点七五美元多少捞回了一点才是。

我的父亲是个务实的人，从不做无谓的事情，也从来不搞情调，他总是让我对自己充满信心。

但是，这一回我们亏惨了。

父亲没等到女主角小艾出场，就溜出了电影院，一个人在大街上转悠了一个多小时，吃了五串烤羊肉、五串烤猪肉，还有一碗牛肉粉丝、一串冰糖葫芦。

他再次成功地把性欲转化成了旺盛的食欲，这使我对他很是不满。

更让我不解的是，父亲和那个瘦瘦的小姑娘在一起没待满十分钟，他就迫不及待地把那条银项链作为礼物送给了她。

你碰都没碰她，为什么还要送她东西？父亲的回答很含糊，颠来倒去，无非是强调她还很小，她还是个孩子。

父亲的意思是，如果，一个女人还很小，还没到谋生的年龄，她就有权利无偿地得到所有的东西。

这是一种虚伪的情感，我决定就此不放过，狠狠地攻击一番父亲，这种机会不常有。

我必须紧紧地抓住。

首先，我夺过父亲手上剩下的那串羊肉，愤愤不平地把它吞了下去。

然后，我就执意要父亲解释他是怎么尊重那条银项链怎么尊重那两块钱的。

起初他不以为意，乐呵呵的，随我怎么说。

但是后来他终于急眼了，脸一板，在马路斑马线的中央站了下来。

一辆黑色的小轿车擦他的臂弯呼啸着过去了。

"你听我说，其实只要静下心来，你就会知道，我们真正需要的女人并不像我们渴望的那么多。我们只需要很少的一些，这就够了，不是吗？"

"我不知道。我至少清楚自己并不像你说的那样。"

"不，不。你再想想。你的需要也不更加特别，不要相信自己的渲染。我承认，你比我年轻，身体比我棒，可能你比我需要的更多一些，但是也绝对不会多到你以为的那种地步，你再想一想。"

"我不和你争这个问题。我不认为身体好的人就更需要性。或者，我干脆这么说，性与身体无关。一个男人即使被阉割了，他也需要性。性并不是简单的夫妻生活，也不是通奸乱伦，它要广阔得多，它是无时不在的，有时是个眼神，有时是一个动作。一个不正视性的人，是一个不诚实的人。我不愿意和这种人打交道。"

父亲变得急躁起来，他用手无奈地指了指我，然后摇了摇头。

十字路口的交警这会儿冲我们这边吆喝起来，他要我们赶快离开。

我扶住父亲的肩膀在一辆加长的公共汽车驶过之后，迅速地穿过马路，来到路边站着。

在我们的身边立着一个呆头呆脑的分贝仪，它告诉我们这个城市的噪音到底有多大。

父亲显然被我的不信任所伤害了，低着头，年过半百的中年人的苍老的神态流露出来。

我多么不愿意看到这样，我爱我的父亲。

多年以来，他无条件地容忍了我这么一个儿子，他已经够伟大的了。

我没有权利继续苛求我的朋友。

我拍拍父亲的肩膀，然后建议，算了，我们去看看弟弟，看他回来了没有。

但是父亲没挪地方。

"不能算了，你必须跟我说说清楚。是我不诚实吗？我看，是性把你的脑袋烧糊涂了。不是每一个男人看到随便一个女人都想到去搞，都想到该死的性。人跟人是不一样的。看到女人就上去搞，那就叫诚实，不想上去，就叫不诚实，哪有这么简单的事情。"

"我是觉得亏吗，钱花出去了，但是我们什么也没有捞到。可能这还涉及不到性，这就是生意嘛。谁也不想做赔本的生意。用你的话来说……"

"你从小就喜欢滥用我的话。比如，刚才那个女孩。我看着她，自始至终，脑袋里就没想到什么性，这不是一件很正常的事情吗？如果我为了不让你看我笑话，而强迫自己把那根性神经调动起来，你就觉得我真实了，是吗？"

"我反正不知道怎么想。你说了半天，也没说到我最关心的问题上。我是想要你解释，你为什么要把那条银项链送给她，她是晓晴吗？她是我妹妹吗？"

"她坐在我旁边，主动过来，偎依着我，当时我确实觉得有那么一点温暖。但是记住，这种温暖与你的性无关。所以，我就把项链给了她。我知道她这种温暖很廉价，但是那根项链也很廉价，不是吗？你还想知道些什么？"

我冲父亲笑了笑。

"好了，我们不谈了。反正我今天算是看到了，你的勇气就像你的性欲那样都有很显然的界限，不像我想象的那样厉害。不过，也不令人十分失望。"

"说得轻松，你先活到我这岁数再说。"

我们来到三十一路站牌下，准备乘车去弟弟那里。

父亲忽然抓住我的胳膊，很严肃地对我说，我跟你说，你这个人现在有问题。什么问题？你给我记住，性是生活中的一件必要的事情，但不是一件特别的事情。

我对他说，这种话谁都会说，像一句空洞的名言。问题是人们没法按照名言去生活。我们知道性不是坏东西，也不是好东西，我们需要它，这是事实。如果我们的生活中没有，正好商场里有卖，我们就去买，为什么不呢？从商场里买来的也是货真价实的，它放在我们的菜篮里，同其他菜一样，我们不要对它有更多的想法。

就像吃肉那样，你张开嘴把性也吃下去吧，只要别噎着。你要努力吃得体面一些，你要努力吃得心安理得，你要努力吃出经验来，你要努力保持住你良好的胃口。吃肉的前前后后，你犯不着来一段抒情，或者来一段反思，那么性也一样，吃吧。

父亲打断了我的夸夸其谈。他对我说，那好，就用你的话我再给你进一言，性这玩意儿只能当菜吃，不能当饭吃。

不过也没关系，父亲继续说道，时间会有耐心慢慢地教育你，用不着我来为你操心。

弟弟还是不在，租来的那间平房里仍然是空荡荡的。

父亲写的条还插在门上，看来没人回来过。

但是父亲趴在窗上借着傍晚的光线看了半天以后，断定有人曾经回来过，因为他认为那条绿条纹的毯子被挪动过了。

父亲总是能看到一些你根本注意不到的细节，你没注意到就只能凭他说，所以你也没法知道他说的对不对。

因为总是找不到，所以弟弟变得更加重要起来。

父亲执意要在晚饭以前再到弟弟学校里找一找。

我劝他算了，找到了，见面也不愉快，何必呢？下次等你时间充裕一点的时候，我们再来找他。

那晚上我们干什么？父亲问我。

我听出他的语气中似乎有某种隐秘的期待。

我说爸爸，我这个人你还不了解吗，我肯定会不遗余力地为你找一点乐子来，我知道这些年来你支撑着这个家很不容易。我是长子，尤其能体谅到这一点。但是你来得太仓促，而你的儿子目前还不是个拉皮条的，手里没有一串芳香的BP机号码。我本人的境况你也看到了，不富裕，我只能尽力而为。再加上你的趣味，又是那么不合时宜，所以作为一个厚道的朋友，我不向你保证，我们一定会过上一个充实的夜晚，这种事只能走着瞧，你说呢？

我们都有点举棋不定，在我们面前匆匆而过的是下班的车流，在这条车流中浮沉的是长筒袜连裤袜以及那个被巧妙隐藏着的金光闪闪的性。

我意外地发现，她们都很出色，带着骄傲的神情，从父亲和我的荒凉的岛屿旁流了过去。

我们的生活出了什么问题，这些女人为什么不停下来，她们都要滑到哪里去呢？我觉得我的双眼已经很累了，在我看来，那些流动不定的色块的光芒就像锋利的针一样。

父亲朝我转过脸来，我的天哪，他的眼角还有泪水，他是老沙眼，我是小沙眼。

所以，我们最好不要再在路边待下去了，我们这就起步去找弟弟。

我猜想弟弟已经知道父亲来了，所以我对他可能出现在我们能找到的地方不抱什么希望。

　　我和弟弟谈过多次，我说父亲毕竟是我们的老哥们儿，他对你的干涉完全是出于一个长辈善意的考虑，你不应该计较。

　　父亲瞧不上你的音乐也是自然不过的事情，因为应该说他基本上（虽然他不承认）是个五音不全的人。

　　他也瞧不上我的写作，他认为我的小说格调低下，我的诗歌没什么名堂，这有什么关系呢？每次在我最需要帮助的时候，父亲就站了出来，这就足够了。

　　你不要成天为你自己感动，以为只有你绝不媚俗，要记住，你的绝不媚俗就是以父亲毫不掩饰的庸俗为代价的。

　　我们在那所综合性大学的教学区里转悠了半天，不见弟弟的踪影。

　　这座学府里至少有一万名形形色色的学生，我们这样盲目地寻找本身就是个错误。

　　我们在内容丰富的布告栏前盘桓了很长时间。

　　自从大学毕业以后，我就没再走进过哪座学府的门，父亲恐怕更是这样。

　　时过境迁，曾经熟悉的一段让我不胜厌倦的生活重新变得亲切起来。

　　父亲和我都行走在各自的回忆之中。

　　有四五个女生说说笑笑走在我们的前面，好像是低年级的，我和父亲不自觉地就跟在了后面，像两个花痴。

　　其中一个扎辫子的女生马上发现了我们，不时地回头看上我们一眼。

　　我注意到，她比刚才活跃许多，一举一动有了一点表演的色彩，她已经意识到此刻她拥有一老一少两个虔诚的观众。

　　妈的，现在想起来，学校真是个好去处。

　　如果你的口袋里没有沉甸甸的美元，又想搞到多一点的女人——就像我这种角色——你最好到学校里来。

　　这里是一片广阔的天地，你会大有作为的。

　　就这样，我们亦步亦趋地跟在那四五个蹦蹦跳跳的小松鼠的后面，在学校里兜了一个大圈子，实际上我们已经忘记我们来这里的目的了。

在体育馆门口，我们不得不停了下来，因为这会儿在那里进出的都是焕发着青春朝气的女生，有的已经换上了一身健美服，有的正准备换上。

她们的健康实在让我们自惭形秽。

我说爸爸，一不小心，我们已经跟踪追击到她们的老窝来了。

我递给父亲一支烟，我们就在一棵大树下继续站着，脸色严峻，我们似乎是想觅个机会将她们一网打尽。

没一会儿，哨子响了，一个穿着教练服的中年妇女拍拍手，姑娘们就在体育馆前的草坪上集合起来，叽叽喳喳的，全都穿着艳丽的健美服。

当然，更为艳丽的是健美服没能遮住的那些部分。

她们排成了一个方阵，然后双腿叉开，展开双臂，仰头望着天空，等待音乐开始。

那个幸福的教练员并不急于打开她脚边的录音机，而是走到那个令人目眩的方阵中去，绕来绕去的，纠正着其中几位的造型。

被反复纠正的那位不是别人，正是刚才走在我们前面的扎辫子的姑娘。

我觉得她的造型是最出色的，但是她的教练却认为，她动作的幅度大了一点，展开得过于充分了一点，音乐还不开始，这短暂的宁静简直要让人窒息过去。

求求你啦，快打开录音机吧。

音乐终于开始了，是合成器演奏的四二拍快节奏的乐曲。

整个方阵运动起来，说实话，她们跳得糟透了，她们至少要再上两星期课，才能跳得稍微好那么一些。

这种舞蹈只产生热量，不产生美感。

但是我们并不需要所谓的美感，是吗？我回头看看父亲，我们还能说什么呢？看看，我们谁也没有理由沮丧，谁也不应该颓废，拿出勇气来，生活从来都不像我们以为的那么糟。

我很想走到那个方阵的正中间去，对着天空展开我的双臂，为可爱的姑娘们降一场激情的大雪，从没见过的大雪啊，雪片都是一百面额的美元，纷纷扬扬，为她们带来真正的刻骨的青春的快乐。

父亲用脚碾碎了他的烟头，用肩头撞了我一下，走，我们到弟弟的宿舍里去看看，说不定他会在那里。

我们走出一段距离以后，不约而同地又一起回头望了一眼，眼神中的意思似乎就是，算了，今天先放你们一马。

当爬上弟弟他们那层楼时，宿舍及走廊里的灯正好亮了起来，我们听到一阵欢呼。

他们在欢呼什么，我真搞不懂，希望他们自己能清楚。

我们都有点后悔，弟弟根本不会在这里，他早搬走了，我们知道。

我们是出于当时一阵莫名的慌乱而做出这个决定的。

但是既然已经来了，那也只好过去看看。

看得出来，弟弟的人缘很不好，他的同学对我们的再次来访并不欢迎，连那种伪装的欢迎的姿态都没有。

一个个借故走了出去，最后只留下父亲和我坐在弟弟的那张空铺上。

肯定有那么几个就待在旁边的哪个宿舍里，他们在等待我们灰溜溜地离开以后，好过来把门一举锁上。

晚饭时间好像已经过了，就是说这伙呆子已经填饱了肚子要去自修室啃他们那些没用的书本。

上学的时候，我就对上晚自修的同学没有什么好感，现在还是这样。

弟弟和我一样不上晚自修，也很少上课，所以我很欣赏他。

我认为我们做学生都做出了一点难得的风度。

但是我可以一夜之间啃完一本《理论力学》，第二天顺利通过期终考试，弟弟却做不到这点。

好在他的另一项才能总是能及时地帮助他。

我的弟弟非常英俊，除了英俊他还善于作弊，瞒天过海，技艺高超得匪夷所思。

我再没见过一个人，能像他那样把猥琐卑劣的作弊提升到阳春白雪的艺术高度。

就冲这一点，我也相信他会成为一个出色的流行音乐家的，没问题。

现在有了我们这样两个儿子，你就不得不对我尊敬的刚用过"一洗黑"的父亲刮目相看了。

他对我说，肚子好像有点饿了。

是的，爸爸，你已经在不知所措的生活中饿了很多年了。

下　篇

这时，门口出现了一个女孩，双肩背着一个挺时髦的小旅行包，头发很短，就像男孩子那么短。

我们还没有来得及看清她的脸，她就径直往我们这边过来了，她请父亲让开，然后也请我让开。

我们弓着背站了起来，有点诧异地看着她在弟弟床上的那堆杂物里翻来翻去。

父亲很小心地问道，你在找什么？她头也不抬，说不在找什么。

然后她又转身在那张满是没洗的饭盒、酸奶瓶、教科书的桌上乱翻开来。

她看起来很急躁，我们也就没再问什么，翻完以后，她似乎有些失望，也不跟我们打招呼，就往门外去了。

她这就走了？我仍然没有看清她的脸。

我对她说，等等，你是来找朱武的吗？她停了下来，说，她知道朱武不在，她是来看看朱武有没有留条给她。

那么，你是朱武的同学啦？她说，不是同学，是朋友。

你们也是来找朱武的？父亲点了点头。

这位女孩从门口折了回来，坐到了我们对面的那张铺上。

这下我看清了她的脸，还算秀气，不过，看她脸上那副自信的神态，我想她本人肯定以为她自己那张脸要比她实际拥有的那张来得精彩得多。

她告诉我们，朱武搬出去住已经有两个月了。

我说知道。

那么你们为什么还要在这里等下去？我对她说。

我们去朱武现在住的地方找过了，他不在，所以我们到这里来碰碰运气，你看运气来了，也许你会告诉我们在哪里可以找到他。

她笑了笑说，她只知道最近他搞乐队想买新乐器，所以晚上都到歌厅里去弹琴挣钱，但是到底在哪家歌厅她也不知道。

是这样，我也没什么好问的了，但是我发现她此刻越来越出神地看着我。

"你是他哥哥?"

我点了点头，并且向她介绍坐在我旁边的那位头发锃黑的偏大一点的小伙子就是朱武的父亲。

她稍微有了些拘谨，红了脸，匆忙向父亲友好地点了下头，然后又看着我。

这会儿她像一个女孩了。

"朱武跟我说起过你，说你是个还没有成名的作家。我还读过你的东西《关于一九九〇年的月亮》，对吧?"

"是朱武给你看的?"

"是的。他对我说，你看看，以后我如果搞音乐没有成功，我就去写作，我动起手来肯定比我哥强多啦。"

"他是这么说的?"

"对，他还说，你现在堕落了，没有希望了。看来得靠他一曲成名，然后拨点钱给你，让你出本小册子。"

我注意到父亲在一边笑了。

这个王八蛋怎么能这样说我，而且还当着一个女孩的面。

弟弟所说的"堕落"，大概就是过性生活的意思。

有了性生活，他就认为你堕落了。

他自己不过，也不允许别人隔三岔五地过上一回，这算什么事。

不过，我很佩服他，可以整夜和一个女孩躺在一起聊天就是不干那事。

我不知道眼前这个女孩是不是就是和他躺了一整夜的那位。

我刚想问问那个女孩叫什么名字，但是她抢先开了口。

"其实。其实。我自己很喜欢你的作品，真的。"

每当碰到这种时候，我总是很得意，一点也不掩饰。

于是我一下子就找到感觉了，我主动向她介绍了我已写出的作品，在哪里可以找到它们，以及我正在写的作品，我将要写的作品。

她听得很入神，而且不断地带着迷惘的表情重复我的要点，这就对了。

父亲在一边显然被冷落了，但是我佯装不知。

这会儿房间里如果有只篮球，父亲肯定就来劲了，他会抓起篮球尽他所能地玩出最拿手的小花招来，直到把这位姑娘的视线全吸引过去。

在父亲的咳嗽声中，我把自己的住址给了那个叫小燕的女孩，希望她没事尽可以过去找我玩。

玩什么？我问自己，当然是能玩什么就玩什么。

小燕是师范大学音乐系的学生，她的脸不像刚进来时那么焦躁了，有了些模糊的亮色，她干脆把肩上的包都卸了下来，很想和我继续谈下去的意思。

但是，父亲发话了。

"你吃过饭了吗？"

"过来的时候，在街上吃过了，你们还没吃吗？"小燕说。

是的，父亲说，然后一扯我的胳膊，建议我该去吃饭了。

我问小燕是不是一同再去吃点。

她正在犹豫，父亲说，人家女孩子都是从不多吃的，怕发胖。

我们就不要难为人家了。

我说爸爸，你这么做想干吗？小燕笑了笑，天哪，还有两个流光溢彩的酒窝。

她说，她不怕发胖，但是今天不想再吃了。

我和父亲出门的时候，父亲回过身关照小燕，如果见到弟弟的话，请转告他晚上一定去他哥那里一趟。

外面已经完全黑透了，右边的篮球场上好像还有人在打篮球，但是我们看不清打篮球的人。

奔跑的声音和篮球叩地的声音，然后是篮球撞击篮板的声音，紧接着又是一阵忙乱奔跑声。

我知道有一次上篮无可挽回地失败了。

父亲站在那里听了一会儿，然后转过脸来，轻声地问我。

"你想干吗？啊，你想干吗？"

我弯下腰对父亲说，没有啊，我不想干吗。

我说得也很轻。

算了，你的德行我清楚，明摆着，你想打小燕的主意，我早看出来了。

父亲用一种毋庸置疑的口吻说道。

"好，好，这有什么不可以吗？"

我说得仍然很轻，因为我们注意到楼梯口有个人下来了，正在那开自行车的链条锁。那个人好像就是小燕。

"可以？"

父亲更加压低了他的嗓门："小燕说不定是弟弟的女朋友，说不定就是，你也不搞搞清楚，就敢下手？"

我刚要说什么，父亲伸手制止了我。

小燕上了自行车，哼着歌，从离我们不远的地方滑了过去，滑过路灯下时，我们清楚地看到了她白色的背影。

我清了清嗓子，继续对父亲说："我很希望自己能六亲不认，实际上我未必就能做到。如果做不到，到时候我自己会阳痿的，我的身体会帮我掌握尺度，你不要担心。"

"我担心个屁！我看你是完了。走，吃饭去。"

这顿晚饭吃得不算愉快。

父亲要求喝一点白酒，看这样子，他是不打算晚上再和我出去瞎转了。

翰林饭店就开在学校附近，专做学生生意的，价格相对便宜一些，但是人特别多。

菜上得特别慢。在第一道菜与第二道菜之间，我靠在椅子的靠背上小睡了那么一觉。

我觉得有些累了，闭上眼睛，那种性生活刚进行到一半的心境又涌了上来。

王晴是个自我感觉良好的老女人，但是老得不算厉害，她是属于从里向外一层一层老开去的那种，眼下还颇有几处说得过去的地方。

父亲用筷子很响地敲了敲桌子，对我说，菜来了。

我到底怎么看待自己，怎么看待自己的写作？我想，我了解自己，我清楚自己正在干的这件事情，我有能力对这一切负起责任来。

你应该对我——你的儿子坚定起信心，他在过一种他应该过的生活，他在过一种有希望的生活。

他希望和你做永远的朋友，而不希望变成你的敌人。

他喜欢女人，越来越多的女人，越来越漂亮的女人，越来越令人难忘的女人，但是女人不会将他毁掉。

如果存在着什么危险，那危险只来自他至今不肯放弃的对伟大爱情的信仰——多么幼稚又多么固执。

他渴望金钱，血管里都是金币滚动的声音，他希望他诚实的劳动能够得到诚实的尊重，能被标上越来越高的价码。

价码是最诚实的。

别的都不是。

他相信在千字一万的稿酬标准下比在千字三十的稿酬标准下工作得更好，他看到美元满天飞舞，他就会热血沸腾，就会有源源不断的遏制不住的灵感。

与金钱的腐蚀相比，贫穷是更为可怕的。

我非常尊敬我的前辈，那些历尽磨难的老作家，他们对钱不感兴趣，也没有睡过十个以上的女人，所以他们没能写出什么东西。

再看看稍后一些的作家，他们终于尝到一点金钱和女人的甜头了，但是谈起来要么扭扭捏捏，要么装腔作势，所以我们也不能希望他们能干出什么像样的事情来。

但是再后来就不一样了，一伙贪婪无比的家伙双眼通红地从各个角落里冲了出来，东砸西抢，骂骂咧咧。

他们是为金钱而写作的，他们是为女人而写作的，所以他们被认为是最有希望的。

但是其中若干角色支撑不了多少时间就筋疲力尽了，他们的肾有毛病，谁也帮不了他们。

我说爸爸，能说的我都对你说了，喝吧。

父亲的话比往常都多，他跟我聊了这么多年，还是不断地有我从没听过的往事可以告诉我。

我听完当然觉得很新鲜。我对他说，妈的，你真不够朋友，我的所有事情都告诉你了，但是你对我还是有所保留。

说这话时，我觉得我舌头有点发硬，我知道我喝得也有点多了。

但是我要喝下去，因为我们刚喝出一点气氛，我最喜欢把老爷子搞倒，然后把他扛在肩上，哼着小曲回家。

当然这不太容易，父亲喝起酒来狡猾得很，就像变戏法一样，你觉得他喝了不少，但实际上完全不是这么回事。

他并不是怕喝醉，只是觉得这样做有乐趣。

在我印象中，和我在一起喝酒时，父亲才实在些。

现在他的双目半开半闭，身体软若无骨，顺着椅子的靠背往下滑。

在我们的身后，站着不少心怀不满的人，他们在等我们离开，好占有这张桌子。

有两位大概站得累了，干脆在我们桌边坐了下来，叼着烟卷，盯着我们的一举一动。

他们越是这么做，我就越吃得慢条斯理，想叫我难受，没门。

我早就是一个你没法让我难受的人了，很多人挖空心思，想叫我难受，最终只能使他们自己觉得没趣。

但是只要我一开口，很多人就觉得心里不痛快了。

"我还是，要求你一件事。答应我，好吗？"

父亲斜着眼看着我，说得结结巴巴的。

"我们之间还有什么不好说，尽管讲！讲！"

我的目光发直，我端起酒杯碰了一下父亲放在桌上的酒杯，然后一仰头把杯中的酒喝了个干净。

我觉得酒已经漫到我的嗓子眼了。

"不要，不要去做一个作家。"

父亲冲我无力地摆着手。

这会儿，我没有工夫回答他，因为我终于哇的一声吐了出来。

我身边的那几个家伙慌忙让开，虽然足够敏捷，但是其中一位的花衬衫的袖子难免沾了点光。

我没有和他争吵，也没说抱歉，因为我的头脑虽然是清醒的，但是浑身没有力气。

刚才昏昏欲睡的父亲出人意料地精神抖擞起来，就像没喝过酒一样。

他站了起来，镇定从容地处理了这一摊子事情，然后非常有力地托起我的臂膀，扶住我绕过乱哄哄的桌子，向饭店外面走去。

妈的，爸爸，你又赢了我一回。

到了门外，混杂着各种欲望的气息的风迎面吹了过来。

我甚至觉得这九月的风很强劲，我知道是自己此刻太虚弱了。

我挣脱了父亲的手，然后和他并肩向大街上走去。

我的头有些疼，父亲的影像在我眼里被变了形，显得飘忽不定，有时我觉得父亲正行走在那一排梧桐树上。

我伸手拦了一辆出租车。

上车以后，我告诉司机到我那里怎么走，我住的地方比较偏，司机总是听不明白。

父亲把两边的车窗统统摇开，他劝我想睡就睡吧，他会一路告诉司机应该怎么走的。

就这样，那辆红色的夏利车在这个城市最繁华嘈杂的大街上穿梭着。

商场大多还没有关门，政府鼓励甚至规定它们越来越迟地关门，因为世界就是这样一桩做得越来越大的生意，我们都是生意人，这个向现代化迈进的城市需要夜生活，需要那些明明灭灭的光，需要那些五彩斑斓的色彩，需要一种可以刺激消费的情感，需要你在不知廉耻的氛围中变得更加不知廉耻，以顺应不知廉耻的未来。

未来就是离末日更近的一个时间，你在盼望未来，是吗？所以我认为，父亲比我幸运，我比我儿子幸运，我儿子又比我孙子幸运那么一点。

每当我看到新出生的天使一般的婴儿，我的心里就充满了怜悯之情。

你们怎么才来啊？真是太不幸了。

车窗外的噪音好像离我很远，越来越远，这辆夏利车就像一只卑微的小甲虫，一步一步地无声地爬进我此刻情绪的中心，那里什么也没有，是绝对而又喧嚣的空白。

我转脸看着父亲额前稀少而又凌乱的头发，流下了眼泪。

我不知道我为什么流泪，但我清楚我的泪水是廉价的，我的情感是廉价的。

因为我就是这样一个廉价的人，在火热的大甩卖的年代里，属于那种清仓处理的货色，被胡乱搁在货架的一角，谁向我扔两个硬币，我就写一本书给你看看。

我已经准备好了，连灵魂都卖给你，七折或者八折。

不过别忘了，我要的是他妈的美元。

我不知道我睡了多长时间，因为我一头倒下以后，就开始觉得时间的刻度就像一根橡皮筋，一会儿拉得很长一会儿缩得很短。

告诉你，在我的头脑里只有一个感觉是清晰的，清晰得如同浑噩之海上的一盏航灯，那就是性生活刚进行到一半的感觉。

我掀开盖在身上的毯子，从床上坐了起来。

父亲坐在床边，鼻子上架着老花镜，凑在台灯下，手里捧着一沓我的手稿。

说实话，这已经让我非常感动了，我已经得到了父亲颁发的文学奖。

至于他如何评价，我是可想而知的。

"生活中除了性就没有其他东西了吗？我真搞不懂！"父亲把那沓稿子扔到了一边，频频摇头。

他被我的性恼怒了。

"我倒是要问你，你怎么从我的小说中就只看到性呢？"

"一个作家应该给人带来一些积极向上的东西，理想、追求、民主、自由等等，等等。"

"我说爸爸，你说的这些玩意儿，我的性里都有。"

我觉得心里空洞极了，我讨厌自己嘴里的那股胃酸的气味。

房间里的一切都有一股令人作呕的胃酸味。

在台灯的光线下，父亲的脸庞，那高高的鼻子以及一侧鼻子的阴影，椅子，床，烟缸和烟缸上正在消散的烟，在这一刻都深陷于一种难以摆脱的无意义之中。

每当有人用父亲一样的立场评价我的作品，我就有一种与这个世界通奸的感觉。

知道吗？你们让我觉得自己是一个内心充满疑虑、焦灼、不安的通奸者。

但是我现在准备继续充当这个角色。

父亲拿过桌上的一张字条递给我。

是弟弟留下的，他在字条上写道，他等了一个下午没见到我们，晚上他要在金港夜总会弹琴，我们可以去那里找他。

我翻身看了看枕边的闹钟，才九点多一点。

怎么样，应该说时间还不算太迟。

与其在我作品中的性上打转，不如到现实生活中去嗅嗅实实在在的女人的气味，你看呢？我们出了门在路边等了很久，想找到一辆的士，但是的士都很少从这里走，这里太偏，这里没生意。

最后我们叫了一辆马自达。

在这种天气里乘坐这样一辆以星空为顶篷的车，穿行在这个腐烂的夜里，真是件赏心悦目的事情。

父亲和我的心情都在愉快地上升。

到达金港夜总会的时候，我们的心情正达到愉快的顶点。

我们带着这样的好心情，买了门票，昂首挺胸地走了进去。

这种场合我很少光顾，虽然我清楚里面有好东西，原因很简单，没钱。

只有当有钱的朋友从外地回来，而且心情比较好的时候，我们这些穷光蛋才有了进来开开眼的机会。

今天父亲来了，我很高兴，一高兴我就觉得自己挺有钱。

欢乐从来不是什么稀罕之物，只要你有钱，没有的东西都可以为你现做一个。

一位丰满大方的服务小姐把我们引到靠墙的一张台子边，环境不错，当然我一眼就看见了东面的那面墙下坐着一溜鲜艳夺目的小姐。

她们此刻正用猎人的目光审视着我们。

房间里的光线很暗，是那种绿茵茵的光线，照在那一溜收拾停当的光腿上，真是妙不可言，它们的质地看起来和美妙一个样。

"先生，用点什么？"

那还用说吗？用点我们最想用的东西。

把她们放在托盘里统统给我端来。

但是父亲说，来两杯可乐。

"除了可乐，还想要别的吗？"

当然，那还用说吗？但是父亲说，就这些。

父亲表情非常严肃，因为他意识到弟弟没准就会在哪个角落里出现。

至少在弟弟面前，他仍习惯于维持他那副老成持重的令人尊敬的姿态。

舞池就在我们的右侧，我们远远地看到了小舞台上放着全套电声乐器，但是没人在那儿。

我期待着弟弟从哪个休息室里走出来，带着他迷人的忧郁，抱起他的吉他。

多少年来，我一直期待着听到属于他自己的卓尔不群的音乐，我是他最热诚最急切的观众。

但是他出了问题。

他不缺乏音乐的才能，却没有生活的才能，去搞两年女人，再来搞你的音乐吧。

他听不进去，他出了点问题。

我的脸向左转，一边喝着可乐，一边慢慢地从头欣赏着那一溜小姐，刚才进门时，我只看到了一大堆晃眼的激动不已的色彩，却一张脸也没有能看清楚。

而父亲的脸此刻却向右转，盯着乐池，等待着弟弟的登场。

在柔和的萨克斯的催眠下，十几对男女正在舞池里跳着两步。

我注意到，有几个美丽的姑娘已经被几个猥琐的男人带走了，对此我只能干瞪眼，这是没有办法的事情。

对我这样一个喜欢主持公道的男人来说，生活无疑是一个痛苦的折磨。

像我这样出色而又满怀柔肠的男人如今是越来越少了。

你们的悲哀就在于你们的美丽在枯萎之前没有得到相称的尊重，就像我的才能没有得到足够的重视一样。

后来货币变得日益重要起来，这对我们来说是个好消息，它无与伦比的媒介作用赋予了我们更多的避免被埋没的机会。

所以，我们要尊重钱，它腐蚀我们但不是生来就为了腐蚀我们的，它让我们骄傲但它并不鼓励我们狂妄，它让我们自卑是为了让我们自强，它让我们不知廉耻是为了让我们认识到，我们本身就是这么不知廉耻。

从在这个星球上出现的第一天起，它就坚定地抱着帮助我们的善良愿望。它们四处奔走，缓解了我们的窘迫，我们应该公正地对待它。

这时，那令人心碎的萨克斯终于停了，舞池那边的灯光忽然亮了起来。

我看到父亲重新调整了一下坐姿，弟弟和他的骨骼乐队就要出现了。

但是在片刻的宁静以后音乐大作，从后台鱼贯而出的却是一个个身着时装的模特儿，一个报幕小姐面带微笑地说，现在是时装表演时间。

由于失望，我们都无心观赏。

其实事后我想起来，那种时装表演是很过瘾的，虽然都是些业余水准的模特儿，但她们尽了她们最大的努力来满足你们，她们自有她们的可取之处。

看来我们不能再消极等待下去了，我们是来找弟弟的。

我向站在墙边的那位服务小姐招了招手。

"先生，你们还要点什么？"

我告诉她，我们不要什么。请问乐队表演什么时候开始？她说，已经结束了，每天晚上八点半到九点是乐队表演时间，现在已经十点半了。

那么乐队的小伙子还在吗？她说不知道。

我告诉她我们是找那个吉他手的，能不能帮我们到后面去问一问。

她说可以。

没一会儿，她从后面转过来了，依然带着那种标准的微笑，对我们说，他们一表演完就走了。你们可以明天再来，请记住是八点半到九点。

父亲马上对我说，我们现在就到弟弟住的地方去，一定会找到他的。

我反对这个建议，我说你明天还要早走，那就算了吧。

并且我答应父亲，明天或者后天，我一定去看看弟弟，那么大的人了，他自己会照顾好自己的。

父亲这才在他的座位上安静下来。

我冲他一笑，然后下巴往我的左侧一指。

既然弟弟不在，我说爸爸，我们就可以干点其他事情嘛。

父亲开始注意坐在墙边的那一溜浓妆艳抹的小姐了。

他眼睛一亮，好像第一次发现她们一样。

怎么说呢，爸爸，你比你的儿子狡猾多了。

"她们都坐在那儿干吗？"

我不知道父亲是真不知道，还是假不知道。

我告诉他，她们在等生意，她们可以陪你聊天，或者陪你跳舞，或者让你带回家去。

当然，这一切首先是一次商业活动，受价值规律的支配，同时宏观调控也是可以实现的。

"这怎么可能？这些全是？"

父亲觉得难以置信。

她们可以组成两支篮球队了，一支北上，另一支南下。

我仍然不知道父亲是不是真的不清楚，应该说，老爷子算得上是一个见多识广的人了。

但是年过半百的父亲的造作是我此刻可以接受的一种造作，一点也不让人讨厌。

"她们看起来都很漂亮，也很会打扮。"

父亲继续说道，像是自言自语。

当然，在这里做生意的，身价要高一些，没本钱是站不住脚的。

但是我坚信一千块搞一把的女人比五十块搞一把的女人要精彩二十倍，这也该算是一条真理。

不管你同意不同意，这也该算是一条真理。

"但是——她们看起来，年龄都很小。"

父亲说完，脸上难免有了一丝不易察觉的猥琐的神色。

我说爸爸，你一定要克服你的心理障碍，那是不必要的，额外强加给你的。我说过，对我来说和像妈妈奶奶那么大的女人睡一觉，以及对你来说和妹妹孙女那样大的女人睡一觉，同样都是我们男人对自己的一次挑战。我们没有理由拒绝这样的挑战，我们不要让自己失望，也不要让别人失望。来吧，和你六亲不认的儿子一起做出个样子来，给他们瞧瞧。

我和那个长得像中学生的女孩乘一辆出租，我们是先到的。

那个女孩长得娇小玲珑，很合我的胃口。

在车里我就装出一副老练的样子，搂着她，她也很自然拿出小鸟依人的姿态，妈的，我们太像一对情侣了。

我们都进入了角色，神摇步随。

她让我叫她"小铃铛"，多好听的名字。

我知道我只要轻轻地一摇她的身体，她就会发出一串美妙动听的风铃声。

我在路上已经计划好了，我独此一间的房子如何分配。

小铃铛一下车就抱怨怎么没有路灯，怎么这么偏僻。

我对她说，没关系，你不用担心，我们都是厚道人。

我说得非常认真，在我印象中，我不记得还有比这更认真的时候，父亲他们的车随后就到了。

父亲那一头新染的无可争议的黑发先从车里钻了出来。

我看着父亲走到车子的另一边，得体而又富有风度地为那个叫李红的姑娘打开了车门。

我的天哪，父亲为一个婊子打开了车门，并且殷勤地扶她下车。

每一个动作都闪烁着经典的光彩。

我说爸爸，我真的为你感到自豪，虽然看起来有点慌乱，但是你已经足够伟大了。

李红是那一溜婊子中最老的一个婊子，之所以如此选择，完全是因为考虑到父亲的那个一时半会儿难以克服的性欲界限。

李红比她的同伴们老得多，这是很显然的事实，当然也老不到三十以上去。

这个据说还在一家手表厂上班的业余婊子对自己今夜的"中标"感到意外之余是颇有几分得意的。

但是得意的婊子谁见了也不会喜欢。

我们四个人分成两拨，一前一后，向我的住处走去。

外面已没有什么行人了，我估计也该到了子夜时分。

父亲撇开李红，从后面追上来，神色紧张地把我拉到了一边。

"我有个不好的预感，真的。"

"什么？"

"朱武可能来了，正在你的房间里。"

在我们说话的同时，李红和小铃铛就汇合到一块去了，这不能不算是一大失策。

我回头注意到，李红一边用眼睛盯牢我们，一边小声和小铃铛商量着什么。

事实证明父亲的担心是多余的，我们来到了楼下，仰头看到我那扇窗黑漆漆的，没有灯光。

一楼还有一家亮着灯，不时地传出一阵咳嗽声。

但是她们这时拒绝和我们上楼，就在楼梯口站了下来。

我小声而又焦躁万分地冲身后挥挥手，冲啊。

但是她们就是不走了。

"我们先把钱谈好。"

李红说。

"上去再谈不好吗？三楼，不高。"

"不，还是在这里吧。"

她说得非常肯定。

我们没有办法，只好尊重她们的意见。

同时父亲也请她们尊重我们一点，和我一道站到车棚那边去，不要站在别人家的窗下谈他妈的价钱。

父亲一个人继续站在楼梯口，我认为这种事我出面就可以了。

经过几次反复，李红终于先报了价。

"一千。"

我知道，我知道一千只是很小的一笔钱，但是很遗憾，到目前为止，我还不得不承认它是不小的一笔钱，相当于我一个中篇的稿酬。

按时下的比价，折合一百二十五美元，你看，这样听起来就不那么吓人了。

也就是说，她半小时的劳动相当于我至少一个月的劳动，这有点不公平是吗？我把脸转向一直没发言的小铃铛，我对这位纯洁的姑娘还抱有某种真诚的期待。

"那么，你呢？"

她对我的问话似乎感到十分意外。她说，当然也是这么多，她们是一起出来的。

小铃铛，小铃铛，你太伤我的心了，我一直以为像我这样的人和你们不是一家人，也算得上是亲戚啦，你们怎么能一点人情味都没有呢？在我热诚的感染下，她们终于把价钱降到八百，也就是一百美元，但是没有再降的余地了，她们说，我可以去问问，在金港的，或者龙门混的，都是这个价，她们不能坏了规矩。

我请她们等一下，然后我来到父亲身边，低声问他，身上有多少钱？

父亲说也就三四百吧。

我估计我身上连硬币都算上，大概也最多这个数。

这会儿我的头脑特别清醒，我回头看看五步开外的、在月色中亭亭玉立的两个姑娘。

她们站立的地方离我很近，就一百美元的距离。

我口袋里的那个阿拉伯数字的后面如果不是￥，而是$，就好了。

美元就是美丽的元，美好的元。

最后不得已我做出了痛苦的决定，这次我就算了，就夹紧双腿吧，把我们两人的钱并在一道就成全我父亲吧，他大老远来的，不容易。

但是父亲听了我的话以后，似乎大吃一惊，什么？她们要多少？父亲一口否决了这个价钱，他的态度比她们对这个价钱的坚持更为坚决，更为不可动摇。

说到底，父亲他们始终是可以完全否定自己性欲的一代人。

我知道你的意思，爸爸，是八百块钱就应该得到八百块钱的尊重。但是你真正了解八百块钱吗？她们值这个价，她们童叟无欺。

我再三克制住自己，我不想和父亲就此大吵一顿，惊了别人的好梦。

我只能埋怨自己，你瞧瞧，我有多可怜，在两个不可改变的意见之间，像个满头大汗的小丑，东跑西奔，上蹿下跳，最后只好放弃我的努力。

看起来她们一点也不同情我尴尬的处境，毫无愧色地接过我给的五十元钱，小声议论着自顾到大路上去叫出租回家。

她们就这么走了，我不能原谅她们，虽然我心里其实对她们很欣赏。

她们本身就是原则的一部分，我只是奢望这个原则能有那么一点人情味而已。

正是这个不时出现的不肯泯灭的奢望，对人情味这样或那样的奢望，在毁灭中造就了我，使我不小心成了一个艺术家。

父亲在我的前面步履沉重地上楼，我在后面跟着，我们谁也没有说话。

等我们打开门，打开房间里的日光灯以后，父亲和我不禁都惊得叫出声来。

胡子拉碴的弟弟和衣睡在我的床上，鞋也没脱，但是人已经睡着了。

经这么一折腾，我发现父亲一下子就老了下去，头发都无力地耷拉着，脸色蜡黄，额头全是皱纹。

他双手摊开，坐在椅子上，日光灯惨白的光线照着那张疲惫不堪的脸，使我不忍心正视这一切。

看来这也是天意，弟弟还需要一个体面的没有污点的父亲，我们眼下仍然还需要一个体面的令人尊敬的父亲。

弟弟不愿意和我在那张沙发床上将就，更不愿意和父亲在那张睡过很多人的木板床上将就，他执意要回去，实际上他被灯光刺醒以后，爬起来就走了。

和父亲没有说上两句话，他明白这样会面的目的就是让父亲见他一面。既然见到了，他也就可以走了。

我陪他走到楼下。

弟弟是骑车来的，当然还是骑车回去，不过，那可是很长的一段路。

我对他说，你为什么不和父亲多说上几句呢？你以后会认识到，他是一个多么难得的朋友。

弟弟说，他困了，下次吧。

我也就没再说什么，我脑袋里空空的，这会儿不管我说什么，都会首先让我自己感到意外。

弟弟埋头推着车来到外面的大路上，和我打了个招呼就跨上车去，我忽然想起了什么，连忙叫他。

弟弟的自行车在空无一人的大路上打了个缓慢的转，重新停在了我的面前。

"什么事？"

弟弟快睡着了似的。

我告诉你其实也没什么大不了的事，我问他是不是那个叫小燕的女孩带信叫他来的？

他说是的。

我说，奇怪，她怎么就能一下子找到了你呢？弟弟说，那你该问问她，我怎么知道。

"她是你女朋友吗?"

"不是。她可能总以为是吧。干吗?"

不干吗。我预感到小燕会来找我的,现在我有更充分理由和她以我简洁明了的方式相处了。

真是太好了。

想到这里,心里那种性生活刚进行了一半的感觉重新升腾起来。

弟弟晃晃悠悠的背影终于在路的一端消失了。

我还在路边站着,我想到父亲,心里有了些内疚。

女人嘛,对我来说,总归是有的,没问题,但是对父亲来说就不一定了。

我让父亲和我穷折腾了一天,却什么也没有捞到。

一头豹子寻觅了一天如果没有找点吃的,晚上当它面对一窝小豹子时,它会内疚。

同样,一头已经足够健壮的小豹子,面对一只因为年老伤病或其他原因而不能再出去捕捉猎物的老豹子时,它不应该感到内疚吗?所以,当一辆送客归来的马自达飞快地从我的左侧驶来时,我便机械地伸出了我的左手。

王晴穿着一件白色的睡裙,睡眼惺忪,她一开门劈头就骂我疯了,说我又哪根筋搭错了,怎么这个时候找过来。而且平常她是从来不邀请我到她的住处去的。

我知道她住这儿,但我是第一次来,我已经违反了我们约定俗成的规则。

她看我神不守舍可怜巴巴的模样,大概动了一个老女人的恻隐之心。

王晴让我快进来,就像我是个被通缉的地下党似的。她还探头看了看门外,然后轻轻地把门关上了。

看来还算幸运,我没有和王晴这棵树上的另一只或者另几只猫头鹰撞车。

我坐在沙发上,目光呆滞地看着那个睡裙下清晰可见的力士香皂味的身体。

它的温度比此刻宜人的室温要高上十至十五度。

我的手插在裤兜里,这时碰到了一团凉冰冰的东西。

我把它拽了出来，是那条值零点二五美元的银项链。

王晴眼睛一亮，她说这是送给她的吗？我说好吧。

她把项链随便地缠在手上，并不怎么当回事的样子，我知道她一眼就看出它的实际价值了。

她早就练就了这样一副眼力。

王晴问我有什么事？我说没事，没什么大不了的事。

她问我到底有什么事？我就问她（是的，我想尽可能地说得坦率一些），我们除了通奸关系，是不是应该说还有一点友谊？或者说，我们也算是朋友了，对吗？王晴回答得很谨慎，她说，就算是吧，那又怎么样？我想请你帮我一个忙，真的。说完我用充满期待的目光看着她。

另外，此刻我双眼因为发涩而满含泪水，这使我的目光更有分量了。

王晴显然被我从来没有过的严肃所感染。她说，只要她能帮的，她一定帮我，平常她也是这么向我标榜的，她始终觉得自己是个挺能干的女人。

我说，我想请你和我父亲睡觉，好吗？他是我这个世界上最爱戴的人，你会像我一样爱他的。

王晴脸色一阵发白，她觉得自己受了侮辱。

我完全可以避开王晴的巴掌，但是我没有避开，我眼睁睁地看着她的右手划了一个完美的弧线，然后重重地落在了我的左脸上。

在承受这个巴掌的过程中，我心情非常平静，我想到了小铃铛和李红，还有更多的更出色的婊子们，她们比王晴实在多了，很多问题，我和她们一定会谈得很好，谈得很投机，因为我们坐在一张像草席那么大的美元上交谈，牙齿一叩就是金币的声音，所以我们都能做到诚实。

但是，很多道理我是没法让王晴也懂得的，因为我和王晴从一开始，就处于他妈的那种什么也不是的虚幻不真的关系之中。

再接下来的事情，稀松平常。

半个小时以后，我躺在那张柔软的席梦思上昏昏欲眠，难以克服的厌恶在一个单身女人的卧室里蔓延开来。

恍惚之中，我忽然觉得自己在这已经过去的一天里什么也没做，哪儿也没去，只是和一个三十四岁的女人在虚无的中心终于干完了一件可以干的事情。

清清的河水蓝蓝的天

何顿

一

汪宇总觉得自己的一生中最有诗意的岁月便是知青生活。"我要到知青点去一趟，明天清明节我再赶回来。"他对冯焱焱说，很向往什么地觑着她，"我昨晚做一晚的梦，尽是梦见知青点的生活。你和我一起去不？"

"我不去。"冯焱焱没把他的话放在心上。丈夫几年前就对她提及过要去知青点并发出非去不可的赌咒却又没有去什么的。上两个月丈夫又摆出要去知青点的架势，行李都准备了却由于一笔买卖又未付诸行动。因而隔三岔五丈夫就总要信誓旦旦地这么说上几句，冯焱焱当然就听腻了。"快吃面，等下又会迟到。"她吼了句儿子，"快吃。"

汪宇的两只眼睛不屑地瞥了妻子一眼，接着也把目光抛到儿子那白嫩红润的脸蛋上。儿子生着一双略为鼓起的眼睛，脸型却是妻子那种圆脸型。"快点吃面，"他也催促儿子说，"迟到了老师又会要留你的校，听话。"

儿子读小学三年级了，调皮，学习成绩一般，因不做作业经常被老师留校，这令冯焱焱十分生气。"你今天再不做作业，看我不打死你！"妻子威胁着训斥道，"没点用的东西。"

"算了，"汪宇说，"是这样的崽，有什么办法？"

"你太不管他了，"妻子埋怨他，"他就这样长大，保证没有出息。"

"对我们的儿子要有信心。"汪宇有点恼怒她，"你对他从小就灌输这种思想，他长大了就会以为自己真的没用，到时候你要负责任。"

"你怪我呗？"妻子瞪着他，那双不再动人的眼睛里充斥着烦躁，"你一天到晚想赚钱，钻山打洞，又赚了几个钱？"进而说："你从没管过儿子咧？你看楼上楼下的啰，他们都把自己的子女送去学画画学写字，送进送出，你呢，什么都不管！"

"你不晓得送?!"

"别个都是父亲骑单车送呢，你有摩托车都不送?!"

汪宇骑的摩托车其实是一辆玉河50"土狗子"，前年他花四百块钱从一朋友手上买的，经常烂在路上而令他头疼，如今陆陆续续花的修理费都不下四百块钱了，可依然是动辄"撒娇"，令他怒不可遏。"等我下半年搞辆好摩托车骑就送他到青少宫去学画画。"他瞧着儿子说。

儿子喜欢画画，当然是画大炮火箭飞机坦克这类他只在电视和图书上见过的武器。

"你做好事。"妻子鄙夷道。

儿子的面还只吃到半途中，墙上的石英钟却显示出了时间的紧迫——七点半了，冯焱焱尖吼一声，"算了，"她站起身拎起自己的皮袋，"反正饿一餐也不会死，快去背书包，走走。"

儿子丢下碗筷，高兴地叫一声"好咧"，拿起书包冲他说了句"拜拜"，忙跟着母亲出了门。

汪宇心里有点凄然，而且这种心理就像雾一样总在他脑海里升腾，拼命想赶也赶不掉，相反，这种心理恍若丝带一般把他的脑袋绑得绷紧的，使他越发忧郁。"我要去知青点看看，我一定得去，再不去我就会死了。"他这么说，心里一凉，不觉为自己命运多舛而进一步悲哀起来。"我什么都没有，钱没钱，爱情没有爱情，冯焱焱喜欢他们公司的王经理。"早在五年前冯焱焱就对他存了离异的心理，那时候他在厂生活服务公司打杂，脖子上生了甲状腺肿瘤，一头乌发竟掉得秃了顶似的。"你活得没点样子呢，还是个男人！"冯焱焱一脸轻蔑地盯着他。那是一九八九年四月一个淫雨霏霏的半夜里，连续半个月天天大雨小雨地落得冯焱焱情绪很坏，当然就没有心同他做爱。"我不想就是不想，"她把他的手从身上拉开说。"你上班好玩样的，不要动半点脑筋。我要作古正经上班，我要睡觉。"汪宇一百个赤诚地看着她，"只要几分钟就完事了，真的。""一分钟都不行，"她反感地瞥着他，又一次坚决地揎开他的手，"你只晓得干这种事，又不晓得学门技术换个好工作！我不喜欢。"窗外雨淅淅沥沥地传进来，空气湿度很大，桌子柜子上全有一层水汽。他呼吸有些急促地瞧了妻子分把钟，"三十几岁的人了，想学技术也是空的！"他说。妻子指出说："那你就去做生意呀。你一个男子汉在厂里种树，还没有三十四岁，什么事情都不会做！你不觉得丑，我做妻子的都为你感到丑！""你嫌我是不？"

"不是嫌你，"她来火道，"你这样下去，我要跟你离婚。"她用一种厌烦的眼神瞥了他一眼，扭开头。那时候冯焱焱心里还没有王经理这个人。那时候冯焱焱还在厂资料室负责外文翻译这方面的事情。一九九〇年大年一过，她调进目前所在的这家中外合资公司后，整个人一下子就变了。从前三天两头地指责他一半是嫌他，另一半是出于鼓励他和刺激他奋力向上的思想，现在从她嘴里吐出的冷嘲热讽中却含着几缕出自内心深处的冷漠了。身为丈夫的汪宇当然不难体会出来。而且，有好几年都不注重穿着的她，忽然就讲究起来，十天半月总要到服装城去遛一遭，买一两件合身的新衣，一回到家里就冲着镜子左照右照转来转去的。她当然不是为他打扮。她还跑到省歌舞团去学"国标"，每天早上还站在阳台上压腿，她倒是对生活充满了信心。他看在眼里，嫉妒在心里，冷言道："你以为你还只二十岁呀？三十几岁了还尽是劲！怎么不多花点心事到儿子身上？"她不听他的，照样每天晚上去歌舞团学她的"国标"。

汪宇抽完烟，起身步入卧室打开抽屉，拿了三百元钱，"我今天无论如何要去知青点。"他下决心说。他打开大柜，拿出平常出客时才舍得穿的深蓝色隐条飞鱼牌西服穿上，系上一根廉价的黑底红花领带，擦亮上海牛头牌皮鞋，穿好，然后就精神焕发地出了门。

我当知青的那个时候，太阳是绿的，天空也是绿的，大地更是绿绿的一片，我生活在那个绿色世界里，做的是充满绿色的梦，瞧着的却是一张张绿色的脸。那个世界一直如烟一般在我梦中萦绕，不是说每天都梦见知青生活，那种本事本人还没有，但隔那么一段时间（长则几个月，短则几天）知青生活便能很好地侵入我的梦境。我曾企图赶走这种怀旧的心绪，就像某人想摆脱某件早已厌倦的事似的，但"她"却像一条善解人意的狗能狡猾地躲过我的理智，当我干完某件事后很称心或很不称心地躺在沙发上休息，眼睛望着窗外的天空想认认真真地休息片刻时，这条"狗"蓦地就扑入我的心怀并牵引着我的思想（另一条狗）到那片绿色的世界里去漫游。

就这么回事。

我现在不大乐意见到绿色，绿色太容易让我掉进回忆的泥塘了，那个泥塘里我的灵魂是灰暗而且痛苦的，当然是为爱情痛苦。

那片绿色里有一张绝对俊美的脸印在我脑壁上了，这么多年弹指一挥间地流逝了这张脸却仍清晰可见，恍若浮雕，怎么也抹不掉。

这便是知青生活时常撞入我脑海的一大原因。这张俊美的脸上有一双忧郁的眼睛令我神往。这双忧郁的眼睛知道我深情地爱着她，但她只能回避，因为她已经把自己的爱情交给了汪宇，无法再分一半给何平。

何平，这双眼睛在我梦里说：我很爱汪宇，我很爱汪宇，我不能又接受你的爱。

就这么回事。

那时候我和我的知青伙伴全很会吃，一餐吃个半斤八两是常事，当然拉得也很多。知青点的后面有一处土砖茅屋，粪池常常没有几天就满盆了。那时候吃得多一是劳动强度过大，二是油水少得可怜，炒那么大一锅菜只放一瓶盖子油，菜上根本就没沾油，只有菜汤上漂着几颗迷人的油珠子。二十几个男女知青吃那么点油，当然就要发狠吃饭才行。现在猪吃的潲水油都很重，真所谓生活迈进了一大步。我们那时候生活很苦，在我们下乡的大队，一个全劳力一天的劳动价值才抵人民币八分钱。鸡蛋在当时正好是八分钱一个，一天的收入才能吃一个鸡蛋！

一九七四年我从长沙市十一中学高中一毕业就打起背包出发了。那年与我一届毕业又一起下乡的有三个人，其中一个是我深深爱恋的方琳。记得我们三个知青是搭一辆往知青点送油的南京牌卡车去的。那是十月里一个晴朗的上午，我们三个知青先后爬上了卡车车厢，车厢里放了一缸菜油一缸猪油和一缸酱油。我们的行李就搁在这些缸盖上，各自管好自己的东西。我那天是第一次见到方琳。方琳不住在我们H局的宿舍里，而是住在她父亲单位上（她母亲在H局工作）。那天上午九点钟，她第一次走入了我的眼帘，穿身当时相当流行的文工团服，一手提着白铁桶一手拎着红塑料壳热水瓶。她父亲为她提着一口大皮箱，母亲揹着她的行李包。我不认识她那个瘦高瘦高的父亲，但认识她那个早已迈入中年却梳着一条姑娘才梳的长辫子的母亲，她母亲是H局办公室的普通干部，因为四十几岁的人了还梳着一根乌黑的长辫当然就有几分让人不顺眼而遭人背后讥诮，于是我理所当然地就认识这位长辫子女人。

长辫子女人的女儿一下子就迷住了我。

千真万确。

南京牌卡车在九点半的阳光里驶出H局大门，冲完一条长长的下坡，接着朝很陡的上坡挺进时，方琳的绿脸盆从她脚旁很好地滑到了我的脚前，这当然就提供了一个我可以同她说话的借口。

你的脸盆。我笑笑说，用脚把脸盆送到她的脚旁。她瞅了我一眼，没说话。

我叫何平。我装作无所谓地问她。你呢？

方琳。

你怎么跟你妈妈单位下乡？我找话说。因为常情是子女随爸爸单位下放。

我爸爸单位的知青点很乱，发生了三起知青跟农民打架。她说。所以爸爸要我跟妈妈单位下乡。

哦。我跟大人样的哦了声，一时找不到什么话说，由于心虚，隔了气就更加寻不出理由同她搭讪什么了。

南京牌卡车一到知青点，将一缸缸油卸下车，由一些老知青欢欣雀跃地抬进食堂后，我便被带队干部领进了汪宇住的房间。房里靠两边墙各摆一张两层床，但只有两张铺上挂着蚊帐叠着被窝，一张床上搁着箱子、热水瓶和碗什么的，另一张床上铺了层稻草，显然是留给我睡的。

汪宇，你房里住进来一个新知青。H局负责知识青年上山下乡的干部说。

汪宇正坐在桌前写信，折过头来说了声欢迎欢迎，上上下下打量了我几眼，又转头继续写他的信。

知青干部把我的背包放到铺着稻草的床上，说了几句要我开好铺、休息下就去食堂吃饭的话后，被一个知青叫去了。

汪宇写完信就正式调过头来瞧着我开铺，我姓汪，名宇宙的宇，他笑笑说，老弟你呢？

姓何，名平静的平。

老何。他表示友好地笑笑说。

我一愣，因为从我出生起还从没有人这么称呼过我。用老何来称呼一个十八岁的青年的确让人莫名其妙，可汪宇和我相识的第一天就是这么叫我的。千真万确。汪宇的父亲是长沙市H局的革命委员会副主任，但行使着一把手的权力，因为"文化大革命"中我父亲从长沙市H局局长宝座上给造反派造反有理地揎下来后，第一把交椅就一直空缺。直到十年"文化大革命"结束我父亲官复原职为止。按说我应该认识汪宇，但汪宇的父亲是一九七二年从市经委调到H局的，家却没有搬来，故不认识。

何平，老何。汪宇说。你睡觉打鼾不？

不打。我说，终于把床铺好了。

你打鼾吗？

我不打。

我们说了一气这样的话，食堂里有知青便嚷嚷叫叫呷饭咧呷饭咧，有肉呷，快来咧。

呷饭去，老何。汪宇说。他转过身，冲着桌上一面椭圆形镜子整理了下发型，回转头望我一眼说，走啰。他一走出门便放开嗓门唱了句老《白毛女》电影中的歌：清清的河水，蓝蓝的天，山下的谷子望呀望不到边。唱完则冲一个拿着碗迈过来的男知青爽快地一笑，老严，有肉呷咧。

有肉呷，我们享新知青的福啰。老严说，瞥我一眼。何平你好，下乡了啰。

老严名叫严小平，住在我家楼上，我们从小就认识，我读小学时还和他打过一架。小平哥，我说。严小平只比我大一岁，在H局宿舍里以逞狠斗勇和偷东摸西出名，宿舍里的大人小孩都有点讨厌他。严小平下乡是他父亲积极响应毛主席号召所致，严小平完全可以不下乡，他哥哥还在他读高中时就当兵走了，他可以以父母身边无人照顾等理由留在城里等待招工。但他父亲觉得与其让他在城里等待招工的一年或两年里变得更坏，不如叫他到广阔的天地里去好生锤炼一下，借机改造思想什么的。当然，严小平就在父亲的再三威逼利诱下"滚"到了农村，就这么回事。

你这鳖胖了点唉！严小平拍了下我的肩头说，半年不见。

没胖。我说。

知青点的食堂里摆着两张大方桌，我和汪宇、严小平相继走进食堂内时，已有几个知青坐在桌前吃饭了。嘿，你好。冯焱焱率先和我打招呼。我笑笑，走过去装了碗饭，"帮厨"的知青便舀了瓢青辣椒炒肉倒进我碗里，又舀了瓢白菜倒入我碗内。

何平，你姐姐呢？冯焱焱叫我道，她和我姐姐是同班同学，一并是十七中乒乓球队的。

姐姐在屋里学做裁缝。我走拢去说。

冯焱焱移动了下屁股，我便坐到她一旁，这时我瞧见方琳昂首挺胸地迈了进来，穿一件红高领毛衣，两只乳房当然就很诱人地挺在胸前，下身一条灰裤子，脚上一双白球鞋。她漫不经心地扫了眼大家，径直走到打饭处打饭。从背后看，她的屁股略大，腰身则细，斜肩膀，梳着根她母亲那样的长辫子，整个儿极富青春气息。她的"入侵"把所有在座的知青全吸住了，仿佛走进食堂的不是一个女知青而是一个电影明星。你是新来的？我听见帮厨的知青边为她舀菜边嬉笑着脸问她。

嗯。她不冷不热地嗯了声，接着转过身走出了食堂，消失在自己的房间里。我注意到她的房间与我和汪宇住的房间隔壁处隔壁。

她不是我们宿舍的。冯焱焱感到奇怪地说，望着我。怎么下到我们知青点啰？

我从冯焱焱的表情上看出了一丝妒忌，我说，她妈妈是办公室的刘姨。

她有点像王晓棠。严小平叫嚷着说，脸上有些高兴。我们知青点来了个美女。

汪宇西装革履地走进了门楣上挂着"旭华办公用品批发部"白底红油漆字的房间。这间房子当街，不大，摆了三张旧办公桌，两张长沙发，桌子前当然还有几把椅子什么的。汪宇迈进去时，一个年轻人坐在桌前看报纸，旁边摆杯茶。"老华。"汪宇打招呼说。

所谓老华，不过是个二十七八岁的青年。长一个尖脑壳，是"旭华办公用品批发部"的"奠基"人，当然就是经理了。老华一度也在电机厂干，由于一锤子打开了车间主任的脑壳于是就辞了职。汪宇便是在他的煽动下毅然离开电机厂而投入他的怀抱的，无非是企盼口袋里拥有那种镶金边而且是仿宋体字样的"汪宇 业务经理"之名片，这递到熟人手上绝不会脸红，反倒脸上有光。因为无论从哪点说，"经理"两个字不但香气逼人而且还会让有些人景仰什么的。"怎么没骑摩托车？"老华开玩笑地望着汪宇，"你的摩托车呢？"

"我今天想到岳阳去。"汪宇说。

老华望着他，端起茶杯呷口茶。

"我表哥在岳阳师范当管后勤的副校长，"汪宇说，坐在长沙发上，递了支白沙烟给老华。"我准备去走走关系，看我表哥学校需不需要进办公用品，如果要，就是一笔大买卖。"其实汪宇去年就跟他那个当副校长的表哥写过信，他表哥回信说，学校的办公用品被指定在岳阳市教委劳动服务公司进，他无能力改变这种现状。汪宇打算从知青点回来后就把表哥去年写在信上的话向老华讲述一遍，好像自己真的去了岳阳。就这么回事。

"那可以，"老华高兴地笑笑，"学校的进出量大，要是能打通关系，那就够我们潇洒的。"

"当然。"汪宇说。

"我还准备六月份关了这店子。"老华说。

汪宇心里一凉，"关店子？"

老华说六月份房东要把八百元一月的租金提升到一千二百元一月，而他们三个人（还有一个姓李）平均一个月才赚二千多元，房东几乎吃了他们收入的一半，这岂不是为房东做事？干劲从哪里来？所以他老华准备关了这店子做别的事去。"没劲，搞来搞去，等于是为别人做事。"他是指房东，"那我还不如在家里睡觉，自由自在。"

两年前，即一九九一年的这个时候，三个人天天聚在一起热情高涨地谈论着生意经，很有一番雄心壮志地创办了这家"旭华办公用品批发部"，为此还为打通关节费了不少周折，当然也破了不少费用。原以为开张的鞭炮一响，财源就会滚滚来，门板都挡不住而变成长沙市的邪大款"，令妻室儿女过上幸福生活且令朋友们刮目相看什么的。结果……也许一开始他们在议定事项的时候就太显小家子气了，在讨论月薪为多少时三个人竟一致通过都拿四百元一月，年底再进行分红。四百元一月在一九九一年虽比普通工薪阶级略高一点，但早已不是令人羡慕的数字了，这似乎一开始就给他们三人企图拓展的事业定了个灰色的基调，果然生意就不景气得很有点惨淡经营的味道。去年年底分红，一人只拿了一千七百元回家，还包括四百元工资在内，这叫在中外合资公司里拿高工资的冯焱焱很有些不屑一顾。冯焱焱的月薪刚好是汪宇的三倍，用数学老师的话说则是三四一千二，这确实令长沙市绝大部分厂矿的工人阶级硬骨头和中小学的人民教师仰慕并且情不自禁地咂舌。偏偏年底还拿什么双薪，四六二千四，又得了个五千元的所谓"红包"，她当然就可以正眼也不着地冲汪宇大气道："你那点钱做好事，留着你过年用，我不要你上缴。"这很有点挫伤汪宇身为一个大男人的自尊心，使他感到妻子离他进一步地远了。"你们几个没点思想的男人晓得赚什么钱啰？"妻子曾经就这么断言说，"能养活自己就不错了，保证搞不了两年就要关门散伙。"虽然冯焱焱采用的是激将法，语气中有一半是刺激他们去发狠赚钱以证明自己有本事，但另一半却明显是不把他们谈论的理想和野心当回事。难道真的就让她冯焱焱这么轻易地就言中了?!

不能，断断不能，所谓人活一张脸，树活一张皮。

"老华，店门不要关，"汪宇说，"我们大家想办法，多搞些业务，不怕。"

"有业务当然这几百块钱就无所谓，"老华说，瞧着汪宇，"现在就看你到岳阳去联系的结果。"

两个人扯了几句，汪宇便做出马上要去岳阳的情形走了出来。

二

他当然没去岳阳，一中巴乘到了汽车东站，爬上了一辆去福兴乡的长途客车。当汽车启动，驶过几条街，把喧闹的长沙市抛在背后且加速朝福兴乡疾驶而去时，一度看熟了的山水、田野和树木便海浪般涌过来，一下子就淹没了汪宇，于是思想就鳄鱼一般在往事的海洋深处啃噬着他的心。"方琳方琳方琳，"他心里这么情深意切地呼唤道，"我来了，来了。"

我们知青点建在距长沙市八十公里远的福兴公社光明大队（那年月不讲乡和村）的一座遍地皆是茶树的山坡中间，始建于公元一千九百六十九年冬。一九六九年春，高中毕业且在城市里逗留了大半年的七个男女青年（均是H局的子弟），怀着改造中国与世界的抱负，告别了父母兄妹及自己十分依恋的城市生活，充满殉道精神地来到福兴公社光明大队，一来就摆开了扎根农村一辈子的架势，开山造田办林场，并建了这幢七间住房一间能集体用餐的食堂及一间安放农具的学习室。学习室的门楣上用红油漆写了三个隶书美术字，"学习室"。一九七四年我下乡时，塞满各式各样的农具早已不成为学习室的那间房子的门楣上仍留有"学习室"三个字，不过当然不像当年那般红艳艳，相反，有几处笔划的油漆业已剥落。我是通过对字形的理解一眼就判断出"学习室"三个字的。当年坐在这间学习室里悉心阅读毛主席著作并先后举手发言大谈心得体会的七个男女知青里，我下乡的那年就剩了一个。姓郑，我们都尊称他（也有点戏谑之意）"老满哥"。老满哥怀着阴暗的心理回忆着告诉我们说：最先几个月，一到星期二、五晚上，七个人就聚集在这间学习室里学习毛主席著作，还传阅各自写的学习心得，但六月伏天一到，花脚蚊子就弄得大家心慌意乱了。晚上，都坐在蚊帐里才能与蚊子断交，学习当然就被弃置脑后了。老满哥——这位大队林场及知青点的缔造者，之所以没被推荐上大学、当兵或招工，纯粹是他的家庭背景太黑暗了，爷爷是资本家，伯伯是国民党将军如今仍在台湾"国防部"高就，最主要的是他父亲被冠上伪职人员兼军统特务的大帽子后，居然敢"畏罪自杀"，从H局的办公大楼的四楼窗口里飞下来，当然就粉身碎骨了，以致H局里的大人小孩一到晚上就害怕从那里经过。老满哥表面上玩世不恭，时常捡些灰色的玩笑开，大家都认为老满哥是最正确面对现实且活得很理性的人，都没料到他事先不做任何广告地突然就走了他父亲那条通幽的曲径，这是不是过于子承父业了？太有点令人想不通了！这是后话。

知青点所在的林场，从前是一片树木被农民砍光了的荒山坡。

我下乡的那年，荒山坡（两百多亩）已有四分之三的面积成了一块块梯田，梯田上种着一棵棵茶树，有的尺许高，有的却齐腰高了，还有几块梯田上却种着红薯和玉米，很少的几块，被冠上"试验田"的美名，其实不过是种些喂猪的饲料。红薯藤及红薯，基本上是用来喂大队猪场里的猪，吃红薯一是胀肚子，二是时不时要打屁，打出的屁又很臭，当然知青们就都不愿意吃，知青没有水田，口粮分在各个生产队。一到春插、"双抢"、秋收，知青们就下到各自的生产队去农忙，待农忙结束又回到林场里继续开山造田。我下乡的第二个星期便赶上了秋收，那天下午，大队王书记，一个脸上长着两只金鱼眼睛的中年农民光临了知青点。王书记自然是穿四个兜的干部服，头发往后梳着，使我一惊的是脚上竟穿双黑亮亮的皮鞋。开会开会，他叫嚷着说，手上夹根纸烟，站在知青点前那棵高耸入云的千年樟树下。于是就有想在王书记面前讨好卖乖的知青跟着嚷叫：开会开会咧。

知青们正在午睡，听见喊开会便从各自的房间里捅了出来，一并走到了樟树下或坐在地上或站着，有的却是坐在自己搬来的凳子上。不知是什么反自然现象，一到夏天里，这棵遮天蔽日的大樟树下却格外阴凉，仿佛温度要比左近周围的阳光地带低个好几度，无论你怎么大汗淋漓热得要命，只要在这棵大樟树下坐上几分钟就汗收得一点不剩且让你心情平静甚至蔚蓝什么的。我是第二年夏天才领略到这种好处，多少年过去了，我至今仍百思不得其解。就这么回事。

都来了没有？王书记扫了眼全体知青。

都来了。一个老知青说。

我到县里学习了十天，新知青来了我欢迎。王书记鼓着两只金鱼眼睛拉腔拉调说，望了眼他感到陌生的我、方琳（他多看了方琳两眼）和另一个新知青。但是，我们贫下中农最看不得城里来的水佬倌（土话，即二流子），到我们大队来，就要虚心接受我们贫下中农的再教育，好好劳动，改造思想。不然的话，贫下中农就跟你来三担牛屎六篾箕，硬的！我丑话先说了，要用心记住哦。接着他又说，明天每个人都下到各自的生产队去秋收，新知青，他从四个兜的蓝干部服口袋内掏出了一张写有我、方琳及另一知青名字的烟盒纸。何平是哪个哦？

我。我弓起腰说。

王书记瞥了我一眼，你明天就跟汪宇去返江生产队劳动……次日一早，吃过早饭，我便跟汪宇、冯焱焱和另一名女知青去返江生产队忙秋收。返江生产队离知青点一里多路远，拐过两个山坳便到了。在大队知青林场负责指导知青开山造田、种茶树、红薯、玉米及黄豆、蚕豆和花生的歪脑壳文叔便是返江生产队的贫苦农民。

文叔。汪宇迈进文叔家那几间破烂不堪的土砖茅屋里时，文叔一家人正从田里走回来吃早饭。才吃饭唉？汪宇又笑着说。

冯焱焱则对我说，他们已经出了早工了。

坐啰坐啰。文叔看着我，你是第一次来？

我笑笑，以后会来得多。我说。

文叔吃过饭，抽了一支用旧报纸卷的喇叭筒（旱烟），接着就领着我们下田了。刈过禾吗？文叔歪着头看着我，脸上有点既嘲弄又高兴的样子。城里只有柏油马路吧？

我当然是顺水推舟说没刈过禾。

学学就会了，很简单。文叔笑笑。

其实我刈过禾也干过"双抢"什么的，读初中读高中，学校里是要学生学农的，当然是农忙季节去学。那个年代，学生不但要学农而且要学工呢！一年总少不了一次，短则一周，长则十天半月，我自然就刈过禾，而且也知道怎么去刈。我和冯焱焱、汪宇及另一知青一字排在一块稻子已经倾斜了的田头，猫着腰，背朝秋阳地忙碌起来，所谓刈禾就是把一束束业已金黄的稻子齐苑割断，并摆在脚旁，内中的关键不过是手脚麻利不麻利之区别。在我一旁刈禾的冯焱焱很快就撅着屁股遥遥领先了。冯焱焱好像是有意要突出自己似的，头也不抬地拼命干着，只有两瓣滚圆的屁股在我眼前一晃过来一晃过去，它使我产生了一点下流的想象又很不甘心。一个姑娘家居然可以干到我的前面去，那种想磨洋工的思想当然就退居脑后了，一咬牙便忍着腰酸背痛一个劲地朝前追赶她。我干到田头的时候冯焱焱则杀了回来，接应汪宇。

你还行吧？冯焱焱冲我笑笑说，又埋下头干，屁股一闪一晃地颇有点诱人。

我觉得自己的腰酸疼得要断裂了。便不再管什么表现不表现，索性坐到田头歇气。我从口袋里掏出浏阳河牌香烟点燃一根吸着时，汪宇也直起腰，扔下冯焱焱替他扫尾，缓缓走了拢来。老何哎，他说，借个火。

我把燃着的烟递给他。我腰疼得很，我说，冯焱焱……我没有把话说完，我虽然只来知青点刚几天，却已看出了冯焱焱喜欢汪宇，而汪宇却有点犹豫。我昨天中午吃饭时，无意中觑见冯焱焱站在井旁瞅汪宇的眼神（汪宇蹲在樟树下吃饭，与方琳说笑），那种眼神真可以说倾注了女人的全部爱情。

汪宇瞟一眼冯焱焱，女人比男人吃得苦也经得累些。他说，又折过头瞧左边田中间轰隆轰隆叫着的打谷机。那个年代的打谷机上没装小马达，而是把一只脚放到踏板上使劲去踩，就跟小学的唱歌老师踩风琴一样，双手却捧着一把把的稻子塞进打谷机内上下左右地运动着，好让谷子一粒不剩地落入打谷机内，再从前面的出口流进箩筐里去。

就这么回事。

那天的太阳一点也不是秋天的味道，绿绿的，晒得人头晕。稻田里自然是一派金黄，这儿那儿的打谷机轰隆轰隆不休息地响着，农民们忙得满头大汗，刈禾的，打谷的，挑谷的，不亦乐乎。好热，汪宇说，边抠着手上和小腿肚上那些被稻子豁开了口子的红肿处。我的小腿肚上汗毛很长，一卷一卷的，自然就挡住了某些锋利的稻叶的侵犯，但也有几处很痒的小红点，可能是什么虫子咬的。

你热不？汪宇调过头来问我。

当然热。我说，继续抽着烟。

冯焱焱提着旁边田头上的包壶迈了过来，另一只手上拿只海碗，你们呷茶不？她说，呷茶。我说。

冯焱焱倒了半碗茶水递给我。我端起碗呷茶时，不知怎么回事她注意到了我左腿肚上叮着一条寸许长的蚂蟥。你脚上有条蚂蟥。她说。

我这才感觉到腿肚那儿有点疼。

一拍，蚂蟥就会掉。冯焱焱很有经验地说，莫去扯，宝哎。

我依照她的话用劲拍了一掌，蚂蟥然就掉到了地上。我狠狠地拣起蚂蟥，那情形在冯焱焱眼里真有点勇敢什么的，把身上吃奶的力气全汇集到手臂上，一甩，那蚂蟥顿即在秋阳的田头画了道很小气的弧线，落在旁边那块已收割完毕的田中。我原很指望摔个百把米的，以显示自己的胆量和勇气，结果失败了。

你不怕？冯焱焱瞪着我。

这有什么好怕？我反问她。

那我有点怕。她笑笑说。

接着，我们四个知青又重新排在田头，从这边向那边"砍杀"过去。我一心想领头，想在冯焱焱面前显示自己的什么，十八岁的我怎肯甘居一个大姑娘的屁股后面呢？故革命加拼命地卖力干活，然而无论我多么发奋，她那两瓣浑圆的屁股还是先我一步冲到了田头，并且放了一个响屁。就这么回事。

中午在文叔家吃的饭，三个小菜一个荤菜，荤菜是青辣椒炒肉，所谓肉是一大片一大片的肥肉，且挺咸，然而已有一个星期不见肉了的四个知青，把文明礼貌统统还给老师了，一人几筷子，那些肉当然就奉献给了贫困的胃，连不多的一点油汤也被汪宇一扫而光了。吃过饭，我脑壳昏昏沉沉地朝文叔家一张肮脏的竹铺上一倒，睡魔就随手取走了我的理智。我睡得很沉，连梦也没做。

出工的钟声敲响后，汪宇摇了我好几下我才醒来。

做事去呢，老何。汪宇说。

于是我们戴上草帽，操起镰刀，一头扎进了黄灿灿的稻田里……那个下午，在我眼里好像没有尽头似的，不但腰疼腿发软，而且眼睛发黑晕，当然就再没有力气与冯焱焱比高低了，甘愿落伍地慢慢地干着，时不时直起腰瞧瞧蓝蓝的天空和金黄的田野及左近周围轰隆轰隆响得震耳欲聋的打谷机和东一嗓子西一嗓子嚷嚷叫叫的农民。好不容易才埃到散工的钟声敲响，太阳已经西坠，山坡的阴影长长地泼在大片大片的农田及曲折的泥巴路上。

收工了，汪宇说，径直走到田间的水沟里去洗手洗脚。四个知青洗了手脚，当然就相继往来的路上迈去。

好累的吧？冯焱焱瞟我一眼说，她的脸红扑扑的，很好看。

不太累。我说。

汪宇却一昂脸唱起了老《白毛女》电影里那支歌："清清的河水蓝

蓝的天，山下的谷子望呀望不到边……"汪宇的歌喉很好，歌声当然就悠扬地在田野上空飘荡。

回到知青点，我们吊起井水，重新洗了遍脸、手和脚，便走进食堂里打饭，然后身子散了架似的坐在樟树下麻石凳上向贪婪的胃交差。不一会，老满哥和严小平从山坡下缓缓走来，距他俩十来米远尾随着方琳。方琳穿件不新不旧的工作服，下身一条军裤，裤脚卷到了膝盖上，长辫子盘踞在脑顶，很别致。整整一天我被冯焱焱翘起的两瓣屁股惹得心慌意乱，一些下流的想象很不争气地涌现在我脑海里，这会儿我瞧见我想了一天的方琳，那目光当然就野兽似的扑了上去。使我惊喜的是，我投过去的目光竟有回报，她那两只黑亮的眼睛里也奔过来类似我的目光，如一片夕阳涂在我脸上。原来她也喜欢我，我心里说。

你们好过啰。严小平走近时冲我们斜着头打招呼说，坐在这里呷饭了。

才回来咧。汪宇说。

何平，呷什么菜？老满哥问我。

辣椒、蕹菜。

没呷肉哎？

没有肉。

老满哥和严小平就骂骂咧咧地走进自己的房间，拿着桶子和毛巾朝井旁迈去。日他的娘，严小平一口痞话说，累得贼样的，肉都没呷。

方琳走入自己房间消失了几分钟又出现在门口了，肩膀上搭条毛巾，好像是在等老满哥和严小平从井旁走开她再去洗脸洗手一样，老满哥和严小平一人一个赤膊一条短裤地在井旁满不在乎地大干着，那浸着井水的毛巾不但在背上和胸脯上擦，还朝短裤内深入，这自然使方琳不敢拢去。方琳靠门而立，头斜斜地靠在门框上，两个乳房极大胆奔放地挺在胸前。她知道我盯着她，她那双明媚的眼睛就也大胆地朝我瞧，有一阵儿，四只眼睛对望好几秒钟，这被坐在我一旁吃饭的汪宇发现新大陆样地发现了。

老何哎。汪宇意味深长地如此叫了声。

一星期后，秋收结束了，二十个知青又回到了由七个知青创办如今却在继续发扬光大的知青林场里劳动，自然是兵分两路，一路由歪脑壳文叔带领挖红薯收蚕豆种油菜什么的，一路由老满哥率领着一如既往地开山造田。我、方琳和另一个新知青当然归属于老满哥的麾下，因为按那七个知青林场缔造者（尽管六个早已远走高飞）不成文的规定，每个新知青都要造十块田。你们发狠挖啰，老满哥指示说，当然不要过急，时间还长。

这挖得完？方琳灰心地瞧着光山坡。

老满哥一笑，又不要你一天挖一块梯田。他说，不要性急，馒头要一口一口地呷。

老满哥喜欢坐在山坡上眺望远景，当然是独个儿眺望，抽着烟，一坐就是半个小时一个小时的。你走上去找他搭讪，他就不眺望了，用一双发呆的眼睛看着你。他的眼珠有点黄，有些狗眼睛味道，做事做事，他一副从睡梦中走出来的情形说，几点钟了？

我们掌握老满哥的特性后，就都不去打扰他的眺望了，任他坐在那山坡上遐想和眺望，他的两只狗眼睛在沉思时显得有些忧伤。老满哥坐在山坡上抽烟时，我们自然也可以不做事地坐在背阴处歇气，同时也眺望远方的田野和山脉什么的。一天上午，老满哥宣布歇气后，几个知青忙扔下锄头朝寝室方向走去，老满哥自己则迈到山坡上眺望去了。我没有动，坐在锄头把上不知道自己应该干什么，眼睛望着蔚蓝的天空和远处的田野，满脑壳都是方琳脸部的表情和眼神。那种眼神和那种表情是对我的爱意做出的反应，我想我只要大胆地挑明，方琳就会是我的了。

老何鳖。严小平笑着走拢来，想什么啰？

歇气。我说。

严小平望着我，我看出方琳对你有意思。

我脸忽地一红，这很正常。那个时候的年轻人一涉及恋爱方面的话题就禁不住脸红。

你注意点，我听王姨说方琳读高中的时候，在烈士公园同几个男同学搞错事被抓起过。

严小平的这几句话恍若大浪般打在我心头上，把由爱情派生出来的那份甜蜜全部席卷了去，真的哎？我满脸通红地盯着他。

我回去的时候，王姨跟我说的。

严小平早几天回了趟长沙，前天才回到知青点。我听王姨说她还受了处分。他又说。

王姨怎么知道？

王姨同方琳的妈妈在一间办公室，王姨的崽同方琳都是十六中学的，明年高中就毕业了，严小平说，也属于下乡对象。

严小平没有必要扯谎。严小平喜欢的是冯焱焱，就凭这一点，严小平说的话当然就让我深信不疑。联想到方琳在我面前的各种表现，就更觉得方琳品质有问题，不端庄而且过于外露还过于主动了点。我那时候十分单纯，当然就不清楚恋爱要因人而异。书本上几乎没有恋爱的故事，只有一个林道静和冬妮亚是我们的恋爱模式，仿佛沉静害羞的姑娘才是好姑娘，其他就不是东西了。严小平的这几句话毁了我的幸福，使我的初恋成了痛苦不堪的单相思。

就有这么严重。

严小平骂了句他妈的×，肚子饿了，望了眼碧蓝的天空就向老满哥那儿走去。

方琳出现在知青点的屋角旁，端着一杯茶，还在老远就冲我瞥了眼，那目光在太阳下一闪，很亮，她这是向我传送秋波，她为什么一点都不害羞？她的两个乳房怎么能够那样大？比冯焱焱和另几个年龄比她大的女知青看上去还丰满有肉而且鼓得多。女孩子的乳房是搞错事才变的，读书的时候，我曾听宿舍里的青年这么议论过。她在烈士公园里跟几个男同学搞错事！我心里的爱起来，几天前这种眼神是投掷到我脸上的，此刻却掷向汪宇了，我心里当然就有点翻江倒海，当然还有点失落什么的。方琳是知青点里九名女性中最青春美丽的！

那天下午知青们早早就收工了，忙着洗头洗澡和吃饭，好腾出点时间梳妆打扮一番去看电影。知青生活是很单调的，白天像贫下中农一样干活，晚上则聚在煤油灯下玩扑克，天天如此，腻味透了。所以，尽管福兴中学离知青点四里路远，尽管《铁道游击队》是大家都看过不止一次的电影，也只好去看。因为这可以热热闹闹地消磨一个晚上，还可以名正言顺地穿上压在箱子里一直想穿却又没有机会穿的好衣服，顺便抖抖神。

看电影咧看电影咧。一些知青叫嚷道。

你们去看，老满哥站在坪上说，我来守屋。

自然大家就倾巢而出，穿着自己最好的衣服，三五成群地走着，去看《铁道游击队》。

方琳穿一件淡绿色的呢子短大衣，一根长辫子在她腰际晃荡，笑声时不时从她们那几个女知青中飘扬过来，脆脆的，而且有点浪。

几个女疯子。严小平说，神经一样。

汪宇就对她们几个喊了一嗓子，神经咧。

几个女知青笑得更起劲了，你神经咧，一女知青尖叫着回答汪宇，那声音在空漠的田野上空盘旋了一气才隐去。方琳回过头来望了我们一眼，又回过头去咯咯咯尖笑起来，笑得腰都弯下去了，笑得树上鸟也跟着叫了起来。

真是几个女神经。严小平又这么说了句。

我们走到福兴中学的大门前，天已经黑了，从四面八方拥来的农民和知青把福兴中学的大操坪挤得水泄不通，大人小孩男人一下就转变成了厌恶和鄙薄她了。你呷茶瞬？方琳走近来瞅着我。

不呷。我说，昂起头。

做事做事咧。老满哥从遐想中醒过神来，两只狗眼睛四处观望着喊着，做事做事咧。

我起身抓着锄头挖起来，一下一下地挖着，方琳原本在我对面挖，就是说从那头挖过来。这会她拖着锄头笑着走到我一旁停住，挥舞着锄头，我两个人在那头挖没点味，她冲我说，我们两人一路挖过去好玩些。

三

她特意这么强调。

莫在我旁边挖啰。我口气生硬地说，一脸的爱憎分明。走开点，烦躁。

我说的话被站在坡上不远的老满哥听见了，他惊疑地瞥了我一眼，走开了。

方琳却没有走开，但埋下了头，一声不吭地挖着，眼睛不再看我，也不看任何人。从此，这双眼睛再没对我亮过。

几天后的一个中午，冯焱焱兴高采烈地在食堂里大声嚷叫，我宣布今天晚上提前半个小时吃饭，福兴中学放电影，看电影去。冯焱焱那天帮厨，不再另行通知。唉，什么电影？严小平盯着她。

《铁道游击队》。

《铁道游击队》老子看了八遍。严小平夸张地说，有什么看场？

我倒是真的看过三次。汪宇说，在长沙看过两次，学校组织看的，去年在福兴中学又看了一次。

我也看过。方琳说，瞧着汪宇装嗲地一笑，也是学校组织看的。

方琳的这个表情被我无意中捕捉到了，我心里顿时就不舒服。女人的尖嚷声此起彼伏连绵不断。电影还没有开始，我们想挤到中间去霸个好位置，但怎么也别想挤进去，因为你一挤，里面的人就用屁股顶你，你大声骂痞话，你再挤，被挤的人就用肘子捅你的胸膛，也不管你是男是女。

算了，挤不进去。方琳说，噘着嘴儿站在外面任我们去挤。

我也懒得挤了。汪宇说，又不是没看过《铁道游击队》。

我当然也就不挤了，退到汪宇一旁站着。

电影开始后，我们几个人只能望见一些黑黑的头颅和天上的月亮，顶多能望见银幕的上面那一线，而且是踮起脚仰起头看，当然就很累。脚都踮疼了，我说，脖子也抬酸了。

回去呗？汪宇烦躁道。

回去啥。我响应说。

汪宇就问旁边的几个女知青回不回去，你们未必看别人的后脑壳不烦躁？他问那几个女知青，我们回去了。鬼哎，走啰。

走走走走，不看了不看了。冯焱焱说。

我望了方琳一眼，她根本就不看我，好像何平已从她的生活里消失了一样。我心里很有点不舒服。当然就相当后悔那天下午对她的态度。我伤害了她，她不再理我了，就这么回事。月光如水地泻在我们身上，田野上空落落的，这儿那儿的树木全散乱地刺着天空，给人几点凄凉的情调。乡亲们哎，汪宇忽然这么毫无来由地大叫了声，我胡汉三又回来了！

严小平却学着《红灯记》里铁梅的叫声逼尖嗓门叫道：爹——声音拖得长长的。

爹不是你的亲爹，奶奶不是你的亲奶奶。汪宇学李奶奶的腔调说，然后哈哈一笑。

汪宇。走在我们身后的几个女知青里一个这么故作亲热地小声叫了声。

汪宇。方琳也这么叫了声。

汪宇就拖长声音道：哎——方琳。

女知青嘻嘻哈哈地大笑起来，当然就有喜欢玩的知青推方琳，去呀去呀，汪宇喊你。汪宇喊你你还不去？知青点的美男子喊你方琳咧。女知青在月光下七嘴八舌地推攘着方琳说。

汪宇就进一步开心说，方琳，我们游田埂子去啰，来啰。声音在月夜清爽的空气中振荡。

汪宇的脑海里闪现了一双水汪汪的眼睛。这双眼睛在一个毛毛细雨的上午靠着樟树望着他。那是七月里一个"双抢"的日子，那几天正好是方琳帮厨、其他知青全下到各生产队忙活去了，一大早就倾巢而出，要断黑了才饥肠辘辘地走回知青点。方琳当然就异常孤独。汪宇是一清早出门时香烟扔在桌上忘拿了，向何平素了几根烟抽，但不好意思再要，农民抽的旱烟一进口就辣喉咙，而且口要臭半天，只好利用歇气的半小时回知青点取烟。你好。他瞥见方琳站在樟树下便打招呼说。

方琳冲他嫣然一笑，你好。

汪宇迈到自己门前，打开锁，拿起桌上的一包浏阳河香烟，匆匆点着一支，抽了几口猛的，这才又走出来锁门，他忽然感到背后一双眼睛灼热地盯着他的脖子，以致脖子有被骄阳晒着的异样感觉。你站在那里不怕被雨淋湿？

这里没雨。她说，仍偏着头瞅着他。

汪宇冲着她的眼神径直迈了过去。雨仍是毛毛细雨，匀匀地下着，屋檐上缓慢滴着雨珠，地上已湿润润的了。樟树下却是一片干燥的土地，但反倒比几步外湿乎乎的坪上还凉快些。从五月份开始，这棵枝叶繁茂高耸入云的樟树下，每天晚上便聚集着一堆男知青，总要海阔天空地谈古论今地聊到子夜，室内的气温明显降了好几度才各自回房睡觉。歪脑壳文叔告诉知青说，一九四四年，一路从岳阳开来的日本兵，把国民党的一个大胡子团长吊在这棵樟树下开膛破肚，那个团长率领全团士兵守着这个山头把日本兵打得很恼火，为的是阻止日本人进犯长沙。这个真实的故事让很多男知青希望回到那个时代，好当团长师长什么的。汪宇蹀入樟树下时，抬头望了眼密不见天的枝叶，这才瞧着方琳，这树下好凉快唉！他心情蔚蓝地说。

嗯啰。方琳说。

你好过，躲过了累死人的双抢。

我情愿去双抢，一个人没点味。

一只打屁虫飞到了方琳的肩膀上，缓缓向方琳的脖子上爬去。

这只打屁虫充当了他俩相爱的媒人，几分钟后牵着他俩步入了爱情的王国。莫动，汪宇说，迈前一步拣起那只打屁虫丢到了地下。

你的颈根好长的，很好看。

方琳望着他，嘴唇动了动，但没说话。

汪宇蓦地感到她的嘴唇很性感，眼睛很美，方琳。他冲动地唤了声。

嗯。方琳乜斜着他。

从她的双眸里汪宇瞥见了爱情的绿洲，当然就一阵激动，便有了电影里那些动作，搂抱什么的。其实我第一眼看见你就爱上你了。汪宇说，紧搂着她，迫使她的两只乳房全部压在自己的胸脯上。四周空漠漠的，只有青蛙的叫声。一点雨水滴落在方琳的鼻尖上，汪宇忙凑上嘴唇把那滴雨水吻掉了……汪宇和方琳的关系一公开，虽已在我意料之中，我却痛苦得想利用某个月明星稀的深夜一绳子吊死在樟树下以免再痛苦下去。与我同样痛苦的是冯焱焱。冯焱焱痛苦得性格都变了，从前她脸上快快活活，流淌着青春的激情，忽然就玩起深沉来了，做事严肃着脸，还故意不戴草帽让太阳猖狂地晒，好晒蜕一层皮以此改头换面。于是她的脸不但晒红，当然还晒黑了。吃饭时，冯焱焱严肃着一张黑红的脸走进厨房，谁也不睬，打完饭则端到自己寝室里去吃，她不再参与打牌，也不让女知青在她房里打牌。我不想吵，她阻拦她们打牌说，你们到别的房里去打。我要看书。

几个女知青都理解她的心情，都知道她喜欢汪宇，而汪宇突然就跟方琳搞得热火朝天，连吃饭两人都是你望着我我望着你，好像其他人就不配进入他俩的视野一样，过于旁若无人当然就让人不顺眼。

这两个鳖又谈爱去了。严小平不无醋意道，干劲真大，天天晚上谈爱。

樟树下聚集着七八个尚未找到对象的男知青，一人手中一把扇子驱赶蚊子，边谈古论今，各抒己见。汪宇总是先一步出门，经过樟树前时自然要和我们招呼几句。又在这里讨论国家大事啰？他调侃地看着我们说。

你只管去谈你的爱。老满哥说，别的事你就不要管。

汪宇就笑笑，站上几分钟蓦地就消失了。十分钟，也许是十几分钟后，方琳的房门当然就吱扭一响，于是一个婀娜的身影就展现在我们眼里，有时候她身上还飘来一阵淡淡的芳馨。她不走樟树下经过，而是走食堂那边下坡。

真的是又谈爱去了。我妒忌地骂道，这两个鳖！

这种妒忌终于就有了它应有的结果。那年九月一个圆月高悬的深夜，妒忌便成了一股山洪奔向了汪宇。那天白天文叔安排我和汪宇给那四块红薯田施肥，其中有一块特别大，比另外三块要大三分之一。老何，你就浇这两块。他指着这块大田和旁边的另一块说。

这要在两个月前，我绝不会同他计较，自私和躲懒皆是人的本性，我不会为此而跟他翻脸，但他捷足先登地占有了我爱恋得朝思暮想的方琳，还要在劳动上对我进行剥削，我当然就没有那么好说。

这不公平吧。我不同意说，一人浇一半。

怎么浇一半啰？他瞪着我。

这块大田和这块小田都一人浇一半。

汪宇阴下了脸，挑着一担粪桶就去大便池淘粪去了。我心里有点高兴，当然就严格按自己分配的方案干活。整整一下午两人再没有说一句话。各浇各的粪而且严肃着脸，吃晚饭时两人自然也没说话。这就引发了那天晚上的小小的"风暴"。九月的白天同六月伏天一样炎热不堪，但一到太阳落到山那边，气温就渐渐下降了。大家坐在樟树下吃完饭扯了气闲谈，瞪着汪宇和方琳及另外两对热恋的知青相继出门后，便去井旁洗头洗澡，随后就坐到马灯下玩"双百分"。我和严小平、老满哥和另一个知青打对，一桌双百分玩到十一点多钟，老满哥宣布收兵说，睡觉睡觉，明天再战。我当然就回到了自己的房间，汪宇还没回来，不知跟方琳在哪个僻静处搂抱亲嘴。难怪他白天做事想躲懒，一点精力全耗在谈爱上了。我这么想，心里妒意盎然。我不敢想象他俩搂在一起肉贴肉的情景。我试着移情去思念冯焱焱。严小平私下冲我宣告说冯焱焱是他的，他说这一切的时候眼睛很亮并且充满了憧憬。

冯焱焱脸上又没贴严小平三个字，我要伺机表白，除了方琳和冯焱焱，知青点再没值得我动心的女人了。我这么翻来覆去地想着，正要落入梦乡，忽然听见隔壁的房门吱扭一响，方琳谈爱谈完归来了。十几分钟后，我刚刚凄凉地走到梦乡的那块土地上，房门哐地一响，汪宇回来了。他点马灯时一脚把我床旁的白铁桶踢得哐当一响，白铁桶当然被踢翻了，还滚动了几下。

你轻点啰。我不舒服，我刚睡着，讨卵嫌。

你讨卵嫌咧！他回我一句道。

你这么晚回来……

我想这么晚回来，关你卵事?！他打断我说。

我要你轻点。我压着愤怒，你搞得老子睡不着！你也要讲点道德吗。

那就只有这样子！他蔑视我说，你睡不着关我卵事！小杂种！

我把毯子一掀，坐起来了，你是以为你长得高些就唬得住我呀？汪宇身高一米七六，我一米七〇。你再骂我一句看看！我提高嗓门说，你莫逗得老子发宝就是的!

汪宇哪里服得了这个行，小杂种！他骂了句，还一脚把白铁桶踢得又哐唧几响。

我也不知是从哪里飞来的胆量和勇气，右手攥紧的拳头简直是下意识地挥了过去，嘭，落在汪宇胸口上，使他连退几步。汪宇一站稳桩子就扑上来了，照着我头上一拳打来，我忙回击他鼻子一拳，自然就你死我活地打。

方琳当然没有睡着，忙跑过来扯架。汪宇，汪宇！她太身单力薄了，又怎么拉得开两个身强力壮的男人？汪宇和何平打大架。

快来人扯架咧！方琳尖嚷个不休，莫打了莫打了，汪宇，何平……严小平和老满哥穿着背心短裤赶了过来，严小平箍住汪宇，老满哥拼命拉住我，又有两个男知青挤进来，于是就分开了。我被老满哥拉进了他的房间，好好的打什么架？老满哥看着我说。我就把下午挑粪浇红薯地到刚才发生的一切和盘托了出来。

你们两个的火气都太大了。老满哥说。

那天后半夜，我自然是睡在严小平的铺上，严小平则睡在我床上。严小平的床上汗臭味很重，而且枕头上飘扬着一种腥臭，那是他睡觉流口水所致。我当然就没法入眠，拂晓，帮厨的知青把食堂里弄得乒乓响了我才勉勉强强合了下眼。早晨两人迈出房门时，都鼻青脸肿得跟动物园的大熊猫似的，当然就有知青望着我和汪宇会意地一笑。洗脸漱口时只觉得脸上很疼，不是用毛巾洗而是用毛巾轻轻去沾，我如此，想来汪宇亦如此。吃早饭时，老满哥蹲到樟树下我一旁，你同严小平调一下。他的两只狗眼睛关切地瞪着我，你去挖土，严小平和汪宇浇菜地。文叔来了，我再告诉他。

可以。我说。

文叔会要讲你们的啰。老满哥说。

果然，那天上午歇气时，文叔把全体知青召集到樟树下开了个临时会，当然是针对我和汪宇昨晚打架一事。你们是来农村接受贫下中农再教育的！文叔歪着头生气地瞪着我和汪宇，把城里的水佬倌样子带到我们农村来就不行！毛主席说不要打人骂人……文叔开会的目的一是想杜绝知青点再发生类似的事情，二是要把我和汪宇调开。散会后，我便和严小平对搬了铺盖，随后，走进农具室选了把好的锄头扛着，望了眼烈火般的秋阳，走到工地上挖土去了。

还在三月份，大队上和父亲单位的知青办就做了个建新知青点的决定。因为今年有五个高中毕业生要下乡，明年有四个，后年则有十一个子弟属于下乡对象。显然这七间住房容纳不下这么多人，于是决定在离老知青点一百米的前方新建个能住五十人的知青点。当然就必须废掉两亩梯田，掘出一块能建十二间住房（每间住四个人），一个大食堂，一间保管室和一间杂屋的坪来，工作量也就很大，为了加快进度还使用了雷管和炸药。每个上午都要轰隆几声，泥巴都飞到天上去了，跟鸟儿一样。

我昨天晚上才发现你有蛮恶。冯焱焱把一对空篾箕卸到我脚旁时说。

我又不恶。我说。

我要告诉你爸爸。她望着我，这双眼睛也很美。你和汪宇住在一个房子还打架，你们男的做好事！说完一笑，我晓得你打架是因为方琳……方鬼咧。我打断她的话说，他半晚上回来，还牛屎样的。我是指汪宇，又说，你莫乱猜。

你喜欢方琳，我早就晓得。

我只喜欢你，不喜欢方琳。

冯焱焱脸一红，我告诉你姐姐。

你怕我怕姐姐呗？我才不怕，当然又不失时机地表白几句，喜欢你又不犯法，你这么漂亮又能干，我就是要喜欢你。

冯焱焱脸当然又是一红，嗔怒地拿扁担钩子打了我背一下。做事咧，她娇羞着道，快装篾箕，慢点文叔又说我们磨洋工。

冯焱焱挑着一担土往坡下趔趔趄趄走去后，方琳挑着一担空篾箕走近我，卸下篾箕等着我装土。我表情严肃得就跟不认识她一样，三下两下就把土装了满满两篾箕。我瞧着方琳担起土丞丞走开时，一颗心自然是上蹿下跳得厉害，爱和恨就同汗水似的在身上流淌。我当然是因为她而同汪宇恶斗，全知青点的人都怀疑和感受到了这点。我很蠢，就这么回事。

汽车在福兴乡车站刹住后，汪宇第一个跳下车，一股亲切感顿时涌进了他的脑海，就跟一条鱼游入了渔网一样，这处小小的福兴车站依然是二十年前的模样，所不同的是墙上的灰这里那里都剥落了，门窗也显旧了，而那时车站则刚建不久。汪宇走出车站，车站外修建了几幢旅社和饭店，这在七十年代是没有的。再往前走了一段路，山峦、树林和田野便依然如旧地奔入汪宇的眼帘，当然是十分亲切又令人伤感地奔入，这一切躺在四月明媚的阳光里无声地期待着他视察。他特意从柏油马路上下到了田埂上，踏上了一条骑单车的泥巴路，他就是要进入当知青时的那种状态。

十几年前，他和其他的知青全是从这种路奔向福兴车站回长沙过年过节的，晚上走这条路当然就是去福兴中学看那些老掉牙的电影，《地道战》《南征北战》《闪闪的红星》和《铁道游击队》什么的。再往前走了一里，一拐弯，当年知青林场上的那棵千年大樟树便无比亲切地展现在他眼前。"我胡汉三又回来了。"他心里这么咕哝了句，眼睛却湿润了，于是那棵沐浴着阳光的樟树就闪着一片晶莹的绿光。"方琳方琳，我来看你了，我终于来了。"他自语道，脸当然就抽搐不止。

不一会，他来到了经常在他梦里出现的知青林场前，山坡上的茶树当然不是梦中的情形了，一棵棵茂盛得令他惊诧和高兴，好多当年只有膝盖高的茶树如今都齐他脖子高了，蘑菇形状，碧绿得令他心醉。他禁不住摘下了几片鲜嫩且绿得透明的茶叶，放到鼻前嗅了嗅，感到清爽，还有点淡淡的芬芳。他迈上铺了层炉渣和卵石的上坡路，当然就走到了知青们后来建的这栋知青点前面。

这栋红砖黑瓦的知青点竣工后，他只住了三个月就招工回城了。坪上停了辆破旧的手扶拖拉机，一根绳子上晒着几件衣裤，他瞧见歪脑壳文叔正把一担粪桶卸到食堂旁的水井边，然后蹲下身到木盆里去洗手。"文叔，"他有些激动地喊了声，"文叔。"

"汪宇，老汪。"文叔认出了他，脸上就笑得很灿烂。"老汪来了，知青老汪。"

文婶就忙从食堂里跑出来，"汪宇哦。"

"婶子。"汪宇打招呼说，当然也笑得坦诚。

文叔把汪宇引进房里，文婶忙为汪宇泡了杯豆子芝麻姜盐茶，这一带待从不来的稀客就是泡豆子芝麻姜盐茶。文叔指挥堂客说："你去代销店称点肉。"

汪宇感动道："不必啰。"

"去去去，要素点的。"文叔继续冲堂客说。

文婶急急忙忙离开后，汪宇望着文叔，"文叔，您还是我当知青时候的老样子。"

"鬼咧"，文叔高兴地递支纸烟给汪宇，"我已经成老蛤蟆了，你怕还是你们当知青的时候。"

"文叔，你怎么住到知青点来了"

四

文叔说他一九八〇年三月就住到知青点来了，那时候知青走了，房子空着，他就向大队上买了知青点的一半房子，二百元一间，买了六间住房和这食堂，一共一千六百元。

"那便宜哒，"汪宇说，"在城里二百元连半个平方都买不到。"

文叔笑笑，没有跟汪宇讨论这事，而是把内容转到了知青身上。"你们那几批下乡的知青里，就只你和严小平没来过。"文叔回忆着说，"你今天也来了，只严小平一个没来过了。严小平在长沙搞什么事哦？"

"几年前碰见一个知青说严小平做水果生意。"汪宇说，话锋一转，迫不及待地望着文叔，"知青都来过？"他关切地问。

"后面下来的几批知青来的不多，"文叔想想说，点上一支烟，"一九七五年以前下放的男知青，除了严小平，陆续都来看过。有的是利用节假日来的，都是住一晚就走了。"

"女知青呢？有没有来？"

"女知青没有单独来的，两口子一起来的有过一次，那好像是一九八六年。"文叔说了一对由知青成为夫妇的两口子。"冯焱焱怎么没来？"

"她工作忙。"汪宇说。

吃中饭时，文婶不停地往汪宇碗里夹菜，"你们知青中只有何平来得多，每隔一年来一次，都是清明节这天。"文婶掰着手指计算说，忽然就望着文叔，"何平最后来的那次是哪年？"

文叔和蔼地笑笑，"一九九〇年，那天落雨，何平开一辆小轿车来的。"

汪宇心里一惊，"何平开一辆小轿车？"他禁不住问道，当然就想起了自己那辆要式样没式样要速度没速度的玉河"土狗子"。

"他一个人开车来的？车是何平自己的？"

汪宇清晰地记得，自从一九七五年九月那个月明星稀的深夜，他同何平在房里你死我活地打了一架后，从此两人就没说过一句话了。

一九七七年何平的父亲平反恢复工作，重新坐到H局的第一把交椅上之前几周，汪宇的父亲则调离了H局，几年后他听冯焱焱说何平的父亲调到一所中专当党委书记去了。那是一九八一年，那年冯焱焱从省财经学院毕业，恰好分到汪宇所在的电机厂工作。两人一度有过恋爱基础，当然就重新拉开了恋爱的序幕，而且省略了繁杂的过程，直截就进入了主题——结婚生子什么的。至于何平的情况，他只知道何平一九七七年考上了湖南大学建筑系，后来分到省建筑设计院工作，其他情况他就不得而知了。

"何平说是他自己的车。"文叔歪着头瞥了眼踱到门口的黑母鸡，"他说花了十几万哦。啧啧。"

"他哪里赚那么多钱？"汪宇有点怀疑道，"何平在你们面前吹牛皮啰？"又补了句："你怕长沙市钱有捡哦！"

"那我们不知道。"文婶说。

汪宇扔支白沙烟给文叔，文叔接过烟看了看牌子，笑笑。汪宇问他："何平来知青点来过几次着？"

"怕是十次。"

"他这么勤地往知青点跑干什么？"汪宇说。心里却闪现了何平来这里的内容。

果然如此，文婶笑笑说："他说是来玩玩的，这里有什么好玩啰？他是来给方琳的坟墓扫墓的，在方琳的坟墓上一坐就是一下午。"

一九七五年十月父亲单位上又下来了五个知青、其中有一个是王姨的儿子，戴副高度近视眼镜。他和方琳是同一所中学毕业的，只比方琳低一届。他一来，大家就都叫他"眼镜鬼"。眼镜鬼就是严小平一年前对我说的，知道方琳的底细的那个王姨的儿子。

我当然就很留意他。眼镜鬼本来是分在我和老满哥住的房间里，但老满哥却拒绝接受他，同时也拒绝接受任何一位"第三者"，连大队书记出面干预，说是让严小平住回"娘家"，把眼镜鬼塞到汪宇房里去也遭到了老满哥的断然否决。老满哥是知青点的老革命，知青林场的缔造者，大队书记和文叔都不得不让他三分。眼镜鬼的母亲王姨是H局"湘江风雷"造反组织的小头目，老满哥的父亲就是被H局的湘江风雷的造反派整得对生活丧失了信心，于一九六九年冬的一个傍晚从关他的房子的窗户跳楼自杀的。老满哥心怀再宽大也不会让逼死他父亲的那帮造反派的子弟与他朝夕相处之外还要同睡一间房子。

要他睡食堂啰，老满哥对文叔提出来说，他是来接受贫下中农再教育的，又不是来做客的，旧社会长工还要睡猪猡屋呢。

你莫讲整话。文叔歪着头骂了句。

又不是我讲整话。老满哥讲事实说，这是贫下中农在公社召开的知青大会上忆苦思甜时讲的，还说什么没饭呷就偷猪潲水呷，与你们贫下中农在旧社会受的苦一比，他睡食堂已经是享福了。

眼镜鬼于是就在食堂的一角支起了蚊帐，好像就他一个遭到无情的抛弃，当然就一脸的苦大仇深，望着我和老满哥的眼光自然就很敌视。这使我没法接近我急于想接近并询问方琳在中学时代是否因那种事挨过处分的他。虽然方琳早已是汪宇的人了，就像某些书本里描写的，但我的内心仍一个劲地往方琳身上倾斜，怎么也拉不回来，白天干活，挑着一担担土上坡下坡时，我的一双眼睛总要四处搜索方琳的身影，不看见她心里就不踏实，但见到她心里又异常痛苦。晚上，老满哥坐在马灯下读什么著作以此麻醉他那阴暗的心理时，我躺在铺上却什么慰藉都找不到，脑海里轮番演绎着有关方琳的事情，想象她脱光了衣服的样子，仿佛是一个贪婪的收藏家步入了博物馆，并在那儿有选择地浏览和憧憬似的。

就这么回事。

转眼秋收又来临了。眼镜鬼被分在返江生产队，于是我们一大早就一起去返江生产队劳动，中午又同在文叔家吃饭（生产队有补贴什么的），傍晚当然就"日落西山红霞飞，战士打靶把营归把营归"，一路歌声而且屁眼里都是劲地一同回来，几天后，自然就有点化敌为友的迹象了。一天傍晚，收工后返回知青点的途中，在一处开阔的地带，眼镜鬼望了眼天上飞渡的红云，立即就忘记了睡在食堂一角，枕头上常常有大老鼠经过而令他半夜里尖叫不已，却令不少知青嘲笑和深表同情的处境，情不自禁地敞开歌喉唱起了"日落西山红霞飞"这支比较有力的抒情歌。

你的喉咙蛮好咧，我吹捧他说，比广播里唱的一点也不差，崽骗你。

我在学校里唱过《红灯记》，他得意的模样说，我们十七中校文艺宣传队经常被一些厂矿请去演出，我几次唱"临行喝妈一碗酒"，台下掌声都拍烂，崽逗你。

我不关心他唱什么歌，我的目的是方琳。方琳也是你们十七中的呗？我期待他回答地盯着他。

嗯啰。

我听别人说方琳受过处分？

方琳受过处分？他比我还惊讶地看着我。

我是听别人说的。

鬼话咧！眼镜鬼否决道，方琳在校文艺宣传队跳吴清华不晓得跳得几好！十七中的老师不晓得好喜欢她！你是听哪个说她受过处分？

我再无心情同眼镜鬼交谈了。我的心一下跌进了什么万丈深渊，我气愤地心想严小平你骗老子是何种用心？我又伤心又痛恨，很想再犯一次错误——找严小平打一架，那几天严小平不在知青点，还在秋收的前一天他就溜回城里躲懒去了。半个月后，当严小平贼眉鼠眼地回到知青点时我内心却平静下来了，这当然是酝酿了一个报复严小平的计划所表现出来的冷静。几天加几晚的思索，终于让我明白了严小平的小人用心。我猜测他看出了汪宇既喜欢冯焱焱又喜欢方琳，而方琳可能也是有点喜欢我又有点喜欢汪宇什么的，于是……他的目的无非是希望他的情敌投入方琳的怀抱，他好稳打稳扎地朝冯焱焱那渴望爱情的岛屿上游去。我当然要破坏他的阴谋。我热情高涨地追随着冯焱焱，冯焱焱扛锄头我就扛锄头，冯焱焱挑土我也挑土，冯焱焱被安排去给几块菜地泼粪我就去担粪桶。总之，除了她上女厕所、洗澡和睡觉之外，其他时间我一律追随着她，很热情奔放，当然就有一些知青看着我气不顺而大胆取笑我。

何平鳖，你这是找姐姐呆。严小平瞪着我指出说。

那是十一月一个阴沉沉的上午，歇气时几个男知青坐在樟树下聊天，我和冯焱焱那天是给菜地浇水，两人一前一后地担着粪桶走到井旁，冯焱焱扔下粪桶向自己房里走去后，我丢下粪桶准备进房里喝口茶时，严小平在背后大声讥笑我。他是有意让冯焱焱听见。我脸一红，望了眼樟树下几个知青，佯装愉悦地走了过去。

找姐姐还好些，我说，我可以不想事。

你执意要找姐姐那就没办法了。严小平假装无所谓的神气，其实脸上的表情僵硬得同泥巴一样。不过我听老鳖说，他换个表情补了句，伢子找年龄大的姐姐会要背时的。

我当然不吃他这一套，谈爱还管得那多呗？我进一步说，谈爱就是谈爱。

我这么说，心里就真的有些这么想了，所谓假戏真做就是这么做来的。一天，文叔让汪宇和冯焱焱到返江生产队把自己的口粮运来，因为食堂里没米了。汪宇借口自己屁眼疼（痔疮），不愿去，文叔就派我去。你去，文叔说，一个打辆土车去把口粮运来。

所谓土车就是独轮车，一个短扁担吊在肩上，一手握着一个车把朝前推就叫打土车。我们把箩筐绑在土车上，握着车把就吱呀吱呀地往返江生产队走去。那天的太阳好像带点绿色，明晃晃的，但照在身上没有多少热度。去的路上，两人一前一后地走着，不好表白什么爱情，当然就有一句没一句地拉一些从前在中学里读书的事情。回来的途中，两人打着吱呀吱呀直叫的土车艰难困苦地迈上一处坑坑洼洼的陡坡并红光满面地坐在车架上歇气而疲劳又似乎恢复了许多时，我于是就感到时机已到了。

冯焱焱，我把视线从路边的树梢上转移到她红润润的脸上，我说作古正经的，我向毛主席保证我喜欢你，骗你就是畜生！

冯焱焱很冷静，不可能呷，她说，笑笑。

怎么不可能？我当然是盯住她质问。

你比我小，别人会说你找姐姐，晓得呗。

她似乎很介意知青们吊胃口时说的话。

那有什么？我说，冲动地望着她，那有什么？我又说，你只比我大一岁。

大一岁呗？大一岁零九个月，她说，把目光从飘着几朵棉絮云的蓝天上降临到我脸上。我比你姐姐还大四个月。

不过是大一岁半啰？又不是大十岁半！

一岁半还不够呗？她瞥我一眼，我感觉到那种眼神里多少包含着一点爱意，很美。

一岁半有什么关系？我有些激动，别个还有大十岁的，我就是要爱你。我生平第一次对她使用了"爱"字。

冯焱焱又用那种眼神瞥了我一眼。

你是不是在知青点喜欢别的男知青？

一个都不喜欢，走咧走咧。她不愿意听我表白了，站起身，弯下腰拾起土车的短扁担搁到肩上，一手把握着一只车把，直起腰，步子有点紊乱地朝坡下走去，吱呀吱呀的声音向两旁的树林里飘去，使树梢都颤抖了。

我很依恋这处地方，两旁是切开的山坡，山坡上全是年轻的杉树、油茶树和板栗树什么的，天蓝中有绿味，阳光也有点偏绿色。一条凸凸凹凹的泥巴路从我脚下向前面的田野上滑去，清冷的西北风就是从田野上滚滚而来的。我点上了一支浏阳河，这是我一生中第一次向一个姑娘表白爱情的地方，尽管这个比我大一岁零九个月的姑娘不肯听我进一步倾吐而打着土车先走了，但不知怎么地我没有失败感，当然就更谈不上懊丧和痛苦，我平静地瞧着一只大喜鹊落在前面的杉树上喳喳地叫了几分钟又飞走后，这才丢下烟蒂，推着土车往坡下冲去。

第二天上午，文叔和大队上一个"土"建筑师在我们知青花了近一年时间掘出的土坪上，用生石灰洒了许多条条框框，接着就指挥我们挖地基。于是我们一人一把锄头分散开踩进了那些条条框框里，当然就挥舞着家伙干起来。冬天的太阳暖融融的，照在身上使人觉得惬意。劳动使人出汗，挥了一气锄头，我脱了罩衣和毛衣，又抢了一气锄头便索性把毛背心也脱了，身上当然就只剩下件薄薄的白衬衫。北风从坡下一阵阵送来，我并没冷的感觉，但冯焱焱却担心我会感冒。

你只显身体好啰，等下感冒了我就喜欢。冯焱焱望着我说，还不穿上毛衣！

我这是第一次被一个与我毫无血缘关系的姑娘关心，心里就自然一惊。我抬起头瞧着她，想寻找她那两只明媚的眼睛里藏着的内容。冯焱焱却把目光抛到天上，表情有点不自然。

我不冷。我说。

等你晓得冷就病了，她说，把罩衣穿上。蠢宝。

我坚持说，我自己晓得我不冷。

你不穿上罩衣，她威胁我，你以后就莫跟着我。那口气好像我是她的跟屁虫一样。

她说话时面部表情有几分撒娇，这在她那张常常表现出端庄和好强的脸上当然就很不自然。我这是第一次看见她在我面前表现出女性的娇媚！她的一对眼眶在冬天明亮的太阳下呈现淡淡的两个晕圈。她昨天晚上一定没睡好。好好，我穿罩衣，边说，我又不冷，还热。我心里有点喜滋滋的，还有点心慌意乱什么的。她对我昨天的表白做出了反应。我望着她。

冯焱焱竟脸一红，一脸的不自然，当然就低下头去挖土，还娇气地嘟着嘴儿。

冯焱焱。

嗯。她听话地昂起头瞅着我。

一九七五年的我快二十岁了，身体强壮得如一头水牛，脸上虽还残余着一点大孩子气，但同时又有了些男子汉的刚毅味道。农村里的太阳和充满牛屎、人粪及沤臭气味的空气似乎有点催人早熟。我又一次感到她瞅着我的那双眼睛很美很迷人。过两天我们一起回长沙去呗？

我国庆节回去过。她说。

那有什么关系？

看啰。她回答我，又低下头挖土。

那几天她脸上的表情都是那种不自然，还有点怕羞样地避开我，瞧我的眼神有些像方琳瞧我时的那种味道，虽不如一年前的方琳那么明显得直奔主题，但我能感觉到自己在冯焱焱的心田上占了一块面积。知青点的知青们当然都是洞察这方面事情的能手。

一天，文叔让老满哥和我领着几个女知青去收那几块红薯地，因为红薯再不挖出来就会沤烂在土里。几个人就锄头箢箕扁担地来到红薯地里，挖红薯时我注意到山坡下打基脚的宅地上，冯焱焱时不时在冬日偏绿味的阳光下扬起一张红润润的圆脸朝我这个方向张望。当然几个女知青也注意到了。何平，一个与冯焱焱一年下乡的女知青开我的玩笑说，你请姐姐呷糖，买双皮鞋送给姐姐，姐姐就帮你穿针引线。那时候长沙市提倡送一双皮鞋给媒婆以示感谢。

我当然不会送皮鞋。我是自己有点犹豫，她毕竟比我大一岁零九个月。这便是我这几天拿不准自己的心理障碍。我不要你牵线，我对她说，我自己有嘴巴。

你有嘴巴还不去说呢？又一女知青问我。

急什么，我会说的。我说，瞥了眼正把红薯往箢箕里捡的方琳，事实上我时常用眼角的余光留意她。方琳，我把话题往她身上一搭，我听眼镜鬼说你是十七中校文艺宣传队的？

嗯啰。她答道。

眼镜鬼说你跳吴清华台下掌声如雷。

你听他瞎扯！

你跳一段让我们欣赏看看。我说，《红色娘子军》我最喜欢看。

方琳就娇媚地一笑，当然就粲然得让我心动。跳啰，好玩呀。

我劝她说，不要怕羞啰。

歇口气歇口气，老满哥来了劲，望了一眼几个人宣布说，现在我们欣赏方琳的舞姿，《红色娘子军》……2623—12361—1……向前进，向前进，战士的责任重，妇女的冤仇深。跳啰，我们伴唱，你跳。

几个女知青也鼓励方琳，方琳跳啰。

跳不得了，一年多没练功了。方琳说。

这又不是在舞台上表演，老满哥解释说，横竖是休息，好玩哎。大家拍手欢迎。

掌声于是就在山坡上响了几下。

真不能跳了。方琳笑笑说。随后，她试着想把她的一只穿着解放鞋的脚扳到脑门顶上去，结果，那只脚只扳到齐肩头高的地方就终止了。我原先随便扳一下腿，脚背就到脑顶上了。她笑笑说，又扳了那么一下，但脚尖仍是到了比肩膀高一点的地方就打住了。

这个舞蹈动作在我眼里成了永远磨灭不掉的"定格"，仿佛是刻在我眼眸上了。她那两条丰腴的腿，那婀娜的腰身和做舞蹈动作时自然而然产生的那娇媚的形态，一切的一切都极青春迷人。当时谁也没料到这么生机盎然的她，五个月后会躺在她此刻做舞蹈动作的地下永久长眠。把方琳埋在这块红薯地里的主意是我出的。

那是四月中旬的一个阴天，空气中充满了茶树林散发出来的淡淡的清香，我，老满哥和另几个男知青一人拖一把锄头走到了山上，任务是掘一个安葬方琳的墓穴。就埋在这里好不？我征求老满哥的意见说，你记得不，方琳在这块红薯地上跳《红色娘子军》？其实方琳那天并没跳《红色娘子军》。只是简单地做了几个舞蹈动作。

随便啰。老满哥说。

我当然就一锄头挖下去，撬开一块土，又一锄头挖下去于是又撬飞了一块土……"我到方琳的墓前看看。"吃过饭，一支烟抽到半途上时，汪宇忽然起身说。

"你去你去。"文叔歪着头笑笑。

汪宇走了出去，走到老满哥等七个知青于一九七〇年建造的那幢知青点的原址前。还在文叔家聊天时，汪宇就从窗户里注意到这栋老知青点已不存在了。文叔告诉他。老知青屋子一九八〇年就拆毁了，门窗砖瓦都运去扩建了村小学。如今，原址上是一块种着蔬菜的菜地。菜地旁扔着一只废弃的尿桶，还有一只破烂的脸盆。他缓缓迈到从前夏天里一到傍晚，男知青便陆续站在那儿洗澡的井旁，自然是一个黑黑的圆洞冲着碧蓝的天空。汪宇伸出头朝黑洞内瞧去，不见水，井已经枯了。从前，与知青共饮这口井水的许多情景当然就海浪一般涌入了他的心田。"时间好快唉"他这么想，眼睛马上就湿润了。老满哥，何平，严小平，方琳，眼镜鬼等等相继闪现在他脑海里……直到他直勾勾地瞪着那株挺拔茂盛的大樟树，又想起一些什么地想了一气，随后敏捷（当然也充满悲伤）地朝山坡上方琳的坟墓奔去。

安葬方琳的那块红薯地还在那一年就改种了茶树，如今那块红薯地上的茶树已茂盛得有一人高一棵了，蓬蓬松松地，方琳就睡在两棵茶树中央的地下。坟堆前立着一块麻石碑，约一米高，碑上凿着四个书本大的隶书字："方琳之墓"，旁边凿着一行楷书小字："公元一千九百七十六年四月全体知青立碑"。汪宇走到墓前，心里无声地叫了两声"方琳方琳"，于是就弯下身搂住了碑石，紧紧地紧紧地搂着……文嫂拎着一只背篓，胸前还吊着一个口袋，一路摘茶叶来到了方琳的墓前。"老汪，你大老远赶来也累了，"文嫂觑着汪宇说，"你到铺上去睡一觉，去啰。"

五

汪宇坐在坟堆的杂草上，两只胳膊和头伏在墓碑上竟睡着了。

"几点钟了？"

"快四点钟了吧？"文嫂也拿不准说。

"下午还有去长沙的汽车没有？"

"你文叔不得放你走。"文嫂说，边摘树上的茶叶，"歇一晚明天再走，明天是清明节，或许何平会来，去年和前年的清明节他都没来，明天应该会来。"

"所以啰，他明天也可能不得来。"汪宇不太相信文嫂的话，什么事都有淡忘的那天，时间是清洗伤痕的最无情的洗涤剂。

"会来会来，"文叔走上来说，文叔手中也提着个装茶叶的篓子。"何平要来收茶叶的。"

"收茶叶？"

文叔指着方琳墓旁的这几株鲜绿的茶树，"老何每次来都要带一包这几棵树上的茶叶回去呷。"

汪宇一惊，那灰白的脸上于是就一片困惑，他采下了两片鲜嫩翠绿的茶叶，当然是放进嘴里品味，牙齿一嚼，一种清爽的馨香如水一般在他唇齿间流淌。"是蛮好呷，"他不由得赞赏道，立即疑心这可能是方琳的骨肉之躯滋润了墓旁的这几株茶树。

"好呷吧？"文叔说，嘿嘿嘿地笑笑，歪着头。

那天晚上，汪宇就在原知青点歇了一晚，上半夜他怎么想钻入梦乡都进入不了，鸡叫四遍了他才迷迷糊糊地睡着。自然就醒得很晚，上午十点来钟了才醒来。"文叔呢？"他步入从前的食堂，见文嫂正蹲在一只大木盆前剁猪菜，忙笑笑问。

"他搞秧田去了，"文嫂说，"你洗个脸。"说着她站起身去为汪宇热饭。

吃过饭，汪宇忙又起身围着原知青点走了一道，最终又站在了方琳的墓前，一双眼睛环顾着四周，知青们建的林场业已成大气候了。

前后左右的山坡上全是绿油油的茶树，自然有一些村姑和村妇绕着茶树摘茶，向他这边张望。汪宇环顾几周后，心中不但不平静，反而更伤感了，于是目光又落在脚旁的墓碑上。"方琳，我要走了，我明年再来看你，我保证。"他低声向墓碑发誓说，"只要我没死，我保证来看你。"

汪宇走回文叔家，刚刚在靠背椅上坐下点燃烟，文叔就弯腰站在他儿子开的手扶拖拉机上嘟嘟嘟地回来了。他跳下手扶拖拉机，对汪宇一笑，"何平来没有？"

"没看见。"汪宇说，又道，"文叔，我就走了。"

"走也要吃完中饭再走。"文叔歪着头说，指挥他堂客，"搞饭搞饭搞饭，多搞两个菜。"

"我就走咧，不麻烦了。"汪宇站起身。

"麻烦什么鬼？我们横直要吃饭！"文叔说，当然就把站起身的汪宇又摁到椅子上坐下。

"何平没来啊？"汪宇说。

文叔歪着头瞥汪宇一眼，"应该会来。"

果然，吃饭的当儿，几个人刚刚举起筷子，蓦地就听见两声喇叭叫"嘀嘀"，接着一辆深灰色的轿车驶到了坪上，在破破烂烂的手扶拖拉机旁停住了。车门打开了，一个白白胖胖的男人钻出轿车，一只手提着一袋礼品，他就是何平。何平当然不是当年知青时代的何平了，已发了福，西装革履下的肚子挺得跟孕妇似的，脸上也添了许多肥肉，剪着个平头。倘若是在长沙的街上，或此时此刻在某个商店里迎头碰见，汪宇绝不会认出他就是当年与他睡一间房子还打过一大架的那个何平。

"文叔，"当文叔满脸春风地笑着迎上去时，何平客气地喊了声。

"老何，"文叔高兴道，"房里还有个知青呢。"

"真的？"何平兴奋地冲了进来。"汪宇？"何平判断道，"老汪。"

"老何。"汪宇说。

四只手理所当然地捏到了一起，亲亲热热。汪宇一眼就注意到了何平的两只手上戴着三枚巨大的金戒指，左手的食指和中指上各戴一枚，右手的食指上戴一枚镶着颗绿宝石的金戒指，而左手食指上的那颗红宝石比绿宝石还大，有蚕豆那么大。汪宇心里当然就为自己一阵凄凉。

"你好你好，日你的，你这鳖搞发了。"他用当年知青时代的口吻说。

"什么发不发，"何平说，放开汪宇的手，很高兴地从金利来西服口袋内掏出一包万宝路，递一支烟给汪宇，"我们十多年没见面了。"

"十七年了。"汪宇昨天晚上推算了时间。

"你看好快啊？"何平点燃烟说，"一下就快四十岁的人了。你一个人来的，冯焱焱没来？"

"她在一家中外合资公司做事，忙得鬼样的。"

"冯焱焱还是那样好强不？"何平瞧着汪宇，一脸愉悦，"当知青的时候，我印象中冯焱焱事事都要跟伢子比，蛮好胜的。"

"她还是那样，事事都要往前赶。"汪宇说，脸上却掠过一层阴影，"你混得蛮好的。"

何平避开后面这句话且继续谈冯焱焱道："你应该把冯焱焱一起拖来呀。"

一九七六年元旦前夕的那个晚上，福兴中学放电影，电影是老片子《英雄儿女》，说是公社专门招待知识青年看的。那是一个没有风的很晴朗的冬日，太阳是那种稀释的蛋黄色，当然就有点迷人。新知青点已不再只是打地基，而是开始砌墙了。冯焱焱挑着一担红砖（她跟我们男知青挑一样多！）飞快地走到一个泥工的身旁，把砖卸到泥工顺手就能拿到的位置上，正直起腰往回走时，我叫住了她。冯焱焱，你晚上去看电影不？我盯着她的圆圆脸说。

她很有点女孩味道地嘟起嘴唇，想了几秒钟说，我不想去看，这么冷的天。说完她斜睨了我一眼，那目光很亮，那亮中所包含的用心当然使恋爱中的我一下就领略了。

我也不想看。我说。

那天傍晚，大家早早就吃完了饭，忙着梳妆打扮，洗脸搽香，梳头换衣和把皮鞋擦亮什么的。大家并不是存心去看电影，《英雄儿女》尽管没看七遍八遍，但谁都看了一遍两遍，都是在学生时代就看了的。大家只是去凑个热闹，以此排遣生活中的单调乏味。

看电影去看电影去！一些知青招呼。

自然就有人高声响应，看电影去啊，《英雄儿女》来了！风烟滚滚唱英雄，四面青山侧耳听侧耳听……有的男知青就这么吼着唱了起来。

很快，嚷嚷叫叫声和歌声笑声当然就"滚"下了山坡，一路远去，消失在暮霭沉沉的寒冷的旷野里。于是知青点里只剩了几对热恋中的知青，都借着这难能可贵的大好时光相亲相爱倾诉衷肠什么的。知青点回归到静谧中后，我的心却跳得很厉害了，我的脸都被心跳扭变形了。我怀疑隔壁房里，冯焱焱的那颗心也跳得很激烈。一会儿后，夜幕彻底吞噬了知青点，偶尔有农舍的狗吠声从远处迎风而来。我等了半个小时或一个小时，坐在床铺上狼吞虎咽地呷了几根烟，轻轻拉开门，当然就轻轻地叩她的房门。

谁呀？她说。

我，何平。我小声回答她说。

门吱呀一响开了，冯焱焱穿一条鲜红的运动裤，上身一件紧裹着她的乳房和腰身的枣红色的毛衣。关门，她说，转身钻入被筒里坐着。墙上挂着一盏马灯，光亮自然就直接倾泻在她脸上，很温馨地倾泻。她的头发梳得一丝不乱，圆圆脸上香气淡淡地飘入我的鼻息。

你就睡觉了？

不哎，我坐在床上看书。

你看的是什么书？

《早春二月》。她回答得很温情。

我的心跳荡得我脸上的肉都战栗起来了。我想起了一个月前两人去运米的那个上午，自从那个上午后两人就疏远了。

嗯。她偏着脸乜斜着我，那目光再不容我犹豫什么的了。

冯焱焱，我爱你，很爱很爱，真的，我向毛主席保证。冯焱焱没像在陡坡上那样切断我的倾吐，她痴迷地倾听我表白心肠，一双眼睛始终就那么直勾勾地盯着我，眨也不眨。我翻来覆去地表白了半个小时还是一个小时我也不清楚，当我感到要说的都说完了而反过来郑重其事地问她冯焱焱你爱我不时，她温柔地一笑：不知道。

你应该也爱我，我自信地估计着说，坐到了她床上，脸大胆地对着她的脸。冯焱焱，我想看看你的眼睛，我要看看你的眼睛。

冯焱焱则扭开脸，不肯同我近距离对视。那当儿我也不知是从哪里来的勇气，当然是突然降临的，仿佛心田上躲藏着一只豹子，向它窥伺到的一只小山羊扑去一样。这就是说我胆量很大地捧住了她的脸，并把她的圆圆脸扳到与自己的脸面对面的位置上。

把眼睛睁开啰，我命令她说。

她仍闭着眼睛，但她却嘟起了两片红唇。

这是要我吻她。我只是迟疑了几秒钟就判断出了她嘟着嘴唇的含意。我于是把自己的嘴唇凑了上去。

你口里尽是烟气。她说，含满柔情。

男人嘴里都有烟气，我说，当然就更热烈地吻她，紧紧地胶在一起，很用心用力，那么冷的天居然就吻出了汗……我的小妹妹，小妹妹。当我们吻得气喘吁吁而松开嘴唇休息时，我就兴高采烈地一遍又一遍地这么强调说。

她自然就要更正事实，羞不羞，她小声说，你才是我的小弟弟呢。

两人对视一眼，于是又激情满怀地更长久更用力地接吻直至吻得头上冒汗。

散了电影，知青们一路尖声怪叫嘻嘻哈哈地回到知青点，并把房门捶得烂响时，我和冯焱焱才从接吻的甜蜜中醒悟过来。

好过啰，我打开房门后，与冯焱焱同住一间房子的两个女知青说，难怪不开门，嘻嘻嘻。

冯焱焱脸自然就一红，忙整理被我的手弄得凌乱不堪的头发。

严小平就是这个时候撞进来的，他手里拎着白铁桶，显然是去食堂里打热水洗脚。

我说你怎么不去看电影？另一女知青茅塞顿开的样子，当然是针对冯焱焱。

严小平只是瞅了眼我和冯焱焱，一句话也没说又转身迈了出去。

严小平就是从那天开始垮的，垮得一塌糊涂。那天以前，他是很想表现好并且也做到了的。劳动，他总是一马当先，人家挑二十口砖他就要挑三十口砖，人家担一百斤谷他严小平就非挑一百二十斤不可，人家两个人抬一根树，他严小平硬要一个人掮一根树等等等等，举不胜举，但他一切都白干了，正所谓汗水白流了。

那天以前的严小平除嘴巴痞点外，做事还是很逗贫下中农好评的。

八代出生都属于正宗贫农的文叔就经常表扬他并且喜欢他。那天是他的分水岭，他把虚心接受贫下中农的再教育，吃苦在先好早招工回城的思想弃之于脑后，心里那个抑制又抑制的胡作非为的严小平于第二天终于就"喷薄欲出"了，而且立即就淋漓尽致地展现在大家面前。我不出工，我肚子疼。他阴沉着脸说。

但是一眨眼工夫，大家就瞅见严小平低着头，手里拿着只当时被称为洋瓷缸的大杯子大大咧咧地走出知青点朝坡下迈去。一会儿后，他又端着大杯子走回来，谁也不看，连文叔喊他也不理。

那是一杯九分钱一两的劣质白酒，他走几步就小小地抿一口，另只手里还有一个小纸包，是油炸花生米。他就睡在床上喝酒，边吃几粒油炸花生米。

严小平，你怎么回事啰。歇气时汪宇走进屋里见他这种情形，当然就吃了一惊。

没什么事，他说，不看汪宇，继续喝他的酒。他喝得酒醉迷糊，中午一口饭也没吃。晚上汪宇劝了他一气，老满哥也跑去劝他他才勉强咽了几口饭。

次日他又不肯出工，说是脑壳晕，又跑到代销店去打酒喝，于是又酩酊大醉，食不知味。大家都以为他过几天就会好的，都知道他这是失恋所致，尽管他喝醉了说酒话时也没透露一个字。或许他不打那一架就真的会像一些知青说的过几天就会好的，然而那一架把他打得一落千丈地往下垮了。他不是找他理应找的情敌打架，他跟代销店的王哥打架，一砌刀把王哥的后脑壳劈开了，血如泉涌，害得公社卫生院的医生手忙脚乱地用尼龙线缝了十针，跟补麻袋一样。

那天——那是一九七六年元月里一个凄风苦雨的日子，一九七六年知青点的上空充斥着晦气。相继出现了几桩令人悲痛的事，严小平只不过是扮演了吹响悲剧序幕的小号手。那个凄风苦雨的下午两点钟，他拉开了悲剧的幕布。当时知青们有的正在睡觉，另外一些精神好的却聚在一起打双百分扑克。严小平酒喝得有些迷迷糊糊，并且喝完了上午打的半杯白酒，就拿起汪宇的黑伞，一手捏着杯子，趔趔趄趄走路不稳地来到了代销店。他把杯子放到柜台上，红着两只单眼皮小眼睛瞪着王哥。王哥鳖，他大声说，来半斤酒。

王哥笑眯眯地拢走来，等他掏钱。

下次把钱给你啰，欠了着。

我不赊账的。

等下就给你！

你去拿来啰，这又要不了几脚路。王哥不同意赊账地走开了。

正好这当儿方琳举把红伞满脚泥巴地走来。她放下伞，掏出一张五元的人民币放到柜台上，称一斤小花片，还买两包浏阳河烟。方琳说。

借我一块钱。王哥找钱给方琳时，严小平向方琳借道，瞥了眼纸袋内的小花片。这有一斤？最多只有八两。

方琳没吭声，借了一块钱给严小平。

王哥当然就拿着严小平的杯子走到酒缸前舀了半斤劣质白酒，称半斤花生米，严小平扔一句给王哥，我在屋里顶多一天呷三两白酒，在知青点，一天呷得一斤。严小平红着两只小眼睛对方琳说，很气愤的模样，酒里肯定兑了水。我哪里呷得这么多酒啰，他妈的×！

代销店的王哥是大队书记的亲弟弟，三十几岁，占着亲哥哥是大队书记手握大权，干惯了缺斤少两的勾当，对知识青年更是背斧头砍。知识青年都是来农村"镀金"的，都想早日招工回城而忌讳得罪哥哥是大队书记的他，他当然就干得肆无忌惮，斧头于是就横来扫去地砍。严小平见他提到柜台上的秤盘里的半斤花生米还不及一星期前看《英雄儿女》的那个傍晚他在福兴供销社买的三毛钱花生米多，顿时怒火万丈（也是由于呷了酒！）地呵道：你这有半斤哎？你这有半斤花生米老子去死！

王哥也火了，你向秤要啰！吼什么吼！

你秤有鬼呆，你妈妈的×！

你妈妈的×咧！王哥回骂了严小平一句，老子不卖给你！说着他把花生米倒进了食品瓶里，将秤重重地往缸盖上一放，做出要打架的模样捋着袖子。我活这么大还没看见过恶的！还怕你严小平？王哥激动地吼着道，很凶。

你出来啰，你没看见过恶的，现在你看见了。你看我打死你这杂种，你出来！

你有本事进来！你看我打死你！王哥凶道。

算了，严小平。方琳劝阻说，莫跟他吵！

那边有一扇门敞开着，血往上涌的严小平当然就浑身是胆地走了过去。但是，他刚刚走进代销店的门，王哥就狠力把他往外一推，严小平腿一软，一屁股坐在湿乎乎的泥巴地上了。长了二十几岁，早几年以讲狠斗勇闻名H局左近街头的严小平又哪里咽得下这口气，当然就爬起来疯子一样冲了进去，照着王哥的脸就是一拳。王哥有哥哥做后盾，底气就相当足，拳头自然很重。严小平喝酒喝得身体软软的，打出去的拳头也就软软的，不久又被王哥摁在地上打心里就更加悲愤，这当儿走来了两个农民，其中一个手里拿把砌墙刀。两农民见状，忙拥进代销店扯架，当然是将骑在严小平身上的王哥拉开。严小平爬起来，见柜台上搁着把砌刀，顺手操起砌刀就那么劈过去，跟泥工师傅砍砖头一般发出嘭的一响，王哥的后脑壳便裂开了一条六公分的缝，血汩汩地往外涌，欢腾地朝背心里流去。

快快快快快到医院去。两个农民吓得慌里慌张说。

这当儿老满哥、汪宇等几个知青跑了来。方琳见自己阻挡不住他们打架，就伞也没打跑进知青点把他们喊来的。老满哥见王哥一脑壳的血就深感事情很严重，严小平（事实上严小平已被面前的景象吓傻了，靠着柜台呆呆地站着），老满哥喊了声，还不快走。

严小平醒过神来，一脸蜡白，当然还很凄惨。还不快走，老满哥说，还不快走！快走啰，蠢宝！

走到哪里去啰？严小平睁着两只单眼皮小眼睛，没有主意地望着老满哥。

回长沙去躲几天，你总不想被吊起来打啰？

我身上一分钱都没有。严小平说。

老满哥当即就掏出两块钱给严小平（回长沙的车费只要一块六角钱！）拿起汪宇的那把烂黑布伞，扯着严小平离开了代销店，一会便隐匿在茫茫雨雾中了。

那天晚上八点钟，大队王书记领着治保委员和民兵连长神气活现地来到了知青点。开会开会，治保委员冲着每扇门嚷叫，都带张凳子到食堂里开会，快点快点，要行动军事化！

大家密密匝匝地挤坐在食堂里，都瞧着一脸怒气的王书记，王书记坐在眼镜鬼的铺上，手上夹根烟，一双金鱼眼睛故作威猛地这个脸上那个脸上地盯了遍。严小平哪里去了？他明知故问道，望着大家，把严小平喊来！

严小平回长沙去了。一个知青说。

我知道。贫下中农已向我做了汇报！王书记大声说，一只手上下运动着。我还知道是郑建国（老满哥的大名）唆使严小平溜回长沙的！郑建国，我不管你是不是老知青老满哥，你明早跟我把严小平寻回知青点！打伤了人想跑，跑到哪里去哦！严小平的户口本还在我手上，跑得脱?！把长沙水佬倌的歪风邪气搬到我光明大队来，这还了得？这股歪风不煞住，那还了得地！怕是我们贫下中农还怕了你们几个城里伢子不成？贫下中农可以来硬的……他说了很多，当然会就开得很长，十点多钟会才散。

我步入房间时，老满哥坐在床上抽烟，瞥着我。你明天去把严小平找回来呗？我说。

我找卵！老满哥不屑道，老子反正回不了城，还怕他威胁我呀，说完他深深地吸口烟，又很有劲地出了口粗气。严小平也是，失恋也载不得这样瞎搞啥！他又狠狠地吸口烟，昂起头望着篾顶天花板。

我走了出来，正碰上冯焱焱提着桶子去食堂打水洗脚。焱焱，我说，没下雨了，我们到外面走走呗？

她瞅我一眼，把桶子放回房里，跟着我往前面一脚高一脚低地走着。天黑沉沉的，世界一片荒凉，只有我们的脚步声划破夜的静寂。焱焱，我们走到一处背风的山坳旁时，我转身把她紧紧地搂着。我心里有点过不得。

什么过不得？

想起我跟你好了，严小平就变成了这副模样，心里又有点过意不去。真的。

严小平你还不了解?！我就是不同你好，也不会同他好，我一直就看他不起，我读高中的时候他就开始追求我，我不喜欢严小平。

那我心里又踏实一点。我说。

你这样想干什么？谈爱又不能勉强的。冯焱焱说，再说，他这是自己要变坏。

六

我不再让冯焱焱说话了。我迫不及待地很激情地把嘴唇凑了上去，当然就吻得很忘乎所以，拼力吮着她的舌头不放。

你把我吮疼了。当我吻累时她说，用手刮了下我的鼻子，你好有劲的。

我于是就更加显劲了，把她搂着脚离了地，我可以把你一直抱到长沙，我喊道，你信不信？

我不信，她撒娇地说，主动把嘴唇凑近我的嘴唇。你又吻我啰，我喜欢你用劲吻。

于是我们又进行长吻……

转眼就到了过年，大家不愿意守点，都想回长沙去过个有吃有玩的痛快年，于是十几个男知青便到食堂去扯纸团团。我拈起纸团团掰开一看，上面赫然写了个"守"字。眼镜鬼的手气也很痞，纸团上也有一个"守"字。那是老满哥的笔迹。日他娘的！眼镜鬼骂了声。

老子要守点。我对冯焱焱说。

冯焱焱一点也不觉得难过，她瞪着我的眼光里还有点高兴。我陪你守点。她说。

当时要不是她房里有人，我立即就会把嘴唇凑过去，去把她吮疼。

年前，冯焱焱回了趟长沙，充当我的运输大队长。农历十二月二十日，知青点便走空了，只剩下我和眼镜鬼，眼镜鬼自然就把铺盖从四处进风的食堂一角搬到了我房里的老满哥床上。白天，我带着他到几户熟了的农民屋里做客，无非是猪油煎饼放糖的糯米粑粑吃，当然还想呷豆子芝麻姜盐茶之类。晚上，两人便坐在被窝里谈方琳谈冯焱焱及天南海北的趣闻。冯焱焱和方琳都漂亮，眼镜鬼看着我谈趣很浓地说，你这鳖幸福啰。我羡慕你。

我心里就有点得意，你这鳖也找一个嘛？

眼镜鬼摇摇头，我爱的姑娘已经同别人好了。他坦诚地说，对别的姑娘我提不起兴趣。

哪个？我急于想了解地瞪着他。

方琳。他轻轻地吐了两个字，脸上就有了点惆怅。唉，人生下来就是不让你得到你真正喜欢的东西，都是不得已求其次。

我心里有点不舒服了，他唉声叹气的这句话就同子弹击中了我的要害一样。确实，若当初严小平不使坏，又假若方琳没跟汪宇好的话，我八成不会去追冯焱焱，甚至想也不会去想比我大一岁零九个月的冯焱焱，心里当然就有点轻薄自己的爱情什么的，好在这种轻薄还没有生根就被炽热的爱情之火融化了。冯焱焱如她回长沙时向我许诺，腊月二十九上午在山坡下出现了，提着大包小包四袋东西，我立即向这张红润润的笑着的圆圆脸奔去。我还以为你不会来呢，我说。

她笑笑，这两包是你妈妈要我带来给你过年的，她说，这两袋是我的。

我妈妈托她带来的两袋东西比她自己的两袋年货明显小一半，我就接过两袋大的说，辛苦你了，提这么多东西。

眼镜鬼当然就眼睛酸酸地瞪着我们，一副孤独得要死的模样。

你想回长沙过年你就走，我对眼镜鬼说，我和冯焱焱守知青点。

眼镜鬼解放似的一笑，迈进房里换了一身衣裤，穿上皮鞋就朝福兴车站跑去。

焱焱，眼镜鬼的背影不过是刚刚消失，我便幸福地叫了声，两人就搂到了一起。几天不见就如几年不见一般，彼此紧紧地搂着。

一切都顺理成章地进行下去，每进一步都是自然而然地发展，就跟时针朝前面走似的。当我们痴痴迷迷地干完那种事，彼此平躺在床上领略大浪过后的爱情余波时，这才注意到门都没有关紧，当然就同时惊讶地一笑。冯焱焱光着身子蹿出被窝，走过去闩了门，又迅速钻入被窝冲我一笑。

我们太冒失了，门都没闩。冯焱焱有点后怕地说，幸亏知青点没人，吓死我了。

在这种事上男人总比女人脸皮厚。这有什么，我做出无所谓的神气说，谈爱有什么好怕的？又不是做贼！

那几天我和冯焱焱一并扯起了爱情的白帆，在令人心醉的海洋里使劲漂流，每天都把自己交给对方爱抚，痴痴迷迷的。直到大年初十，一些知青陆续回到了知青点，我们才不得不有所收敛。

那十来天我和冯焱焱的爱情上升到了白热化的程度，以后再也没有达到过这种热度。

就这么回事。

"我一直想去你们家看你和冯焱焱。"何平望着汪宇老实说，"又怕你产生误会。"

"来玩就是，"汪宇说，"老夫老妻了还误会什么？真的来玩啰。"

"要得，说不定哪天我就到你屋里去了。"

汪宇掏出名片递给何平，"这上面有我家的地址，哪天来先打个电话。"汪宇说。

"你屋里装了电话哦？"

"装了一年多了。"汪宇说，"电话是冯焱焱单位装的。"

何平打量了眼名片，将名片放入西装口袋里，"办公用品赚钱不？"

"还可以。"汪宇吸口烟，"比在厂里收入好些。"

"搞得好多钱一个月？"何平盯着他。

汪宇的虚荣心一作祟，当然就虚构了一个数字，"万把块钱一月。"说完脸一红，由于觉得太夸张了于是又缩小一圈说，"七八千块钱一个月，有时候又没有。活得下去啰。"

何平淡淡一笑。

"我本来准备上午回长沙，下午到岳阳去谈一笔生意。"汪宇说，"文叔说你今天一定会来我才没有走。"

文叔忙在一旁点着头道："是的，我要他不走，老何，你去年没来知青点……""去年的今天我在泰国考察。"何平说。

文叔往何平的碗里敬一块肉时，何平忙挡住文叔的筷子，文叔当然就又一次找到了他终于想说的话题，"你手上的金戒指好多钱一个？"

何平就笑笑，扒了口饭。

"你这上面镶的是真宝石不？"汪宇忍不住问。

"这是最好的缅甸宝石。"何平说他去年这个时候到泰国考察时，特意绕道去缅甸买的，红的这颗是一万一千美金，相当于人民币九万多元，绿的这颗是用三万一千元人民币买的。"我并不喜欢戴这些花花哨哨的东西，其实还是个累赘。"何平解释说，望着汪宇，"但生意场中，你不戴这些东西就找不到信任，对方就不跟你来神，所以不舒服也只好戴，有时候一想就烦躁，不晓得那个浅薄的杂种带的这个头！"

汪宇觉得可恨的造物主对他太不公平了。同样是从这间知青屋里飘出去的公马，一个可以开轿车，戴九万多和三万多的宝石戒指，一个却只有骑吭吭哧哧做烂响的玉河土狗子的命。他想不出自己在哪一天与什么事情上开罪了这位厚此薄彼的造物主！

"房地产，"何平说，"我和一个台湾老板合资经营两家房地产公司。"

"那赚钱赚肿呆。你这鳖赚了一千万没有？"汪宇嫉羡得丢弃了文明礼貌，"讲老实话，你这鳖？"

何平嘿嘿一笑，瞟了眼汪宇却不说。

"不得打劫你啰，两个老朋友。"

"是那样子去。"何平轻描淡写地说。

"啧啧，"文叔佩服得流出了口水，"你真有钱。"

"现在有钱的多，我不算什么。"何平说，又扔了支万宝路给汪宇和文叔。"走呗，"他看着汪宇，"到上面看看呗？"

两人当然就站起了身，何平走到轿车旁，打开车门拿出了两包纸钱和一把香，汪宇打量着车头上的外文字，不认识，"你这是什么牌子的车？"他忍不住好奇说。

"皇冠3.0，去年上半年买的。"

"好多钱？"

"三十几万。"何平说，"我原来是开一辆上海。"

汪宇再也没说话了，心里当然就为自己凄凉得无以复加。两人来到方琳的墓前时，何平就蹲下将那包纸钱解散，点上十八根香，一一插在墓碑前，插成一个"八"字，然后用火机将纸钱点燃，放进八字内去燃烧，当然就烟雾缭绕什么的。他干得那么认真。仿佛身旁没有人似的。

汪宇很有些不悦，如果说关系，躺在坟墓里业已十七年，五脏六腑早已化成水从棺木里渗透出来并滋补了两旁的茶树的方琳——曾经被知青点誉为"王晓棠"的方琳，和他汪宇才算得上有点恋人关系。眼前这个一本正经给死者烧香的胖子、暴发户，无论从哪一点上讲也没有资格而且也没有理由这么虔诚！当然汪宇还没抛弃理智，不会与这位赚饱了钱的暴发户争抢死者什么的。

"你相信死人是最好的朋友这句名言不？"当何平专心致志地烧完纸钱，站起身拍掉落在身上的纸灰，换了一种表情说。

"我什么都不信，"汪宇有点气说，"人都死了，还有什么朋友可言？鳖话。"

何平笑笑，并不恼："我每年到清明节这几天，方琳和老满哥就自然走进了我的视野，不骗你。"何平扫了眼周围的茶树林和惨淡的苍穹。"搞得我工作效率很低，做事事倍功半。"

"我没这种感觉。"

"我总觉得一临近清明节，方琳和老满哥的灵魂就缠上我了。

真的咧，好像是他们把我拉到知青点来的。"何平说，"我原本今天不想来，尽是事。但早上一出车，差点就跟一辆迎面开来的货车相撞了。我想我今天不来烧香，今年就会倒霉。我真的有这种感觉！其实我下午还有好几个生意应酬，都推到明天了。崽骗你。"

汪宇想，真应了"穷算命，富烧香"这句话。"你这是心理作用。"汪宇说。

"也许，但是我昨天夜里很清晰地梦见老满哥坐在床上读哲学著作，还找我说话。又梦见方琳背靠前面那棵大樟树，手里玩着长辫子。"

这时，一阵南风刮来，方琳墓前的那堆乌黑的纸灰顿时沸沸扬扬地飞上了天，同一大群黑蝴蝶一样飞散开去。"哎呀，这是方琳显灵！"何平说，脸上就很激动什么的了。

那年四月，新知青点的建造工作已接近尾声了，方琳就是在最后几天出事的。方琳挑着一担瓦，踩得跳板一跷，于是方琳、跳板和两�箕六十片瓦（我亲手装的）一并从脚手架上摔了下来，就这么回事。

三月下旬的一个淫雨霏霏的下午，H局运来了两汽车瓦。顺便说一句，建知青点的砖瓦树木都是H局从长沙一车一车运来的，知青和农民不过只是出了点力而已。因为两位司机急着要赶回去，大家只好穿的穿雨衣戴的戴斗笠，冒雨把两汽车瓦卸到坪上，为此还有两个女知青和三个男知青因淋了雨感冒了好几天，整日鼻涕喷嚏什么的，其中一个便是方琳。这场充满晦气的雨整整落了十天，大大细细地落，落得知青点的床铺架子、桌子和凳子脚都长了霉，待雨过天晴已是四月初了。这就是说临近"春插"了，我们那一带的农民向来是插了田过"五一"的，也就是说知青林场的茶叶得赶在农历谷雨节气前摘下一批了，谷雨前摘的茶和谷雨后采的茶味道很有点区别。事情一多，时间就显得短促了，于是兵分两路抢时间，女知青上山摘茶叶，男知青当副工，挑瓦上屋。王书记也做了指示，必须在春插前盖好屋顶，春插后再来粉刷室内的墙壁和整饰地面。一大早，男知青就挑着一担担瓦上了屋顶，屋顶上爬着十几个从各生产队抽调上来的泥工，知青的任务就是把一担担瓦送到泥工手中。

我只挑了两担瓦就没挑了。我很有点头重脚轻，一走上跳板腿就发软，而且眼前出现黑雾，而且心慌。我并不是那三个率先感冒的男知青中的一员，但其中一个（当然是老满哥）很好地把病菌传递给了我。老满哥可以神清气爽地坐在铺上背靠被窝读马列著作和其他什么哲学书了（那六个知青林场的创始人怕他寂寞而陆续给他寄来的），我却眼泪鼻涕喷嚏大放毒气什么的。我本来不想出工，但文叔有点恼怒我，一点点病就发懒筋，你这样搞还想不想回城？文叔瞪着我。

我当然就带病出马了。

文叔，我脑壳晕。我挑了两担瓦后又对他说。

文叔就审视我一眼，那你就上瓦。

我于是就轻轻松松地上瓦了，把一摞摞的瓦往箢箕里放，然后就仰起头看站在脚手架上的知青和爬在屋顶上摆瓦的泥工。

方琳就是那天下午四点钟出事的。那天上午十点钟，王书记带着治保委员来知青点检查工作，一是看知青点的施工进度，其次亲自查一查有没有躲懒而躺在屋里睡大觉的知青。他果然就逮到了一个，即方琳。自从十天前，方琳在卸瓦过程中淋了那场晦气十足的雨之后，当然就头重脚轻鼻涕滂沱，十天里唯独她一个人食不知味，而且呕了三次，脸色苍白。文叔一清早来知青点敦促出工时，唯独相信她是真病而其他知青都是假病，故默许她可以不出工。王书记早几天听文叔汇报说知青点流感泛滥，十几个男女知青流鼻涕打喷嚏向赤脚医生要药吃。王书记不相信这个世上有什么流感之类的东西，只怀疑是知青装病躲懒。自从他的亲弟弟被严小平劈开后脑壳后，他就对无视他的权力的知识青年没有好印象了。他决心拿知青开刀，对任何知青都不留情面。王书记这扇门那扇门地检查，终于发现一扇门没挂锁当然就推门进去了。

王书记。方琳见进来是大队书记便叫了声，又慌忙起床泡茶。

你还穿毛衣和袜子睡觉哎？王书记瞪着方琳，自然很凶。做事去咧！你还穿袜子睡觉！

我有点感冒。方琳说。

我堂客头天生娃娃，第二天就下地做事了！王书记大声说，一点感冒就赖在铺上，做事去做事去！

就去。方琳说，忙穿上罩衣罩裤，拎着只采茶叶时吊在脖子上的袋子，锁上门就往山上走。地还是湿乎乎而且滑腻腻的，只几脚路，鞋子跟上就沾满了泥巴，当然就沉甸甸的而且举步艰难困苦。

天是那种既没落雨又没出太阳的阴惨惨的天，没有风，空气中有很重的树木和泥土气味。方琳绕着一株茶树摘茶，又绕着一株茶树摘茶，当她感到有点头晕想蹲下歇几分钟气时，她看见一条两尺多长的蝮蛇从前面那棵茶树冲她游来，她吓得魂飞魄散地尖叫一声。她的尖叫声招来了关心她的男女知青，当然这条可恶的蝮蛇立即就成了锄头扁担的靶子，打死在一株茶树下。这就是方琳下午出工时愿意挑瓦上屋的重要原因。文叔，我去担瓦，她拿起了一根扁担。

文叔打量了一眼病得瘦了一圈而且脸色苍白的方琳，你挑得不？

我挑得。方琳说。

她当然挑不得，但她咬着牙坚持了十担。她挑第十一担的时候我应该给她减轻重量，但我不但没给她减轻，反而一边给她多加了十片瓦。这就是我终生痛悔并深感自己不是东西，而且一到清明节就身不由己的，简直很有点鬼使神差地赶来给她烧香并忏悔自己，求她原谅的主要原因。为此我失去了比我大一岁零九个月的冯焱焱的爱情。那天下午方琳一直不肯搭理我，我对她笑了两次，她却没回报一个笑容给我。她挑着空担子来，把两只箢箕扔在我脚旁，眼睛就望着坡上绿油油的茶树林等着我装瓦。我只是往她卸下的两只空箢箕里各装二十片瓦，你有病，少挑点。我说。

方琳不搭理我，见我直起身不往篾箕里放瓦了，就弯下身挑起一担瓦径直朝前迈去。这么来来回回地挑了七八担，尽管担子轻却仍有点出虚汗，于是她脱去了厚厚的工作服挂在脚手架上，穿件薄薄的机织白高领毛衣和灰裤子，昂着脸晃晃悠悠地从跳板上走来，身材就很有点娉婷迷人而令我联想什么的。她挑完第十担瓦，挑着两只空篾箕迈近我时，我感觉到她脸色蜡白而且平坦的额头上有些细细的汗珠，我终于就忍不住友善地第二次对她一笑，你累不累，我说，你要么休息一下。

方琳没有理睬我的好心，这就使我有充分的理由产生恶意，并立即就对她脸上的傲气进行报复。你未免太不理人了，我又不是要日你。我这么想，当然就毫不犹豫地往她搁下的两只篾箕里多码了二十片瓦，由四十片变成了一担六十片瓦（可能还多几片！）。

老子要你多出点汗，省得我的好心喂狗。这是我那颗男人的自尊心做出的强烈反应！就这么回事。

方琳瞥了我一眼，没说话，弯下腰勾起篾箕上的铁丝，一挺胸，晃了下身体，朝前面的跳板走去。我快意地瞧着她的身影。我觉得她的背弯了些，没有先前那么直，心里就很有点报复后的满足感。

两分钟后，我却痛悔得痛哭流涕！

现在，我想插几句知青屋上主梁时的事情。这一带的农民时兴建房上主梁时放鞭炮，好让噼里啪啦的鞭炮声把宅地周围的鬼赶跑，以防不吉。我们知青个个都是生在新社会长在红旗下的小唯物主义者，从小受的教育就是这个世界上只有万事万物，没有神鬼——这些资产阶级反动派捏造出来糊弄劳苦大众的东西。所以，当主掌施工的泥工师傅向知青提出说要买一挂鞭子来放时，遭到了全体知青的反对和嗤笑。

放鬼咧，还放鞭子？一知青说。

放什么鞭子啰！不要放不要放，我们天不怕地不怕，又一知青说，还怕鬼呗！?

世界上只有人没有鬼，这是封建迷信！

大家全这么说，众口一词。那是过完年，知青们从长沙回来后不久的一天，那天上午阳光灿烂得使人穿不住棉袄，空气中充斥着牛屎和泥土的气味。大家坐在坪上歇气和晒太阳时，主掌施工的海叔不过是建议上梁时买挂鞭子放放，立即就遭到猛烈的抨击，抨击得他满脸绯红，红得同大姑娘似的。不放也可以啰，不放也可以啰。海叔红着脸解释说，不过万一出了事，我就不负责。

不要你负责不要你负责，知青们都这么嘻嘻哈哈地嚷叫，我们就是要跟迷信斗争到底。

于是方琳就出事了。

一切偶然综合起来就成了这个必然结果。先是那场晦气十足的雨害她病了十天，使她变得软弱无力，接着王书记气势汹汹地把她从床上吼出来做事，又接着那条恐怖的蝮蛇把她赶到了工地上挑瓦，最后我充当了落井下石的帮凶。一切都是那么顺理成章却又不可预测。方琳挑着我亲手装的六十片瓦安然无恙地上了跳板，老满哥却挑着两只筻箕走拢来，我正勾下头搬瓦，蓦地一声惨叫撕裂了下午四点钟的宁静，而且把云都撕下来了几块，当时就下雨了。方琳、跳板和那两筻箕瓦直直地摔下来，发出一片可怕的巨响。方琳的额头砸在脚手架最底层的一根横木上，那根横木上毫无理由地钉了枚三寸长的钉子，显然是某个知青歇气时好玩钉进去的，而且是用砖头敲进去的（旁边有砖头的碎渣），由于钉子碰到了树内的硬结巴，就有两公分没有敲进去，这两公分当然就致命地插进了方琳的额头。就这么回事。

哎呀，我惊呼一声，立即就奔了上去。我抱起方琳，把她紧紧地抱在怀里，方琳方琳，我痛苦不堪地叫道。方琳瞥了我一眼，那目光是极哀怜和忧郁的，接着瞳孔渐渐地放大了。方琳方琳！老满哥叫道。

七

方琳方琳！眼镜鬼从脚手架上爬下来叫道。

方琳方琳！所有的人全这么呼唤她。

方琳已死在我怀里了。方琳，我哭了，呜呜呜地哭了，痛苦得不可开交的样子。没有人不惊诧我会哭得这么投入，我当然不会解释原因，我边哭边一味地唤方琳的大名。眼镜鬼在我的带动下也哇的一声哭了。哭得很悲悲切切，还有三个男知青也哭得很真心，大多女知青都掉了泪，但显得比男知青理智些。冯焱焱没有哭，她被我失了常态的哭喊弄糊涂了。她觉得我很有点丢她的脸，若躺在我怀里的是她那还情有可原，不是她而我又这么不要命地哭。当然就显得有点过于没道理而令她心里不舒服什么的。

下雨了咧，她尖声喊醒我们说，还不把她抱到屋里去？快点快点，何平。

把她抬到食堂里去，落雨了。老满哥说。

我把尸体抱了起来，用不着任何人帮忙，把尸体抱到上面那栋知青点的食堂里放下了，于是悲痛欲绝的哭声就跟着转移到了食堂里眼镜鬼的铺旁，哎哟咧呜呜呜呜。

那天晚上十一点来钟，N局的一辆北京吉普车送来了方琳的父母。方琳的母亲一见女儿的尸体，大叫一声女儿呀，立即就撕心裂肺地哭着，那哭声直冲夜空，揪下了好几块黑云，于是又落雨了。方琳的父亲没有哭，也没看他掉泪，他坐在眼镜鬼的床上，一个劲地痛心疾首着，木了。当老满哥和我关心地劝他就在眼镜鬼的铺上睡一下时，他摇着头说，是我要方琳下到这里的，我不该要她到这里下乡，我不该要她到这里下乡。他一味地沉浸在悲痛中，整整一个晚上他都是答非所问地咕着这句可怜巴巴的话。

早晨，我终于坚持不下去了，睡了几个小时。上午十点钟的太阳里，北京吉普车又送来了严小平。汪宇（汪宇那几天在家招呼父亲动手术），H局办公室主任和那个专门负责知识青年上山下乡的干部。汪宇一见方琳的尸体，当然就呜呜地哭，伏在坚硬的尸体上，几个男女知青想把他拉开也拉不开。方琳方琳，琳琳琳琳琳琳，呜呜呜我的琳琳啊，呜呜呜呜琳琳琳琳我的琳琳呜呜呜呜我好爱你爱你爱你啊，呜呜呜呜呜琳琳琳琳。他就是这么哭的。

严小平没有哭，而是蹲在井旁向老满哥询问每一个细节，唉声叹气地问，眼光时不时落在走过来走过去、心里乱了方寸的冯焱焱的身上。他妈妈的×，他谁也不放在眼里地骂道，一脸的怨气和悲愤。你看人有什么活场？随便一下就死了。这号鳖地方，怄胀！

是没活场，老满哥发自内心地附和说。

集体自杀算了，日他娘的！严小平骂道。

我虽坐在一旁的凳子上，却没加入谈话。我昨天哭得太用劲了，喉咙哭嘶了，没有力气当然也不想讲话，思想在内疚的泥塘中艰难又艰难地跋涉着却挣脱不出来。我也没有再哭，而是心灰意冷地疲倦地坐着，看着守了一夜但仍精力充沛的几个知青走来走去。冯焱焱是唯一一名精力充沛的女将，也许她没有哭脸也就没有伤神。她昨夜和几个女知青陪了方琳的母亲一晚，那几个女知青和方琳的母亲这会儿全趴在铺上睡觉去了，冯焱焱仍红润着一张圆圆脸，很有劲地走来走去。你还去睡下啰，她走过来瞪着死狗子一样的我说，去睡啰？

　　我摇摇头嘶哑着喉咙说，睡不着。

　　那就去床上躺一下，她说，说不定就睡着了。

　　去睡啰，她又说。

　　不想睡，我说，王书记来了。

　　大队王书记，文叔，治保委员和民兵连长几个人走来了，三个人都是文叔叫来的，叫来与方琳的父母和H局的两个干部一并商量丧事什么的。于是七八个人就一脸严肃地坐在樟树下商量，当然主要是听取方琳父亲的意见。方琳的父亲是吉林省吉林市人，是南下干部，曾经是第四野战军的一名小排长。我过去在部队里当兵时，他回忆着说，表情是很沉痛的，倒下的战友都是就地安葬……长沙又不是我的家乡，想把尸体运回老家也不可能，就埋在这里吧。

　　这个意见好，我赞成。负责知青上山下乡的干部说，埋在这里还有知青陪伴，我赞成。

　　站在一旁恭听他们谈话的一些知青当然就由衷地拥护，而且忘记了这是丧事地高兴起来。最好最好，方琳埋在知青点我好高兴的。一女知青高兴地说。

　　方叔叔，您放心，我们保证天天给方琳扫墓。一男知青安慰方琳的父亲说。

　　我们好喜欢方琳的，一知青说，指着我，你看何平昨天哭得那样子。好多知青都哭了。

　　开完会，知青们就分头忙碌开了。个个忙得很认真很卖劲，连严小平也忙得骂痞话的力气都丧失殆尽了……安葬完方琳，文叔准允全体知青睡一天觉，次日上午九点多钟了文叔才跑来喊出工，仍然是兵分两路，女知青抓紧摘茶，尽量把这几天丢掉的时间捡回来。男知青挑瓦上屋，不过挑瓦之前文叔让老满哥和汪宇抬了半箩筐鞭炮去放，房前室内地放，这一次没有一个知青张口反对了。方琳的死，文叔海叔都把死因归咎于就是上主梁时没放鞭炮的缘故。

当然，鞭炮就同时在几处地方炸得很响很响。

我不想挑瓦上屋，挑了几担就更不想了。我对同样也挑瓦上屋的文叔说，文叔，我一走到方琳掉下去的地方就腿发软。

文叔就歪着脑袋看着我，他见我鼻头上冒着虚汗，脸上又那么无精打采，他当然不希望我也从脚手架上摔下来。你胆子这么小？他说。

不是小，主要是怕。我说。

嗯，那你去摘茶叶。

我于是就掷下箢箕扁担，拎着篓子去摘茶叶。四月的太阳当然是和煦迷人的，照得茶树一片绿光粼粼，空气中除了天天都有的泥土气外还包容着茶叶的馨香，很好闻。我的两只眼睛当然是在茶林丛中搜索冯焱焱那张红润润的圆圆脸，很快就被我搜索到了。这几天大家都认认真真地忙着完成方琳的丧事，根本就腾不出时间谈情说爱，这会儿我觉得自己有好多故事要对她讲。焱焱，我走近她时唤了她一声。

冯焱焱装作没听见我叫她。

冯焱焱，我走到她鼻子底下喊她道。

她瞥了我一眼，却没说话。

我昨天晚上好想你的。我说。

想我干什么？她冷淡地说，继续摘她的茶。

想亲你。

我一开口就没有好话。你来摘茶做什么？她望着我，好多男子汉都在那里担瓦，你去挑瓦去，去啰。

冯焱焱有点恨我，因为在一些知青眼里我对方琳的感情似乎过于深了，好像还超过了汪宇，当然就超过了所有的知青一大截。

谁也不知道这种深度是内疚所致。几天来我一直想向冯焱焱解释，但又怕道明原委后在她脑海里形成一片永远也抹不掉的阴影，况且这解释起来还很困难并且不一定能解释清楚，于是就心意已决地坚持缄默到底。

我们到那边去说话啰，这里人太多了。

姐姐没有心情。她回绝我说。

我自然不甘心，望了眼没人的那边，去啰。

我说了本姐姐没有心情。

晚上呢？晚上我们……

晚上本姐姐也没有心情。她打断我说。

我的自尊心一下就把我抱到了天的那边。那就算了，我狠狠地盯她一眼，大步流星地走开了，眼前自然就起了一层阴郁的雾。一星期后，大家都投入了春插的工作中。其时田里的泥巴和水还很冰脚，即便是阳光明媚的天气亦如此。一天上午天上下起了太阳雨，几个人就纷纷弃下秧苗，跨上田埂，躲到几株枫树下观看又出太阳又落雨的情趣。大家就看见严小平提着一根抓青蛙的网子和一只肮脏的布袋，大大咧咧地无所畏惧地走来了。

老严哎，汪宇大声说，你怎么跑到我们生产队来了？

老子来捉青蛙。严小平说。

严小平果然就一心一意地捉青蛙，田头田尾地捉着，旁若无人似的。没有人敢管他，自从他把大队王书记的弟弟的后脑壳劈开后，连文叔也随他去了。H局办公室主任和负责知识青年上山下乡的干部，在处理方琳的丧事的同时也附带处理好了严小平打人一事，严小平赔了二百元（那时候的钱真抵用），并在有大队干部参加的知青会上做了公开检讨，就这么回事。

老严。中午在文叔家吃饭时，文叔歪着头问他，你捉一上午捉了几只青蛙？

不多。严小平说，瞥了眼扔在门口的沾满泥巴的口袋，那口袋里一动一动的。十几只。

晚上有我呷的唦？汪宇说。

我也有呷呗？眼镜鬼说。

都有呷。严小平说，望了眼在门外洗脸的冯焱焱。下午老子再捉十几只看看。

老严，你这么浪荡下去怎么收场哦？文叔笑笑说，你真的就不想招工回城？

想卵。严小平大声说，一脸的愤恨。过一天是一天，老子就是要做王书记眼中的一团毒气，让他看见我眼睛就发胀。搞得老子忘形了，老子就一把火烧了他的屋，老子人一个命一条。

你就是嘴巴讨嫌。文叔指出说，你会要呷嘴巴亏的。

呷亏就呷亏，老子人一个命一条。他喊道，吃过饭，抽支烟，他就拿着捕青蛙的工具耀武扬威地下到田里忙碌去了。

然而，严小平还没有猖狂一个月，或者说还没有逍遥一个月就出事了。事情出得很小很小，不过是偷了只黑母鸡，但却被王书记搞得很大很大，使得再怎么玩世不恭的严小平也绝对终生难忘。

就这么回事。

那天上午歇气时——那是个阴郁的上午，还在早晨就显出了郁闷，所有的树木上都抹了层阴影，空气有点凝滞不动的样子。早晨我在井旁洗脸时，无意中发现站在樟树下呼吸新鲜空气的汪宇瞧冯焱焱的那眼神有点不同，这种不同用语言难以形容，但能让人感觉到。我心里那根弦立即就绷紧了。汪宇在知青点是第一美男子。方琳死时爬到他脸上的那层悲哀，早在一个星期前就跟阿拉伯女人戴的面纱一样被突然揭掉了。从那天开始他又唱起了"清清的河水蓝蓝的天"，脸上比从前更显得精神焕发和英俊了，歌声也越来越浑厚好听。人家劝他想开点，他就真的想开点了，而且想开得很彻底。老子想得很开，人活一世，又没有二世，还是快活为上策。他对一些奇怪他脸上的忧伤突然就一泻而去的知青解释说，接着又唱起了歌，自然又是清清的河水蓝蓝的天。而我却怀疑他眼中又有了进攻的目标，这个目标当然就是我冷淡了一阵的冯焱焱了。我已留意到他用那种猎狗（就这么比喻吧）样的目光盯了冯焱焱两次，那天早晨是第三次。我觉得自己的爱情不太"安全"了。那天上午知青在山坡上种蚕豆，即在茶树与茶树的空间里及梯田埂上种蚕豆。

冯焱焱。歇气时我故意大声叫住她。

冯焱焱折过身来，脸上什么表情都没有。

我等几个知青笑着从我和冯焱焱身旁走下山坡时，指着身后，我们到那边去说说话呗。

冯焱焱瞥了我一眼，低着头就跟着我往山坡上迈步，然后又下了山坡，两人就站在了路旁几棵年轻的樟树下。对面也是个山坡，中间是几块水田，四周没有人，只有天、地和我俩。焱焱，我亲昵地唤了声，一把抱住了她。我这一向晚上天天就都想你，想我们过年时的一切。说着我就大动感情地亲吻她……她跟木头人一样站着，当我要吮她的舌头时她坚决地扭开了脸。好热咧，她脸上有点烦躁。莫抱着我啰，我好累的。

这句冷冰冰的话就同鞭子样抽在我激情满怀的身上，我当然就松开了紧箍着她腰身的一双手。我因为比她小就越想讲点自尊，好让她误以为我比她大一岁零九个月。你怎么回事啰？我严肃又严肃地瞪着她，你还生我的气?!

我哪个的气都不生。她说。

你这就是生气。我说。我晓得，你认为我在方琳死的那天哭脸，在别人面前丢了你的脸。

你哭脸关我屁事。她说，转身就沿着弯弯的山道往前迈去，低着头。

我心里有一团火，这火把我的理智一下就烧成了灰。我大步追上去，站到了她前面。冯焱焱，我晓得你心里想什么? 我气壮山河地看着她，你想和我分手。方琳死了使你产生了别的想法，是不是?

什么想法?

我知道你以前爱汪宇，大家都知道。

我爱他做什么? 她脸一红，否认道。我承认没和你好以前，我只是有点喜欢他。

那我一说到汪宇你为什么就脸红? 你莫骗我了，我是福尔摩斯的哥哥，难怪你对我冷淡。

她生气地调头朝来的路上走去，步子就很大很坚决。我心里抖得慌，但自尊心让我留在原地踏步踏。我瞧着她的身影翻过山坡，顿时觉得有一种很凄凉的东西，从她消失的山坡那头一路嗖过来，同蛇一样爬到了我身上，裹着我。我有点冷似的打了个冷噤，一转身，就看见严小平提着那只捉青蛙的脏布袋，大步如飞地走来。我装作没看见他低下头，想着自己的爱情。但严小平太得意了，他的得意当然是来自于他获取的猎物，以致他忘记了我们已有半年没有说话这一铁的事实。老何鳖，他抛弃自己的仇恨而主动同我打招呼说，想看看老子的成绩呗? 他扬扬手中的那肥鼓鼓的布袋。

我当然很奇怪，捉了这么多青蛙？

青蛙呗？他得意地扯开布袋给我看。

我于是就看到一只肥大的黑母鸡。

就是这只黑母鸡吞噬了他逍遥自在的生活，并且啄断了他的一条腿，就像啄断了一条螳螂的腿一样。你还笑哎？你会要笑个够的！那天下午五点钟，治保委员当着一些知青的面就这么警告临危不惧的严小平说。

还在元月份严小平一砣刀劈开王哥的后脑壳逃回长沙，接着又跑到他的几个高中同学的知青点去玩的那段日子里，他就听那里的知青说，撒酒米给鸡吃鸡一下就醉倒了。还在四月份严小平就吹牛说他要做这个试验，搞几只鸡吃，今天就付诸了行动，而且试验成功了。酒当然不是从代销店买的那种兑了冷开水的白酒，而是早两天他亲自跑到福兴供销社买的半斤烈性白酒，米自然就泡了两天三晚，早晨知青们出工的时候他也拿着半瓶酒米胆大妄为地出工了。过程无须叙述，重要的是严小平把那只醉倒在路旁的肥胖的黑母鸡往布袋里塞时，被一个蹲在塘边的柳树下用棒子敲打衣服的老农妇瞧见了。于是中午时一个四十来岁的农妇就一脸焦急地跑来了，当时严小平正蹲在食堂的井旁开膛破肚，为了不浪费一点还吩咐眼镜鬼把鸡肠子用筷子翻过来洗净鸡屎，好炒一份鲜美的鸡杂。当时知青们已收工吃饭了，有的只吃了几口饭就没有吃了，等着吃鸡肉喝鸡汤。农妇见此情景当然就心疼得什么似的，啊呀，我这只鸡婆每天靠得住要下一个蛋的，农妇眼泪水都掉出眼眶了，正是下蛋的……什么你的鸡婆啰，严小平反应很快也就很理直气壮地说，老子今天上午在福兴供销社前面买的！两块钱买的！莫在这里乱说。

农妇指着地上那堆湿乎乎的黑鸡毛，我的鸡我认得，农妇说，这是我那只黑鸡婆！

走开。严小平火道，莫站在这里乱说。

赔我的黑鸡婆来。农妇也提高了嗓门。

未必就只你有黑鸡婆？老子花两块钱买的！

严小平，老满哥从房里走出来，他当然不相信严小平舍得花两块钱去买只母鸡来吃，于是他的两只狗眼睛就很想息事宁人地盯在严小平身上。算了，把两块钱给这位姊子算了。

把卵给她！严小平讲霸道的模样说，一分都不把！老子买的。

于是就有了进一步的下文。

王书记早就想很好地整整这个长沙水佬馆，自从元月份他亲弟弟被严小平劈开脑壳后，他就动了非收拾严小平一顿不可的念头，这个念头大得如一只老虎，只是碍于那是他亲弟弟，不好借题发挥。现在小题大做的机会来了。王书记对什么黑鸡婆丝毫不感兴趣，但听农妇哭哭啼啼地说偷黑鸡婆的知青名叫严小平时，眼睛就一亮，劲头就大了。那段时间正是农闲季节，公社革委会刚好布置下来了，每个大队送一至两名屡教不改的地富反坏右分子到公社，进行游村示众和轮番批斗，以正贫下中农的思想和提高贫下中农的觉悟，好警惕坏分子搞破坏。严小平理所当然地就成了批斗的靶子，成了光明大队送到福兴公社的唯一对象。

那天下午五点钟，一辆手扶拖拉机咚咚咚很响地驶到了新知青点的烂坪上，大队治保委员、民兵连长和两个骨干民兵纷纷跳下手扶拖拉机，雄赳赳地走到了老知青点的坪上，推开了严小平的房门，那门因为推时用力过猛碰在墙上发出嘭的一响。严小平当时正躺在床上睡觉，身上盖着毯子，也像一个月前方琳睡觉时一样，脚上穿了双袜子，严小平体内被鸡肉鸡汤滋润着，正睡得很香，当然口水就欢快地流着。严小平，治保委员皱着眉头喊了声，起来起来咧，你还蛮会睡觉唉！严小平睁开了眼睛，只一眼就明白了事态的严重性。什么事？

他假装镇静说。

你自己明白。治保委员说。

我不明白。

你不明白到公社里去就明白了。

严小平一听说公社两个字当然就想起了公社里有几间黑屋子是专门关人的，在"春插""双抢"什么的时候，严小平在生产队里常听一些农民开玩笑地威胁对方说，你躲懒啰，把你送到公社的黑屋子里去关起来。严小平当然不想被关起来，他爬起床，不急不慢地穿上衣服，又不慌不忙地穿上裤子和鞋子，还走到桌旁喝了口开水，眼睛却一直在伺机逃跑。

快点快点。治保委员催他说。

五个人走出了房间，走到樟树下，严小平瞥见在山坡上种蚕豆的汪宇和眼镜鬼举目朝这边张望，就弯下身装作系鞋带，忽然就朝前跑去。但是当过侦察兵的民兵连长手脚比他还快，蹿前几步逮住了他的衣领并一把抱住了他。你想跑哎，没那么容易！民兵连长说。

哪个跑啰？老子是尿胀急了去解手。严小平好面子地说，脸却红了。

一些知青见状当然就纷纷跑来，怎么回事怎么回事？大家七嘴八舌地问，望望严小平又看着治保委员。

治保委员不理睬知青们的询问，跟着民兵连长和两个骨干民兵说，走啰走啰。

民兵连长就抓着严小平的胳膊往前拉，一个民兵就把严小平往前推。严小平恼怒地一甩胳膊，抓什么抓，走就走啰，我还怕你们呀？

八

你还笑哎？你会要笑个够的！治保委员警告严小平说，公社里就是专门整你们这些长沙水佬倌的！

什么卵公社我都不畏怯！严小平高傲道。

你只走，莫说废话。治保委员说。

有一个知青想拦住他们的去路而解救严小平。几个熟人，他把手搭到治保委员的肩膀上，又是知青，算了吧，莫到公社去啰。

你干什么？治保委员厉声说，盯了眼那个知青。王书记做了指示，看哪个敢包庇严小平，哪个知青带头包庇严小平就永远莫想招工回城！

就这一句话便把几个企图阻挡他们的男女知青镇住了。谁都想早点招工回城，就这么回事。

严小平开始了他一生中在福兴公社最后十来天的痛苦生涯。

他被手扶拖拉机咚咚咚咚地送到公社武装部，不经任何审问就关进了一间黑房子。第二天又关进来两个，第三天又关进来四个。第四天一早，武装部从各大队抽调上来的武装民兵（一人肩上挎一支步枪，以示无产阶级专政的铁拳！）就一人手上挎着一块牌子，将地富反坏右分子吆喝到坪上进行"对号入座"。严小平一眼就瞥见将往自己颈根上挂的那块牌子上写着："长沙二流子、小偷严小平"，下面歪歪斜斜一行小字："光明大队知识青年"。严小平很冷静地接受了那块牌子，而且是主动走上去拿过那块牌子往自己颈根上挂的。于是开始了没完没了的游斗，今天这个大队明天那个大队的游斗，虽然游斗时被摁着头以致颈根都低疼了，而且整天不是走就是站腿也很酸，但整体而言他不是很在乎。然而，第七天早晨，当一行人迎着八点钟的太阳浩浩荡荡地往光明大队赶去时，严小平就很在乎起来。他脑海里闪现了一双他还在读小学时就迷上了的美丽的眼睛，这双眼睛当然就是冯焱焱了，他一万个不想让他至死不渝地爱慕着的冯焱焱瞧见他被肩挎半自动步枪的民兵押着游村串巷，然后又被拉到一块坪上去批斗什么的。这丝毫没做诗意的铺垫，爱情就是让人干傻事。一个伟大的念头诞生了：逃跑。当队伍大踏步地走进光明大队的领地，迈上一处渠道上的木桥时，严小平趁押他的两个民兵站着低下头划火柴点烟的当儿，拔腿朝前拼命奔去。站住，哪里跑？负责押他的两个民兵同时呵道。严小平继续没命地跑着，他穿过绿油油的田野，跑上一条简易公路，向与知青林场相反的一处山坳奔去。两个民兵当然紧追不舍。这些天，民兵们在各大队吃的是大鱼大肉，肚子里油水足，耐力自然就胜过了这十来天每餐只有一碗光米饭吃的严小平，所以不但没被严小平甩掉，反而追上了跑得腿发软而口吐酸水的严小平。看你还有什么跑的？！一民兵凶道，一枪托打得严小平朝地上一扑。嘴巴砸在一处尖石上，血当然就凶凶地流了出来。

严小平悲愤到了极点，生死什么的于是被他送到外婆屋里去了。他伏在地上，歇了几秒钟气，随后就跑豹子样蹿起身，拾起地上一块砖头大的石头朝那民兵额头上砸去，那民兵哎呀一叫，身体一晃，血就直往外涌。另一民兵见状二话不说，一枪托捅在严小平胸脯上，又把严小平打倒了。严小平还想爬起来反抗，结果嘭地一枪托打在他脸上，打得他眼睛一黑，仰倒在地，接着那个民兵怕他再爬起来打人，迅速朝他腿上狠狠地蹾了一枪托。哎哟，严小平惨叫一声。就是这一枪托使严小平永远成了瘸子，从此走路一瘸一拐很有点煞风景。

那天严小平当然就没有在光明大队的批斗会上露面，而是奄奄一息人事不省地躺在一辆货车上，身旁坐着我和四个知青。那天上午九点多钟，一辆崭新的手扶拖拉机咚咚咚很响地开到了新知青点的坪上，两个荷枪实弹的民兵跳下咚咚咚直响的手扶拖拉机，把躺在车厢里面目全非的严小平搬到地上。当时一些知青正在整饰新知青点室内的地面，忙跑出来看。严小平？怎么回事？一知青问。

他跑，还打人！那民兵说，跨上了手扶拖拉机。

他们想扔下严小平就跑，万一严小平死了也好推卸责任。站住！老满哥最先反应过来，蹿前几步一把揪住了其中一个民兵的胳膊拉了下来，你想跑哎！打死了人你要坐牢！

又不是我们打的。那民兵说。

鬼晓得是不是你们打的！老满哥吼道，反正你莫想走，讲明的，打死了人还想走?!

当然，另一个民兵也被义愤填膺的知青们拉下了手扶拖拉机，并且缴了枪。那民兵自然是用枪托打严小平的那一个，他毕竟不是什么真正的战士，心里就有些慌，脸色就蜡白。又又又不是我我我打的，他声辩说，他他他他还没没死，王王王书记要我我我们送送送来的。

我管是哪个要你送来的?!老满哥的两只狗眼睛毫不含糊地盯着他，很气愤而有点要打人的样子。反正你们两个都莫想跑！

文叔、冯焱焱等一些在山上做事的男女知青见这里吵吵嚷嚷的，纷纷就跑来了。冯焱焱一见躺在地上的严小平那么一副可怕的形象，不觉就关切地一叫，我的天，严小平！

严小平的灵魂当时正在朝黄泉路上赶去，听到他爱慕的女人发出的绝对关切的叫声又折回来了，并且睁开了两只单眼皮小眼睛，自以为这是最后瞧一眼他用全部身心爱恋的冯焱焱。

严小平还有气严小平还有气！冯焱焱惊喜地叫道，没死没死！

快送医院去！

快往医院里送！我也说，他还没有死！

快把他抬到拖拉机上！文叔道。

我和两个男知青忙抬头抬脚地把严小平搬到手扶拖拉机上。

冯焱焱，坐上来啰。我不由分说地招呼她，你对他有用，上来吧。

冯焱焱犹豫了几秒钟，立即就跨到了手扶拖拉机上。快往公社卫生院开。我命令司机说。

但是公社卫生院只有一个女医生，她一见严小平这副模样自己就先吓坏了，不行不行不行，她一脸苍白地说，快送到你们长沙去。

于是我们四个知青向她借用了一副担架，抬着严小平走到一旁的公路上，将担架横在公路中，拦了一辆去长沙拖货的货车。

就这么回事。

我和冯焱焱等四个知青把严小平护送回长沙的一家医院看病后，严小平就再也没来过知青点。当他再次来知青点时已是一九七九年十二月的事，当时知青点已走空了，他是来办回城手续的。

一九七九年，全国知青大返城，福兴公社的几百名知青当然也在返城的行列中。严小平是福兴公社最后一名返城的知青。福兴公社知青办公室临撤前挂了个长途电话给H局，说严小平再不来办回城手续，以后就麻烦了。严小平来了，眼镜鬼送他来的。眼镜鬼那段时间正在单位上学开三轮摩托车，开车上瘾，总想找什么确凿的由头进行远征，于是两人就头顶冬天的太阳和寒风，自以为很风驰电掣地来了。好舒服啊，眼镜鬼一味地沉浸在开摩托车的幸福之中，严小平却冻得清鼻涕直流。严小平很顺利地办完手续后，眼镜鬼就爽朗地提出，既然来了他就想到方琳的坟墓前看看，告个别，也许这是我们一生一世里最后一次来呢。眼镜鬼说，去看看啰。

两人就来到了方琳的墓前，吹了那么一气北风，自然又走到老满哥的墓前，庄严地抽了一支烟又一支烟……何平递了支万宝路给汪宇，看着被西南风吹到天上的黑蝴蝶一样飞着的纸灰，等这群黑蝴蝶落在左近的茶树上后，何平说："到老满哥坟上看看呗？"

汪宇说："我上午去老满哥的坟上打了个转身。"

"还去看看吧。"何平说。

老满哥葬在他生前老喜欢坐在那儿遐想和眺望夕阳西下的山坡上。老满哥死前的那几个星期，常常只身跑到这里坐一坐，好像这里的风景格外不同似的。后来知青们在他留下的遗书上才"窥伺"到他千遍万遍都看不够的风景里原来藏着一个姑娘。就这么回事。

"不知怎么回事，"何平在老满哥墓前拆着那包纸钱时冲汪宇说，"有几次老满哥在梦里向我借钱用。我梦见老满哥说：'何平，借点钱给我装部电话看看。'好奇怪唉。"汪宇笑笑："我也梦见过老满哥，"他望了眼忧郁的苍穹说，"不过我没梦见他借钱。"

"这可能有点因果关系，"何平说，"我当知青时候向老满哥借过两次钱，一次借一块钱，一次借二角五分钱买了包浏阳河烟。还没来得及还，老满哥就自杀了，所以这事一直挂在我心里。"

"所以你就来还钱。"汪宇笑笑说。

"就是。"何平说，啪地按燃了打火机。

汪宇忙蹲下身，与何平一道点香烧纸钱……老满哥是一九七六年十二月某个大雨倾盆的深夜，割断左手腕的动脉血管自杀的。

一九七六年十一月，一年一度的冬季招工拉开了序幕。那年五月，因为出了那件严小平被公社武装部抽调上去的骨干民兵打伤致残一事，公社知青办对光明大队的知青就特别照顾，竟给了七个招工指标（别的大队知青点只拨了四或五个指标），八张招工表。这当然是为了瓦解光明知青点的斗争力，因为严小平的母亲和哥哥来公社知青办闹了两次，两次都有光明大队的很多知青在一旁助威，还陪着严小平的母亲跑到县知青办去讲理。八张招工表一发下来，人心就立竿见影般涣散了，人人都喜滋滋地忙着自己的事并一门心思地憧憬着自己的未来。老满哥也接了张招工表，当然就有点喜不自禁的样子，端坐在桌前，满以为好运终于来了，就工工整整地填了表。第二天又亲自送到了公社知青办，为此还买了两包大庆烟扔给知青办的干部抽，身上还特意留了一包开给我们知青抽。

呷烟呷烟！中午老满哥从公社赶回来时，一迈进食堂就主动开烟说，一脸喜气。

表送上去了呗？我问他。

交给哪个了？汪宇紧接着我的话问他。

老满哥自然一一做了回答，高兴得饭都不想吃。快呷饭啰，我说，菜都冷了。

没有心情呷。老满哥说。

你这是高兴成这样的。我说。

我还不想高兴得太早，要拿了通知书还要报了到才算数。老满哥说，我屋里这号情形，还不一定工厂里会要。

　　果然被他自己言中了。一九七四、一九七五年招工时，大队向公社推荐了他，但被公社知青办刷下来了，当然就连上公社卫生院体检的资格也没有。这一次却是被某厂来招工的政工干部抛弃了。

　　几天后，当送上去的八张招工体检表里，今天通知这个明天通知那个去公社知青办拿政审表而唯独没有老满哥的份儿时，这个打击就太具有毁灭性了。在第五张政审表被汪宇欢天喜地填毕并迫不及待地送往公社时，他还勉强能沉住气，脸上多少还有点笑容，两只狗眼睛也不显得那么灰暗。当第六张政审表飞到另一个男知青头上并使那男知青欢欣雀跃地蹦起来大喊大叫时，老满哥心里却极度不安了。失眠什么的都来了，但他仍抱着最后一线希望，怀疑这是那种好事多磨什么的。然而最后一线希望偏偏就降临在一个视力极差而且体弱多病的女知青身上，该女知青在体检时视力和血压都没有过关，按道理，无论从哪个角度都是不能与老满哥匹敌并且无法同日而语的。这就是老满哥前想后想左想右想怎么也想不开的原因。

　　就这么回事。

　　那是十一月下旬一个阴雨绵绵的上午十点钟的样子，知青们都坐在新知青点屋檐下望着凄冷的雨雾。这时大队小学的一个女教师举一把油布伞一脚高一脚低地走来了。她还在老远，知青们就把目光汇集成"焦距"对准了她。大队上有台电话安在学校里，这几天通知这个拿政审表通知那个拿政审表的就是这位女教师。

　　林小红林小红！女教师冲着我们高声嚷叫，林小红林小红，林小红呢？

　　林小红就是那位体弱多病的女知青。林小红听见叫她，忙从自己房里走了出来。什么事？

　　公社里来了电话，要你赶快到公社知青办去拿政审表。女教师嚷叫，马上就去。

　　老满哥亲眼看见了这一切，这个打击太大了，使他在知青眼中成了十足的可怜虫。就是从那天的那一刻起，老满哥整个人就山崩一般垮了。严小平的垮是因为得不到冯焱焱的爱情而一味地自暴自弃，老满哥的垮就同甲鱼死一样先从肚里烂起，表面上完好无损，既不酗酒吵架也不把脏话这里那里地乱扔，而是板起一副脸任何人都不理。那段时间，只有我和老满哥仍住在老知青点的土砖屋里，其他知青早搬到四壁雪白的新知青屋里快活去了。老满哥很珍惜他和六个知青林场缔造者的"劳动果实"，不肯搬，我当然就做出不屑于住新房而坚决与他为伍的神气不肯搬。

你搬下去啰，老满哥说，我是住习惯了。

我也住习惯了，不搬。我说。

但自从第七张政审表犹如大雁一般落在那体检都未合格的林小红头上后，老满哥就一步迈到人生的悬崖边上了，并在那儿徘徊，一个劲地为自己灰心失望，当然就连与他同住一间房子的我他都不闻不问了。那个凄风苦雨的上午是他生命的分界线，从女教师打着油布伞赶来宣布第七张政审表的结果起，他的心就死了，而肉体的死不过是晚了些天数而已。那天以前，我每次推门进房，他都要找我说上几句含有关心成分的话，面部表情也很友好。可是那天中午我怀着愤愤不平的心情走进房里去安慰他时，他却阴沉着脸一声不吭地望着篾顶，下午如此，第二天亦如此。一连几天他都使我走进房里就感到别扭还感到阴森。

老满哥谁也不理。一些知青议论说。

你这鳖开导开导他。几个填了政审表的知青心情很蔚蓝地说。

你和他住一间房子，好好劝劝他，要他想开点。

我劝得他动就好啰。我说。他和我一句话都不讲，好像我欠了他的一样。

一天晚上，我在新知青点打双百分扑克，玩到深夜一点钟一桌牌才散。我自然就起身去睡觉，可是一推房门里面却闩死了。老满哥，老满哥。我唤了两声。老满哥麻烦你开下门。

里面半点声音也没有。

老满哥，老满哥！我又敲了几下门。里面仍没声音，我有些恼火，使劲地捶了几下门，老满哥仍不开。我真想把一腔怒火倾泻在门上——一脚踹开门。但还是忍住了，折回来，于是挤在眼镜鬼铺上憋着一肚子气似睡非睡地睡了一觉。

第二天太阳很好，大家扛着锄头朝山上拥去时，我却把自己的铺盖和箱子桶子搬到了眼镜鬼的房里。歇气时我冲走进房里帮我开铺的冯焱焱说，这下我可以不看老满哥的脸色了，本来就活得累，还要看他的脸色行事。烦躁。

他比你还烦躁，你要晓得。冯焱焱说，又补了一句，我也烦躁得要死。

冯焱焱确实有些烦躁，汪宇和林小红都是与她同年下乡的知青，撇开有个好爸爸的汪宇不说，林小红哪点比得上她？就因为林小红常常在王书记和文叔面前撒娇，她就可以先走？冯焱焱真有几分想不通，好在她有我那时而猥琐时而又清高的爱情伴随她替她消愁解闷，当然就不至于那么烦躁。

那天晚上，知青们在食堂里给三个先收到招工录取书的知青呜呜呜呜呜地极响地哭泣且哭得不可开交时，眼泪当然就在欢送会上泛滥成灾了，呜呜呜呜呜呜，连向来表现都很坚决的冯焱焱也把很金贵的眼泪水拼命浪费。好像因为不要钱，大家就可以随便挥霍掉眼泪一样。哭声成片成片地散开，如一群苍蝇在知青林场黑沉沉的凄冷的上空飞来飞去，并且久久不散。以致我的眼睛都湿了，花了吃奶的力气同脆弱的神经进行斗争才抑制住没哭出声来。

当然，欢送会开得很成功。

次日上午，我和冯焱焱等几个知青及四个招工回城的知青，搭H局送菜油的卡车兴高采烈地回长沙去了，准备过完元旦再来。

然而，我们回到家里不过是吃了餐好中饭和睡了个舒筋展骨的午觉，就获悉了老满哥自杀的悲惨消息，于是我们不得不在第二天又赶回知青点。

那天晚上老满哥没有参加有一半以上的知青比谁最敢哭并哭得最响的欢送会，这个会当然是以破涕而笑为终。还在中午，四个准备到福兴供销社采购点心（他们不愿意最后还让代销店的王哥砍一刀）的知青中的一个见老满哥一脸灰暗地拿着碗筷步入食堂就走上去打招呼说，老满哥，晚上来参加我们的欢送会呗？

老满哥翻起两只病狗样的眼睛望他一眼，没说话，端着饭又走了出去。

那天下午知青们自然又是扛着锄头到山坡上去开山造田。那是个冬天里少见的晴空万里的下午，太阳照在身上使人很有几分惬意，大家挥着锄头时总有人蓦地就唱上几句清清的河水蓝蓝的天什么的，歌声就燕子一样在山坡上飞过来驰过去。老满哥一开始也在修整地球，锄头很勤奋地咬着地面，但从歇气起他就没再干了，而是坐在他常常坐在那儿望着远景遐想的地方凝神默想，没有人去打扰他，大家都知道他心情不好。直到太阳落山了，文叔宣布收工了，我才走上去提醒他说，老满哥，收工了。

老满哥，收工了咧。我见他没反应又说。

老满哥回转头看了我一眼（两只病狗样的眼睛冒着绿火）！收工你走就是的啰！他恼怒道，又回过头去。

我当然又当然地调头走了，扛着锄头。

这是我最后看见活着的他一眼。那天晚上他没有下来吃晚饭，虽然帮厨的知青（眼镜鬼）为他留了一碗菜。吃了晚饭，我提着两桶热水到食堂后面的背风处洗澡时，四个招工回城的知青就分头去请文叔、王书记和老满哥。八点多钟时文叔和王书记都打着手电走来了，但老满哥却没被请动。因为有东西吃，大家就很高兴地积极地围着拼在一起并摆满零食的方桌大嚼不已，两个请来文叔和王书记的知青折回来说老满哥睡了，当然脸上就有点懊丧。

这个老满哥，王书记站起了身，自以为会马到成功地喊道，我去喊他来。

王书记几乎把老满哥的房门捶烂了，却仍不见老满哥吭一声。

所以知青们都猜测也许那个时候他就死了，或者正朝死亡的终点站旅行，因为总有个把血管里的血全部流完的过程。第二天中午，眼镜鬼见老满哥还不来吃饭，就跟文叔说，文叔正安心地吃着自己的饭，蓦地就意识到了事情的可怕性，忙扔下碗，吆喝着几个男知青去踢老满哥的房门。门自然不经几踢地就踢开了，于是扑入他们眼帘的场景就很有些惨不忍睹，床上床下尽是暗红色的血液，尚未干透的血液上还起了层薄薄的皮，而血的发源地却是他那只搁在床边的业已僵硬的左手腕。就这么回事。

老满哥的追悼会不及方琳的三分之一热闹。事实上没有开追悼会，只是请了几个能歌善舞的农民来唱了半个晚上的挽歌，唢呐二胡锣鼓地闹了那么几个小时，观众也少，一是知青本身就少了几个，偏偏那天晚上又不停地落雨，跑来看热闹的人于是就少。

大队王书记、治保委员及 H 局的干部均没来，因为老满哥是自杀，这有点自绝于人民自绝于党的意味，身为共产党员的他们当然就不好跑来吊唁及做悼词什么的。那时候"四人帮"刚粉碎两个月，干部老爷们的脑壳里还充斥着"左"的东西，怕犯错误。老满哥生前留了份遗书，遗书写得很平淡，没有伤感一类的语言，只有一句话有点反动，"我此刻急着想去阴间找伟大领袖毛主席评评理。"另外，他要求知青把他埋在山坡上那处他常常坐着思想死亡的地方。

他说他思想死亡已经思想五年了，五年前他常和周慧英坐在那儿望着太阳落山和讨论死亡，所以他喜欢那处地方，他可以每天看到太阳落山。

九

周慧英是七个知青林场缔造者中的一个，当然是女孩子，一九七二年就招到铁路上当工人去了。周慧英小时候有个外号"塌鼻子"，这个绝对令她不愉快的外号一直延续到现在还有人偶尔使用，原来老满哥坐在那儿是望着田野思念他的"塌鼻子"，难怪既不怕北风吹也不畏惧大太阳晒。

于是大家就恍然大悟。

遗嘱是必须遵循的，更何况老满哥的要求又不高。得赶快找副棺材。冯焱焱说。

得想办法买副棺材。我说。

哪里有棺材买呢？眼镜鬼为难地说，又没棺材铺。

当然是到农民屋里去买。我说。

先问问文叔哪些农民屋里有棺材。冯焱焱说，要文叔带我们去买。

文叔不肯带，但他说出了七八户家里备了棺材的农民让我们自己去打听和讨价还价。知青们忙分头出发，但都一无所获，那些农民都是备好棺材给他们的老父老母安睡的。

没办法没办法。一知青垂头丧气地说，他们还骂我，说我一进门就谈棺材，不吉利。

要王书记出面才行得通。我说，或者请王书记写个条子也行。

那是个阴沉沉的冬日的下午，北风呼啸着，一只鸟也看不见。

几个男知青就气咻咻地跑到王书记屋里找王书记，王书记的堂客却说他在大队部召开支委会，当然知青们就马不停蹄地赶到了大队部，找到了在光明大队打个屁也能熏死几只苍蝇的王书记。

王书记，我们买不到棺材。我急着向王书记汇报道，喘着粗气。文叔介绍了好几户，但贫下中农都不肯卖棺材给我们知青。

王书记不大喜欢老满哥，尤其对老满哥竟敢在他管辖的大队自杀十分不悦，当然就不愿为老满的后事出力，于是就事不关己地说，要什么棺材哦？他鼓着两只眼睛瞅着我。就用被窝包着埋算咧！

那要不得啰。我说。

哪里有棺材哦？我不得去搞这号鬼事！王书记说，忽然想起建造新知青点时余下的一些木板，忙拉着我走到旁边房间的只有窗架没有玻璃的窗前，搬几块板子去钉一口棺材搞卵。

又没有木匠。一知青说。

还木匠个鬼咧！王书记不耐烦说。又不是做花架子床，哪个都可以钉的。

于是大家就一人扛了几块薄薄的木板往知青点走去，路经代销店时又在王哥手上称了一块钱钉子。吃过晚饭，大家就干起来，乒乒乓乓一顿钉子，做了口勉强能把老满哥侧着身体放进去的棺材。第二天上午，一顿鞭炮炸完后，四个知青就抬着棺材朝潮湿的山坡上走去，因为担心会滑倒，步调自然就很不一致，也就个个步履艰难且你埋怨我谩骂你。一旁的知青为抬棺材的着急就喊起了左右左的口令。棺材当然就抬得好一点了，虽然棺材在他们争执时早已歪扭得不成样子了，好不容易将棺材抬到墓穴旁并急着把棺材放进墓穴里时，事实上棺材已经散了架，老满哥那张死后显得很丑陋的脸于是露出了一半，但哪个也不愿把棺材搬上来重新钉一番，只好将就着草草埋掉了事。接着，天老爷下雨了，淅淅沥沥，把昨晚打湿的山林进一步打湿。

天老爷又哭脸了。我扫了眼远远的天那边，冲站在我身旁的几个知青说。天老爷一点也不薄待老满哥。

天老爷果然不薄待，很动感情地哭了七天八晚，哭得大家都有脾气了。

老满哥的墓坐落在山口旁，纸灰于是就顺着风沸沸扬扬地飞着。汪宇边和何平一起烧纸钱，边笑笑说："我这次来还不晓得准备这些内容，下次来我就带香和纸钱，学学你这个大款。"

"你也是大款呆。"何平说。

"我是大款就好了啰，"汪宇说，脸上的表情有点别扭，"我是大款长沙市的人就有一半是大款了，崽骗你。"

汪宇发觉何平在老满哥的墓前不像在方琳墓前那么严肃和虔诚，脸上笑容不断，而且心不在焉。两人说说笑笑地烧完纸钱，点燃一支烟又东张西望了会，汪宇说："走呗?"

两人撇下老满哥的坟墓，一前一后地说着话重又走进了文叔家里，这时已是四点多钟了。文叔在门前修整一张竹靠背椅，"休息休息。"文叔歪着他的脸说。

"我心里很愉快，文叔。"何平说。

汪宇脸上却有点阴郁，摁着肚子坐到了一张椅子上，嘴于是就不自然地歪咧着。"我陡然胃疼起来了。"汪宇说，继续歪咧着嘴，"我好久没有这样疼了，不行，我得回去。"

"你平时胃疼不?"

"一直就有点疼。我没带三九胃泰。"汪宇疼得开始缩成一团了，"今天来得很突然，而且疼得特别厉害，不晓得附近有药店没有?"

"乡里有什么鬼药店，"文叔说，看着汪宇。"看病都是到乡政府边上的卫生院。"

"那我送你去，趁现在还早。"何平说。

两人就钻进了深灰色的皇冠轿车……

那天晚上吃过晚饭，文叔陪着他俩说了一气话。接着头直栽地去睡后，两人仍坐在坪上，看着一片深蓝的星空和两旁黑乎乎的山坡，抽着烟。"这些蛤蟆和蛐蛐的叫声听起来好舒服唉!"何平倾听着四周的青蛙叫说，"住在长沙市哪里听得到这种音乐? 好舒服的。"

"是的。"汪宇说。

"你觉得呗？我觉得我一生中最让我思念的时光就是知青生活。"

"我也有同感。"

"我来知青点，崽骗你，是来排遣孤独。"何平望着汪宇，"人在生意场中接触的所谓朋友都是假的，是那种互相利用的关系，变成了有钱就有朋友。所以我是来找朋友，找一种感情，找一种你理解不了的心理平衡。"

"我能理解。"汪宇说。

"我心里有一种内疚和痛苦你不会理解。"

"我知道你有些爱方琳。"汪宇吸口烟，"我从你下午给方琳和老满哥扫墓时注意到了内中的区别。"

"什么区别？"

"你给方琳烧香时认真得多。"

"我其实还有点爱冯焱焱呢，"何平说，瞥了眼星空下看不清脸的汪宇，"真的咧。"

我大学毕业的第三年曾在一家大百货商店门前碰见过一次冯焱焱，她胖了些，但脸庞儿仍显得很美，眼睛也很亮。她怀里抱着一个一岁多的男孩，身后跟着一个小保姆。那是个街上人很多的星期天，也很热，我骑一辆松鹤牌单车去我朋友家吃中饭。我路经百货商店前时，一眼就认出了她。你胖了，我说。

冯焱焱一笑，那是一种不带任何感情的笑。天天呷营养呷得这样子的。她把婴儿递给身后的小保姆，回转头来瞧着我，你细伢子几岁了？

我细伢子还在我肚子里没出来。

你现在在哪里？

我留职停薪。

留职停薪在一九八四年还有点给人新鲜感。留职停薪？她瞪着我。

留职停薪就是停发工资保留工作。我说。我现在专跟几个广佬一起搞建筑设计。

那好呆。她丝毫不感冒地说，一扬手，喂，中巴，停一下。

一辆中巴在我们一旁煞住了，冯焱焱忙率领保姆上了中巴。来玩啰。她在车窗内说。

就这么几句平平常常的话，她就同一度与她关系很深入的我告辞了，似乎她怕我再在她漫长的人生旅途上掷入什么东西似的。

我那天真想对她说，冯焱焱啊，你何必这么来去匆匆呢，何必呢？

汪宇是很幸运的。他至少有两个貌美的姑娘在同一时间同一地点认认真真爱过他，有一段时间，我时常晚上睡觉前白费心思地对自己进行憧憬，展望自己次日早上起床时突然就跟汪宇一样英俊，嗓子也跟汪宇一样的好，能把清清的河水蓝蓝的天唱得使方琳或冯焱焱暗动芳心什么的。白日梦。就这么回事。

一九七六年汪宇招工回城后，我以为冯焱焱这就别无选择而会对我更好了，事实上正好相反，过完一九七七年春节回到知青点后，她反倒对我更冷淡了，视我的爱情而不见，却一味地埋在高中课本里搞什么学习。

今年恢复了高考，我们应该考大学找出路。冯焱焱说，我要看书。

那是三月里一个晴朗的晚上，月亮如玉盘，天还没黑就爬到了满是茶树芳馨的山坡上。吃过晚饭，我坐在马灯下看了会儿高中物理课本，实在看不进什么，就想拉着冯焱焱到月光下去散步，一边培植培植感情。我不想看书，我说，出去走走，外面月光多好。

冯焱焱坐到了桌前，桌上自然是摆着课本、练习本、三角板和圆规什么的，我今天规定自己做十道数学题和十道物理题。冯焱焱说，现在才解两道数学题。

学习把她的全部注意力从我身边拉扯过去了，她又无视我存在地做起数学题来，很投入。我坐在她铺上抽烟，与她同房的那个女知青去年招工走时我还暗暗高兴，心想这间房子成为我和她的天地了。过完春节回来后的一天，一个一九七五年下乡的女知青企图搬到这间房子来住，被冯焱焱当着一些人的面（当时大家坐在食堂里吃饭）毫不客气地拒绝了。我还以为这种拒绝是为了拥有一块我和她谈爱不受干扰的天地，从而放开胆子干一些双方愿意深入下去的事情，谁知她竟是为了这个与我不着边际的什么大学梦！一个人住一间房子就可以自由自在地搞学习。早几天她说。

我不想考大学。我说。

我要考大学。她严肃得跟我姐姐这样说。

当工人可以不想事。宝哎。

你当工人啰，我要考大学。

我就很气愤地走过去，从背后捧住她的圆脸蛋，出去走走，月光极好。我说看什么鬼书？走啰。我把她手中的圆规掰下来往床上一丢。外面月光极好，出去走走。

你好讨厌呆。她盯我一眼。

我就是叫何讨厌呆。我不在乎破坏了她的心境，涎皮赖脸地笑笑。你跟我出去走走，外面月光极好。

我要做数学题呢。

我的数学成绩读高中的时候呷通，等下我告诉你做，保证十分钟还不要就帮你做完。

我不要你告诉。她一字一句地说。

走啰，我就是要你走走。我说。你不走，你今天晚上就莫指望搞学习。

她随我走了出来。她当然是因为拗我不过而一脸烦躁地走出门的，自然就没有心情欣赏月光和倾听讨厌鬼的声音。你好讨厌呆。走了一段路时，她突然这么扔一句给我。

我就叫何讨厌。我又这么说，心里却感到今天晚上是别指望培植感情了。月光再好，她心里牵挂的是她没有解答出来的一道数学题。两人走到大队小学前的塘边，站在一株倾斜得很厉害的柳树前，一个望着水里的月亮，一个瞧着天上的月亮，很沉默地瞧了几分钟。算了，我把目光收回到她的圆脸上。站在这里没意思，我晓得你心里想着数学题。

是的。她说。

我们就转回知青点，各自走进了自己的房间搞学习。

第二天晚上，月光继续很好，我对着马灯看了一气书又忍不住想找她说说话和亲她一顿，她的房门闩着，我敲了敲，里面却没有声音。我正想叫她，见一个女知青拎着马灯和一桶水从食堂里走来忙心虚地走开了。我心虚是怕喊不开门而使自己没脸见人。

我走到坪的当头，假装欣赏月光，其实心慌意乱得不行。知青点和我的爱情好像有点默契地一同演变了，晚上打牌的现象已经绝迹，即使有人吆喝打双百分也没人响应了，大家脑壳里都萦绕着大学梦！自从过年的时候听H局的干部或父母说今年会恢复高考，回来时人人手里都拎着一捆一捆的书，知青点一到晚上便成了自修大学，个个对着马灯啃书本做习题，好像都很珍惜自己的青春，以致找别人说话都怕耽误别人用功的时间，似乎只要一发狠就能考取大学远走高飞似的。

几天后，我却无法忍受看书的苦闷了，扔下他妈的鬼书就急着去敲冯焱焱的房门。

谁？她问。

老子。我说。

我在洗脚，你等一下。她说。

我就站在门前等，雨不急不慢地下着并如此这般地下了一天了。冯焱焱打开了房门，她因为刚刚洗完了脸脚，脸显得红润润的很迷人。今天你应该休息一下呗？我说，看了一天的书未必不烦躁？

我还有五道物理题没做。她笑笑说。

又没哪个人规定你做。我说。

我今天规定自己做二十道化学题，二十道数学题和二十道物理题。

我看你有神经病咧。我盯着她。这么规定，自己忘死忘命地做，有什么效果啰？

冯焱焱一笑。你不懂。她说。又趴到桌前做习题。

我则站在桌前看她做了两道物理题。做第三道题时她显得有点困惑，脸上就呈现思索且皱眉头的表情，我就帮助她解那道所谓难题，当然很快就解出来了。剩下的两道物理题，她执意要独立思考。我不要你指点。她很好强地说。我就坐到她床上等她做，点燃一支烟抽着。我又抽了一支烟，她终于做完了。

今天的任务完成了。她说，松了口气似的伸了个舒畅的懒腰，又打了个很过瘾的哈欠。我想睡觉了，屁股都坐疼了。

是呗？我说，于是就很情爱地一笑。你睡在床上，我帮你揉揉屁股保证就不疼了。

冯焱焱立即瞥我一眼，你还想搞我呗？不行，我和你迟早要散伙的，还和你搞呗！你想得好。你走开，我真的想睡觉。

我不走开，也不会跟你散伙。

你屋里和我屋里都反对我们谈爱……

关他们什么事?! 我打断她的话说。只要我们两人坚持好下去, 他们就会不反对了。

真的不行, 宿舍里的人都笑我找弟弟。

冯焱焱, 那些话都是严小平的谬论, 不要理睬! 我说, 自己就有点控制不住感情, 走上去抱住了她。我爱你, 真的爱你。

我把嘴唇凑上去吻她的红唇, 但她把脸扭开了, 我就求其次地吻她的脸。莫搞, 她说, 你讨嫌呆。并想把我推开地伸出手挡住我的嘴与她的脸接触。

我很冲动地搂起她, 她想挣脱我, 用手抵着我的肩膀, 边说莫搞莫搞, 本姐姐要生气了。她这些话更进一步刺激了我, 我索性把她抱到床上摁住, 将自己的胸脯压在她丰满的胸脯上, 于是又去亲她的嘴。她却紧闭着嘴唇不让我吮她的舌头, 于是我的舌尖怎么用力也舔不开她那丰腴的嘴唇。把舌头给我, 我火道。

只准亲我啊, 再不能搞别的事, 听见吗?

其实她已经被我火热的爱情融化了。她不但张开了紧闭的嘴唇, 而且也反过来吮我的舌尖, 她醉了……当然就有了进一步的事情。

就这么回事。

焱焱, 我好舒服的, 你舒服不? 干完一切事情后我问她。

冯焱焱的圆脸上没有舒服, 有的只是平静和疲倦。我想睡觉了。她说。你回你房里去。

我就睡在你这里。我说。

那不行啰。她一脸正经地说。慢点这些小弟弟小妹妹会在宿舍里到处乱宣传。

她是指七五、七六这两年下乡的知青。那要什么紧? 我无所畏惧说。宣传还好些。

不行不行, 走啰, 我真的好烦躁的。她说。我现在真的还不想就谈爱, 我想考大学。走啰。

我当然就回到自己的房里舒舒服服地睡了个觉, 我梦见了方琳, 次日早晨我被眼镜鬼叫起床时, 四肢很有点乏力。

要出工了，还不去吃早饭！眼镜鬼说。

我干完洗脸漱口的事后就坐在食堂门口吃饭，吃了会饭还不见冯焱焱，我忙问帮厨的知青，冯焱焱吃饭没有？帮厨的知青说他搞不清，我就去敲冯焱焱的房门。

谁？她说。

老子。

冯焱焱开了门，她原来并没躺在床上而是坐在桌前默写英语单词。你还不去吃饭？

就去。她望我一眼，又伏到桌上默写单词。

快去吃饭，我说。等下文叔又喊做事了。

文叔果然就喊做事了。做事做事。

我那时已是所谓的老知青了，一九七三年之前下乡的知青都走光了，除了冯焱焱等几个六三年下乡的知青外，我当然就是老知青了。文叔让我带两个知青去把坡上的几块菜地翻一遍，好种辣椒。我带着两个知青，一人一把锄头扛在肩头上了山。歇气时，扔下锄头回到房里喝茶却见冯焱焱的房门锁着。中午收工回来时见冯焱焱的房门仍锁着，心里陡地就不安起来。我忙冲进食堂问帮厨的知青，看见冯焱焱吗？我装作随便地问他，但马上我就变得不随便了，因为他说：冯焱焱回长沙去了呆，拎着一网袋书。

我一脸煞白。几时走的？

九点钟的样子。他说。

她居然不辞而别，她是有意躲开我！她一点也不看重我的爱情，并无视我和她业已发生的肉体关系。我心里就很有点恨她地想，老子又没吃亏，她身上的东西我都得到了，任何一处角落弯都被老子摸过，有什么骄傲的?！我的自尊心当然就制止我去长沙。

你"春插"总要回来的，我这样想。然而冯焱焱春插期间没有回来。

到了五月中旬了她仍没来知青点。一天晚上，我怎么也睡不着，下半夜好不容易迈入梦乡，却梦见她和汪宇在湘江河边的柳树下拥抱，早晨醒来，自尊心被梦中的情景蹂躏得四分五裂了。不行，我今天要回去。我对自己说。

那天是个星期天，上午十一点钟我步入了自己的家门。我只是在厨房里洗了个脸就急忙朝冯焱焱家走去。刚刚走到冯焱焱家门口，我便听到冯焱焱的声音说，妈，洗什么菜？

洗把蕹菜，还洗两条黄瓜就行了。冯焱焱的妈妈用半上海话（她是上海人）半长沙话说，天气热，吃不得什么东西。

我有些迟疑，因为冯焱焱的妈妈不赞成我们来往。但考虑了一分钟后，我果断地敲起了门，咚咚咚。

谁呀？冯焱焱的妈妈说。

我，何平。

门开了，冯焱焱的妈妈穿着那种男式弹力白背心和一条短裙拦在门口。何平，你有什么事？她不让我入室说。

我找冯焱焱。

焱焱不在家。

我就望着她，想等冯焱焱从厨房或卧室里走出来。伯母，冯焱焱一回家您就告诉她我回来了。我故意慢声慢声地说，我找她有点事。

我会转告她，你还有事吗？

您要冯焱焱无论如何到我屋里来一下。

十

冯焱焱没有来，我在家里等了整整一个星期她都没有来。这期间我有五次趁她父母上班的时间去敲过她家的门，但没有一次门打开过，我想她不可能五次都不在家，于是我彻底灰了心。也就是那段时间，我时常躺在铺上或坐在窗前想，要是我有汪宇那么高那么英俊，即使她父母和我母亲及姐姐反对，她也会坚持和我一并把爱情发扬光大的。那年"双抢"她仍没来知青点，但秋收时她提着厚厚的一捆书来了，她怕大队上不让她参加高考，因为王书记托回家办事的知青带话给她说，她如果不来秋收就莫想参加高考。不过那个时候我的心已能很平静地面对现实了，现实就是离高考只差两个月了，我得认认真真奔前途。

你终于舍得来？我当着几个知青的面很大气地跟她打招呼说。

我还以为你这一世都不来知青点了！

冯焱焱没有笑，也没看我，脸上是那种僵硬的有点个性什么的表情。那是中午，知青们全坐在走道上吃饭。她打开房门，走进去忙乎了几分钟又迈出来时，脸上仍是那种表情。

那天晚上我当然就没有去找她，跟她一样，我的心完全被大学梦占有了，我得抓紧一切可以自己支配的时间看书，况且我的自尊心也不允许我再去敲她的房门，尽管我出门解小手时外面月光很好。

就这么回事。

"我晓得你以前爱过冯焱焱。"汪宇笑笑说，"有几次我们吵架，她就指责我没你有出息。"

"是吗?"何平笑笑，"冯焱焱特别好强，做她的丈夫只怕也不那么轻松吧!"

"累得很，"汪宇叹口气说，"你不晓得。"

"我晓得，"何平说，"她有些喜怒无常，而且冯焱焱认准了什么的话，十条牛都拉她不过来。"

两人很来劲地分析了一气冯焱焱的性格，直谈到深夜三点钟才走进房里挤在一张床上睡觉。第二天一早，两人便离开了知青点……一九九四年过年的那几天，是我一生中最闲的几天。那几天我是在妻子的老家常德县城度过的。我有七年没回妻子的娘家过年了，妻子硬逼我去，于是我只好去，当然就无所用心地只管吃饭睡觉。我记得是大年初二的那个晚上，我喝得醉醺醺地睡了，就是那个晚上汪宇撞入了我的梦境，很真实地撞入。汪宇在梦中长久地看着我，说他准备和方琳结婚，以后用不着再去扫墓，因为方琳又活过来了，就这么回事。第二天上午我醒来后，就坐在床上点燃一支烟抽着，思想仍在昨晚的梦里旅行。

你醒了? 妻子说，走进来望着我。

奇怪不，我梦见了汪宇? 知青汪宇。

汪宇? 妻子说，马上又反应过来了，你是说去年清明节在知青点遇到的那个汪宇?

嗯，奇怪不，而且还梦见他和方琳结婚。

从那天起，汪宇一连几天步入了我的梦境，一天一个样，好像在我脑壳里演电视连续剧似的。这当然就使我有点不安了，奇怪，我又不梦见别人，专梦见他。我对妻子说，我哪天要到汪宇家去看看，拜个晚年。

几天后回到长沙，我很快又忘记了汪宇，一些生意方面的应酬把我整个儿生吞活剥了。一天——那已是春雨绵绵的三月里长沙一个很难得有的出太阳的日子，我因为很久没有洗车了，加上晚上要去应酬几个台湾来的朋友，便把小车驶到了小街旁一处洗车的地方停住了。洗车，我钻出车门说。

两个洗车的小青年就一人提一把水压喷枪走上来，喷洗车身。

我走到一旁，见一个女青年正用干抹布揩擦一辆刚用水枪喷洗过的阳光女式摩托车，就大爷样地走近去拧了拧龙头把手，刚准备说上几句话，我猛然就瞥见了坐在摩托车修理店门前怔怔地瞧着我的严小平。

严小平！我立即就高兴地叫了声。

何平鳖？他高兴地站起身，一跛一跛地走拢来。你这鳖胖得同猪样的了，好胖了。

我没有计较他出言不逊。他还是老样子，不过脸庞上有了些劳累过度的皱纹。老子呷得好呗。我也不客气说。又缺乏运动，有不胖的！

这台皇冠3.0是你的呗？

嗯啰。

那你混得蛮可以吧。严小平说，把视线从车身上掷到我脸上。

你这鳖是知青里面混得最抖神的，我崽扯白！

抖卵神咧。我笑笑说，递了支烟给他。

呷万宝路，开皇冠3.0，你还要怎么好过啰？

我不想听他过多地赞美，就支开话题说，你一直没到知青点去看过吧？我明知故问说。

我还去那个鳖地方看啥？把老子搞醉了。严小平有气道，打死老子老子也不拐那个弯。

我笑笑，我去年清明节去知青点给老满哥和方琳上坟。我说。

碰见了汪宇。

汪宇死了呆。

汪宇死了？我吃惊地瞪着严小平，鸡皮疙瘩顿时就爬遍全身。

汪宇什么时候死的？

去年七月份，患胃癌死的。严小平吸口烟。冯焱焱的妈妈说，从发现是胃癌到他死只有一个多月。她妈妈的×好快！所以人要及时行乐。

你去参加汪宇的追悼会没有？

你要晓得我崽就有时间！老子开一个汽车配件店，人就跟汽车一样一天到晚在街上飘，骑着这台鳖阳光。严小平说。老子得幸没找冯焱焱做堂客，一副克夫相。老子堂客几好，一天到晚随我怎么搞，不讨一点嫌。

堂客就是要不讨嫌，你细鳖几岁了？

十三岁了，读初一。

我们还说了很多话，直到我的轿车洗净并打了层蜡才分手。你跛起个脚，我关心他说，好点骑摩托，慢点骑，宝哎。

这是那种没有挡位的脑膜炎车，不要想一点事。严小平坐到摩托车上说。我这鳖晓得招呼自己啰，当过知青的人呆。

我有点心不在焉了，要办的事情立即被汪宇之死冲淡得如一片薄云飘到了脑后。我记起了汪宇那天上午坐我的车回家时，曾指着五一路旁一幢二十层的大厦对我说，冯焱焱所在的中外合资公司就设在这栋大厦的十层楼上。我决定去会一会十年没见过面的冯焱焱。我看了下表，四点多钟，于是我调转车头径直朝五一路旁的那幢大厦奔去。汽车很快就驶到了那栋大厦的停车坪上，我钻出车，对着反窥镜整理了一下面容，当然就有些兴奋地去会比我大一岁零九个月的旧情人什么的。一九八二年春节中的一天，我去H局宿舍找我的那些个知青朋友玩，心里还有点牵挂着冯焱焱。那时候她在我心田上仍霸占着一小块地盘，但当我坐在眼镜鬼家听眼镜鬼说冯焱焱和汪宇早结婚而且肚子大得同鼓样之后，我忙把这一小块地盘悄悄地划给了长相有几分像方琳（没有方琳那么漂亮）比我小三岁的我现在的妻子。我走出电梯，当然就一间房子一间房子地张望，在第四间房子里我瞅见了她。冯焱焱坐在一张国漆色的办公桌前，她身旁站着一个很高大的中年男子，比我高出半个头还有多，戴副眼镜，一身深灰色的笔挺的西装。冯焱焱！我叫了声。

冯焱焱一愣，望着我，哎呀，是你。这是我的知青朋友。她仰起头冲身旁的男人说，又瞥着我。这是我们部门的王经理。

王经理忙张开一口"玉米"的嘴冲我笑。坐坐坐坐。他热情说。

我当然就坐下了。

你好胖了啊！冯焱焱说。

胖得还不是怎么很难看呗？我笑笑说。你比知青的时候也胖了些，不过你胖得还是好看，我无视现实地补了句。

还好看个啥？冯焱焱高兴地哈哈一笑。我自己晓得我是什么鬼样子，四十岁的人了。

你们谈你们谈。王经理说，笑笑，出去了。

找我有什么事吗？冯焱焱觑见王经理的身影消失于门外，正经起面容问我。

我点燃了一支烟，她把我视为来求她帮忙的客户了。她瞥着我手指上两枚板栗大一颗的宝石戒指，认定我很俗不可耐似的皱起了很好看的眉头。没事。我让她安下心来说。我是下午听严小平说汪宇死了，就特意来看看你。

那谢谢你。

我去年清明节那天在知青点碰见汪宇，汪宇还好好的呆。

你在知青点碰见了汪宇？那他没跟我说。

就是汪宇告诉我你在这里上班的。

难怪。冯焱焱轻轻一笑。你进门时我就想，你怎么晓得找到这里来的。

于是两人就围绕汪宇谈起来。冯焱焱说三年前汪宇有几天大便带血，她劝他到医院里检查身体，他却舍不得用钱，结果就发展到了去年六月份一天突然又屙起血来了，屙得吓死人，屙得整个便池鲜红的，而且吃点东西就呕东西，吃好多进去就呕好多出来。就这么回事。

三年前汪宇手头很背，在工厂里拿百分之六十的待聘工资，一点基本生活费（百多元！），当然就没有钱也没有心情去看病什么的。

如此说来，电机厂确实有点和他过不去！

一九七六年汪宇招工到电机厂时，因为他是英俊小伙子，因为他谈吐有电影演员的味道，厂人事科长于是安排到厂工会上班，就是这个善意的安排很好地毁了他。厂人事科长是个三十几岁的老姑娘，她不忍心这么英俊的小伙子到车间里同脏乎乎的机器打交道，厂工会办公室就在厂人事科的斜对门。"你就在对门上班。"

女科长爱护他说，"正好工会缺文体委员。"

汪宇上班等于不上班，他没有任何具体工作可做。工会办公室里坐着四个人，工会主席，工会副主席兼工会组织委员，还有一个女的乃工会生活委员兼管计划生育工作。汪宇这个文体委员其实屁事情都没有，一年里难得组织一场球赛或棋赛，即使是组织球赛或棋赛，也被三个"老工会"替代了，而且替代得完全彻底。工会主席是个憨厚又勤劳的老工人，从不叉着腰大爷样地指挥这个指挥那个，什么大小事他都一马当先，亲自动手。另两个"老工会"从前在厂里的其他部门被奴役惯了，活一天就是做一天事的命，所以布置会场，写标语口号，打扫比赛场地等等一些琐事都被三个"老工会"包干了，汪宇则可以大爷样地站一旁抽烟，叉着腰看。实际上汪宇干的事情就是把俱乐部的门关起来，与几个吊儿郎当的青工下象棋。这样一天一天地过去，他舒舒服服地过了十年，这十年把他培养成了一个懒散的废人。他吃不得苦了，也不想看书学习，不是下棋看电视就是坐在办公室里聊天，整天整天地过快活日子。一九八六年来了个新厂长，姓高，他一来就着手压缩科室的编制，让富余人员下车间去创造劳动价值。工会只设了三个编制，必须减掉一个，当然就是游手好闲的汪宇了，于是汪宇被赶到了砰砰咚咚的冷作车间，这个车间一天到晚就是敲敲打打，响声把他那音乐感觉很好的耳朵都震聋了。清闲了十年的汪宇，犹如一只小船搁在沙滩上风吹雨打日晒夜露了整整十年，木已朽了，做不得用了。离开工会办公室时，汪宇毫不留恋，满以为车间里人多，更好玩，没想车间里样样事情都得到位而且要动手做，你不去，师傅们就吼你，而且不拿正眼瞧你。"汪宇你下车间不呷亏？工会轻松得多，要么要求回工会！"一些工人怂恿他去吵，"吵啰，宝哎。"

汪宇当然就气壮山河地走进人事科去吵。人事科长已不是那位暗暗喜欢他的老姑娘了，而是一位大学毕业不到五年的年轻人，当然就很坦诚地告诉他人事科只是负责写调令，而裁减人员都是由众科室的头头们拟定的。于是汪宇一转身又冲进斜对门的工会办公室质问工会主席。工会主席挑明了告诉他，一些科室的干部抵他，说他不做一点事，天天下象棋。汪宇顿感凄凉，原来工会精简人员就是精简他汪宇。车间里的技术活汪宇沾不得边，他所干的事就是把这件东西搬到那里把那件东西搬到这里。为了同工人们打成一片，汪宇总是把口袋里的烟往外抛撒，"呷烟呷烟。"他企图笼络身旁的工人。多几个贴心朋友。可是那些工人并不记得他递的烟，半年后，当改革层层改下来，车间摇身一变成了分厂，车间主任则成了分厂厂长时，汪宇却成了个可怜虫，他的漂亮脸蛋当然就不值钱了。工人搞定额承包，完成定额后创造的劳动价值可以分红，这就需要人人能做并且个个舍得做。于是他的命运就跟另外两个吊儿郎当的专门拿病假条来对付上班的青工一样，成了工人们自由优化组合后分厂里的多余人。汪宇没想到他会是这种结果。在家里，他的脸惨淡得像一片远景，令冯焱焱烦躁。在厂里，他那张已变得不英俊的脸像一团乌云，也令冯焱焱一瞧见就烦躁。

"分厂里不要你，你就要求回工会啰。"冯焱焱生气地望着他说，"你本来就是工会的干部，怕什么怕?!"

汪宇当然就有了勇气，"我还是要回工会。"他对工会主席说，"老子本来就是工会的干部。"他把冯焱焱的话一字不漏地掷到工会主席脸上，"你怕老子好欺负呗? 日他娘。"

"你要回工会可以，"工会主席生硬地说，"只要人事科同意我们就接受。"

"是你把老子推出工会的!"汪宇吼道。

"就算是的，"工会主席也火了，"你又怎么样?"

"你这老杂种!"汪宇尖声骂他，"老子日你娘家二十代!"

工会主席站起身："走! 到厂长那里说理去!"工会主席大吼一声，"走，下得地，你还骂人!"他说着就要把汪宇往厂长室拖，抓着汪宇的胳膊。"走! 下得地，这么凶哎!"

"你莫拖啊!"汪宇吼道，"你这老杂种!"

工会主席扬手一耳光扇来，汪宇脸一偏，二话不说砰的一拳打在老工会主席的鼻子上，当然就把老工会主席的鼻子打歪了，就像严小平一砣刀把王哥的后脑壳劈开了一样，他付出了巨大的代价：八百元医院营养费；同时还背了个留厂察看两年的处分。

其实汪宇这一拳说来说去是打在自己身上，他把自己的脸打得没有了，电机厂的干部把他视为了厂里的垃圾，又把他从分厂扫地出门赶到了厂生活服务公司。生活服务公司的领导不欢迎他的到来，说："你不是当过三年知青的吗？那你就到绿化组上班。"

于是汪宇干起了栽花植树的工作。厂领导一心要将工厂办成花园似的工厂，当然就经常有树苗花草从远道运来，于是大家就时常看见一拳竟把老工会主席的鼻梁打碎了的汪宇，在厂区或宿舍区挥舞锄头，就同他在知青林场的山坡上挖洞栽茶树一样，头戴一顶草帽。这让好强得要死的冯焱焱一望见他眼睛就不舒服。

"你没有用呢，"冯焱焱一回到家里就为自己悲伤道，"我怎么找了你这样的男子汉啰？"

这个时候的汪宇已经心灰意冷了，甚至对冯焱焱也没有了情欲，晚上不是坐在麻将桌旁，就是八点钟还不到就困盹盹地去睡觉了，可以一个月又一个月地不碰冯焱焱那火热的身体，自然就不在乎冯焱焱的指责和焦虑。

"你看你啰，一脸的晦气！"冯焱焱为他害羞说，"你这个样子，我在厂里都觉得做人不起。"

"你不随老子！"

"中国人是龙的传人，龙的传人就应该敢闯敢干！"冯焱焱激励他说，"你应该挺起胸膛朝前走，正视自己，何平大学毕业都在外面闯呢！"

汪宇很正视自己道："我胃疼。"

"大家都胃疼呢，你怕就只你一个人胃疼！胃疼就可以什么都不追求了是呗？"冯焱焱愤恨说，"我怎么找了你这样的男人啰，你莫在厂里干了，我不愿意看见你抢着锄头跟乡里人样地挖泥巴。你休病假都要得，情愿少拿点钱。"

"那我休病假。"汪宇说。

"但是我希望你出去做生意，我还可以找我哥哥借几千块钱给你去做生意。"冯焱焱瞪住他。

"那我去做生意。"汪宇说。

然而，汪宇把这句话付诸到行动中去却用了整整四年的时间，并且也不是什么主动去实现，而是厂里不景气，发不出工资，放了将近一半的人回家拿百分之六十的生活费——百多元，百多元在一九九一年又能抵什么用？只能买三条中档烟抽，他是没有办法了才不得不和他的两个朋友去做什么办公用品生意……他做办公用品生意，可以搞几千块钱一月，那也就不错了。我看着冯焱焱说。清明节那天，在知青点，我问他……你听他吹牛皮。冯焱焱一脸不屑的形容，四百块钱一个月，缴他自己都不够。

冯焱焱的眼睛当然没有知青时候那么美丽动人了，那种青春的光泽早已不存在了。她的脸有点像内部开始腐烂了的红苹果的味道，虽然仍红红润润并且圆圆的，但似乎在圆圆的基础上长出了些让人惋惜的横肉。尽管她穿得很讲究（赭石色全羊毛三件套衫），发型也烫得有式样，但对于从前领略过她美丽的我来说，这一切就显得过于蹩脚而"惨不忍睹"了。过年的那几天，汪宇天天跑到了我的梦里，我支开话题说，他埋在哪里？我想去告个别，免得他又跑到我梦里找我说话。

他还没埋。冯焱焱将两片冷漠的眼光投到我脸上。他的骨灰还存放在火葬场，他要我把他的骨灰盒运到知青点去埋，那又怎么可能啰？

我恍然大悟，明白了汪宇步入我梦乡的目的，我身上顿时起了层鸡皮疙瘩，有点惊恐什么的。冯焱焱说话的意思是如今知青林场已划分给了一些农民，那些农民想不会允许她这么干。

你不晓得他好讨嫌咧。冯焱焱厌烦他说。我嫁给他不晓得好后悔！他死了还要为难我。

我笑笑。不是为难你啰，莫这样说。

我脑海里陡然就闪现出汪宇在知青点时爱唱的那首很触景生情的歌：清清的河水蓝蓝的天，山下的谷子望呀望不到边……每当收工回来，走上或走下那条弯弯的山路，汪宇总这么大声唱几句，声音极抒情动人地朝田野里扩散，接下来便是他调侃什么的说话声和笑声。汪宇似乎从没把这首歌唱完过，也许他是不愿唱完，或许又是他不记得歌词而唱不完。总之他没唱完整首歌过。然而，事隔这么多年了，他这几句歌声还时常回荡在我耳际，使我觉得亲切和美好。

你从没去过知青点吧？我点上一支烟说。

你要我有鬼的个时间去。她说。

你知道我为什么一到清明节就去方琳坟前烧香吗？你还记得方琳摔死的那天我哭得那么厉害的样子不？

记得。她盯着我。怎么呢？

事隔这么多年了我才有勇气告诉你。我深深地盯着她。方琳挑最后一担瓦时我给她的篾箕一边多加了十块瓦……她本来就病了，而且上午又被蛇吓得丢了魂，结果……结果你就认为你对她的死应负责任？冯焱焱接过我的话笑笑说。难怪啰。当时我不明白你为什么那样哭，令我好恨你的。

我直到今天还很内疚，真的呢。

冯焱焱扫了我一眼。你当时要是告诉我，我心里还不会那样恨你。你不晓得我当时好恨你的，恨得你想哭。

她说这些话的时候脸上居然有了一点美丽。我觉得这件事说出来后，我和她业已疏远的关系似乎一下就拉近了，近到彼此都有些兴奋了。是呗，是呗？我这么说着，很有点高兴。

王经理那庞大的身躯出现在门前，你们说得蛮投机的唉！他笑笑，下班了啰。

冯焱焱瞥了王经理一眼，我从她的眼神里感觉到她和这位高大的男人关系并非一般，因为这种眼神里包含着信赖和无羞无遮的内容，当然还有点亲切什么的。我们是知青呆，她笑笑。当然谈得投机啰。

三个人走出办公室，钻到电梯里，下到一楼，我径直走到自己的小车面前，打开了车门。

这是你的车？冯焱焱跟过来。

嗯。

那你混得好，冯焱焱在皇冠3.0面前显得不够志气。当然脸上就有点别的什么。这是你自己买的不？她突然又这么问了句。

自己买的。

那你有出息。

中国人是龙的传人。我用她教导汪宇的话回答她说。

她笑了，笑得眼睛都有点亮，一张圆脸就当然地短了很多。不错不错，人车不可貌相。她恭维我说，我是很惭愧。

坐我的车不？我友好地看着她。我送你回家怎么样？

冯焱焱就掉过头去同王经理打招呼说。我坐他的车回去，晚上我再打电话给你。说完她勾下头钻进了我的小车，一屁股坐在宽敞柔软的沙发上，这种车一坐下来就好舒服的。她说。

我笑笑，发动了汽车，徐徐驶出了停车坪。正是下班时间，长沙街头车辆行人拥挤不堪，汽车当然缓缓地行驶着，跟一只大蜗牛爬一样。我望了眼前面拥挤的车辆，过两天我写封信给文叔。我睒一眼冯焱焱。请文叔找村里的石匠凿一块碑，省得从长沙搞块碑过去的麻烦事，你看要得不？

可以。冯焱焱拖长声音说。我是一直没点空，又要上班又要搞饭给儿子吃，一个人！

总要让汪宇的骨灰入土，过年的那几天汪宇跑到我梦里来几次，可能就是因为没有入土。我笑笑，又说。就定在清明节那天要呗？我来你家接你，反正我清明节横直要去。你应该去看一下，我们都走了，留下了方琳和老满哥两个真正在那里扎根农村一辈子……我会去，其实我也想去看看。冯焱焱说。

汽车终于就驶到了她住的那幢楼房前，冯焱焱当然就下了车，又当然友好地望着我，一张烂苹果似的脸于是就笑得甜味儿什么的，你到我屋里呷晚饭不？她说。现菜现饭。只要热。

我摆摆手。下次吧。

我看看她转过身走开，又瞧着她那徐娘半老的业已发横的身影朝眼前那栋楼房的一扇门洞迈去，蓦地想起十几年前我们知青的时候，她那好强的健康且姣好的面容，不觉深深地感到岁月是多么腐蚀人，于是心里就产生了那么一点实在不应该有的悲哀……

饶舌的哑巴

李 洱

其实在那件事发生之前，我就见过他了，只是当时我还不知道他名叫费定。现在回想起来，我第一次注意到他，是在夏初的一个令人昏昏欲睡的午后。当时，我正在邮局的后院里分信，他推门进来了。他的突然出现，使我顿感紧张。一段时间以来，他经常在邮局的门口转悠，嘴里总是念念有词，仿佛在盘算着什么事，或者在等待着什么事发生。他已经引起了邮局的保安人员的疑虑。在那之前，我们这个邮局曾遭到了一名暴徒的袭击，那个暴徒用一把手枪干掉了我们的一个姑娘和一个正在这里实习的男生。这种事似乎每天都要在各地闹出几起，使你不能不留神。那天，他从侧门进来之后，就迅速地关上门，在门边徘徊了一会儿，然后朝我走了过来。他大约三十五岁，目光显得焦虑不安。那天，我把一大堆信件塞进帆布邮包，推着邮车走出院子时，他也跟着出来了，并且突然问我："你就是邮递员小李吧？"

我点点头，赶紧骑车跑了。

从邮电学校毕业之后，我一直跑同一条邮线。这条邮线上的许多单位的收发员跟我都认识，我也认识那些单独的邮户，不过，私下里我们从不来往。记忆之中，我似乎没有和那个人打过交道，但他怎么知道我是小李呢？我感到纳闷。可是，自从听到他的声音，我对他就没有恐惧情绪了。说来奇怪，我想不起来他的声音有什么特色，但是我知道他不像一个会伤害人的家伙。

一个星期二的下午，我到这条邮线的最远处关虎屯送信。关虎屯一带原来都是农田，村民们在那里盖起了一幢幢小楼，租出去赚取租金。在那里租房的人大致可以分为两类：一类是生意人，另一类是年轻的知识分子。这两类人的信件都比较多我每天都得去一趟。由于那里没有设立收发室，所以，我得挨家挨户送信，每次去，都要在那里耽误一段时间。

那天下午，我在关虎屯又耽误了许久。天快黑的时候，信还没有送完。在一条窄窄的巷道里，我突然遇见了他。当时，他骑车刚从外边回来，浑身都是汗，气喘吁吁地在我面前下了车。"我到邮局去了。"他说，"咱俩走了对岔路。

他伸出手，笑着对我说："有我的信吗？我叫费定。"

"费定？好像有信。"我说。

他用指关节敲着自己的嘴唇，说："太好了，我终于等到了回信。"

我在邮包里给他找信，他说："到我那里歇一会儿吧，小李子，我就住在前面那幢小楼的二层。"他往右前方指了一下。我推着车往前走了十几米，走到了那幢小楼的庭院外面。接着，我继续找信。我把信递给了他，他当即就把信封撕开了。这时，一件事发生了：一只剃须刀片从信封里掉了出来，在柏油路上弹跳了几下，才安静下来。在那短短的时间内，我看见他的脸变得毫无血色。出于一种难以理喻的动机，他不等我走开就念起了那封信："如果你再给我写信，有人就要用这张刀片割破你的血管。"

他把刀片从路面上捡起来，捧在手心，皱着眉头凝视着它。我瞥见那张刀片上还沾着几根胡须。

"这是用来刮胡的，"他说，"有香烟吗？我们各点上一支烟。我想我该走了，就说了声再见。

"感谢你给我送来了一封信。"他说。他的目光还落在刀片上。

"再见，费定。"我说。

他寄出一封信被退了回来，信封上贴着一张条子，上面标着"查无此人"和"地址不详"。我把那封信转给他时，他正站在门前吃粽子。那时，端午节刚过去，街上还有许多卖粽子的摊位。他接过那封信，瞧了一眼，就塞进了裤兜。我正要走开的时候，他抓住了我的车把，说：

"上去吃个粽子吧，昨天是我的生日，我买了几十个粽子，不吃掉就要变馊了。"这么说来，他的生日就在端午节的第二天。

我跟着他走进了那个庭院。庭院里堆放着房东废弃的农具。费定住在二楼最西头的一个单间里，房间里热得像个蒸笼。挨着东墙的床上，堆满了凌乱的书籍，它几乎占去了床的一半。

他又当着我的面把信拆开了，看了一会儿，把信夹进了桌上的一本厚书里。那本厚书名叫《汉语修辞格大辞典》。他说他每天都修订、补充这本《辞典》，寻找新的辞格。

"你是个大学教授?"我问道。

"讲师。"

眼下，我还是个讲师，在大学里讲授《现代汉语》。我喜欢教书，喜欢站在讲台上和学生们交流经验，平时，只要见到鞋刷，我就要想到黑板擦。系里曾想把我调到资料室，但被我婉言谢绝了。我对系里的头头们说，我不愿意脱离讲台。他打着纷乱的手势，说了一通。如果我不阻止他，他还会喋喋不休地说下去。所以，我打断他的话题，说："我该走了，祝你生日愉快。"

"你还记得那张剃须刀片吗?"他说。

"记得。不过，它跟我有什么关系呢?"

"那封信是你送过来的，我想托你把我的回信捎到邮局发出去。这两天，我的身体有点不舒服。显然是粽子在我的胃里捣鬼。那把刀片其实是伪劣产品，你知道我是怎么发现的吗?犀牛牌刀片的'犀'字写错了，写成了木樨的"樨"，那是桂花的意思。我的回信已经写了两天了，请你帮我发出去。本来我不打算回信了，但我有话要说，还是写了吧，于是，我就写了。"他说。

"好吧，我替你寄出去。"我说。

"这封信，你也可以看看，近来我的脑子有点不太好使，经常闹出一些语病来，你可以帮我检查一遍。"

我记得信是这样写的：

范梨花：
　　眼下，桂花盛开。桂花的颜色、形状都与梨花相似。桂花也叫木樨。有一道菜肴就叫木樨肉，即把鸡蛋炒得星星点点的，放到熟木耳和金针花之上。这种菜肴和木樨关系不大，倒是和北京旧时的太监有点关系。木樨可以写成木犀，但是犀牛不能写樨牛。伪劣产品真多啊。应该保持警觉。

费定

看完这封信，我顿感莫名其妙。"范梨花是谁？"我忍不住问道。

"我爱人，"他说，"以前，她也讲《现代汉语》，所以，给她写信得字斟句酌。"

我没有发现信中的语病，倒是发现了别的错误：眼下，桂花并没有盛开，因为时令不符，它要到秋天才开花，有一部电视剧，名字就叫《八月桂花香》。再说，我也不相信那张刀片是范梨花的。让范梨花知道那张刀片是伪劣产品又有何用呢？

"吃粽子，吃粽子。他突然想到了粽子。门边的塑料盆里泡着一堆粽子。

"每年这个时节，一看到别人也在吃粽子，我就会产生一种奇怪的感觉：人们都是在端午节出生的，都是我的同胞。"他一边剥着粽叶，一边谈自己的感受。

粽子已经馊掉了，我强忍着馊味吃了一只。他送我下楼的时候，对我说："咱们一见如故，是好朋友。"

对我来说，每个星期六都让人难受，只有和星期天比较起来，才不算是最难受的。我这个人不善言谈，更不善于交往，没有亲近的朋友。把我当成朋友的人，一定是找不到别的朋友，才把我算成朋友的。费定大概就是这样的人。和我住在同一个寝室的小伙子跑的是另外一条邮线，我称他为室友。那段时间，他刚谈上女朋友，那个女孩名叫李薇，是大学一年级学生。室友在我和他的床之间拉了一条布帘，他们在那边非常活跃，有时候他们在床上动作过猛，就能把我吵醒。有一次，我半开玩笑地对李薇说："请给我介绍一个女朋友，好吗？你们总不能把我一个人丢下。我也很想乱来一下。"

"你想找个原始股？"李薇问我。

"不，我对搞股票的女孩没有兴趣。"我说。

她一听就笑了起来，"你真是个笨蛋，"她说，"原始股就是处女。"

"那就找个原始股吧。"我说。"我们寝室还剩下最后一个原始股，如果你有兴趣的话，我可以把她领来。"

听她这么一说，我就知道那个原始股，肯定奇丑无比。

我说我对丑女孩没有兴趣，她说："如果有人对丑女孩有兴趣，那她早就不是处女了。"

我换了个话题，问她是否认识费定。她说，"我知道他，这学期他正给我们上课呢，不过，我不喜欢他，当然，上了将近一年大学了，我还没有喜欢上什么事呢。"

"你肯定喜欢谈情说爱。"我看了一下室友，对李薇说。室友趴在床上似睡非睡，听了我的话，他咕哝了一句："李薇，咱们这像爱情吗？"

"身处其间，我们本人是无法知道的。"李薇指着我说："应该问他。"

"像吗？哥儿们。"室友又吐了一句。

"弄点东西嚼嚼呗，"李薇说，"我饿了。"

"抽屉里有鱼片，嚼去吧。"室友说。

"我看，有点像。"我说。他们似乎都没有听见我的话，一个埋头睡着了，另一个盯着鱼片，察看生产日期。

那个星期六晚上，她们学校有通宵舞会。她吃完鱼片，从钱夹里掏出一张舞票，推醒男友。"我懒得动弹。"他咕哝道。

"你去不去？她问我。

"我也懒得动弹。"我说。

"那你们可就吃亏了，"她说，"我们学校刚装修一个舞厅，可以和街上的卡拉OK舞厅媲美，但是票价只有街上的一半。跳一场，等于赚了一场。"她做了一个跳舞动作，在原地转了两圈，说道。

星期一的早晨，我醒来的时候，室外正大雨滂沱。我听了一会儿雨声，就又迷迷糊糊地睡着了。后来，我听见有人敲门。我以为是李薇又来了，所以我躺着不动，装作仍在酣睡。那敲门声越来越响，我渐渐听见那个人在门外喊我的名字。

"喊你呢。"室友说，原来他也睡醒了。

我打开门，看见一个湿淋淋的人站在门口，是费定。

是你？我还以为是个女的。我说着，又回到床上躺下了。

我得赶到学校上课，没料到遇到了大雨。你能把我送到学校去吗？这四节课对我对学生都很重要。公交车实在挤不上去，出租车又没法开。街上积水太深了，我的车技又很糟糕……"他站在我的床边，着急地说着，我听了，半天没有吭声。

明天，我请你到酒吧玩一次。情急之中，他冒出这么一句。

每天上午，我都没事可干。我把他送到学校也算干了一件正事。我骑车带着他，送到了学校。他请我在校门口的小摊喝了碗豆浆，吃了两根油条。"既然来了，就听听我的课吧，它或许对你有点益处。"我觉得他有点得寸进尺。他或许就是让我来听他讲课的，原先的那些话不过是借口。事已至此，那就不妨听几节吧。

我对那四节课印象极深。预备铃声响过之后，学生们断断续续进来了。我看见李薇背着一只精致的小包也来了。许多女生都携带着这种小包。那天，李薇穿着一双鲜艳的红色雨靴，脸上闪烁着难以捉摸的微笑，她走路有点像走在天桥上的时装模特，只是身材短小了一些。她摇摇摆摆地走到了过道的尽头，才站在后墙根，四处张望着寻找座位。这时，她看见了我。她在离我几步远的一张课桌边坐下来，朝我摆摆手，就开始趴在桌上睡觉。

看得出来，那几堂课的内容是他精心准备过的。那天，他讲的是句子结构分析。我对这方面的知识略有所知，在邮电学校上学的时候，我们用的课本上也有这方面的内容。费定讲起课来并不轻松，他要讲的内容很多，除了教材上已经有的知识，还要讲讲自己的研究成果。这两者又经常互相抵触。我渐渐听出了一点门道，他在"主、谓、宾、定、状、补"之外又加上了两个句子成分，叫"述语"和"中心词"。有时，他用同一个句子为例来讲述两种互相矛盾的观点，每当这个时候，有些学生就发出嘘声。

上到第四节课的时候，学生们已经懒得嘘叫了，偶尔能听见一阵鼾声。费定还在讲台上引经据典地讲着，他的讲述已经进入了中西文化比较的范畴，他说"主、谓、宾、定、状、补"这些概念都来自英语，所以无法穷尽复杂的汉语的现象。"讲台上站着费定"这句话就无法用"主、谓、宾"来分析，"因为我不是宾语，我怎么会是宾语呢？我显然是主语，但我又不像是主语，我是个中心词……他的话题绕来绕去，到最后，他连他是谁都不知道了。他问下面的学生："我是什么?"

"你是人。"有个学生冷不防地冒了一句。

"应该说我是中心词。"费定说，"我是这个句子的中心。"他的嗓门提得很高，但是并不影响同学们睡觉。当他费劲地分析完"讲台上站着费定"这个句子时，教室外面的走廊上突然响起了一片喧哗声。有人敲碗，有人唱着流行歌曲。显然是别的班级提前下课了。这个教室里的学生听到外面的声音，像传染似的，也开始敲碗，敲碗声把那些正在睡觉的人都吵醒了。这时，我看见费定又把黑板擦净了，我以为他要宣布下课，没料到他在黑板上出了三个句子，在每个句子后面注明了出处，仿佛要以此显示句子的威严和力量。

其中的两个句子我在中学学过，所以至今还记得：

告诉他们，别再把狗放到街上来了。（契诃夫）

宣统三年九月十四日——即阿Q将裰襦卖给赵白眼的这天——三更四点，有一只大乌篷船到了赵府上的河埠头。（鲁迅）

他开始点名让学生分析句子成分。一个男生站起来揉了揉眼睛，说："期末考试题是由你来出吗?"那个男生又咕哝了几句，就坐下了。他连续点了几名同学，他们都不愿回答。后来，他拿着花名册点到了李薇。李薇睡醒之后，显得很有精神，她响亮地回答说：

"李薇有病，没来上课。"

她这么一说，教室里就爆发出一阵大笑，连我也跟着笑了起来。费定显然知道李薇在说谎，他可能认识她。因为，我听见他说："你能证明你不是李薇吗?"

"你能证明你是费老师，我就能证明我不是李薇。"李薇落落大方地把他顶了回去。

下课铃声及时地响了起来，同学们精神焕发地走出了教室。讲台下只剩下了费定和例题。接着，我看见他拿起粉笔开始分析句子成分，他连画了几道，又把它们一一擦掉。这时，我已怀疑他的脑子大概出了问题了，因为他画出的线条凌乱不堪而又软弱无力，谁也不可能看懂。

几天之后，我又见到了李薇。我问她提起课堂上发生的事时，她说：当时我够机智的吧?

从她那里，我得知费定已经被调到系资料室工作了。他在那里负责装订过期的旧杂志，每天用锥子在杂志上钻孔，穿线。据李薇说，他早就被学生告到教务处了，学生们要求换掉他。起初，学生们还能忍受他在课堂上啰唆，后来，大家发现只有他在坚持着上够四节课，而且还喜欢提问学生，这就让人难以忍受了，只好将之轰下讲台。不过，这个被学生们遗弃的人倒非常守信用。一天，我在关虎屯遇见他，他忙不迭声地问我道歉，使我感到莫名其妙。他说他刚换了个工作，这个工作他又不太熟悉，锥子有些不听使唤……所以他把请我吃饭的事给耽搁了。他说他已经预定好了饭店，让我在第二天晚上等他，然后一起去吃饭。经他这么一说，我才想起他的诺言。

第二天晚上，他来找我的时候，我发现他特意修饰了一下，穿着洗烫过的长袖衫，打着灰色的领带，头发刚吹过风，显得年轻了许多。

他说，他和一个朋友在淮海路上开了个餐馆，名叫怡香园，菜价很公道。现在，他就是要领我到那里去。我们骑着车并排走在街道上，路上行人很多，交通毫无秩序，路边的广告牌下边，乘凉的人们不时发出各种尖叫。在文化路和交通路的路口，人群和车辆互相堵塞，使我们难以通过。我们费了很大工夫才从人群里挤出来。俩人站在路边"昂立"药品的广告牌下喘气的时候，他突然对我说，他不想去怡香园了，他说那里的菜价虽然公道，但是环境很差，经常有些人在那里酗酒闹事。"门外不远处有个垃圾场，你在馆子里就可闻见垃圾的味道。"他说。

借着广告牌上的灯光，我看见他的脸色有些不同往常，嘴唇不由自主地抖动着，他又做出了习惯动作——用食指的指关节敲着自己的下巴，同时发出一阵阵浑浊的呼吸声。他站在那里心神不定地东张西望着，后来，他的目光落在远处的一家酒店的招牌上面。那个酒店的名字叫"撒哈拉"，我似乎在哪里见到过这个名字，但我一时又想不起来。

"不管去哪都行，"我说，"只要能让我吃饱。"

"你不想到怡香园去?"他问道。

"费定，你别忘了，当初是你提出要带我去怡香园的。"

"那你想去哪里?"他又问道。

"那就去撒哈拉吧。"我有点不耐烦了。

"既然你提出来了，那就去吧。本来我是不想去的，"他又开始饶舌了。

"是你提出要去的，可不是我主动带你去的，当然，钱还是由我来付。"

他似乎非常看重是谁先提出来的。我对他的心理难以把握，只是觉得他仿佛在逃避某种责任。其实，事情朝这个路子发展，还不是由你一手策划的？

他领着我在二楼的一个小房间里坐下。我们进来的时候，侍者正在收拾客人留下的残羹冷炙。见人进来，侍者脸上就做出了职业性的微笑，同时把菜单丢到了我们面前，她出去时，顺便把门带上了。这似乎也是酒店里的规矩。

但是，费定要打破这个规矩。出于难以理喻的动机，他又把门打开了。一位路过的侍者又顺手把门关上了，并且提醒我们说，如果我们的门开着的话，穿堂风会把别的小房间的门吹开的，那一来，别的客人会有意见。侍者说这话时，脸上闪现着诡秘的神情。"只有这个房间里是一对男的。"费定非常懂行地说了一句。但他随即打了个冷战，仿佛被自己的话吓了一跳。接着，他又把门打开了。

过了一会儿，一个三十岁左右的女人从门口走过，朝我们这个小房间看了一眼。她穿着一身黑色的旗袍，这使得她和一般的侍者区别开了。但她并没有和我们这一对客人打招呼，也没有来关门。几分钟之后，她又折回来，经过了这个门口。这一次，她没有往这里看。我听见她的脚步声渐渐走远了。这时，一位侍者走进来，记下了我要的酒和菜，就出去。出乎我的意料，菜上得非常快，酒瓶盖子还没有拧开，汤就端上来。

"他们想让我们快点滚蛋。"费定说。

"你说什么？"我问道。我不相信自己的耳朵。

"他们无非是想让我们快点滚蛋。"他又重复了一遍，还没等我做出反应，他就说："你觉得那个穿旗袍的女人怎么样？

"如果她再年轻几岁的话，我就愿意在她身上下点功夫。她长得不错，身材也很诱人。"我敷衍道。

"你是说她的脸蛋长得不坏，对吧？她以前肯定比现在还要漂亮，在这方面，我或许比你有经验。"费定说，我注意到他的手又颤抖起来了。他那张脸变得红通通的。当他端起酒杯时，酒从杯口洒了出来。

"你对她很有兴趣吧？"我问他。

他灌下一杯白酒，说："兴趣？什么兴趣？这个词用得不够妥当，应该说：'好感'。'兴趣'这个词让人觉得肉麻。'好感，却给人带来欢乐。'"

"你对她有好感吧？"我套用他的概念，逗着他。

他盯着我看了一会儿，没有吭声。这时，穿堂风吹开了对面的那扇门。我看见那个女的正好在那个房间，现在，她已换上一袭黄裙。她弯下腰，抚摸着一位女顾客带来的小狗。当她弯下腰时，那裙子就慢慢爬上了大腿。就在这时候，一个男人走了进去。那个身材滚粗的男人在她的大腿上拍了一下。这个动作使得那间房子里的一对男女客人发出一阵会意的笑声。我的视线也被那里吸引住了，没有看到费定是怎样把酒瓶打翻的。酒从桌沿滴到我的脚上时，我听见了费定喘息的声音。我看了一眼费定，发现他正盯着那个打翻的酒瓶，轻微地摇晃着头。我以为他喝醉了，就说："这样更好，咱们都可以不再喝了，免得胃疼。"他用牙齿咬着舌尖，嘴里发出一种奇怪的气声。这样持续了一会儿，他突然说道："现在的趋势就是这样，女人和狗睡，男人只好和还没有喜欢上狗的女人睡。你说，你说那女人是和狗睡呢，还是跟男人睡？

"和狗睡。"我脱口说道。

"和狗睡？"他追问道，"你是说她和狗睡在一起？往深处想一下，你就会发现这是一句粗话。你把某个男人称为狗了。换句话说，你使用的是一个暗喻，准确地说，你使用的是借代。"他这样说着，目光就变得虚妄起来。

"她喜欢男人，不喜欢狗，"我说，"这一下你满意了吧。"

"我们应该保持必要的同情心。"他沉默了一会儿，认真说道。

我不想再解释什么了。一桌菜几乎没有动过，看得出来，他对菜也没有胃口，对面的那个房间已经空无一人，但我仍然要不自觉地往那里看。过了一会儿，那个女人又陪着几位顾客从门口经过，我听见了他们的谈笑声。

"一杯红葡萄酒。"我听见费定轻呼了一声。他的舌尖在杯口上舔来舔去的。我瞥见他的舌尖已被牙齿咬出血了。

我们下楼的时候，我看到那个女人站在前厅的吧台边和一位大腹便便的男人低声交谈着。她的黄裙子又换成了黑色的超短裙。费定绕开了吧台，从桌缝中穿过，朝门口走去。我正要喊住他，让他到吧台前结账，他突然把食指竖在唇前，示意我不要开口。他站在门边，把钱交给了一位侍者，然后走了出去。那位侍者来到吧台交钱时，穿黄裙子的女人若无其事地笑了一声。

我没有理由再在那里待下去了。我也走出了"撒哈拉"酒店，来到停放自行车的广告牌下面。费定正艰难地开着车锁，他一边转动着钥匙，一边嘀咕个不停。由于没有吃饱喝足，我有些不想搭理他。"事情糟透了。"他说。他举着半截车钥匙让我看，原来他把钥匙拧到锁眼里了。

我无法帮他把锁撬开，街上也找不到修车铺，他只好扛着车和我一起走。在昏暗的夜色里，我看不清他的脸。后来，他问我第二天是否还要去关虎屯送信，他说他想请我再吃一顿饭。我突然想起了第一次给他送信的情景。那件事我一想起来就觉得有点不可思议，于是，我顺便问道："费定，剃须刀事件后来有什么着落吗？范梨花给你回信了吗？"

"剃须刀？你想它会有什么结果呢？如果她写信来的话，肯定得经过你转。"他模棱两可地说，"我不知道这是怎么一回事，或许知道一点，但我无话可说。"

我们谈话的时候，我突然若有所悟，猜测酒店里的那个女人可能就是范梨花。本来我不想再说什么了，但我还是忍不住地问了一句："费定，你最近见过范梨花吗？"

我这么一问，他立即愣住了。过了片刻，他终于语无伦次地说了起来："你说的是今天还是昨天？昨天我可没有见到她。你是瞎猜的吧？如果她是范梨花，我就不能到那里喝酒了吗？你没有吃好，真让我难受。下次我一定带你去怡香园。这是什么路啊？我们已经走到哪儿了？"

被雨淋湿的河

鬼　子

　　我从城里离婚回家的那一天，阳光好得无可挑剔，但陈村的妻子却在那天去世了；他的妻子是病死的，死前她的眼睛一直是迷迷糊糊的，在医院和家里来往地躺了半年，但临死前的最后一刻，她的眼睛却突然地亮了一下，然后紧紧抓住陈村的双手。她说你能答应我两件事吗？陈村说什么事你说。她说，我那几亩田地你就别再留了，免得光缴税粮就是一个负担。陈村点了点头，说了一声好的。她接着说那两个孩子就丢给你了。陈村说你放心吧，再说他们也都长大了。他们的两个孩，一个叫晓雷，一个晓雨，正在远处的小镇上极不负责地读着他们的中学。她说，你把他们的户口也都转了算了，好吗？陈村又说了一声好的你放心吧。她于是异常幽长地嗨了一声，然后把眼光慢慢地爬到一旁的窗户上，像是要极力地透过窗户，再看一眼那窗外的天空。但她似乎什么也看不清楚。

　　她说，天是不是就要黑了。

　　当时的时间只是临近黄昏。陈村说那我给你把灯点上吧。她说好吧，你给我把灯点上。谁知陈村刚一脱手，她就随后闭上了眼睛。陈村把灯点回来的时候，她已经石头一般沉静无声了。

　　陈村在妻子死去的第十个晚上找到我的家里。那是一个漆黑的夜晚，当时我不在屋，等到我回来的时候，只看见门前的泥地上蜷缩着一团黑色的物体。我当即吓了一跳。那团黑物状似一只在呻吟中不断抽搐的动物，谁也不会想到那就是陈村。

我赶紧把他扶起，然后搀进我的家中，让他躺在床上。

我的家那时空空荡荡的。作为一个刚刚离婚的女人，我无心在十天里把家整好。

蜷缩在地上的陈村是因为心疼。他的心每每疼痛起来，身子就禁不住收缩成一团。然后像渔夫手里收拢的一张破网，无情地甩在泥地上。我说你到医院看过吗？他说看过，可医生说他没有什么病，医生的诊断是他的身体太虚太弱，所以承受不了一些太大的压力而造成的心绞痛。我说这不就是病吗？我骂了一句现在的有些医生就是心眼坏，他们就想着如何多拿些奖金。陈村说，那他们就该把我当作大病，那样他们就可以多收一些钱了。我说你这是死心眼，你们是公费医疗你以为他们不知道？但陈村坚持说医生的说法是对的。

他说他的心他自己清楚。

陈村问我，你还回城里去吗？

我说我已经离完婚了，我不去了。

他说那你要不要田，还有地。如果要就全都送你，如果不要，我就另外找人。

他说，他的妻子活着的时候很苦，她死了，他得给她落实一点心愿。我对他深表同情，为了他，也为了我，我说好的，那你就给我吧。他说那就谢谢你了。我说该说谢谢的是我。他说不，应该是我。他说我妻子病后，那几块地一直荒着，已经长出半人高的野草了。我说那我先把那些野草给割了。

我在他妻子的田地里忙了没有多久，他的晓雷就回家来了。

我问陈村，你打算给他找个什么事做呢？陈村说还没有想好。他说我慢慢想吧。

我说，要不你就把那块好点的田或者地，拿回去种吧。

他的晓雷却坚决地甩着头，他说不要，我不种。

陈村也说不要。他说他在给他想办法。他在慢慢地想。那一想，陈村竟想了半年多都没有想好。

这天，村里竟然发生了一起血案。一个随身带着尖刀的小子，把一个也是村里的青年给活活地杀死了。出刀的缘故是因为赌钱的时候对一张人民币的真假引起了争吵。赢钱的那个小子就是不肯收下，他让他换一张。输钱的小子却就是不换，他说你说是假的可我说是真的。你要就要，不要就拉倒，反正老子已经给了你了。那把吓人的尖刀就在这时亮了出来。他说这一张老子就是不要。你要给我换一张，不换就对你不客气。旁边站着很多人，陈村的晓雷就在其中。所有的眼睛都看到了那把杀气腾腾的尖刀，所有的耳朵都被那句同样杀气腾腾的话语所震颤，可是，没有人上去阻拦。都像买了票在认真地看着一场惊心动魄的录像，眼睛眨都不眨。输钱的小子也不眨眼，而且面对尖刀昂扬着无所畏惧的胸膛。他说，有本事你就捅进来！敢吗？不敢就把这把烂刀收起！那当然不是一把烂刀。他这么说只是表现他的情绪。那把尖刀却因此而激动了起来，噗的一声就捅了进去，只听到一声糊里糊涂的闷响，鲜血便从对方的心胸里飞泻出来。

血案是下午三点左右发生的。傍晚的时候，站在门边的陈村突然发现归来的晓雷两只眼睛竟像不是肉长的，而像一种空无一物的泥丸。陈村的心思因此突然地紧张了起来，他觉得那样的一种眼睛，也是一种随时都会出事的眼睛。这种眼睛看上去虽然空空洞洞的，好像什么都不在乎。可一旦碰着什么异物，就会当即电闪雷鸣，烈火熊熊。最后把生命匆匆地了结成一段悔恨的故事。

那天晚上的陈村。被儿子的眼睛活活地折磨着，久久无法入眠。

屋外的落叶在夜风中鸟一样鸣叫不停。

晓雷也是久久没有入睡，他在床上不时地翻动着，弄出许多刺耳的怪响。

难以入眠的陈村最后从床上坐起。他问了一声你睡了吗？他的晓雷没有回话。他说我想跟你说个事，你看怎样？他的晓雷又响亮地翻了个身，然后应了一句什么事？陈村说，昨天我上城里一趟，我想让你到师范去插个班。晓雷却没有吭声。师范的校长是陈村的老同学，他决定求他帮忙。

那个落叶如鸟的晚上是一个周末的晚上。

那时候的周末是旧日的星期六。而不是现在的星期五。第二天是星期天。天亮起来，陈村就摸进了城里。

但他的晓雷却不喜欢读书。于是，两人冲突在了几天后的路上。

那是他送晓雷上路的那一天。

那一天的天气相当的不好，浑浑噩噩的毛毛细雨飘飘扬扬的满天都是。冲突的起因是晓雷的行李上没有任何遮挡。陈村说雨厚着呢，淋湿了晚上你怎么盖？晓雷却不理他。陈村找来了一块塑料布。晓雷也坚决不要。他刚披上去，他就扯了下来。陈村摇着头，只好拿在手上，跟在儿子的身后走。

路上的毛毛雨越走越厚，晓雷的头发上转眼结了白毛毛的一层，陈村的心便又忍不住了，他说你这孩子真是，你拗什么呢，淋湿了晚上你怎么睡？

晓雷说那是我的事。

陈村说你就是拗。

晓雷说这也叫拗吗？告诉你，真正的拗还在后头呢！

陈村知道儿子话里有话。他说我知道你不喜欢读书，可是我们这样的家没有别的办法。晓雷说反正你等着吧，我不会帮你读下去的。陈村对儿子的话当然不满，他说让你去读是为你自己，怎么说是帮我呢？就算是帮我吧，那又有什么不好呢？晓雷说反正我没有兴趣。陈村说你对什么有兴趣呢？晓雷说那是我自己的事。陈村的心里越听越难受，他说我是你父亲，你怎么能这样跟我说话呢？

可他的晓雷并没有因此而停止对他的伤害。他说那你想让我对你说些什么呢？说罢猛然停下了脚步。两只空空洞洞的眼睛猴子一样盯着父亲。

他说我不想再听你啰里啰唆的，你让找一个人走好不好？我知道怎么找到你的那个师范。

陈村的伤心达到了绝对的无奈，他说好吧，那你就自己走吧。说完把一直拿在手中的塑料布又递到了晓雷的面前，他说你还是披上的好。晓雷没有伸手。他转身朝着雨雾的远处独自走去。

望着渐走渐远的孩子，陈村的眼里漫下了泪来。

那个晚上的陈村又心疼了一个晚上。

时间不到两个月，晓雷那双好像不是肉长的眼睛，便看不下黑板上的那些东西了。一个星期六的黄昏，他突然跑回了家里，他问陈村有没有三百块钱。他说你要这多钱干什么？晓雷说不干什么。他说你只给我就是了。陈村说我一个月的工资是多少？你要，你妹妹要，你说我还剩下多少？我在家里还用不用吃？

晓雷没有跟他父亲多说什么，晚上独自响亮地敲开了我的房门。

当时，我正倚着窗户遥望着西落的月亮。那西落的月亮只是一弯半边的月牙，所以那个时候夜还不是太晚。那西落的去处就是瓦城的方向，那里有我因为离婚而失去的儿子。也许是我在思念儿子的情绪中还没有冷静下来，我对他的借钱没有产生任何的疑问。我觉得这些当孩子的也不容易！

拿到钱的晓雷却突然地问了一声，说他父亲把田地给我的时候，是否拿了一些钱？

我告诉他，你父亲当时没有说到要钱。

他说你其实应该给一点的。

我说你现在的意思是什么。

他说也没有什么意思。

我说，你是不是想说这三百块钱就当是你们家那几亩田地的钱？

他沉吟了好久，好像拿不定这个主意。我说这三百块钱算不了什么，就当是我送你的吧，好吗？

他便圆着眼睛望我。他说这样吧，哪一天我有了钱，我就还你。如果没有，如果一直的还不起，你就当是买了我们家的地吧。这样的孩子确实叫人不可思议。但我仍然答应了他，我不情愿给以打击。

临走时他又嘱咐了一句，让我千万不能告诉他的父亲。

我说你放心吧，我干吗要告诉他呢。我心里说不就三百块钱吗？我用不着为这么一点钱出卖一个刚刚成年的小伙子。

三个月后的一个晚上，陈村才问起我。说是晓雷是不是跟我借过钱？我说没有。陈村当时站在我的窗户外边。那是一个没有月亮的晚上，夜已经很深，窗外黑乎乎的。他说他睡不着，就敲开我的窗户来了。

陈村说你跟我说的是实话吗？

我说他真的没有跟我借钱。

陈村就思疑着这三个多月里他哪来的钱做生活费呢？

我安慰他，说晓雷也许是一边读书一边给人打工。

黑暗中的陈村没有答话，我也看不出他的脸色。

那个晚上的陈村，还为着另一件事情无法入睡。他的晓雨也读完了回到了家里。他问我，像晓雨这样的女孩，如果到城里去可以找些什么工作？他说她一个女孩子，总不能让她整天地浪荡。

从城里离婚回来的我，对城里自然没有多少好感。我觉得城市就像那蜜蜂窝，里边有着许多可口的蜜糖，但也时常叫人被蜇得满身是伤。尤其像晓雨那样的漂亮女孩。但我没有这样告诉陈村，我替他想了想，建议他让晓雨到城里的发廊或美容店做些小工。

陈村说好的，那我明天带她去看一看，顺便去看看晓雷那小子。

窗上仍然十分地黑暗，我始终看不到陈村的脸色。

城里的师范却早就没有了晓雷的影子。等着他的只有那床曾经被雨淋得精湿的被子。他的晓雷把那床被子叠得倒是整整齐齐的，陈村抱起的时候，被子的深处已经发出了一股浓烈的霉味。

当时的陈村不知儿子的去向。

陈村的老同学，那个师范的校长，也不知道晓雷去了哪里。

陈村说，他都没有跟你说过吗？

他的同学说没有。

他的同学也问他，那他也没跟你说过什么吗？

陈村说没有。

陈村的伤心阴黑了整个脸面，他想跟他的老同学说些什么，他觉得对不起他。他给他添了麻烦，可他说不出来。他那瘦弱的心又一阵阵地绞痛了起来，他极力地忍受着，最终没能忍住，身子一缩，烂网似的蜷缩在了晓雷的那床被子上。

后来晓雷告诉我，说他拿着我给的三百块钱，第二天就跑到广东那边打工去了。我严厉地指责他。我说你怎么能这样呢，你父亲为了你和你的妹妹晓雨，你知道他是如何的劳心劳血吗？

晓雷的回答却令人伤心透顶。

他说我干吗要管他呢？

我说你是他的儿子，他是你的父亲，你不管他可他得管你，你知道吗？

晓雷的嘴里便放出一声冷笑。他说照你的意思，我应该给他把那师范读下去？我说是的，你应该读下去。他说我要是真的读下去，读完了，我做什么呢？我说代课呀。那代完了课呢？我说只要好好地代课下去，总有一天会跟你父亲一样成为真正的教师的。他的眼睛便眯成了一条细线，目光尖锐地打量着我。他说你的意思是我的一生也应该像我父亲一样？

我说像你父亲一样有什么不好呢？

他就连连地说了好几声好好好。很好！

我只好无奈地问他。那你的想法是干什么呢？

他说我自己出去打工赚我自己的血汗钱，我不用他再养我，他不应该有意见。

我说，可你是否想到过，当你父亲在师范里抱着你留下的那一床被子时，他的心里承受了多大的痛苦吗？

晓雷的眼光便长长地伸向远远的天边，然后猛地回过头来，他问那一天是哪一天？

我说，我哪知道那一天是哪一天呢？你想知道可以去问你的父亲。

他说还是你替我想想吧，那一天到底是哪一天？

我不知道他是什么意思。我说你问那一天是哪一天干什么呢？我知道那一天你的父亲为了你并不好受这就已经够了。

于是他告诉我，他在广东那边曾经杀了一个人。

他说，他杀人的那一天可能就是那一天，也可能不是。也可能是杀人之后，正在逃往另一个地方，正在大街上到处慌里慌张地流浪。

我当时吓了一跳。我说你说什么？你说你杀了人？

他说是呀，我杀了一个人，一个坏人。

我说，你说的是真的还是在跟我说故事？

他说什么叫真的什么叫故事？

我说真的就是真的，故事可是编的。

他的脸色便放松下来，然后笑了笑。他说，我说的是真的。

晓雷说，他杀人的最初原因，是在火车上遇到一个重庆的小子。

那是一趟重庆开往广州的火车。晓雷坐火车还是头一次。他没有想到火车上的人竟然那么多，所有的车厢都挤满了前往广东打工的农民。挤着上车的时候，外边的人死命叫喊着前边的人往里边挤呀挤呀挤呀！晓雷被挤在人群的中间。他觉得那个时候的人已经不再像人，而是一群被人驱赶着的牛群。一直到火车摇摇晃晃地开走了，这才摇出一点松动的空间，可那空间很快又被下一站的人给塞紧了，晓雷说，直到那时，他才想到了国家为何要搞计划生育，为何村里的墙上，到处红红黑黑地写着：谁敢超生就让谁倾家荡产！

晓雷是因为一包香烟与那重庆小子相识的。那重庆小子也没有座位，晓雷就站在他的身边。大约站了一个多两个小时的时候，发现身旁有双眼睛在注视着自己。晓雷朝他笑了笑，慷慨地把烟递了过去。那重庆小子朝他笑了笑，扯下了一支，随口问了一声也是到广东打工的吗？晓雷没有回答他，晓雷问他你呢？重庆小子点了点头，说他在广东已经打了两年工了。达一次是回家帮老板招工去的。晓雷心里不由一动，趁机将那包烟塞到了重庆小子的手上。晓雷说我身上还有，这包你拿着吧。重庆小子笑了笑就收下了。晓雷告诉他，说自己是头一次出门的，可不可以跟着他们一起去。重庆小子望了望晓雷，又低头望了望手里的那包香烟，最后对晓雷说，给老板找的人已经够了。但他告诉晓雷，另一个地方有个老板也需要工人，只是工资稍微少了一些。晓雷问他多少？他说一个月六百左右，你要愿意我可以带你去。听说一个月有六百块钱，晓雷的心里当即感动了起来，他不仅说了同意，还随后连连地说了好几声谢谢。晓雷的脑子里突然就想念起了中学课文里的一句什么唐诗，却说不上来，只感到心里暖烘烘的，仿佛照进了一片阳光。可他没有想到，这个重庆小子原来是为了得到三百块钱，而把他卖给了一个地处荒野的采石场。被晓雷杀死的那个人，就是那个采石场的老板。

临走近那个采石场的时候，重庆小子告诉晓雷，他曾在这个采石场打过五个多月的采石工。他说那采石场的老板是一个很有钱的家伙，但在采石工的身上，他的用钱却不是十分的大方，只要找得到理由，他总要千方百计地压住你的工钱，他叫晓雷自己小心自己。临走时，又悄悄地告诉晓雷，说是千万不要把身份证交给老板，说完他朝晓雷挥了挥手。晓雷知道他那是再见的意思，也朝他挥了挥手。那重庆小子转过身，慢慢就走得没有了身影。

那采石场的老板是一个身材矮黑的广东人，怎么看上去都是一个粗人。那老板姓杨，采石工们都叫他杨老板。杨老板也没有问过有关身份证的话，晓雷说也许就因为这一点，所以他被他杀死之后，警察一直找不着凶手。那个重庆小子带着他与杨老板见面的时候，没有多余的旁人，没有人知道他晓雷是从哪里来后来又到哪里去了。杨老板只跟他吩咐了一些如何采石的事情，别的也丝毫没有多说，好像他需要的只是一头劳动的牛，他不需要与牛进行多余的对话。

晓雷是因为工钱的事而怒火中烧的。

头一个月发工钱的时候，杨老板没有给他一分钱。晓雷觉得有些不可理解。他问杨老板不是说好六百块一个月吗？杨老板说是吗，是一个月六百块呀，他说那你自己不会算吗？晓雷不知道是怎么算，他只好回头问另外几个采石工。他首先想到的是伙食费。他们告诉他，菜里有肉的话，扣三百五左右，没有肉呢？没有肉就三百。晓雷把一个月里的菜食回忆了一遍。回忆的结果，是没有过肉的影子。他说那这个月应该是三百块。他们说是的，这个月是三百块。晓雷转身就又找到了杨老板。杨老板的眼睛却牛眼一样在晓雷的脸上不停地滚动。他说你知道我是用了多少钱把你买到这里吗？那一个买字，晓雷觉得太伤人心。他嘴里暗暗地骂着你他妈的老子又不是牛，我被谁卖给你啦？但他只愣愣地望着杨老板说不出话来。杨老板说，我给了那个小子整整三百块钱你知道吗？晓雷说我不知道，杨老板说你当然不知道啦你怎么能知道呢？晓雷说，那这个月我是杨白劳啦？杨老板说应该是吧。晓雷只好阴着脸，在心里暗暗地自认倒霉。可第二个月发钱的时候，还是没有他的！

杨老板说，这是惯例。晓雷问他什么惯例？杨老板说你不知道？晓雷说我没有听你说过。杨老板便呵了一声，他说那你就去问问他们吧。他说他们知道。他自己不告诉晓雷。他觉得他无须告诉他，没等晓雷再问下去，他就转身走人了。

采石工们说，第二个月是得不到工钱的，第三个月也得不到。一直到第四个月，才能得到第二个月的工钱，跟着是第五个月拿第三个月的。

晓雷不由一阵慌乱，他说那你们为什么还给他这么干下去呢？他们说不干下去那两个月的工钱不就白白地送给他了？那你们永远这么下下去也永远得不到那两个月的工钱呀？他们说，等得到的钱多一点了再走人，到时，前边的那两个月就当是什么也没做。他们说前边的人就是这样走的。晓雷说那你们为什么不早告诉我呢？你要是一走他就知道一定是我们有人告诉了你，我们的工钱就会被他往下再扣一个月，你以为我们是傻瓜吗?

晓雷心里说是的,你们都不是傻瓜,可你们哪一个是聪明人呢? 发完了工钱的杨老板,转身就离开了采石场,回他的城里忙他别的事情包括吃喝嫖赌去了。杨老板总是这样,他不担心有人在背后走开,任何一个采石工都有两个月的工钱在他的手中,真要有人走了他也毫不在乎,他可以从他们留下的钱里再买回一个补上。

晓雷那双如同不是肉长的眼睛,一直干燥地等待着杨老板的再现。

杨老板建有一个小房子在采石场上。那房子看上去是一个简易的木板屋,里边却布置得相当温馨。有时在城里住腻了,就带上一个外来的卖身女,用摩托车拉到采石场来。

时间就这样过去了十来天。

这一天,杨老板又带来了一个卖身的女子。晓雷说那是一个四川妹。看着杨老板的摩托车从面前飞奔而过的时候,晓雷气愤地就要冲上去,那几个采石工却把他拖住了。他们说他身上有枪。晓雷只好又忍了一天,但晚上却如何也睡不着觉。他想无论如何也要把工钱拿到手! 给钱他就往下干,不给钱就揍他一顿,然后走人。就这样,晓雷被愤怒活活地折磨到了第二天的下午。他想不能再等了,他担心他玩腻了那个女子一转身又会走人。站在采石场上的晓雷,不时地看着头上的太阳,阳光白花花的把人烤得半死。他不住地抹着汗水,抚摸着激动而紧张的胸口,他想让它平静一些,但他做不到。他突然觉得应该找个地方解解手,他觉得憋得难受,于是从人们的眼里一步一步地迈出了采石场,往不远处的一块大石头后走去。就那一去,采石工们就再也看不到他的影子了。

晓雷已经朝着杨老板的木板房大踏步地走去。

杨老板的房门只是虚掩着。这个地方是他的地方,是他用钱从当地的农民手里买下来的,没有哪一个民工敢不吭一声推开他的房门。当时的杨老板正在床上忙得热火朝天。最先看到晓雷的是那四川妹,但她没有发出惊叫。她只是突然间停止了自己的动作。晓雷站在门内看着他们不动。杨老板又忙了一阵之后才发现了问题。他抓了一条毯子包在腰上,朝晓雷暴跳如雷地吼着。他让晓雷马上给他滚出去!

晓雷却不怕。晓雷说我是来要钱的，你把那两个月的工钱给我，我马上就出去。

杨老板没想到有人竟敢顶他。他说你滚不滚？不滚你就找死！

晓雷站在那里就是不滚。他说你不把钱给我，老子今天也不好惹！

杨老板说想要钱你就接着干。他从床上滑了下来，然后去拿椅子上的衣服。他没有想到晓雷已经朝他逼了过来。

晓雷说你不给我钱我就不干了！

杨老板说不干你就马上滚蛋。

晓雷说你先把我的工钱给我！

杨老板说老子就是不给。

晓雷说你再说一遍给还是不给！

杨老板说不给就是不给，你想找死？

杨老板的裤子里还空着半条腿，晓雷已经操起了桌面上的一个酒瓶，闪电般砸在了他的后脑上。晓雷说那是一只又长又大的酒瓶，但却没有发出什么惊人的响声。被打着的杨老板，也没有发出任何非凡的叫喊，他的身子只是默默地往旁一歪，就栽到了地上。床上四川妹眼睁睁地望着晓雷和那倒在地上的杨老板，竟也没有一声惊恐的喊叫。直到晓雷从杨老板的衣服里摸出一沓厚厚的钱来，她的声音才亮丽地飞越了起来，她说你把钱留一点给我。她说他把我弄到这里来还没给我钱呢。晓雷朝她过了一眼，她身子一丝不挂地坐在床上。晓雷的眼睛没有多看，他低下头去看了看手里的那沓钱，抽了一撮往床上丢去。那一撮晓雷估计最少也有一千。

我问晓雷，那一沓钱一共多少？

晓雷说，后来逃到树林中的时候，我数了数，一共是五千八百六十七元。那八百六十七元，后来我又给了那个四川的妓女。

我说你不是逃到山上的树林去了吗？

他说是呀，她也跟我一起去了。我们俩人在山上的树林里合谋躲到了天黑，然后由她带着我，逃出了那片荒野，最后乘火车离开了那个可恶的地方。

我没有怀疑晓雷的叙述。如今的青年人什么事都干得出来，而且常常干得叫人不敢想象。但我仍然再一次地问他，我说你说的都是真的吗？

他说你以为我是在给你说故事吗?

我说那你怎么没有想到该去报案自首呢?

他说想到过。

我说那你为什么不去?

他说想到这个问题的时候,我已经躺在旅店的床上。最初的三个晚上他根本睡不着觉。他躺在旅店的床上不停地想着该怎么办呢?最后,他在第四个深夜里爬起了床来,他撕了两片纸,用旅店里的笔,在其中的一片纸上慢慢地打了一个勾,像老师打在学生的作业本上一样,不同的只是那一个勾不是红色的。那是一支蓝色的圆珠笔。他把那两个纸片揉成很小的纸团,散在桌子上。他心里想,如果抓起的那一团是空白的,他就前去自首。如果是打勾的,就不去。

抓起的第一片却是打了勾的。

但他的心中却又不敢落实。他又接连地摸了两次,得到的竟然都是打了勾的。他觉得实在是莫名其妙。他说不清那是因为什么,但他仍然没有因此而睡下。他随之觉得自己的做法不对。他突然觉得那打了勾的不就是布告上枪毙人的那种勾吗?那应该就是自首的意思。于是他决定重来。这次他把旅店里留下的那一便笺全都撕成了数不清的纸片,然后在纸片上分别地写着自首、不自首两种字样。他觉得不能再用符号代替。他觉得符号这个东西,可以这样解释也可以那样解释,叫人心里依靠不住。每一个字他都得十分的用心,一笔一画写不敢有半点的潦草。先写了自首,跟着再写不自首;写完了不自首,就又接着写下一张的自首。不让哪一种多,也不让哪一种少。写完了,再一张一张,慢慢地揉好。

一直忙到快凌晨的时候,晓雷才闭上眼睛,让两只手指在自首与不自首的海洋中,听天由命地捞出了五颗来。

结果是两张自首,三张不自首。他的心因此而安定了。他觉得五打三胜,他不应该再自己折磨自己了。

我对他说,人命是关天的事,你怎么能用儿童的游戏方式来决定呢?

他说天下的事就是这样,你觉得它是游戏它对你就是游戏,而你觉得它不是游戏,它对你就不是游戏。

我说,话怎么能这么说呢?

他说怎么不能这么说呢?你是在城里住过的人,你没听人家在歌里是怎么唱的吗？人生是一出戏，你何苦太认真。他说那是台湾的林志颖唱的，那小子长得特别帅。

我说人家那说的是人生，而不是游戏。

他说我没觉得有什么不同。

为了他这杀人的事，我失眠了好几个晚上，我想我该不该告诉他的父亲陈村呢？

后来我没有告诉陈村。

我想，他也许是想到过我不会告诉他的父亲才告诉我的，要不他为什么要告诉我呢？那些天里如果我把晓雷杀人的事告诉了陈村，他的痛苦会是什么样子呢？他会不会在地上突然一蹲，转眼就又收缩成一堆可怜的烂鱼网，然后昏死在地上？或是连夜摸到警察那里，让警察在一个黑色的夜里偷偷摸到晓雷的床边，最后把晓雷带走？

我没有告诉他。

我没有告诉陈村的另外一个原因，是晓雷同时叙述了另一件事情。

对晓雷来说，那得算是一件了不起的事情。杀死了杨老板的晓雷，并没有随后回到村上。他想，死了的那个杨老板不会太大惊动警察的愤怒，因为死在地上的杨老板仍然是一副淫荡未酣的状态，那些采石工也会异口同声地告诉警察，说那是个坏人，说他从外边带回了一个妓女。他们还会齐声地告诉警察，他如何榨取了他们的工钱，而且骂他真他妈的该死！不管怎么说，死了的那个杨老板是一个绝对的坏人，他想不会激起任何一个好人的同情。在警察的手中，一些应该破获以平民愤的案件多如牛毛。杨老板的死顶多只是闪现在他们后脑壳上的一条细微的黑影，他想只要时间过去了，也就无影无踪了。

晓雷与那四川妓女分手的时候，他不知道她叫什么名字，她也不知道他是哪里的人。他曾问过她，你不会把我告给警察吧？那妓女说怎么会呢？她说她也不想回到原来的地方去了，她想也许警察会找到她原来的那个地方去，也许也不会，因为杨老板是在街面上把她拉来的，她与杨老板原来有过一两次的交往。她说如果有一天警察找到了我，我就说，我不认识你。晓雷连连谢了她两句。他说，我真是没有想到你们这种人竟然是人坏心不坏，好吧，那我们就再见吧。那妓女也说好的再见吧。说完朝他扬起了一只轻飘飘的小手，在空中慢慢地挥动着，就像一只受伤的小鸟在空中慢慢地摇晃。晓雷的心中泛起了一阵少有的凄楚，也朝她扬起了自己的手来。两只手在空中相对着晃了几晃，转眼就各奔东西了。

晓雷的脑子里，后来时常浮现出那个妓女。他说那是一个长得确实让人心疼的女孩。她的年龄顶多十七，比他的妹妹晓雨大不了多少。

晓雷没有想到，几天后他竟然与那重庆的小子不期而遇。

那是在另一个城市的大街上。当时的晓雷正在大街上浪荡着想找个工作。在城市里找工并不太难，难的是找到一个好的工种。所有的大街小巷都隔不远就能看到一个招工的事务所，那些事务所的门前贴满了五花八门的招工消息，看上去就像那些同样贴满了街头巷尾的专治性病的民医广告。晓雷想不明白，莫非得了性病的人与寻找工作的人一样的众多？

与那重庆小子相遇的时候，大街上的阳光格外灿烂。在强烈的阳光里，双方都有点不肯相信地眯细着眼睛，都很吃惊的样子。重庆小子问他，你不在那里干了？晓雷没有回答他的话。晓雷只冷冷地骂了一声他妈的！那重庆小子便说，我知道你为什么不干，那小子的确太黑了。晓雷说，知道黑你就不该把我卖到那里。就那一个卖字，一丝急匆匆的羞色在重庆小子的脸上水一样流过。他抓了抓额门上的头发说，要不我带你到我们厂里试试？他说厂里刚刚开除了两个人。

那重庆小子得意于一家日本老板的服装生产厂。

那老板三十来岁，可怎么看上去都不像那些有了钱的外国老板，脸上的肉本来就不是太多，却又紧绷绷地拉着，好像他那办的不是一个赚钱的服装厂，而是一家改造人种的犯人收容所。晓雷跟着重庆小子刚走进他的办公室，他右手一挥，就把重庆小子给赶出了门外，像驱赶一只苍蝇。

他没有叫晓雷坐下。他眯细着眼睛，尖锐地打扫着晓雷。他问他坐过牢吗？

晓雷没想到老板会这么问话。他愣了愣，回答没有。

老板说，我要的是实话，你不要以为坐过牢就丢脸就不想说。

晓雷说我知道。

老板就又问了一句你真的没有坐过牢吗？

晓雷说真的没有坐过。

老板说没坐过牢做过什么坏事没有?

晓雷说没有。

老板说真的没有?

晓雷说真的。

老板说什么坏事也都没有做过?

晓雷说没有做过。

老板说,比如打过什么群架,耍过什么流氓的?

晓雷说没有。

老板说你是光知道说没有,还是真的什么也没有。

晓雷说是真的没有。

老板便有一点失望的样子,一直眯缝着的眼睛也悄悄地睁大了开来。
他突然问他,难道你是共产党员吗?

晓雷说不是。

老板说那你父亲是吗?

晓雷说也不是。

老板又问那你是共青团员吗?

晓雷说也不是。

老板似乎觉得奇怪,那你怎么没做过坏事呢?

晓雷的心里便暗暗地骂了一句他妈的什么老板。心想,我要是说我
杀过人,你肯要我吗?他想不明白这个老板为什么这样考核他要招收的
工人。

走出门外的时候,重庆小子才悄悄地告诉他,说那老板并不是真正
的日本人,他是从大陆到日本去的。在大陆的时候坐过几年牢,不知怎
么后来就到日本去了,而且与日本一家服装生产厂的老板的女儿弄成了
夫妻。后来,夫妻俩就带着他岳父佬的钱跑回来办下了这个服装生产
厂。晓雷说那你为什么不告诉我呢?重庆小子说不知怎么给忘了。他告
诉晓雷,如果你告诉他坐过牢,他马上就会重用你。因为在他手下帮他
管事的人,绝大多数都是坐过牢的。他觉得只有坐过牢的人才能帮他管
好别人。他有他自己的理论,说是坐过牢的人绝大多数是胆子大而且聪
明的人。

晓雷便大着眼睛盯着那位重庆小子，他说那你坐过牢吗？在他看来，那重庆小子是受了重用的。

重庆小子的回答是坐过。晓雷说真的吗？重庆小子说什么真的假的？老子犯的是流氓罪，整整蹲了三年！晓雷因此便大起了胆子，他说，要知道是这样，我他妈的就该对他说，老子杀过人！重庆小子笑了笑，他说算了，反正他收下就算了。

晓雷却低声说了一句，这样的工厂，我不一定干得下去。

重庆小子说，你管他那么多干什么呢，怎么管那是他的事，反正他给的工钱高我们就替他卖命，不就为了钱吗？晓雷问他，一个月正常可以拿多少？重庆小子说最少也有一千多差不多两千吧。

晓雷往咽喉的深处暗暗地吞下一些什么，不再作声。

事情出在三个多月后的一天下午。

那几天可能一直都是阴天，晓雷无法产生确切的回忆。他们已经好几天没有看到白天的天是什么样的天了。为了抢时间按时交货把钱赚回来，老板没日没夜地让他们加班着。老板把饭菜都送到他们的身边，任他们吃任他们喝，那些饭菜也做得比任何时候的都好，但工人们全都吃得味同嚼蜡，他们需要的并不只是那些好饭好菜，而是希望能尽快把身骨放松下来，但老板总是绷着脸，让他们吃完了接着干，碗也不用他们洗。能够偷闲的只是饭后上厕所的时间。于是吃过饭的人都想在那个时候往里挤。但卫生间里，每次只能进出一个人。唯一的希望还是尽快地干活。干完活天色早已黑了四五个小时了。走出厂门前往宿舍去的路上，一个个迷迷糊糊的，就像漂泊在没有方向的湖水之中。

出事的那个时间大约是差五分钟四点，当时的车间突然陷入了一种从未有过的寂静。寂静的前边是老板猛然三声穷凶极恶的怒吼，他叫民工们站起来！统统地给我站起来！你们！没命般忙碌着的工人们，都不知道出了什么事，都朝着发出怒吼的地方望了过去。老板那副瘦得猴样的身子已经站在了车间的中央，他的身边分别站立着两个目光铁锈的保安。晓雷说，那是老板手下两条喂得毛光闪亮的狼狗！通往车间的门一共三个，不知道他们从哪个门内冲杀了出来。正想着出了什么事，老板吼声又爆发了，他说统统给我站到中间来！

人们慌乱地挤到了过道上，站成了一条畸形的队伍。

就在这时，高挂在墙上的挂钟当当地敲响了四下。

老板扫视着眼前的民工们，目光恶毒如狼，接着久久的不发声音。那样的寂静是十分伤人的。大约两三分钟过后，老板才咧嘴吼了起来。他说谁偷了我的衣服自己站出来！谁？谁偷了我的衣服？民工们都像没有听懂老板的话，都以为是谁暗里偷了他老板脱下的衣服。都觉得与己无关，没有人给老板站出队来。

老板转眼又连连吼了两遍。

但受惊的人们只是不停地绷着紧张的情绪，仍然无人站出队来。

老板显然等不下去了。他朝身边的两个保安甩了一个眼色。两个保安朝人群中扑了过来。

遭受劫难的竟是一位怀孕将近五个月的女工。所有的民工全都震惊了！那女工当时正低头拉扯着身上鼓胀鼓胀的衣服，两个扑上来的保安呼一声把她的两条胳膊架了起来。随着她嘴里的一声尖叫，受惊的队伍河流一般乱成了一个空洞的旋涡，人们从两头哗地卷了上来。

那女工叫到第三声的时候，两个保安已将她架到了不远的一根水泥柱下。遭遇的从天而降，早已把她吓得魂不附体，随着一阵阵直钻人心的号叫，从她那张抽搐的脸上不停地飞扬而起。

她说我没有偷，我没有偷，我没有偷……

两个保安全然不顾她的哀号，接着，他们揪住她的裤身，然后往下猛拉。那女工本来是背靠柱子站着的，随着一声更为刺耳的惨叫，她与跌落的裤子同时坐在了地上。两个保安刚要把手伸进她的裤子深处，却被她本能而飞快地提了起来。可是，没有等她顺着柱子爬起，那两个保安又把她的裤子给扯脱了。

四周的民工全都骇呆了。谁也没有眼见过这等的情景，谁也不知如何是好？

只有晓雷突然一步抢上去，左右猛力一推，把那两个保安推倒在了地上。

与此同时，人们都吃惊地看到了那女工裤子里藏着的东西。那不是老板身上穿的衣服，而是一件还没有车好的衬衣。

晓雷问她这是怎么回事？

那女工早已泣不成声。她说她这不是偷的，是她把衬衣上的一根线给车坏了，她要拿回宿舍去偷偷地把线拆了，然后再拿回来重新车好。晓雷心想她的身体现状与众不同，她是被这没日没夜的劳累给弄迷糊了，所以把衬衣给车坏了。晓雷觉得他应该帮她跟老板解释解释。可晓雷拿着那件衬衣刚要站起，身后的不远处突然炸起了一声巨大的声响。

老板愤怒地推翻了一台机子！

民工们在机器倒地的声音里更加惨白了脸色。

老板像头张狂的野兽，朝混乱的人群凶猛地扑了过来，他一边推着他们，一边不停地吼叫着站好！站好！统统地给我站好！

像一群左冲右突的牛群，民工们又给老板站成了一支奇形怪状的队伍。

老板随后跳到了一台机车的桌上，他顺着一脚又踢翻了旁边的一台机子。就在这时，他朝民工们吼出了跪下，统统的给我跪下！

民工们一时都愣了，所有的人脸都惊慌失措地转动着，你望望我，我望望你。

老板随后又踢翻了一台机子。他的嗓门里像在冒血，他不停地吼叫着跪下！统统的给我跪下！谁不跪下谁就从我这里滚出去！

惊慌的情绪以狂风的姿态在人们的脸上变幻着，但仍然没人跪下。

老板突然将手指向身旁的两个保安。

跪下，你们也给我跪下！

那两个保安一下呆住了，但他们无须等到老板的第二声吼叫，就老老实实地把身子弯曲了下去。

转眼间，那条畸形的队伍像一堵挡不住黑风的破墙，纷纷牵连地倒了下去。

只有晓雷依然地站立着。

晓雷身旁的那名女工刚要跪下的时候，被他猛地提了起来。他朝她吼着，跪什么跪！大不了不赚他那几个臭钱。但他刚一放手，那名女工又软了下去，而且响亮地号啕了起来。随着，她的号啕将车间感染成了一场瓢泼的大雨。

老板没有想到竟然有人没有给他跪下。他指着晓雷厉声地问道，你为什么不跪？

晓雷圆睁着那双好像不是肉长的眼睛凝望着老板，他说我为什么要下跪？

老板那张无肉的瘦脸因此乱抽乱扭了起来，他说你还想在我这里赚钱，你就得给我跪下！

晓雷不跪。他说我就是不跪。

老板说不跪你就马上给我滚出去！说完朝两个保安晃去了一个眼色，他说你们给我把他轰出去！

那两个保安顺势哇啦站了起来。晓雷却从腰后猛地抽出了一把尖刀。那是一把寒光逼人的尖刀，刀把的身上到处镶满了红红绿绿的宝贝。那是晓雷在采石场那个杨老板的裤带上取下来的。当时，如果不是他手中的酒瓶及时地敲打下去，杨老板要是穿好了另一根裤脚，晓雷也许难逃那把尖刀的伤害。

晓雷严厉地晃着那把尖刀，他说我告诉你们，老子杀过人，你们要敢靠近一步，我就把你们当着野狗，一刀一个！

天黑前，晓雷和那名女工离开了那个服装厂。

那名女工的工钱是那重庆小子替老板拿来的，但被老板扣去了好几百。晓雷问了一声我的呢？重庆小子说，你的钱在老板那里，让你自己去拿。晓雷骂了一声，他说，他现在在哪里？重庆小子说在他的办公室里。晓雷问，他是不是想要什么花招？重庆小子说我不知道。而且学着外国人的模样耸了耸他那矮小的肩膀。晓雷的嘴上就又骂了一句，他想我要是不去，就证明我晓雷怕他。我为什么要怕他？钱是我的，那是我的血汗，他就是咬在牙根上，我也要把它敲下来。

老板独自坐在办公室里。晓雷想，他一定两脚高傲地架在办公桌上等着他的进入。可是没有。他很平常地坐着。看见晓雷进来连忙迎了上去，他让晓雷坐在一边的沙发上。他的手里拿着晓雷的那一沓工钱。可晓雷不坐。晓雷说你把我的钱给我。老板没有递给他。老板说，我想跟你说个事。

晓雷瞪着那双仿佛不是肉长的眼睛，盯着老板。

老板说我刚才想了很久，我觉得你是一个少有的人才。

晓雷随之敷衍一笑，他说你是不是想留下我，而且给我加薪？

老板点了点头。他说像你这样的人是可以做大事情的，我需要你这样的人。

晓雷把脸色一沉,他说,我要是答应了你,那不证明我最终还是给你跪下了吗?

老板说这是两码事,我让你留下是为了重用你,对你来说这是一个难得的机会。

晓雷说我不干!再说了我也不能这样干。

老板希望他想一想。他说我一个月可以给你四千。

晓雷说四千是不少,可问题是,给你这样的老板干活却是做人的一种羞辱。

老板惨然地笑了笑,他并没有感觉到太多的意外。他说,问题是过着没有钱的日子也是一种羞辱,这你应该知道。

晓雷说当然知道,可那种羞辱只是短时间里的羞辱,而给你干活则是一种终生的羞辱。

老板说这是你的观念问题,他说你知道我刚到日本的时候是怎么混的吗?为了找到活路,我就曾不止一次地给日本人跪过。

晓雷说那是因为你没有人格。

老板说,人格那东西有时并不值钱,值钱的是你如何找到门路生存下去,而且生存得像个人样,就像那些卖淫的妓女,你说她们有没有人格?你没有钱你日子都过不好,你整天被别人小看,你说你有人格吗?

晓雷说反正我不会当妓女。

老板说我那是给你打个比方。我的意思是你不要以为我刚才叫他们跪下是对他们人格上的侮辱。我要管理好我的工厂我就得这样,再说你知道,他们那些工人都是一些什么样的人?他们跟你不一样,他们不需要你说的那么多的什么人格,他们只知道如何在我的工厂里多赚一些钱,你说,我要是不给他们来这么一下,他们如何才能老老实实地给我做事呢?

晓雷说我告诉你,像你这样的人,我不管你是外国人还是中国人,如果现在我们是站在一条独木桥上,我一定杀了你!可话刚说完,那名刚刚被开除的女工突然推门扑了进来,她哭丧着脸直直奔往老板的面前,然后扑一声就跪在了老板的脚下。她并不是为了老板扣下的那些几百块工钱,她是要求老板给她再做一个月的工。当时的晓雷因此气愤到了极点,他往前抢了一步,将她愤怒地提了起来。晓雷想不明白是因为他的愤怒还是因为那名女工本来就那么轻飘飘的，只像是一只没有骨肉的布娃娃。晓雷骂她，我是因为你才离开这个鬼地方的，我都没有给他跪下，你还给他跪下？你求他什么呢？你的脸就这么不值钱？说完，从老板的手里抢过自己的钱，拖着她愤怒地走出了门外。

那女工却一路哭得凄凄惨惨，嘴里不断地呢喃着一大串怎么也听不清楚的东西。走出工厂没有多远，她的肚腹就突然一阵绞痛，然后昏倒在了地上。

晓雷架着她艰难地走了一段，最后招了一辆过路的板车，送进了医院。

晓雷说，当他架着那位女工走在工厂外边的路上时，他是真的哭了，他哭的并没有声音，但眼泪一串一串的，一直流了很久。我问晓雷，那名女工后来是你送她回家的吗？他说没有。住院的第二天早上，医院里的好人就把电报发到了她的家里。她的弟弟和她的哥哥，带着两张惊恐的脸面，在第四天晚上赶到了医院。

晓雷问我，想不想看看她那可怜的模样？说着从腰后拿出了一张折叠得只有巴掌大的报纸，然后指着图片上的一个女子，他说这就是她。

而我却最先看到了他晓雷。

他瞪着那双好像不是肉长的眼睛，正在报纸上激怒无比地对谁说话。图片的顶上，是一行充满力量的大字：

又一个不跪的打工仔

我说，这么说你可是出了大名啦！

他说出什么大名啦，要不是因为这个，我还可以再到别的工厂找找别的活路。可是一上了这个报纸了，我就不得不离开那城市了。我觉得不可理解。我说为什么呢？

他说有什么不可理解的呢？你想想，那个采石场的杨老板如果没有被我打死，他要是看到了这张照片，你说他难道不会去找警察吗？

我说那你不是说他被你给打死了吗？

他说如果不死呢？

他说也许是死了也许又不死。他心里不知怎么突然有了点怀疑。于是就在大街边上买了几张有他照片的报纸，悄悄地离开了那个城市。

　　我说那这报纸是怎么回事？他说，那女工住进医院的当天晚上，他们的故事震撼了整个医院。第二天早上，电视台和报纸的记者就蜂拥而至，把他和那名躺在床上的女工，围得熊猫一般喘不过气来。晓雷回到家里的那个黄昏，他的父亲陈村却被吓掉了半颗门牙。

　　晓雷到家的时候，外面的天还不是太黑，但屋里早已昏暗了下来。那一天是陈村到镇上领回工资的日子。当时的陈村正在残灯的下边往一个本子上记着当月没有领到的数目。那个本子如今我还替他完好地收藏着，那些数目也一直歪歪斜斜地曲蜷在上面，就像记忆中一串一串被风干在野地上的红薯片，但瘦弱的陈村却永远也吃不上了。陈村活着的时候，一直压在他的枕头底下。那个晚上的陈村没想到他的晓雷会突然回到家里，而且已经悄悄地站立在了他的身后。他刚要把本子放回原处，身后的晓雷猛然地叫了一声爸爸！那声音像一根突如其来的棍子，响亮地敲击在陈村的脑后，陈村吓得往前一磕，嘴巴撞在了桌子的边上。那是一张苍老而坚硬的铁木桌。陈村的牙根一阵疼痛，那半颗门牙便不知了去向。

　　落到地上的还有陈村手中的那个本子。当时的晓雷并没有看到。因为屋里已经突然间黑暗了下来。那盏可怜的残灯，在陈村磕下的时候猛地跳了一下，那火苗便在震惊中逃亡了。

　　那灯原来是有着一个灯通罩着的，虽然顶上长年破烂着一个拇指大的缺口，但埋下妻子的那个晚上，人们出出进进的，不知被谁突然碰了一下，便飞身落到了地上，清脆地摔成了无数的碎片。

　　晓雷看到那个本子的时候，时间已是回到家第五天的晚上。

　　那个晚上的陈村先是到了一趟我的家里，他问我晓雷回来后是不是到过我家。我知道我不能瞒着他。我说他来过。陈村便问他都跟你聊了一些什么？我说没聊什么。我心想他陈村是认真的，但我又不能把晓雷杀人的事告诉他。于是我说，他拿回来了一张报纸，你看了吗？他说看见过。我说他就说了那个事，别的没说什么。陈村便枯坐在那里，情绪忧伤得无救可药的样子。我想，我得找些话安慰安慰他，于是我告诉陈村，说晓雷是因为不喜欢当老师才悄悄离开师范的。我说，他没有告诉你是怕你会与他吵架，他不愿伤你的心。

陈村说，我心里负担的已经不是这个问题，我是在想，他出去也才六七个月，他哪里来的那么多的钱呢？我无法回答陈村的猜疑。晓雷到底带回了多少钱，我当时不知道，晓雷也没跟我说过。晓雷敲开我房门的头一个晚上，一进门就朝我递上了三百块钱。我说你这是什么意思。他说还你的。我说，我没说让你还呀。他说，我说过，没钱就不还。从他的话里可以知道，他是赚了几个钱的。但我们后来的话里，再没提起钱的事情。

晓雷把带回的钱收藏在床脚下的一个空罐里，这是陈村无意中发现的。我问他一共有多少？陈村说一共一万多。这个数目对于长年贫穷的陈村来说，当然不是小数。他说他哪来的这么多钱呢？我说我不知道。陈村坐了不到半个小时，就忧心忡忡地回去了。

晓雷正在那盏可怜的残灯之下，偷看他父亲收藏在枕头下的那个可怜的本子。他没有想到父亲出门没有多久就又突然地回到了家里。

陈村的情绪因此被破坏得发起了火来。他说你怎么乱翻我的东西呢？就把本子夺到了手上，塞回了枕头下的席子底。但随之又拿了起来。他一时想不出应该换个什么地方收藏才好。他说你怎么乱翻我的东西呢？

晓雷却毫不在乎，他问父亲，他们为什么欠了你们这么多的工资不发？

陈村知道为什么。

但那个时候的陈村不愿回答他的晓雷。他说这关你什么事呢？

晓雷说你们可以到上边告他们去。

陈村的内心便越加不满。他为晓雷随口而出的话感到十分惊讶。他觉得他太轻狂了。

他说你知道什么呢？告谁？你说告谁？

晓雷说谁扣留了你们的工资就告谁呗！你管他是谁呢！

陈村说你知道是谁吗？

晓雷说我怎么知道他是谁呢，反正工资是不能克扣的。谁扣了就可以告谁。人家电视台和报纸就是这样告诉我们的。

陈村说我们？你的那些我们都是谁？你们是谁？

晓雷奇怪地问，什么我们是谁？

陈村说是呀，你们是谁？

晓雷被父亲问住了。他不知道如何回答他的父亲。

陈村说，你们不就是出卖劳力给人家打工的吗？你们的目的就是赚钱，可我们呢？我们是谁？

你们是谁？晓雷朝父亲反问了一句。

陈村说，我们是国家干部，我们是给我们的政府干活。你们呢？你们那是给外国老板打工，知道吗？陈村不知道那个外国老板本来是中国人。晓雷没有告诉他，那张报纸也没有告诉他。记者的用意也许是对的，那样更能激起国民的极度的愤慨，更能宣扬晓雷作为英雄的民族气节。

晓雷说给政府干活又怎么样？给外国老板干活又怎么样？我没觉得有什么不同。

陈村猛然地骂出了一句，他说我白白养了你这么大！一个是自己的政府一个是外国的老板，你说怎么相同呢？相同在哪里？

晓雷也朝父亲板起了面孔，他说，那你说有什么不相同呢？

陈村说不同就是不同。你给外国的老板打工他要是克扣了你们的工资他那是对你们的剥削你们当然要告他，你们要是不告他，他就会不停地剥削你们。可我们呢？

晓雷说我知道，你们是国家干部对不对？可国家干部又怎么样？国家干部就可以像老黄牛一样挤的是牛奶吃的是草吗？问题是你连该吃的草都吃不到，你不觉得你们可怜吗？晓雷觉得他没有办法与父亲再争论下去，他觉得他父亲的脑子太老实太傻了。他狠狠地骂了一句他父亲是一个傻蛋。他说我没看见哪里还有像你们这样的傻蛋。然后站起身往外边的黑暗里走去。

那个晚上的陈村又因此整整心疼了一夜。第二天早上，上不到两节课，就又烂网似的收缩在教室的讲台一角。而当晓雷把他弄到担架上，要把他抬到医院去的时候，他却死活不去。

他说我没有钱。

晓雷想说你不是国家干部吗？上医院治病还用得着你自己掏钱？但晓雷没有说。晓雷从腰里掏出自己的钱来。他说我给你出钱好了吧，一千？两千？全都由我来出，好了吧？

但陈村还是坚决不去。

他一看到晓雷手上的那些钱就心里发怵，他说你哪儿来的这么多钱？

晓雷说你管我哪儿来的，能治好你的病就是好东西。

陈村说，你不把你那些钱的来历说清楚，我不会用你的钱。用了我心里也得不到安宁。因为本子上的那些数字，晓雷时常当着我的面，骂他的父亲是个傻蛋。我有些于心不忍，却又找不到更能说服晓雷的话，最后把真相告诉了他。我说你父亲他们的工资不是被人克扣的，而是城里的教育局搞了一个教育勤俭服务公司，因为缺乏投资的资金，就把老师们的部分工资先拿去当作投资了，说是到年底的时候再还给他们，还同时付给投资的分红。

晓雷听完却又大骂了一声傻蛋！

晓雷说这样的事我听过多了，几乎每天都可以听到。他说工资是肯定会还给他们的，但分红肯定得不到。

我说，说好了的事，不会有人想反悔就敢反悔的。我说他们不敢。

他说怎么不敢？是我我都敢！到时我就说没有赚到钱，你们能把我怎么样？而实际上，他们自己早就肥得流油了。

我说什么事情都不能想得那么黑暗，要相信世界上还是有着好人的。他说这年月你以为是哪年月？话说得最好听的人往往是最坏的人，你信不信？

我说我承认有坏人，但也不是那么绝对。

他说绝对当然不能绝对，但这年月坏人已经越来越多而不是越来越少，你不能随乱相信谁是好人。

我对这样的晓雷感到不可思议，觉得无法跟他对话。

几天后一个月色模糊的晚上，晓雷拿着两千块钱突然敲开了我的房门。

他说他想出去一些日子。我问他去哪里？他不肯马上告诉。他只连连地说了几次我想出去一下。

我问他你拿这钱是什么意思，是不是想让我转给你父亲？

晓雷点点头，他说如果他需要钱的时候，你就帮我给他，只是别说是我的就行了，好吗？他的眼光当时异常的纯净而感人。

我心里为此一热。我说好的，但他仍然站着不走。我知道他心里还有话要说，但不知道他想说的什么。我说还有什么事你就说吧，我不会随乱告诉你父亲和别的什么人的，你完全可以信任我。

沉默了半刻之后，他抬起了眼睛，静静地凝望着我。他说有个事我想跟你说说，你看行不行。我说你说吧。他说，我想到城里去摸摸底。我没听懂他的话。我说摸什么底呢？他说就是我父亲他们的工资问题。我说你是担心他们有蒙骗的行为？他很肯定地点了点头。他问我你说呢？我为他的提问埋头了下去。我不敢贸然地回答。而当我抬起头来的时候，他的眼光还一直十分期盼地望着我。我不由又迟疑了一下。我说这事怎么说呢？他说你怎么想就怎么说吧，我想听听你的看法。我觉得这事情有点过于尖锐，而且容易叫人为之胆寒。可他却一直那样地望着我，等着我的回答，那模样就像秋天里守候在地头上的小男孩。

我说这事最好是别管。

他的声音便突然地飞越而起，他说你怎么这样说呢？

我说，如果他们的行为真的带有某种蒙骗的性质，到时候总会有人去管理他们的，用不着我们去操这份心思。他问我，你说谁会去管呢？我说这我不知道，但我想总会有人去管的。他为此低头沉默不语。我说，再说了，如果他们是真的为着老师们的利益着想的呢？他说我不相信。他说那些人首先想到的一定是他们自己，绝对不会是别人。我说你也是凭空想象的，你有什么理由吗？他说我是凭空想象，但我相信我的直觉。我说直觉这东西有时不一定就对。可他说，在这个事上，他的直觉一定是对的。我说为什么？他说道理很简单，因为老师们是最善良的，也是最怕事的。他说你别看他们都嘴巴顶硬的，真要是吃了什么亏了，往往只是嘴巴上说了一通，随后就死了一样吞往肚里，接着便了了事了。我说反正这个事情不好弄。

我说你是真的要去了吗？

他说当然是真的。

我说那你有什么打算呢？

他没有告诉我。

也许，他本来是想告诉我的，而且想从我的嘴上得到一些鼓励性的东西，但是没有得到我的支持。

他说反正我有我的手段。我一定让他们这些傻蛋开开眼界，他说。

我知道他那说的是他的父亲他们。

第二天早上，他一声不吭地离开了家，往城里闯去。

一个星期后的晓雷，在城里请人用电脑打了一份致乡下全体教师的公开信，然后买了一大扎的信封，蹲在旅馆里一封一封地装进去，然后一封一封地寄给乡下各地的中小学校的负责人。晓雷以一个乡村小学教师儿子的身份，措辞激烈地告诉所有的老师叔叔伯伯阿姨，他说你们的工资都到哪里去了？他把教育局的一些头头们新建的房屋地址，详尽地描写在给他们的公开信上。他说你们只要前来看一看，你们就什么都清楚了。因为那些房屋全都是漂亮崭新的楼房，有的两三层，有的竟达四层五层。他给他们留了一个聚集在城里的时间，那是一个星期天的中午一点，他说到时他负责带着他们到实地去参观参观，看一看他们的血汗是不是流失在了那些高楼的红墙白砖之中，看一看那些高楼里，有没有他们的工资伤心出没的影子。

晓雷的年纪毕竟与成熟还有着一段的距离，他竟然将那样的信同样的寄给了他的父亲陈村。信封上的收信人当然不是他父亲的名字，他写的是学校的负责人收，可他父亲的那所学校就他父亲一人。也许，他曾事先想到应该回避他的父亲，后来却因激动便忘了所有的禁忌了。可以想象，他埋头抄写信封的时候，情绪是何等的激愤。

那封信到达村里的时候，却最先落在了我的手上。

那是一个阳光极好的中午，我从地里出来正走在回家的路上，迎面就碰着了送信下来的乡邮员。那是一个与我十分相熟的小伙子，因为每一个星期都有一封我儿子寄自瓦城的信。但那一天没有我的信。他递给我的只有陈村的那一封。他说你帮我把这信转给陈老师好吗？我说好的。他说那我就不到学校去了。其实那里距离学校已经没有多远。但他不愿多走。我说你放心吧。他笑了笑，说了一声辛苦你啦，转身就往回走了。

年轻的乡邮员在前边的大树后刚一消失，我就在阳光下把信拆开了。我并非事先想到信的内容。我只是猜测着那可能是晓雷寄给全县教师的什么信，因为那是一种普通的信封，任何来自官方的公函是绝对不会那样随意的，而且信封上没有任何具体的落款，只是潦潦草草地歪着内详两个小字。我想如果不是来自晓雷的信，陈村也不会怪我。因为那些日子里的陈村几乎都在我屋里吃饭。

看完信后我当即恐慌在了路上，一种说不出的胆寒周身流窜。我想这小子看来要惹事了！但我想不出我该怎么办。我把那信收藏了起来。我不敢交给陈村。我担心陈村的那颗心承受不了，担心他看不到一半，就又烂网似的收缩在地上。

晓雷写在信上的那一天当时是四天之后。那四天在我的脑子里异常漫长。

那四天里，我时常暗暗地看着陈村发呆。

等到第四天早上的时候，我却突然地受不了了。我的脑子乱哄哄的鸣响个不停。我想还是把信给他为好，否则，那晓雷真要出了什么事来，我无法对他解释。当时的时间是十点左右，陈村正要出门到山上弄回一些柴火。我说有封信你先看一下。他问什么信？我说看了你就知道。他便把信接了过去。我在旁边惊恐地望着他，我担心他会倒在地上。可是，看完信后的陈村竟然没有倒下。我只发现他的眼睛像在冒火。他闷闷地说了两句完了完了，这小子要完蛋了！然后丢下东西往门外飞奔。

陈村出门的时候，我仍愣愣地站在屋里，像置身于一场没有结束的噩梦中无法醒来，等到我随后追去的时候，陈村在前边的山路上早就没有了影子。我担心怒气冲冲的陈村没有走到搭车的大路口，就把身子收缩在路边的野草丛里。可那天的陈村却跑得飞快。我追到大路口时，他已经抢先上车去了。我迟疑了半刻，也搭上了一辆小面包，紧张地往城里追去。

下了车，我直直地奔往晓雷指定的地点。那是城里广场一角的大榕树下。那棵大榕树早已阅尽人间沧桑，少说也有好几百年的历史了，上了年纪的人，都能说出下边发生过的无数惊天动地的事情。

但后来的情景却不在大榕树下。

可怜的陈村，双膝单薄地跪在大街中央，死死地拦住了晓雷和他身后那群来自四下乡里的教师。

最初的跪下是什么样的情形，我不清楚。我在大街上急促地疾走着，前边的大街上突然被涌动的人群黑麻麻地堵住了。我心里捉摸可能是晓雷在前边出事了，就拼命地从街边钻了进去。当时的陈村，早已经结束了任何话语的表达，他只是瞪着两只血红的眼睛，伤心地凝视着眼前的人群和他的儿子。我的心里当时害怕得一塌糊涂，我朝着跪着的陈村就扑了上去。我想把陈村扶将起来，却怎么也扶他不动。我因此狠狠地瞪了晓雷一眼。晓雷没有说话，然后猛地转过了头去，愤愤地丢开身后的人群，朝大街的另一个方向独自走了，就像一头在丛林里穿越远去的黑熊。

跪在地上的陈村，就那么望着他的晓雷慢慢地走远，随后，他的筋骨里像是突然的被人抽掉了什么东西，整个身子猛然脆弱无比地颤抖了起来，就像废弃在荒地里的稻草人。扶着陈村在大街上站立之后，我们找了一个僻静的酒家坐了下来。除了我和陈村，酒店里没有任何吃饭的人。但陈村却什么也吃不下，他只浅浅地喝了几口清凉的柠檬茶，然后说，他想去看一看他的晓雨。我说应该去的。他说你能陪我一起去吗？我说可以，先吃一点东西吧。但他仍然什么也不吃，摆在面前的筷条动也不动，好像我点在桌面的那些菜，全是摆在坟墓前的一堆供品。他吃不下，我又如何能吃呢？人心都是肉长的。就那么默默地坐了大约半个小时，只好离开了那个冷落而凄清的酒家。

一家很有档次的美容店，店名是请了城里有名望的书法家写的，一笔一画都漂流着金黄金黄的光彩。

门是陈村推进去的。我跟着陈村的身后。但陈村没有开口问话。他的眼光只是长长地四下横飞着，找寻着他的晓雨。

美容店里却没有他晓雨的影子。

一个中年女人从里边漂亮地走了出来，她的靓丽确实让人吃惊，怎么看上去都知道她的年纪已经不小，但她的脸色却鲜嫩得像要滴水。她看了看陈村，然后把眼光停在我的脸上。她问你们找谁？陈村说我找晓雨。说完又添了一句陈晓雨。那女人立即呵了一声，眼光如水地流到了陈村的脸上。她说我忘了，你就是晓雨的父亲吧？陈村点了点头，他说是的我是她的父亲，她人呢？那女人说她没有告诉你吗？她已经不在这里了。陈村的脸面当即泛出了一层惊疑，他说她到哪里去了？那女人思忖了一下，然后回答说，她到别的地方去了。陈村说，是不是在你这里出了什么事了？那女人说那倒没有。陈村说那她为什么要到别的地方去呢？她说这个我就不太清楚了。她说，她是有她的想法吧。陈村问那你知道她去了哪里吗？那女人又思忖了一下，然后说这个我也不知道。陈村便示意着里边的那些女孩，他说她们知道吗？那些女孩的双手正在别人的头上或脸上各种各样地忙碌着。那女人便象征性地问了一声，谁知道晓雨去了哪个店吗？他的父亲来找她。女孩们都相继地摇着头，说她们不知道。陈村便长长地叹了一口气，然后低声地呢喃着这孩子这孩子，到哪里去了呢？看着陈村的那副样子，我觉得不好在里边多待，就低声地对他说，那我们出去吧。陈村木然地转过身子，就悻悻地走了出来。

刚跨出门外，里边的那个女人就又追了出来。她说你们先等一等。随后，一个女孩从里边抱出一个大包。那女人对陈村说，这是你晓雨的东西，你给拿走吧。

那是用席子包着的一床棉被。陈村后来告诉我，那就是他的晓雷离开师范时丢下的那床东西，他从师范扛出来后就把它给了晓雨，可他没有想到，他的晓雨也把它丢下了。

当时的陈村，心酸和气愤全都达到了极端。他看着那床东西迟疑了一下，没有上前接住。他对那女人说，我要她留下的这床东西干什么？他说我不要。

那女人说你不要我也不要呀，我要来干什么呢？

陈村说那你就给她丢了算了。

那女人说，要丢也你拿去丢吧，我要是丢了，她有一天突然来找我，我怎么给她回答？不知道的还会说我欺负了小工。

那是一个异常精明的女人，而现实对于陈村自然也是一个难处，我只好上去替他接住。我问陈村你到底还要不要？不要我就丢进垃圾桶里算了。捧着那一床沉甸甸的棉席，我有一种捧着晓雨的感觉，我的心里也是无比的愤慨。

陈村却望也没有多望，他说丢吧丢吧！你帮我丢了吧。然后伤心地走了。

从城里回到家中，陈村突然之间变得无脸见人。他的头上，仿佛什么沉重的东西死死地压迫着，走路的时候总是抬不起头来，眼见就要碰着前边的人时，才呵呵呵地亮出几声莫名其妙的歉意，抬起的半张脸转眼就又埋没了下去。直到有一天，他又突然烂网似的收缩在了教室的一角，我才突然想起，在城里的那一天，应该到医院给他买些药物。第二天正碰着个好天气，我就进城给他买药去了。

医生问我是什么样的心病。我说我说不清楚。我说，反正一旦受到什么打击，他的心只要想不过去他就会随即感到心疼，就会像一张烂鱼网似的收缩在地上，跟着就要随地死去的样子。我极力把他的病情说得重一点，我担心没有替他拿到好药。医生说这样的病需要检查，你应该叫他自己来。我说，我是因为他自己来不了我才替他来的。医生说没有看到病人，我知道怎么给你开药呢？我说你就给他开一些吃进去马上止痛的药吧。医生见我磨着不走，就说那就开一些西药吧。我说西药容易止痛吗？医生点了点头。他说好吧，那我给你开一些吧。我说要开就多开一些，到城里一次不容易。医生说那你看开多少钱合适呢？我说只要是治心痛的药你都开一些吧，这样吃不好再换一样吃。医生说那要花不少钱的。我说六七百七八百够不够？医生就很奇怪地望了我一眼。那医生的心思当时十分好懂，既然有钱就给你多开一些吧。他说那就给你开八百块左右吧。说完低下头去，乱七八糟地写了好几张药单。取药的时候，拣药的姑娘也禁不住瞪大了双眼，她说你是开药店的吗？

我没有回答她的话。

看着一大堆的药物，我心里却是十分地清楚，我知道陈村最最需要的，其实并不是那堆东西。这些东西除了给他暂时性的止疼，不会带来任何根本性的希望。

也就是那天，我替陈村又跑了一趟那家美容店。一个二十出头模样的女孩，看着我把晓雨的父亲说得十分可怜，就好心地把我带到门外的一棵大树下。她告诉我，说是晓雨早已经给别人当包身女去了。

晓雨所当的包身女，不同于那种蝙蝠一般出没在娱乐场所里的色情女郎，她是一次性投进了一个男人的怀中。那男人是一个外来的老板。他给她在湖心别墅里租了一套商品房住着。出门的时候就把她带上，不出门时就让她留在屋里，然后时不时地往她的床头拨回一个电话。听那女孩叙述的时候，我的脑子里当即闪过一种花花狗，狗的脖子上紧紧地系着一串不时发出响声的铃铛。那女孩说，其实那样的日子比在美容店里好不了多少，但晓雨情愿那样。人的所有的问题都在于情愿二字。

我谢过那位姑娘，叫了一辆三轮，就独自摸到湖心别墅去了。

那里并不是什么湖，而是一个很大的水库，在城郊一个不到四里路的地方。那水库是毛主席活着的时候号召修的，当年的老百姓们整天高举着红旗，学着愚公的精神，为毛主席的号召日夜奋战，他们为的是子孙后代不为水的问题而诅咒他们无能。但他们没有想到，他们给后人解决的不仅仅是水的问题，同时也给了后来的人开发一些新的生活提供了许多的方便。水库里浮着几个永远不被淹没的山坡，山坡上，被聪明的人建造了好几个大小不等的酒家、旅馆和别墅。但谁都知道，那样的地方没有钱的人是进不去的，只有有钱的人才能在那样的地方，玩出一些别人做梦都玩不出的故事。

可我没有找到晓雨。

一位牵着小狗正在溜达的姑娘，也许是心里正郁闷着没有人跟她说话，远远地就把我拦在了别墅前边的卵石道上。她问我你是在找人吗？我说找一个叫作晓雨的姑娘，知道她住在哪儿吗？她便轻轻地呵了一声，然后告诉我两三天前晓雨已经退掉了房子。那是一个长得比晓雨还要漂亮一些的女孩。无须猜测，也是被人养在那里的。我说这不是好好的吗，又清静又有风景，而且空气这么新鲜，还有哪里比这里更好的呢。她说好是一回事，晓雨退掉房子是另一回事。我问她是因为什么呢？那姑娘说，她被她哥哥发现了，他哥哥追到了这里来，所以她只好悄悄地走了，到别的地方去了。我说既然情愿做了这种事情还怕什么呢？那女孩的眼光就十分奇怪起来。她说瞧你说得轻巧，谁活在世上不是要脸的呢？她说不管做什么，只要还是人，就都是要脸的。最后，她还说了我一句，她说这种事你不会懂的。她说我不懂，于是就悻悻地往前遛她的小狗去了，一副后悔跟我说话的样子。

回来后，我没有告诉陈村。

我不敢告诉陈村。

买回的药就堆在床头的桌面上，可陈村吃不到多少，遭遇就又随风来到了头上。

那是一个飘着细雨的星期天，我正在地里忙着活路，陈村抱着一大堆作业本和课本，突然朝我踉踉跄跄地奔来。我猜不出他那是因为什么，他还远远的没有走近，我就朝他走出了地里。他没有马上对我说话。他把身上的塑料布拿下来，包着捧来的一大堆作业和课本放在我的地头上。

我说出了什么事啦？

他说晓雷这孩子，出事了。

那些日子里，我已经很久没有听到他把晓雷称之为这孩子了，他每次说起他的时候，总是把他骂作那小子或者这小子。

我说出了什么事啦？

他说，这孩子跑到一家煤场打工，在煤井下让瓦斯给烧了。

陈村的身后跟着一个煤场的来人。那人说，昨天吃过晚饭，他和晓雷两人要到一个小窑井下弄一个小水泵上来，井是晓雷先下的，他还在上边撒尿，晓雷就在下边出事了。他说，他没有想到晓雷的身上竟然带着火机和香烟。陈村的嘴里便不停地嘟哝着他的晓雷，他说这孩子就是不听话，说是晓雷从广东打工回来的那些日子里，晚上也是时常躺在床上烧烟。他曾担心地劝过他，要烧你到外边烧，你别在床上烧，要是烧了蚊帐，烧了房子你怎么办？可你知道他是怎么说的？他对我说，烧了就烧了，你喊什么喊！这孩子这孩子，他就是这样！

话是这么说，陈村的脸上却是忧伤遍地，泪水一片模糊。

我说那我跟你一起去吧。

他说你就别去了，你在家里代我上一两天课吧，好吗？

我给他点点头，从头上摘下帽来，戴到他的头上。他却不要。他就那么光着头，跟着那个煤场的来人走了。躺在医院的晓雷却断断续续地告诉他的父亲，说他是被人谋害的。他说，他并没有带着火机和香烟。陈村说那瓦斯怎么会爆炸呢？晓雷说瓦斯爆炸是因为火机的事，但他身上的火机和香烟不是他的。父亲说你身上的火机不是你的是谁的呢？晓雷说，我说的你不明白吗？我是被人谋害的。陈村说你别乱说话，谁会害你？害你干什么呢？晓雷告诉他的父亲，说是那个煤场的老板是教育局局长的一个远房外孙，那是一个外乡人，他的那个煤场，用的就是教育勤俭服务公司的名义。晓雷说，你们的工资最初就是跑到那里去的。

那是一个很大的煤场，在城外二三十里远的一个野坡上。陈村为着晓雷留下的一些东西，第二天往那里去了一趟。临走的时候晓雷告诉他，说是他的火机和香烟就放在枕头下边的干草里。另外，他还在下边藏着一个小本子，里边记着许多有关煤场和局长们的事情，他让父亲一定好好地寻找。他说，等你拿到了你就什么都明白了。

晓雷的床铺下垫着厚厚的一堆干草，可是陈村几乎翻遍了每一根干草，却丝毫不见任何晓雷说过的东西。

直到他守候着晓雷的第三个晚上，才突然收到了一包东西。

那是值班的护士转给他的。护士说，是一个中年人送来的，说是煤场来的一位民工。而当陈村追出去的时候，那人早已经没有了影子。

当时的时间已是深夜临近两点。

那一包东西里，藏着有一张字条、一个火机、一包烧了一半的红塔山香烟，还有，就是一个写字本。写字本上的字迹告诉陈村，那就是他晓雷的本子。

但那字条却是别人写的。

字条上的字歪歪扭扭地告诉陈村，说那些东西是他在晓雷刚被抬上煤井的时候，抢先在枕头下拿到手，然后收藏起来的，因为晓雷的每一次下井，他都发现他把身上的火机和香烟收在枕头的下边。他想晓雷的被烧肯定不是他自己的事情。

陈村的眼睛，在那一个后半夜里被愤怒烧得血红！

晓雷死于第四天临近黄昏的时分，煤老板请了医院的车子，要把晓雷拉去火葬场火化，可陈村死活不给。他坐在太平房一旁的石头上，给教育局长写了一张十分简单的字条。他希望局长能到他儿子躺着的太平房来一下，他有话要对他说。他想那个煤场老板之所以有着那么大的胆子逞凶作恶，全都是因为他这么一个局长在后边傍着。他在太平房的旁边，找好了一块尖利的石头，放在他晓雷的身边，他想等到局长来到他晓雷身边的时候，就猛地砸死他。

那张字条，是求了一个年老的女护士给他送去的。

但谁也不会想到，没有等到局长的到来，陈村却把那一个本子给烧掉了，原因是他突然地想起了一件有关一千多块钱的事情。

那是他妻子要出院的那一天。他妻子的住院，一共花了三千多元，可他把屋里能卖的都卖了，还不到两千。他没有办法，只好去找局长，请局长让局里帮点钱算是照顾照顾。可局长告诉他，你缺钱我们可以想办法帮你，但局里不能出这个钱，也没有这个先例，要是给了你陈村，以后别的人也有了这样的困难，局里就不好做事了。局长说完就从自己的钱包里掏出了所有的钱来。局长的钱包里当时只有八百多，而陈村的妻子欠下的医疗费则是一千六百三十八块八毛。陈村说，医疗费医院一分也不让少。局长便带着他一个办公室一个办公室地走，让办公楼里的干部们，能帮多少就帮多少，有的给一百，有的给两百，有的只有不到十块，也整整齐齐地塞到陈村的手上。陈村便一个一个地给他们不停地叩头道谢，满眼的泪水不停地跌落着，从这个办公室的门口一直滴到另一个办公室的角落。

我对陈村说这可是两码事。

陈村说，事是两码事，可是人的心却就那么一颗。

我说你儿子都被别人害死了，你怎么还有那么多的良心留着干什么呢？我说你想告他们谋害了你的晓雷，你不留下那一个本子你怎么告他们呢？陈村说谋害晓雷肯定是煤场老板，留着那一个本子也告不倒他局长的。大不了因为那煤场老板是他的外孙，而把他的局长给撤了，那又怎么样呢？他原来就是在别的地方犯了错误才调到教育局来的。

陈村他们的局长确也不是平庸之辈，他也许早就看透了陈村的这一点，依照平常的想象，看了那一张字条之后，他是不会来的，可他偏偏来了，而且就他一个人。他在太平房里看了一眼死去的晓雷后，便回头问了一声陈村，你不是说有事要跟我说吗？陈村苦着脸指着刚刚烧在地上的那个本子，对局长说，那是我晓雷在煤场上记下的，我已经把它给烧了。

局长眨了眨眼，当即就明白了陈村的意思，但他仍然蹲了下去，捡起地上的一根树枝，十分认真地翻看了一遍那个已经烧成了一团黑灰的本子。

陈村最后对他说，还有一个事我想让你给帮个忙。

局长说，说吧，什么事？

陈村说，我晓雷告诉我，说是他的妹妹晓雨跟了一个不知哪个外地来的老板，租了房子住在湖心别墅里，那地方不是我能随便去的地方，我也不想去，可我想，你一定是时常去的，你就当是我求你帮的，你抽个时间帮我去问问，看看她那跟的是个什么样的人，帮我劝她回家去，你就说她的哥哥已经不在人世了，家里如今就剩了我和她俩人，希望她回到家里，你就说我不能没有她。

局长点头答应了他。他说你还有什么需要我帮忙的吗？

陈村说没有了。

局长说，车子他们帮你联系好了没有？

陈村知道局长说的什么，他回答说联系好了。他说天黑后车子就过来。

局长说了一声那你多保重身体。说完就转身回家去了。陈村根本没有叫过车子。他也不想把自己的晓雷送去火化。局长走后，他独自蹲在晓雷的身边，再次无声地痛哭了一场。天黑之后，就背起了他的晓雷，跟跟跄跄地走回了往山里的路上。

死人是比什么东西都要沉重的，何况那是他自己的儿子！

那夜的月亮却是十分明亮，但夜里的路，却是十分遥远。陈村就那么背着，或者说是拖着，一步一步地走着。

走累了，他放下他的晓雷，自己坐在路边歇歇，但他总是让他的晓雷把头冰凉地枕在他的膝盖里，好像他的晓雷也仅仅是累了然后枕着父亲的身子歇下。那个晚上，他说不清在路上歇了多少次。他离开太平房的时候，月亮就圆圆地升了起来了。在陈村的脑子里，那月亮是一直跟着他的。每次坐下来的时候，他总是眼光蒙蒙地望着天空，那月亮就总是静静停在他的头上，像是在等着他，好像它知道天亮前他是回不到村上的，它得慢慢地陪着他走。

然而，没有等到陈村把晓雷拖回到村上，两个不知冒自何处的歹徒，就在半路上把他给劫了。那是从前边的路上走来的两个黑影，当时的陈村正靠着路边的一块石头歇着，正点燃着一支他的晓雷没有烧完的那一包香烟。那是一包红塔山的香烟。也许那两个黑影一下就闻着了烟的味道非同寻常，他们在几步外的地方停了下来。

在明朗的月光下，歹徒的眼里当然不是一个人。所以他们呵道你们是干什么的？

但陈村没有回答他们的话。他的心当时已经完全麻木了，他望了他们一眼，依旧不停地烧着他的香烟。那样的香烟他从来没有烧过，就连摸都没有摸过。他只知道那样香烟在乡下是卖十四块钱一包的。

歹徒在他的面前早已摆出了架势。他们的手里都分别拿着铲子。陈村想，他们也许是要去哪里盗墓的，或者是从哪里盗墓已经回来。或者，是从哪里干活回家去的山民？他们接着问他身上有没有钱？有钱就快点拿出来，要不就对你们不客气了！陈村的身上当时有钱，但他没有想到要交给他们。他只是麻木地望着他们一味地烧着他的香烟。那两个歹徒便不再说话了，挥着铲子就朝他扑了上来。陈村的头部被飞来的铲子像是搰着了一下，当即就昏了过去了。

等他醒来的时候，月亮竟然还在头上，他的脸上流着血，他的晓雷被推翻到了一旁的地上。陈村努力把他的儿子从地上扶起来，但却如何也背不动了。刚要站起的身子，晃了晃就又无情地倒了下去。

最后，他只好把晓雷埋在了石头后边的一个窝坑里。那两个歹徒把他身上的钱全部掳走了，他们只给他丢下了那两把铁铲。陈村说，那两个歹徒肯定是文盲，不是文盲是不会将那铁铲丢下的。

陈村依靠着一把歹徒的铁铲，一步一撑地回到了山里，他每每经过一个村头，都把看到的人吓得大惊失色。他们的目光全都惊讶无比地落在他的头发上。在他们的记忆里，他们的陈老师，头发可是黑的，但他们看到的却是白花花的一丛！他们都纷纷走到路上来，都像是在怀疑那不是他们的老师陈村，但谁都没有作声，谁都没有挡住陈村的路。当陈村走到面前的时候，他们又悄悄站到了一旁，一动不动地看着陈村摇晃着那一头白花花的头发，从他们的眼里一步一步地往前走去。陈村不知道他们的眼睛盯着的是他的头发。他想人们那是在同情他，可怜他。因为他没有办法站直身子，他每往前迈出一步，都得依靠铁铲的帮忙。

当时的时间已是下午，吃过午饭的学生正走在回学校的路上。一个很容易流泪的女学生禁不住哇哇地叫喊了起来。

她说陈老师，你的头发怎么全白了呢？

陈村这才猛然站住了。他惊奇地看着那位女同学。他说你说什么？

那女学生又重复了一句说是你的头发。

陈村问你说我的头发怎么啦？

她说你的头发全白了。

陈村赶忙丢掉了手中的铁铲。他双手深深地插进了头发的深处，他只是轻轻地一抓，那指缝间的头发就像长在沙地里的野草，毫无疼痛地离开了他的脑壳。被他抓下来的头发，他说不清有多少根，但很少有几根保留着原有的黑色。

陈村的眼睛不肯相信。

陈村的心也不肯相信。

那头发是在哪一天的夜里突然变白的，还是一夜一夜慢慢地变白的？陈村一点也说不上来。他只知道，前前后后仅仅五个晚上！

就在那天晚上，陈村说他的心已经完全干枯了，干枯得就像一片被太阳烘干了的树叶。

后来的每一个晚上，陈村都被同情的人们围得喘不过气来。所有的人都用自己的声音反复地给他壮胆，都苦苦地求着他一定要给晓雷告状，这样的状不告，就永远也对不起冤死而去的儿子。

本来，我也是有些看透了陈村的，我觉得让他去给他的晓雷告状，无异于叫他双手捧着他的心，就像捧着一片树叶去接受火炉的烧烤。陈村有生以来就不是那样的人。陈村经不起那种折磨。但最后，我还是不得不劝动了他，我说有这么多的村人帮你说话，你就去吧。有一位都快走不动路的大爷，从家里牵来了一头大水牛，说是拿去卖了，然后用钱陪着陈村一同前去。我把晓雷给他留下的两千块钱拿出来。还另外给他添了三千，我说你还是去吧，不去你的心将会永远无法安宁。

陈村迟疑了几天几夜之后，最终在一个满天飘扬着细雨的早上迈出了家门。那一天是一个星期天，四下村里的孩子们，全都拉着他们的家长，一大清早就纷纷地跑到了陈村的家门口，拥护着陈村一步一步走出村头。人们想把他一直送到搭车的那个大路口，但陈村坚决不让。刚刚走出村头，陈村就把人们给拦住了。

他说你们别送了，别送了好吗？

陈村的眼神就像那迷茫而凄楚的天空。

人们只好战战兢兢地停下了脚步。

就连我，他也不让送。

他闪着那双迷迷蒙蒙的泪眼对我说，孩子们上课的事就让你辛苦了。

我没有说话，我只是替他拉了拉披在身上的塑料布。

他转过身就慢慢地往前走去。

村头上那是一个高高突出的土台，人们拥挤在那个高高的土台上，目光聚集成一片，随着陈村的身影，慢慢地往前移，呈现出一种少有的庄严和凄楚。

走去的陈村没有多远就迎面碰上了几个人。

那是一条干涸了的河床上边。

迎面走来的人里，有几个是穿着绿衣绿帽的警察。他们与陈村对面地站在河床上，不走了。

村头的人想不出是怎么回事，声音乱七八糟地猜测着。可是，没有等到猜出结果，陈村在人们的眼里突然晃了晃，像一根枯朽的树桩倒在了脚下的河床上。

村头的人哗的一声轰动，牛群似的朝着陈村跑去。

那几个警察是前来抓晓雷的。说的就是他在广东打工的时候，打死了那名姓杨的采石场的老板。

倒身在河床上的陈村就那样再也起不来了！

那是一条曾经在岁月里流水汹涌的河，可是这几年，河里的水渐小渐小，最后竟没有了。警察们都觉得很是奇怪，都以为陈村是脚下没有站好而滑倒的。因为河床上的卵石，早被细碎的雨水淋得湿滋滋的。

没有语言的生活

东 西

王老炳和他的聋儿子王家宽在坡地上除草，玉米已高过人头，他们弯腰除草的时候谁也看不见谁。只有在王老炳停下来吸烟的瞬间，他才能听到王家宽刮草的声音。王家宽在玉米林里刮草的声音响亮而且富于节奏，王老炳以此判断出儿子很勤劳。

那些生机勃勃的杂草，被王老炳锋利的刮子斩首，老鼠和虫子蹿出它们的巢四处流浪。王老炳看见一团黑色的东西向他头部扑来，当他意识到撞了蜂巢的时候，他的头部、脸蛋以及颈部全被马蜂包围。他在疼痛中倒下，叫喊，在玉米地里滚动。大约滚了二十多米，他看见蜂团仍然盘旋在他的头顶，蜂团像一朵阴云紧追不舍。王老炳开始呼喊王家宽的名字。但是王老炳的儿子王家宽是个聋子，王家宽这个名字对于王家宽形同虚设。

王老炳抓起地上的泥土与蜂群做最后的抵抗，当泥土撒向天空时，蜂群散开了，当泥土落下来的时候，马蜂也落下来。它们落在王老炳的眼睛、鼻子和嘴巴上。王老炳感到眼睛快要被蜇瞎了。王老炳喊家宽，快来救我。家宽妈，我快完啦。

王老炳的叫喊像水上的波澜归于平静之后，王家宽刮草的声音显得愈来愈响亮。刮了好长一段时间，王家宽感到有点口渴，便丢下刮子朝他父亲王老炳那边走去。王家宽看见一大片肥壮的玉米被压断了，父亲王老炳仰天躺在被压断的玉米秆上，头部肿得像一个南瓜，瓜的表面光亮如镜照得见天上的太阳。

王家宽抱起王老炳的头，然后朝对面的山上喊狗子、山羊、老黑——快来救命啊。喊声在两山之间盘旋，久久不肯离去。有人听到王家宽尖厉的叫喊，以为他是在喊他身边的动物，所以并不理会。当王家宽的喊声和哭声一同响起来时，老黑感到事情不妙。老黑对着王家宽的玉米地喊道：家宽——出什么事了？老黑连连喊了三声，没有听到对方的回音，便继续他的劳动。老黑突然意识到家宽是个聋子，于是老黑静静地立在地里，听王家宽那边的动静。老黑听到王家宽的哭声掺和在风声里，我爹他快死了，我爹捅了马蜂窝快被蜇死了。

王家宽和老黑把王老炳背回家里，请中医刘顺昌为王老炳治疗。刘顺昌指使王家宽脱掉王老炳的衣裤，王老炳像一头煺了毛的肥猪躺在床上，许多人站在床边围观刘顺昌治疗。刘顺昌把药水涂在王老炳的头部、颈部、手臂、胸口、肚脐、大腿等处，人们的目光跟随刘顺昌的手游动。王家宽发现众人的目光落在他爹的大腿上，他们交头接耳像是说他爹的什么隐私。王家宽突然感到不适，觉得躺在床上的不是他爹而是他自己。王家宽从床头拉出一条毛巾，搭在他爹的大腿上。

刘顺昌被王家宽的这个动作蜇了一下，他把手停在病人的身上，对着围观的人们大笑。他说家宽是个聪明的孩子，他虽然是个聋子，但他已猜到我们在说他爹，他从你们的眼睛里脸蛋上猜出了你们说话的内容。

刘顺昌递给王家宽一把钳子，暗示他把王老炳的嘴巴撬开。王家宽用一根布条，在钳口处缠了几圈，然后才把钳口小心翼翼地伸进他爹的嘴巴，撬开他爹紧闭的牙关。刘顺昌一边灌药一边说家宽是个细心人，我没想到在钳口上缠布条，他却想到了，他是怕他爹痛呢。如果他不是个聋子，我真愿意收他做我的徒弟。

药汤灌毕，王家宽从他爹嘴里抽出钳子，大声叫了刘顺昌一声师傅。刘顺昌被叫声惊住，片刻之后才回过神来。刘顺昌说家宽你的耳朵不聋了，刚才我说的你都听见了，你是真聋还是假聋？王家宽对刘顺昌的质问未做任何反应，依然一副聋子模样。尽管如此，围观者的身上还是起了一层鸡皮疙瘩，他们感到害怕，害怕刚才他们的嘲笑已被王家宽听到了。

十天之后，王老炳的身体才基本康复，但是他的眼睛什么也看不见了，他成了一个货真价实的瞎子。不知情的人问他，好端端的一双眼睛，怎么就瞎了？他总是不厌其烦地回答：是马蜂蜇瞎的。由于他不是天生的瞎子，他的听觉器官和嗅觉器官并不特别发达，他的行动受到了局限，没有儿子王家宽，他几乎寸步难行。

老黑养的鸡东一只西一只地死掉。起先老黑还有工夫把死掉的鸡捡回来拔毛，弄得鸡毛满天飞。但是一连吃了三天死鸡肉之后，老黑开始感到腻味。老黑把那些死鸡埋在地里，丢在坡地。王家宽看见老黑提着一只死鸡往草地走，王家宽知道鸡瘟从老黑家开始蔓延了。王家宽拦住老黑，说你真缺德，鸡瘟来了为什么不告诉大家。老黑嘴皮动了动，像是辩解。王家宽什么也没听到。

第二天，王家宽整理好担子，准备把家里的鸡挑到街上去卖。临行前王老炳拉住王家宽，说家宽，卖了鸡后给老子买一块肥皂回来。王家宽知道爹想买东西，但是不知道爹要买什么东西。王家宽说爹，你要买什么？王老炳用手在胸前画出一个方框。王家宽说那是要买香烟吗？王老炳摇头。王家宽说那是要买一把菜刀？王老炳仍然摇头。王老炳用手在头上、耳朵、脸上、衣服上搓来搓去，做进一步的提醒。王家宽愣了片刻，终于啊了一声。王家宽说爹，我知道了，你是要我给你买一条毛巾。王老炳拼命地摇头，大声说不是毛巾，是肥皂。

王家宽像是完全彻底地领会了他爹的意图，掉转身走了，空留下王老炳徒劳无益的叫喊。

王老炳摸出家门，坐在太阳光里，他嗅到太阳炙烤下衣服冒出的汗臭，青草和牛屎的气味弥漫在他的周围。他的身上出了一层细汗，皮肤似乎快被太阳烧熟了。他知道这是一个伸手就可以触摸到阳光的日子，这个日子特别漫长。赶街归来的喧闹声，从王老炳的耳边飘过，他想从那些声音里辨出王家宽的声音。但是他一次又一次地失望，他听到了一个孩童在大路上唱的一首歌谣，孩童边唱边跑，那声音很快就干干净净地消逝了。

热力渐渐从王老炳的身上减退，他知道这一天已接近尾声。他听到收音机里的声音向他走来，收音机的声音淹没了王家宽的脚步声。王老炳不知道王家宽已回到家门口。

王家宽把一条毛巾和一百元钱塞到王老炳手中。王家宽说爹，这是你要买的毛巾，这是剩下的一百元钱，你收好。王老炳说你还买了些什么？王家宽从脖子上取下收音机，凑到王老炳的耳边，说爹，我还买了一个小收音机给你解闷。王老炳说你又听不见，买收音机干什么？

收音机在王老炳手中咿咿呀呀地唱，王老炳感到一阵悲凉。他的手里捏着毛巾、钞票和收音机，唯独没有他想买的肥皂。他想肥皂不是非买不可的，但是家宽怎么就把肥皂理解成毛巾了呢？家宽不领会我的意图，这日子怎么过下去。如果家宽妈还活着，事情就好办了。

几天之后，王家宽把收音机据为己有。他把收音机吊在脖子上，音量调到最大，然后走家串户。王家宽走到哪里，哪里的狗就对着他狂叫不息。即便是很深很深的夜晚，有人从梦中醒来，也能听到收音机里不知疲劳的声音。伴随着收音机号叫的，是王老炳的责骂。王老炳说你这个聋子，连半个字都听不清楚，为什么把收音机开得那么响，你这不是白费电池白费你老子的钱吗？

吃罢晚饭，王家宽最爱去谢西烛家看他们打麻将。谢西烛看见王家宽把收音机紧紧抱在胸前，像抱一个宝贝，双手不停地在收音机的壳套上摩挲。谢西烛指了指收音机，对王家宽说，你听得到里面的声音吗？王家宽说我听不到但我摸得到声音。谢西烛说这就奇怪了，你听不到里面的声音，为什么又能听到刚才我的声音？王家宽没有回答，只是嘿嘿地笑，笑过数声后，他说他们总是问我，听不听得到收音机里在说什么？嘿嘿。

慢慢地王家宽成了一些人的中心，他们跨进谢西烛家的大门，围坐在王家宽的周围。一次收音机里正在说相声，王家宽看见人们前仰后合地咧嘴大笑，也跟着笑。谢西烛说你笑什么？王家宽摇头。谢西烛把嘴巴靠近王家宽的耳朵，炸雷似的喊：你笑什么？王家宽像被什么击昏了头，木然地望着谢西烛。好久了王家宽才说，他们笑，我也笑。谢西烛说我要是你，才不在这里呆坐，在这里呆坐不如去这个。谢西烛用右手的食指和左手的拇指与食指，做了一个淫秽的动作。

谢西烛看见王家宽脸上红了一下，谢西烛想他也知道羞耻。王家宽悻悻地站起来，朝大门外的黑夜走去，从此他再也不踏进谢家的大门。

王家宽从谢家走出来时，心头像爬着个虫子不是滋味。他闷头闷脑在路上走了十几步，突然碰到了一个人。那个人身上带着浓香，只轻轻一碰就像一捆稻草倒在了地上。王家宽伸手去拉，拉起来的竟然是朱大爷的女儿朱灵。王家宽想绕过朱灵往前走，但是路被朱灵挡住了。

王家宽把手搭在朱灵的膀子上，朱灵没有反感。王家宽的手慢慢上移，他终于触摸到了朱灵温暖细嫩的脖子。王家宽说朱灵，你的脖子像一块绸布。说完，王家宽在朱灵的脖子上啃了一口。朱灵听到王家宽的嘴巴啧啧响个不停，像是吃上了什么可口的食物，余香还残留在嘴里。朱灵想我从来没有听到过这么贪婪动听的咂嘴声。她被这种声音迷惑，整个身躯似乎已飘离地面，她快要倒下去了。王家宽把她搂住，王家宽的脸碰到了她嘴里呼出的热气。

他们像两个落水的人，现在攀肩搭背朝夜的深处走去。黑夜显得公正平等，声音成为多余。朱灵伸手去关收音机，王家宽又把它打开。朱灵觉得收音机对于王家宽，仅仅是一个四四方方的匣子，吊在他的脖子上，他能感受到重量并不能感受到声音。朱灵再次把收音机夺过来，贴到耳边，然后把声音慢慢地推远，整个世界突然变得沉静安宁。王家宽显得很高兴，他用手不停地扭动朱灵胸前的扣子，说你开我的收音机，我开你的收音机。

村里的灯一盏一盏地熄灭，王家宽和朱灵在草堆里迷迷糊糊地睡去。朱灵像做了一场梦，在这个夜晚之前，她一直被父母严加看管。母亲安排她做那些做也做不完的针线活。母亲还努力营造一种温暖的气氛，比如说炒一盘热气腾腾的瓜子，放在灯下慢慢地剥，然后把瓜子丢进朱灵的嘴里。母亲还马不停蹄地说男人怎么怎么的坏，大了的姑娘到外面去野如何如何的不好。

朱灵在朱大爷的呼唤声中醒来。朱灵醒来时发觉有一双男人的手摁在自己的胸前，便朝男人的脸上狠狠地扇了一巴掌。王家宽松开双手，感到脸上一阵阵辣。王家宽看见朱灵独自走了，王家宽说你这个没良心的。朱灵从骂声里觉出一丝痛快，她想今夜我造反了，我不仅造了父母的反，也造了王家宽的反，我这巴掌算是把王家宽占的便宜赚回来了。

次日清晨，王家宽还没起床便被朱大爷从床上拉起来。王家宽看见朱大爷唾沫横飞捋袖握拳，似乎是要大打出手才解心中之恨。在看到这一切的同时，王家宽还看到了朱灵。朱灵双手垂落胸前，肩膀一抽一抽地哭。她的头发像一团零乱的鸡窝，上面还沾着一丝茅草。

朱大爷说家宽，昨夜朱灵是不是和你在一起。如果是的，我就把她嫁给你做老婆算了。她既然喜欢你，喜欢一个聋子，我就不为她瞎操心了。朱灵抬起头，用一双哭红的眼睛望着王家宽，朱灵说你说，你要说实话。

王家宽以为朱大爷问他昨夜是不是睡了朱灵？他被这个问题吓怕了，两条腿像站在雪地里微微地颤抖起来。王家宽拼命地摇头，说没有没有……

朱灵垂立的右手像一根树干突然举过头顶，然后重重地落在王家宽的左脸上。朱灵听到鞭炮炸响的声音，她的手掌被震麻了。她看见王家宽身子一歪，几乎跌倒下去。王家宽捂住火辣的左脸，感到朱灵的这一掌比昨夜的那一掌重了十倍，看来我真的把朱灵得罪了，大祸就要临头了。但是我在哪里得罪了朱灵？我为什么平白无故地遭打？

朱灵捂着脸返身跑开，她的头发从头顶散落下来。王家宽进屋找他爹王老炳，他说她为什么打我？王家宽话音未落，又被王老炳扇了一记耳光。王老炳说谁叫你是聋子？谁叫你不会回答？好端端一个媳妇，你却没有福分享受。

王家宽开始哭，哭过一阵之后，他找出一把尖刀，跑出家门。他想杀人，但他跑过的地方没有任何人阻拦他。他就这样朝着村外跑去，鸡狗从他脚边逃命，树枝被他砍断。他想干脆自己把自己干掉算了，免得硌痛别人的手。想想家里还有个瞎子爹，他的脚步放慢下来。

凡是夜晚，王家宽闭门不出。他按王老炳的旨意，在灯下破篾准备为他爹编一床席子。王老炳认为男人编篾货就像女人织毛线或者纳鞋底，只要他们手上有活，他们就不会出去惹是生非。

破了三晚的篾条，又编了三天，王家宽手下的席子开始有了席子的模样。王老炳在席子上摸了一把，很失望地摇头。王家宽看见爹不停地摇手，爹好像是不要我编席子，而是要我编一个背篓，并且要我马上把席子拆掉。王家宽说我马上拆。爹的手立即安静下来，王家宽想我猜对爹的意思了。

就在王家宽专心拆席子的这个晚上，王老炳听到楼上有人走动。王老炳想是不是家宽在楼上翻东西。王老炳叫了一声家宽，是你在楼上吗？王老炳没有听到回音。楼上的翻动声愈来愈响，王老炳想这不像家宽弄出来的声音，何况堂屋里还有人在抽动篾条，家宽只顾拆席子，他还不知道楼上有人。

王老炳从床上爬起来，估摸着朝堂屋走去。他先是被尿桶绊倒，那些陈年老尿洒满一地，他的裤子湿了，衣服湿了，屋子里飘荡着腐臭的气味。他试图重新站起来，但是他的头撞到了木板，他想我已经爬到了床下。他试探着朝四个不同的方向爬去，四面似乎都有了木板，他的额头上撞起五个小包。

王家宽闻到一股浓烈的尿臭，以为是他爹起床小解。尿臭持续好长一段时间，并且愈来愈浓重，他于是提灯来看他爹。他看见他爹湿淋淋地趴在床底，嘴张着，手不停地往楼上指。

王家宽提灯上楼，看见楼门被人撬开，十多块腊肉不见了，剩下那根吊腊肉的竹竿在风中晃来晃去，像空荡荡的秋千架。王家宽对着楼下喊：腊肉被人偷走啦。

第五天傍晚，刘挺梁被他父亲刘顺昌绑住双手，押进王老炳家大门。刘挺梁的脖子上挂着两块被火烟熏黑的腊肉，那是他偷去的腊肉中剩下的最后两块。刘顺昌朝刘挺梁的小腿踹了一脚，刘挺梁双膝落地，跪在王老炳的面前。

刘顺昌说老炳，我医好过无数人的病，就是医不好我这个仔的手。一连几天我发现他都不回家吃饭，我觉得有些奇怪，我就跟踪他。原来他们在后山的林子里煮你的腊肉吃，他们一共四人，还配备了锅头和油盐酱醋。别的我管不着，刘挺梁我绑来了，任由你处置。

王老炳说挺梁，除了你还有哪些人？刘挺梁说狗子、光旺、陈平金。

王老炳的双手顺着刘挺梁的头发往下摸，他摸到了腊肉，然后摸到了刘挺梁反剪的双手。他把绳子松开，说今后你们别再偷我的了，你走吧。刘挺梁起身走了。刘顺昌说你怎么就这样轻轻松松地打发他？王老炳说顺昌，我是瞎子，家宽耳朵又聋，他们要偷我的东西就像拿自家的东西，易如反掌，我得罪不起他们。

刘顺昌长长地嘘了一口气，说你的这种状况非改变不可，你给家宽娶个老婆吧。也许，那样会好一点。王老炳说谁愿意嫁他呀。

刘顺昌在为人治病的同时，也在暗暗为王家宽物色对象。第一次，他为王家宽带来一个寡妇。寡妇手里牵着一个大约五岁的女孩，怀中还抱着一个不满周岁的婴儿。寡妇面带愁容，她的丈夫刚刚病死不久，她急需一个男劳力为她耙田犁地。

寡妇的女孩十分乖巧，她一看见王家宽便双膝落地，给王家宽磕头。她甚至还朝王家宽连连叫了三声爹。刘顺昌想可惜王家宽听不到女孩的叫声，否则这桩婚姻十拿九稳了。

王家宽摸摸女孩的头，把她从地上拉起来，为她拍净膝盖上的尘土。拍完尘土之后，王家宽的手无处可放。他犹豫了片刻，终于想起去抱寡妇怀中的婴儿。婴儿张嘴啼哭，王家宽伸手去掰婴儿的大腿，他看见婴儿腿间鼓胀的鸟仔。他一边用右中指在上面抖动，一边笑嘻嘻地望着寡妇。一线尿从婴儿的腿中间射出来，婴儿止住哭声，王家宽的手上沾满了热尿。

趁着寡妇和小女孩吃饭的空隙，王家宽用他破篾时剩余的细竹筒，做了一支简简单单的箫。王家宽把箫凑到嘴上狠劲地吹了几口，估计是有声音了，他才把它递给小女孩，他对小女孩说等吃完饭了，你就吹着这个回家，你们不用再来找我啦。

刘顺昌看着那个小女孩一路吹着箫，一路跳着朝她们的来路走去。箫声粗糙断断续续，虽然不成曲调，但听起来有一丝凄凉。刘顺昌摇着头，说王家宽真是没有福分。

后来刘顺昌又为王家宽介绍了几个单身女人，王家宽不是嫌她们老就是嫌她们丑。没有哪个女人能打动他的心，他似乎天生地仇恨那些试图与他一起生活的女人。刘顺昌找到王老炳，说老炳呀，他一个聋子挑来挑去的，什么时候才有个结果，干脆你做主算啦。王老炳说你再想想办法。

刘顺昌把第五个女人带进王家时，太阳已经西落。这个来自异乡的女人，名叫张桂兰。为了把她带进王家，刘顺昌整整走了一天的路程。刘顺昌在灯下不停地拍打他身上的尘土，也不停地痛饮王家宽端给他的米酒。随着一杯又一杯米酒的灌入，刘顺昌的脸变红脖子变粗。刘顺昌说老炳，这个女人什么都好，就是左手不太中用，其实也没什么，就是伸不直。今夜，她就住在你家啦。

自从那次腊肉被盗之后，王家宽和王老炳就开始合床而睡，这样做的目的，是为了防止再有小偷进入时，他们好联合行动。张桂兰到达的这个夜晚，王家宽仍然睡在王老炳的床上。王老炳用手不断地掐王家宽的大腿、手臂，示意他过去跟张桂兰。但是王家宽赖在床上死活不从。渐渐地王家宽抵挡不住他爹的攻击，从床上爬了起来。

从床上爬起来的王家宽没有去找张桂兰，他在门外的晒楼上独坐，多日不用的收音机又挂到他脖子上。大约到了下半夜，王家宽在晒楼上睡去，收音机彻夜不眠。如此三个晚上，张桂兰逃出王家。

小学老师张复宝姚育萍夫妇，还未起床便听到有人敲门。张复宝拉开门，看见王家宽挑着一担水站在门外。张复宝揉揉眼睛伸伸懒腰，说你敲门，有什么事？王家宽不管允不允许，径直把水挑进大门，倒入张复宝家的水缸。王家宽说今后，你们家的水我包了。

每天早晨，王家宽准时把水挑进张复宝家的大门。张复宝和姚育萍都猜不透王家宽的用意。挑完水后的王家宽站在教室的窗口，看学生们早读，有时他一直看到张复宝或者姚育萍上第一节课。张复宝想他是想跟我学识字吗？他的耳朵有问题，我怎么教他？

张复宝试图阻止王家宽的这种行动，但王家宽不听。挑了大约半个月，王家宽悄悄对姚育萍说，姚老师，我求你帮我写一封信给朱灵，你说我爱她。姚育萍当即用手比画起来，王家宽猜测姚老师的手势，姚老师大意是说信不用写，由她去找朱灵当面说说就可以了。王家宽说我给你挑了差不多五十挑水，你就给我写五十个字吧，要以我的口气写，不要给朱灵知道是谁写的，求你姚老师帮个忙。

姚育萍取出纸笔，帮王家宽写了满满一页纸的字。王家宽揣着那页纸，像揣一件宝贝，等待时机交给朱灵。

王家宽把字条揣在怀里三天，仍然没有机会交给朱灵。独自一人的时候，王家宽偷偷掏出字条来左看右看，似乎是能看得懂上面的内容。

第四天晚上，王家宽趁朱灵的父母外出串门的时机，把纸条从窗口递给朱灵。朱灵看过纸条后，在窗口朝王家宽笑，她还把手伸出窗外摇动。

朱灵刚要出门，被串门回来的母亲堵在门内。王家宽痴痴地站在窗外等候，他等到了朱大爷的两只破鞋子。那两只鞋子从窗口飞出来，正好砸在王家宽的头上。

姚育萍发觉自己写的情书未起作用，便把这件差事推给张复宝。王家宽把张复宝写的信交给朱灵后，不仅看不到朱灵的笑脸，连那只在窗口挥动的手也看不到了。

一开始朱灵就知道王家宽的信是别人代写的，她猜遍了村上能写字的人，仍然没有猜出那信的出处。当姚育萍的字换成张复宝的字之后，朱灵的心情变得复杂起来。她看见信后的落款，由王家宽变成了张复宝，她不知道这是有意的错误或是无意的。如果是有意的，王家宽被这封求爱信改变了身份，他由求爱者变成了邮递员。

在朱灵家窗外徘徊的人不只是王家宽一个，他们包括狗子、刘挺梁、老黑以及杨光，当然还包括一些不便公开姓名的人（有的是已经结婚的，有的是国家干部）。狗子们和朱灵一起长大一起上小学读初中，他们百分之百地有意或无意地抚摸过朱灵那根粗黑的辫子，狗子说他抚摸那根辫子就像抚摸新学期的课本，就像抚摸他家那只小鸡的绒毛。现在朱灵已剪掉了那根辫子，狗子们面对的是一个待嫁的美丽的姑娘。狗子说我想摸她的脸蛋。

但是在王家宽向朱灵求爱的这年夏天，狗子们意识到他们的失败。他们开始朝朱家的窗口扔石子、泥巴，在朱家的大门上写淫秽的句词，画零乱的人体的某些器官。王家宽同样是一个失败者，只不过他没有意识到。

狗子看见王家宽站在朱家高高的屋顶上，顶着烈日为朱大爷盖瓦。狗子想朱大爷又在剥削那个聋子的劳动力。狗子用手把王家宽从屋顶上招下来，拉着他往老黑家走。王家宽惦记没有盖好的屋顶，一边走一边回头求狗子不要添乱。王家宽拼命挣扎，最终还是被狗子推进了老黑家的大门。

狗子问老黑准备好了没有？老黑说准备好了。狗子于是勒住王家宽的双手，杨光摁下王家宽的头。王家宽的头被浸泡进一盆热水里，就像一只即将扒毛的鸡浸入热水里。王家宽说你们要干什么？

王家宽顶着湿漉漉的头发，被狗子和杨光强行摁坐在一张木椅上。老黑拿着一把锋利的剃刀走向木椅，老黑说我们给你剃头，剃一个光亮光亮的头，像十五瓦的电灯泡，可以照亮朱家的堂屋和朱灵的房间。王家宽看见狗子和杨光哈哈大笑，他的头发一团一团地落下来。

老黑把王家宽的头剃了一半，示意狗子和杨光松手。王家宽伸手往头上一摸，摸到半边头发，王家宽说老黑，求你帮我剃完。老黑摇头。王家宽说狗子，你帮我剃。狗子拿着剃刀在王家宽的头上刮，刮出一声惊叫，王家宽说痛死我了。狗子把剃刀递给杨光，说你帮他剃。王家宽见杨光嬉皮笑脸地走过来，接过剃刀准备给他剃头。王家宽害怕他像狗子那样剃，便从椅子上闪开，夺过杨光手里的剃刀，冲进老黑家大门，找出一面镜子。王家宽照着镜子，自己给自己剃完半个脑袋上的头发。

做完这一切，太阳已经下山了。王家宽顶着锃亮的脑袋，再次爬上朱家的屋顶盖瓦。狗子和杨光从朱家门前经过，对着屋顶上的王家宽大声喊：电灯泡——天都快黑啦，还不收工。王家宽没有听到下面的叫喊，但是朱大爷听得一清二楚。朱大爷从屋顶丢下一块断瓦，断瓦擦着狗子的头发飞过，狗子仓皇而逃。

朱大爷在后半夜被雨淋醒，雨水从没有盖好的屋顶漏下来，像黑夜中的潜行者，钻入朱家那些阴暗的角落。朱大爷担心的事情终于发生了，他抬头望天，天上黑得像锅底。雨水如天上扑下来的蝗虫，在他抬头的一瞬间爬满他的脸。他听到屋顶传来一个声音：塑料布。声音在雨水中含混不清，仿佛来自天国。

朱大爷指使全家搜集能够遮雨挡风的塑料布，递给屋顶上那个说话的人，所有的手电光聚集在那个人身上。闻风而动的人们，送来各色塑料布，塑料布像衣服上的补丁，被那个人打在屋顶。

雨水被那个人堵住，那个被雨水淋透的人是聋子王家宽。他顺着楼梯退下来，被朱大爷拉到火堆边，很快他的全身冒出热气，热气如烟，仿佛从他的鼻孔里钻出来。

王家宽在送塑料布的人群中，发现了张复宝。老黑在王家宽头上很随便地摸一把，然后用手比画说张复宝跟朱灵好。王家宽摇摇头，说我不信。

人群从朱家一一退出，只有王家宽还坐在火堆边，他想借那堆大火烤干他的衣裤。他看见朱灵的右眼发红，仿佛刚刚哭过。她的眼皮不停地眨，像是给人某种暗示。

朱灵眨了一会儿眼皮，起身走出家门。王家宽紧跟其后，他听不到朱灵在说什么，他以为朱灵在暗示他。朱灵说妈，我刚才递塑料布时，眼睛里落进了灰尘，我去找圆圆看看。我的床铺被雨水淋湿了，我今夜就跟圆圆睡。

王家宽看见有一个人站在屋角等朱灵，随着手电光的一闪，他看清那个人是张复宝。他们在雨水中走了一程，然后躲到牛棚里。张复宝一只手拿电筒，一只手翻开朱灵的右眼皮，并鼓着腮帮子往朱灵的眼皮上吹。王家宽看见张复宝的嘴唇几乎贴到了朱灵的眼睛上，只一瞬间那嘴唇真的贴到眼睛上。手电像一个老人突然断气，王家宽眼前一团黑。王家宽想朱灵眨眼皮叫我出来，她是存心让我看她的好戏。

雨过天晴，王家宽的光头像一只倒扣的瓢瓜，在暴烈的太阳下晃动。他开始憎恨自己，特别憎恨自己的耳朵。别人的耳朵是耳朵，我的耳朵不是耳朵，王家宽这么想着的时候，一把锋利的剃头刀已被他的左手高高举，手起刀落，他割下了他的右耳。他想我的耳朵是一种摆设，现在我把它割下来喂狗。

到了秋天，那些巴掌大的树叶从树上飘落，它们像人的手掌拍向大地，乡村到处都是噼噼啪啪的拍打声。无数的手掌贴在地面，它们再也回不到原来的地方，要等到第二年春天，树枝上才长出新的手掌。王家宽想树叶落了明年还会长，我的耳朵割了却不会再长出来。

王家宽开始迷恋那些树叶，一大早他就蹲到村头的那棵枫树下。淡红色的落叶散布在他的周围，他的手像鸡的爪子，在树叶间扒来扒去，目光跟着双手游动。他在找什么呢？张复宝想。

从村外过来一个人，近了张复宝才看清楚是邻村的王桂林。王桂林走到枫树下，问王家宽在找什么？王家宽说耳朵。王桂林笑了一声，说你怎么在这里找你的耳朵，你的耳朵早被狗吃了，找不到了。

王桂林朝村里走来，张复宝躲进路边的树丛，避过他的目光。张复宝想干脆在这树林里方便方便，等方便完了王家宽也许会走开了。张复宝提着裤带从树林里走出来，王家宽仍然勾着头在寻找着什么，丝毫没有离去的意思。张复宝轻轻地骂道：一只可恶的母鸡。

张复宝回望村庄，他看到朱灵远去的背影。他想事情办糟了，一定是在我方便的时候，朱灵来过枫树边，她看见枫树下的那个人是王家宽而不是我，她就转身回去了。如果朱灵再耽误半个小时，就赶不上去县城的班车了。

大约过去五分钟，张复宝看见他的学生刘国芳从大路上狂奔而来。

刘国芳在枫树下站了片刻，捡起三片枫叶后，又跑回村庄。刘国芳咚咚的跑步声，敲打在张复宝的心尖上，他紧张得有些支持不住了。

朱灵听刘国芳说树下只有王家宽时，她当即改变了主意。她跟张复宝约好早晨九点在枫树下见面，然后一同上县城的医院。但她刚刚出村，就看见王桂林从路上走过来。她想王桂林一定在树下看见了张复宝，我和张复宝的事已经被人传得够热闹了，我还是避他一避，否则他看见张复宝又看见我出村会怎么想。朱灵这么想着，又走回家中。

为了郑重其事，朱灵把路经家门口的刘国芳拉过来。她叫刘国芳跑出村去为她捡三张枫叶。刘国芳捡回三片淡红的枫叶，刘国芳说我看见聋子王家宽在树下找什么。朱灵说你还看见别人了吗？刘国芳摇摇头，说没有。

去不了县城，朱灵变得狂躁不安。细心的母亲杨凤池突然记起好久没有看见朱灵洗月经带了。杨凤池把手伸向女儿朱灵的腹部，她的手被一个声音刺得跳起来。朱灵怀孕的秘密，被她母亲的手最先摸到。

每一天人们都看见王家宽出村去寻找他的耳朵，但是每一天人们都看见他空手而归。如此半月，人们看见王家宽领着一个漂亮的姑娘走向村庄。

姑娘的右肩吊着一个黑色的皮包，皮包里装满大大小小的毛笔。快要进村时，王家宽把皮包从姑娘的肩上夺过来，挎在自己的肩上。姑娘会心一笑，双手不停地比画。王家宽猜想她是说感谢他。

村头站满参差不齐的人，他们像土里突然冒出的竹笋，一根一根又一根。有那么多人看着，王家宽多少有了一点得意。然而王家宽最得意的，是姑娘的表达方式。她怎么知道我是一个聋子？我给她背皮包时，她一边说话一边用手比画，不停地感谢。她刚刚碰到我就知道我是聋子，她是怎么知道的？

王老炳从外面的喧闹声中，判断有一个哑巴姑娘正跟着王家宽朝自家走来。他听到大门被推开的响声，在大门破烂的响声里还有王家宽的声音，王家宽说爹，我带来一个卖毛笔的姑娘，她长得很漂亮，比朱灵漂亮。王老炳双手摸索着想站起来，但他被王家宽摁回到板凳上。王老炳说姑娘你从哪里来？王老炳没有听到回答。

姑娘从包里取出一张纸，抖开。王家宽看见那张纸的边角已经磨破，上面布满大小不一的黑字。王家宽说爹，你看，她打开了一张纸，上面写满了字，你快看看写的是什么？王家宽一抬头，看见他爹没有动静，才想起他爹的眼睛已经瞎了。王家宽说可惜你看不见，那些字像春天的树长满了树叶，很好看。

王家宽朝门外招手，竹笋一样立着的围观者，全都东倒西歪挤进大门。王老炳听到杂乱无章的声音，声音有高有低，有大人的也有小孩的。王老炳听他们念道：

我叫蔡玉珍，专门推销毛笔，大支的五元，小支的二元伍角，中号三元伍角。现在城市里的人都不用毛笔写字，他们用电脑、钢笔写，所以我到农村来推销毛笔。我是哑巴，伯伯叔叔们行行好，买一两支给你的儿子练字，也算是帮我的忙。

有人问这字是你写的吗？姑娘摇头。姑娘把毛笔递给那些围着她的人，围观者面对毛笔仿佛面对凶器，他们慢慢地后退，姑娘一步一步地紧逼。王老炳听到人群稀里哗啦地散开。王老炳想他们像被拍打的苍蝇，哄的一声散了。

蔡玉珍以王家为据点，开始在附近的村庄推销她的毛笔，所到之处，人们望风而逃。只有色胆包天的男人和一些半大不小的孩童，对她和她的毛笔感兴趣。男人们一手捏毛笔，一手去摸蔡玉珍红扑扑的脸蛋，他们根本不把站在蔡玉珍旁边的王家宽放在眼里。他们一边摸一边说他算什么，他是一个聋子是跟随蔡玉珍的一条狗。他们摸了蔡玉珍的脸蛋之后，就像吃饱喝足一样，从蔡玉珍的身边走开。他们不买毛笔。王家宽想如果我不跟着这个姑娘，他们不仅摸她的脸蛋，还会摸她的胸口，强行跟她睡觉。

王家宽陪着蔡玉珍走了七天，他们一共卖去十支毛笔。那些油腻的零碎的票子现在就揣在蔡玉珍的怀里。

秋天的太阳微微斜了，王家宽让蔡玉珍走在他的前面，他闻到女人身上散发出的汗香。阳光追着他们的屁股，他的影子叠到了她的影子上。他看见她的裤子上沾了几粒黄泥，黄泥随着身体摆动。那些摆动的地方迷乱了王家宽的眼睛，他发誓一定要在那上面捏一把，别人捏得为什么我不能捏？这样漫无边际地想着的时刻，王家宽突然听到几声紧锣密鼓的声响。他朝四周张望，原野上不见人影。他听到声音愈响愈急，快要撞破他的胸口。他终于明白那声响来自他的胸部，是他心跳的声音。

王家宽勇敢地伸出右手，姑娘跳起来，身体朝前冲去。王家宽说你像一条鱼滑掉了。姑娘的脚步就迈得更密更快。他们在路上小心地跑着，嘴里发出零零星星的笑声。

路边两只做爱的狗，打断了他们的笑容。他们放慢脚步生怕惊动那一对牲畜。蔡玉珍突然感到累，她的腿怎么也迈不动了，她坐在地上津津有味地看着狗。牲畜像他们的导师，从容不迫地教导他们。太阳的余光洒落在两只黄狗的皮毛上，草坡无边无际地安静。狗们睁着警觉的双眼，八只脚配合慢慢移动，树叶在狗的脚下发出轻微的沙沙声。蔡玉珍听到狗们呜呜地唱，她被这种特别的唱词感动。她在呜咽声中被王家宽抱进了树林。

枯枝败叶被蔡玉珍的身体压断，树叶腐烂的气味从她身下飘起来，王家宽觉得那气息如酒，可以醉人。王家宽看见蔡玉珍张开嘴，像是不断地说什么。蔡玉珍说你杀死我吧。蔡玉珍被她自己说出来的话吓了一跳，她不断地说我会说话了，我怎么会说话了呢。

那两只黄狗已经完事，此刻正蹒跚着步子朝王家宽和蔡玉珍走来。蔡玉珍看见两只狗用舌头舔着它们的嘴皮，目光冷漠。它们站在不远的地方，朝着他们张望。王家宽似乎是被狗的目光所鼓励，变得越来越英雄。王家宽看见蔡玉珍的眼不是眼，鼻子不是鼻子，它们全都扭曲了，有两串哭声从扭曲的眼眶里冒出来。

这个夜晚，王家宽没有回到他爹王老炳的床上，王老炳知道他和那个哑巴姑娘睡在一起了。

朱灵上厕所，她母亲杨凤池也会紧紧跟着。杨凤池的声音无孔不入，她问朱灵怀上了谁的孩子？这个声音像在朱灵头顶盘旋的蜜蜂，挥之不去避之不及，它仿佛一条细细的竹鞭，不断抽在朱灵的手上、背上和小腿上。朱灵感到全身紧绷绷的没有一处轻松自在。

朱灵害怕讲话，她想如果像蔡玉珍一样是个哑巴，母亲就不会反复地追问了。哑巴可以顺其自然，没有说话的负担。

杨凤池把一件小孩衣物举起来，问朱灵好不好看。朱灵不答。杨凤池说好端端一个孙子，你怎么忍心打掉，我用手一摸就摸到了他的鼻子、嘴巴和他的小腿，还摸到了他的鸟仔。你只要说出那个男人，我们就逼他成亲。杨凤池采取和朱灵截然相反的策略。

就连小孩都能看出朱灵怀孕了，朱灵轻易不敢出门。放午学时有几个学生路经朱家，他们扒着朱家门板的缝隙处，窥视门里的朱灵。他们看见朱灵像一只被关在笼子里的笨熊，狂躁不安地走来走去。从门缝里窥视人的生活，他们感到新奇，他们忘记回家吃午饭。直到王家宽和蔡玉珍从朱家门前走过，他们才回过头来。

学生们有一丝兴奋，他们想做点什么事情。当他们看见王家宽时，他们一齐朝王家宽围过来，他们喊道：

王家宽大流氓，搞了女人不认账——

蔡玉珍看见那些学生一边喊一边跳，污浊的声音像石头、破鞋砸在王家宽的身上。王家宽对学生们露出笑容，他也和着学生们的节拍跳起来。因为他听不见，所以那些侮辱的话对他没有造成丝毫的伤害。学生们愈喊愈起劲，王家宽越跳越精神，他的脸上已渗出了粒粒汗珠。蔡玉珍忍无可忍，朝那些学生挥舞拳头。学生被她赶远了，王家宽跟着她往家里走。他们刚走几步，学生又聚集起来，学生们喊道：蔡玉珍是哑巴，跟个聋子成一家，生个孩子聋又哑。

蔡玉珍回身去追那个领头的学生，追了几步她就被一块石头绊倒在地上。她的鼻子被石头碰伤，流出几滴浓稠的血。她趴在地上对着那些学生咿呀哇啦地喊，但是没有发出声音。

王家宽伸手去拉她，王家宽笑她多管闲事。蔡玉珍想还是王家宽好，他听不见，什么也没伤着，我听见了不仅伤心还伤了鼻子。

在那几个学生的带领下，更多的学生加入了窥视朱灵的行列。学校离朱家只有三百多米，老师下课的哨声一响，学生们便朝朱家飞奔而来。张复宝站在路上拦截那些奔跑的学生，结果自己反被学生撞倒在路上。一气之下，张复宝把带头的四个学生开除了。张复宝对他们说，你们不准再踏进学校半步。

到了冬天，朱灵自己把自己从门里解放出来，她穿着鲜艳的冬装，比原先显得更为臃肿。她走东家串西家，逢人便说我要结婚了，人们问她跟谁结？她说跟王家宽。有人说王家宽不是跟蔡玉珍结了吗？朱灵说那是同居，不叫结婚。他们没有爱情基础，那不叫结婚。

许多人暗地里说朱灵不知道羞耻，幸好王家宽是聋子，任由她作践，换了别人她的戏就没法往下演了。

村庄的桃花在一夜之间开放。桃花红得像血，看到那种颜色，就似乎闻到血的气味。王老炳坐在家门口，说我闻到桃花的味道了，今年的桃花怎么开得这么早？还没有过年就开了。

那个长年在山区照相的赵开应，走到王老炳面前，问他照不照相，王老炳说听你的口音，是赵师傅吧，你又来啦？你总是年前这几天来我们村，那么准时。你问我照不照相，现在我照相还有什么用。去年冬天我还看得见你，今年冬天我就看不见你了，照也白照。你去找那些年轻人照吧，老黑、狗子、朱灵他们每年都要照几张。赵师傅，你坐。我只顾说话，忘记喊你坐啦。赵师傅你走啦？你怎么不坐一坐。

王老炳还在不停地说话时，赵开应已走出去老远。他的身后跟着一群孩子和换了新衣准备照相的人们。

桃花似乎专为朱灵而开放。她带着赵开应在桃林里转来转去，那些红色的花瓣像雪，撒落在她的头发上和棉衣上。她的脸因为兴奋变得红扑扑的，像是被桃花染红一般。赵开应说朱灵你站好，这相机能把你喘出来的热气都照进去。朱灵说赵师傅，你尽管照，我要照三十几张，把你的胶卷照完。

朱灵特别的笑声和红扑扑的脸蛋，就留在这一年的桃树上，以致后来人们看桃树就想起朱灵。

朱灵是照完相之后，走进王家宽的家的。从她家遭大雨袭击的那个晚上到现在，她是第一次踏进王家的大门。朱灵显得有些疲惫，她一进门之后就躺到王家宽的床上。她睡王家宽的床，像睡她自己的床那么随便。她只躺下片刻，蔡玉珍就听到了她的鼾声。

蔡玉珍不堪朱灵鼾声的折磨，她把朱灵摇醒了。她朝朱灵挥手。朱灵看见她的手从床边挥向门外，朱灵想她的意思是让我从这里滚出去。朱灵说这是我的床，你从哪里来就往哪里去。蔡玉珍没有被朱灵的话吓倒，她很用力地坐在床沿。床板在她坐下来时摇晃不止，并且发出吱吱呀呀的响声。她想用这种声音，把朱灵赶跑。

朱灵想要打败蔡玉珍必须不停地说话，因为她听得见说不出。朱灵说我怀了王家宽的小孩，两年以前我就跟王家宽睡过了。你从哪里来我们不知道，你不能在这里长期地住下去。

蔡玉珍从床边站起来，哭着跑开。朱灵看见蔡玉珍把王家宽推入房门。朱灵说你是个好人，家宽，你明知道我怀了谁的孩子，但是你没有出卖我。我今天是给你磕头来啦。

王家宽看见朱灵的头磕在床边上，以为她想住下来。朱灵想不到她美好的幻想会在这一刻灰飞烟灭。王家宽说你怀了张复宝的孩子，怎么来找我？你走吧，你不走我就向大家张扬啦。朱灵说求你，别说，千万别让我妈知道，我这就去死，让你们大家都轻松。

朱灵把她的双脚从被窝里伸到床下，她的脚在地上找了好久才找到她的鞋子。王家宽的话像一剂灵丹妙药，在朱灵的身上发生作用。朱灵试探着站起来，试了几次都未能把臃肿的身体挺直，王家宽顺手扶了她一把。朱灵说我是聋子，我什么也没听到，我谁也不害怕。

朱灵在王家宽面前轻描淡写说的那句话，被蔡玉珍认真地记住了。朱灵说我这就去死，让你们大家都轻松。

蔡玉珍看见朱灵提着一根绳索走进村后的桃林，暮色正从四面收拢，余霞的尾巴还留在山尖。蔡玉珍发觉朱灵手里的绳索泛着红光，绳索好像是下山的太阳染红的，也好像是桃花染红的。蔡玉珍想她白天还在这里照相，晚上却想在这里寻死。

朱灵突然回头，发现了跟踪她的蔡玉珍。朱灵从地上捡起一块石头，朝蔡玉珍砸过去。朱灵说你像一只狗，紧跟着我干什么？你想吃大便吗？蔡玉珍在辱骂声中退缩，她犹豫片刻之后，快步跑向朱家。

朱大爷正在扫地，灰尘从地上扬起来，把朱大爷罩在尘土的笼子里。蔡玉珍双手往颈脖处绕一圈，再把双手指向屋梁。朱大爷不理解她的意思，觉得她影响了他的工作，流露出明显的不耐烦。蔡玉珍的胸口像被爪子狠狠地抓了几把，她拉过墙壁上的绳索，套住自己的脖子，脚跟离地，身体在一瞬间拉长。朱大爷说你想吊颈吗？要吊颈回你家去吊。朱大爷的扫把拍打在蔡玉珍的屁股上，蔡玉珍被扫出朱家大门。

过了一袋烟的时间，杨凤池开始挨家挨户呼唤朱灵。蔡玉珍在杨凤池焦急的喊声里焦急，她的手朝村后的桃林指，还不断地画着圆圈。朱大爷把这些杂乱的动作和刚才的动作联系起来，感到情况不妙。

星星点点的火把游向后山，人们呼喊朱灵的名字。

第五天清晨，张复宝一如既往来到了学校旁的水井边打水。他的水桶碰到了一件浮动的物体，井口隐约传来腐烂的气味。他回家拿来手电，往井底照射，他看到了朱灵的尸体。张复宝当即呕吐不止。村里的人不辞劳苦，他们宁愿多走几脚路，去挑小河里的水来吃。而这口学校旁的水井，只有张复宝一家人享用，朱灵死了五天，他家就喝了五天的脏水。

那天早上学校没有开课，在以后的几天里，张复宝仍然被尸体缠绕着，学生们看见他一边上课一边呕吐。而姚育萍差不多把胆汁都吐出来了，她已经虚弱得没法走上讲台。

到了春天，赵开应才把他年前照的那些相片，送到村子里来。他拿着朱灵的照片，去找杨凤池收钱。杨凤池说朱灵死了，你去找她要钱吧。赵开应碰了钉子，正准备把朱灵的照片丢进火炕。王家宽抢过照片，说给我，我出钱，我把这些照片全买下来。

一种特别的声音，在屋顶上滚来滚去，它像风的呼叫，又像是一群老鼠在瓦片上奔跑。声音总是在夜深人静的时候，准时地降落，蔡玉珍被这种声音包围了好些日子。她很想架一把梯子，爬到屋顶上去看个究竟，但是在睁着眼和闭着眼都一样黑的夜晚，她害怕那些折磨她的声音。

白天她爬到屋后的一棵桃树上，认真地观察她家的屋顶，她只看到灰色的歪歪斜斜的瓦片，瓦片上除了阳光什么也没有。看过之后，她想那声音今夜不会有了。但是那声音还是如期而来，总是在她即将入睡的时刻，把她唤醒。她于是不甘心，睁着眼睛等到天明，再次爬上桃树。一次又一次，她几乎数遍了屋顶上的瓦片，还是没有发现问题。她想是不是我的耳朵出了什么毛病。

王老炳同时被这种声音纠缠着，他对干扰他睡眠的声音，做出适应的反应。他坐在床沿整夜整夜地抽烟，不断地往尿桶里屙尿。他觉得那声音像一把锯子，现在正往他脑子里锯进去。他想如果我再不能入睡，我就要发疯啦。他一边想着一边平心静气地躺到床上。只躺了一小会儿，他又爬起来，他的手摸到床头的油灯，他把油灯砸到地上。油灯碎裂的声音，把那个奇怪的声音赶跑了，但是它游了一圈后马上又回到王老炳的耳边。

王老炳开始制造声音来驱赶声音。他把烟斗当作鼓槌，不停地磕他的床板。他像一只勤劳的啄木鸟，使同样无法入睡的蔡玉珍雪上加霜。

啄木鸟的声音停了，王老炳改变策略，他开始不停地说话，无话找话说。蔡玉珍听到他在胡话里睡去，鼾声接替话声。听到鼾声，蔡玉珍像饥饿的人，突然闻到了饭香。

屋顶的声音没有消失，蔡玉珍拿着手电往上照，她看见那些支撑瓦片的柱头、木板，没有听到声音。她听到声音从屋顶转移到地下，仿佛躲在那些箱柜里。她把箱柜的门一一打开，里面什么也没有。她翻箱倒柜的声音，惊醒了刚刚入睡的王老炳。王老炳说你找死吗？我好不容易睡着又被你搞醒了。说完，屋子里变得出奇的静。蔡玉珍缩手缩脚，再也不敢弄出声响来。

蔡玉珍听到王老炳叫她，王老炳说你过来扶我出去，我们去找找那个声音，看它藏在哪里。蔡玉珍用手推王家宽，王家宽翻了个身又继续睡。蔡玉珍冒着胆走到王老炳床前，拉住王老炳走出大门，黑夜里风很大。

他们在门前仔细听，那个奇怪的声音像是来自屋后，他们朝屋后走去，走进后山那片桃林。蔡玉珍看见杨凤池跪在一株桃树下，用一根木棍敲打一只倒扣的瓷盆，瓷盆发出空阔的声音。手电光照到杨凤池的身上，她毫无知觉，她双目紧闭口中念念有词。蔡玉珍和王老炳听到她在诅咒王家宽。她说是王家宽害死了朱灵。王家宽不得好死，王家宽全家死绝……

蔡玉珍朝瓷盆狠狠地踢，瓷盆飞出去好远。杨凤池睁眼看见光亮，吓得爬着滚着出了桃林。王老炳说她疯啦。现在死无对证，她把屎呀尿呀全往家宽身上泼。我们穷不死饿不死，但我们被脏水淹死。我们还是搬家吧，离他们远远的。

王家宽扶着王老炳过了小河，爬上对岸，蔡玉珍扛着锄头、铲子跟在他们的身后。村庄的对面，也就是小河的那一边是坟场，除了清明节，很少有人走到河的那边去。王老炳过河之后，几乎是凭着多年的记忆，走到了他祖父王文章的墓前。他走这段路走得平稳、准确无误，根本不像个瞎子。王家宽不知道王老炳带他来这里干什么。

王家宽说爹，你要做什么？王老炳说把你曾祖的坟挖了，我们在这里起新房。蔡玉珍向王家宽比了一个挖土的动作。王家宽想爹是想给曾祖修坟。

王家宽在王文章的坟墓旁挖沟除草，蔡玉珍的锄头却指向坟墓。王家宽抬头看见他曾祖的坟，在蔡玉珍的锄头下土崩瓦解，转眼就塌了半边，他感到惊奇。他神色庄重地夺过蔡玉珍手里的锄头，然后用铲子把泥巴一铲一铲地填到缺口里。

王老炳没有听到挖土的声音，他说蔡玉珍，你怎么不挖了。这是个好地盘，我们的新家就建在这里。我祖父死的时候，我已经懂事了。我看见我祖父是装着两件瓷器入土的，那是值钱的古董，你把它挖出来。你挖呀。是不是家宽不让你挖，你叫他看我。王老炳说着，比了一个挖土的动作。他的动作坚决果断，甚至是命令。

王家宽说爹，你是叫我挖坟吗？王老炳点点头。王家宽说为什么？王老炳说挖。蔡玉珍捡起横在地面的锄头，递给王家宽。王家宽不接，他蹲在河边看河对面的村庄，以及他家的瓦檐。他看见炊烟从各家各户的屋顶升起，早晨的天空被清澈的烟染成蓝色。有人赶着牛群出村。谁家的鸡飞上刘顺昌家的屋顶，昂首阔步、来来回回地走。

王家宽回头，看见坟墓又缺了一只角，新土覆盖旧土，蔡玉珍像一只蚂蚁正艰难地啃食一块大饼。王老炳摸到了地上的锄头，他慢慢地把锄头举起来，慢慢地放下去，锄头砸在石块上，偏离目标，差一点锄到王老炳的脚，王家宽想他们是下决心要挖这座坟了。王家宽从他爹手上接过锄头，紧闭双眼把锄头锄向坟墓。他在干一件他不愿意干的事情，他渴望闭上双眼。他想爹的眼睛如果不瞎，他就不会向他烧香磕头的地方动锄头。

挖坟的工作持续了半天，他们总算整出了一块平地，他们没有看见棺材和尸骨。王家宽说这坟里什么也没有。王老炳听到王家宽这么说，感到十分惊诧。他摸到刚整好的平地上，抓起一把泥土，放到鼻尖前嗅了又嗅。他想我是亲眼看着祖父下葬的，棺材里装着两件精美的瓷器，现在怎么连一根尸骨都没有呢？

时间到了夏末，王家宽和蔡玉珍在对岸垒起两间不大不小的泥房。他们把原来的房屋一点一点地拆掉，屋顶上的瓦也全都挑到了河那边。他们原先的家，完全暴露在光天化日之下。

搬家的那天，王家宽甩掉许多旧东西。他砸烂那些油腻的坛子，劈开几个沉重的木箱。他对过去留下来的东西，带着一种天然的仇恨。他像一个即将远行的人，轻装上路，只带上他必须携带的物品。

整理他爹的床铺时，他在床下发现了两只精美的花瓶。他扬手准备把它扔掉，被蔡玉珍及时拦住。蔡玉珍用毛巾把花瓶擦亮，递给王老炳。王老炳用手一摸，脸色霎时变了。他说就是它，我找的就是它。我明明看见它埋到了祖父的棺材里，现在又从哪里跑出来了呢？帮忙搬家的人说是王家宽从你床铺下面翻出来的。王老炳说不可能。

王老炳端坐在阳光里，抱着花瓶不放。搬家的人像搬粮的蚂蚁，走了一趟又一趟。他们看见王老炳面对从他身边走过的脚步声笑，面对空荡荡的房子笑，笑得合不拢嘴。

王老炳一家完全彻底地离开老屋，是在这一天的傍晚。搬家的人们都散了，王家宽从老屋的火坑里，点燃火把，眼泪随即掉下来。他和火把在前，王老炳和蔡玉珍断后。王老炳怀抱两只花瓶，蔡玉珍小心地搀扶着他。

过了小木桥，王老炳叫蔡玉珍拉住前面的王家宽，他要大家都在河边把脚洗干净。他说你们都来洗一洗，把脏东西洗掉，把坏运气洗掉，把过去的那些全部洗掉。三个人六只脚板在火光照耀下，全都泡进水里。蔡玉珍看见王家宽用手搓他的脚板，搓得一丝不苟，像有老茧和鳞甲从他脚上一层层脱下来。

村庄里的人全都站在自家门口，目送王家宽一家人上岸。他们觉得王家宽手上的火把，像一簇鬼火，无声地孤单地游向对岸。那簇火只要把新屋的火引燃，整个搬迁的仪式也就结束了。一同生活了几十年的邻居们，就这样看着一个邻居从村庄消失。

一个秋天的中午，刘顺昌从山上采回满满一背篓草药。他把草药倒到河边，然后慢慢地清洗它们。河水像赶路的人，从他手指间快速流过，他看到浅黄的树叶和几丝衰草，在水上漂浮。他的目光越过河面，落到对岸王老炳家的泥墙上。

他看见王老炳一家人正在盖瓦。王老炳家搬过去的时候，房子只盖了三分之二。那时刘顺昌劝他等房子全盖好了，再搬走不迟。但王老炳像逃债似的，急急忙忙地赶过那边去住，现在他们利用他们的空余时间，补盖房子。

蔡玉珍站在屋檐下捡瓦,王老炳站在梯子上接,王家宽在房子上盖。瓦片从一个人的手,传到另一个人的手里,最后堆在房子上。他们配合默契,远远地看过去看不出他们的残疾。王家宽不时从他爹递上去的瓦片中选出一些断瓦扔下来,有的瓦片还扔到了河中。

刘顺昌只看到小河里的水花飞扬,听不到瓦片砸入河中的声音。这是一个没有声音的中午,太阳在小河里静静地走动。王老炳一家人不断地弯腰举手,没有发出丝毫的声响。刘顺昌看着他们,像看无声的电影。他们似乎是阴间里的人,或者是画在纸上的人。他们只在光线里动作,轻飘、单薄,虚幻得不像人似的。

刘顺昌看见房上的一块瓦片飞落,碰到蔡玉珍的头上,破成四五块碎片。蔡玉珍双手捧头,弯腰蹲在地上。刘顺昌想蔡玉珍的头一定被砸破了。刘顺昌朝那边喊话:老炳,蔡玉珍的头伤得重不重?需不需要我过去看一看,给她敷点草药?那边没有回音,他们像没有听到刘顺昌喊话。

王家宽从房子上走下来,把蔡玉珍背到河边,用河水为她洗脸上的血。刘顺昌喊蔡玉珍,你怎么啦?王家宽和蔡玉珍仍然没有反应。刘顺昌捡起脚边的一颗石子,往河边砸过去。王家宽朝飞起的水花匆匆一瞥,便走进草丛为蔡玉珍采药。他把他采到的药放进嘴里嚼烂,再用右手抠出嚼烂的药,敷到蔡玉珍的伤口上。

蔡玉珍再次趴在王家宽的背上。王家宽背着她往回走。尽管小路有一点坡度,王家宽还能在路上一边跳一边走,像从某处背回新娘一样快乐惬意。蔡玉珍被王家宽从背上颠到地面,她在王家宽的背膀上擂上几拳,想设法绕过王家宽往前跑。但是王家宽张开他的双手,把路拦住。蔡玉珍只得用双手搭在王家宽的双肩上,跟着他走跟着他跳。

跳了几步,王家宽突然返身抱住蔡玉珍。蔡玉珍像一张纸片,轻轻地离开地面,落入王家宽的怀中。王家宽把蔡玉珍抱进家门,王老炳摸索着进入家门。刘顺昌看见王家的大门无声地合拢。刘顺昌想他们一天的生活结束了,他们很幸福。

秋风像夜行人的脚步,在河的两岸在屋外沙沙地走着。王老炳和王家宽都已踏踏实实地睡去。蔡玉珍听到屋外响了一声,像是风把挂在墙壁上的什么东西吹落了。蔡玉珍本来不想理睬屋外的声音,她想瓦已盖好了，家已经像个家了，应该安安稳稳地睡个好觉。但她怕她晾在竹竿上的衣服被风吹落，于是她又从床上爬起来。

她拉开大门，一股风灌进她的脖子。她把手电摁亮，她看见手电光像一根无限伸长的棍子，一头在她的手上，另一头搁在黑夜里。她拿着这根白晃晃的棍子。走出家门，转到屋角看晾在竹竿上的衣服。衣服还晾在原先的位置，风甩动那些垂直的衣袖，像一个人的手臂被另一个人强行地扭来扭去。蔡玉珍想收那些衣服，她把手电筒叼在嘴里，双手伸向竹竿。她的手还没有够着竹竿，便被一双粗壮的手臂搂住了。那双手搂着她飞越一条沟，跨过两道坎，最后一起倒在河边的草堆里。蔡玉珍嘴里的手电筒在奔跑中跌落，玻璃电珠破碎，照明工具成了瞎子，河两岸乱糟糟的黑。

那人撕开她的衣服，像一只吃奶的狗仔用嘴在她胸口乱拱。蔡玉珍想喊，但她喊不出来。她的奶子被啃得火辣辣地痛。她记住这个人有胡须。那人想脱她的裤子，蔡玉珍双手攥紧裤头，在草堆里打滚。那人似乎是急了，他腾出一只手来摸他的口袋，他摸出一把冰凉的刀。他把刀贴在蔡玉珍的脸上，蔡玉珍安静下来。蔡玉珍听到裤子破裂的声音，她知道她的裤裆被小刀割破了。

蔡玉珍像一匹马，被那人强行骑了上去。挣扎中，她的裤裆完全彻底地撕开。她想现在攥着裤头已经没有用处。她张开双手。十个手指朝那人的脸上抓。她想明天，我就去找脸皮被抓破的人。

强迫和挣扎待续了好久，蔡玉珍的嘴里突然吐出几个字：我要杀死你。她把这几个字，劈头盖脸吐向那人。那人从蔡玉珍的身上弹起来，转身便跑。蔡玉珍听到那人说我撞上鬼啦，哑巴怎么也能说话。声音含糊不清，蔡玉珍分辨不出那声音是谁的。

当她回到床前，点燃油灯时，王家宽看到了她受伤的胸口和裂开的裤裆。王家宽摇醒他爹，王家宽说爹，蔡玉珍刚才被人搞了，她的裤裆被刀子划破，衣服也被撕烂了。王老炳说你问问她，是谁干的好事？王老炳想：说也是白说，王家宽他听不到。王老炳叹了一口气，对着隔壁喊玉珍，你过来，我问问你。你不用怕，爹什么也看不见。

蔡玉珍走到王老炳床前，王老炳说你看清是谁了吗？蔡玉珍摇头。王家宽说爹，她摇头，她摇头做什么？王老炳说你没看清楚他是谁，那么你在他身上留下什么伤口了吗？蔡玉珍点头。王家宽说爹，她又点头了。王老炳说伤口留在什么地方？蔡玉珍用双手抓脸，然后又用手摸下巴。王家宽说爹，她用手抓脸还用手摸下巴。王老炳说你用手抓了她的脸还有下巴？蔡玉珍点头又摇头。王家宽说现在她点了一下头又摇了一下头。王老炳说你抓了他脸？蔡玉珍点头。王家宽说她点头。王老炳说你抓了他下巴？蔡玉珍摇头。王家宽说她摇头。蔡玉珍想说那人有胡须，她嘴巴张了一下，但什么也没有说出来。她急得想哭。她看到王老炳的嘴巴上下，长满了浓密粗壮的胡须，她伸手在上面摸了一把。王家宽说她摸你的胡须。王老炳说玉珍，你是想说那人长有胡须吗？蔡玉珍点头。王家宽说她点头。王老炳说家宽他听不到我说话，即使我懂得那人的脸被抓破，嘴上长满胡须，这仇也没法报啊。如果我的眼睛不瞎，那人哪怕跑到天边，我也会把他抓出来。孩子，你委屈啦。

蔡玉珍哇的一声哭了，她的哭声十分响亮。她看见王老炳瞎了的眼窝里冒出两行泪。泪水滚过他皱纹纵横的脸，挂在胡须上。

无论是白天还是黑夜，王家宽始终留意过往的行人。他手里捏着一根木棒，对着那些窥视他家的人晃动。他怀疑所有的男人，甚至怀疑那个天天到河边洗草药的刘顺昌。谁要是在河那边朝人家多看几眼，他也会不高兴也会怀疑。

王老炳叫蔡玉珍把小河上的木板桥拆掉，王家宽不允。他朝准备拆桥的蔡玉珍晃动他手里的木棒，他坚信那只饿嘴的猫，一定还会过桥来。王家宽对蔡玉珍说我等着。

王家宽耐心地等了将近半个月，他终于等到了报仇的时机。他看见一个人跑过独木桥，朝他家摸来。王家宽还暂时看不清那个人的面孔，但月亮已把来人身上白色的衬衣照得闪闪发光。王家宽用木棒在窗口敲了三下，这是通知蔡玉珍的暗号。

那个穿白衬衣的人，来到王家门前，他四下望一眼后，便从门缝往里望。大约是什么也没看见，他慢慢地靠近王家宽卧室的窗口，踮起脚尖抻长脖子，窥视窗里。王家宽从暗处冲出来，木棒横扫那人的小腿。那人像秋天的蚂蚱，从窗口跳开，还没有站稳就跪到了地下。那人试图逃跑，他刚跑到屋角，王家宽就喊了一声：爹，快打。屋角伸出一根木棒，正好砸在那人的头上。那人抱头在地下滚了几滚，又重新站起来。

他的手里已经抓住了一块石头，他举起石头正要砸向王家宽时，蔡玉珍从柴堆里冲出，举起一根木棍朝那只拿石头的手扫过去。那人的手迅疾缩回，石头掉在地上。

那个人被他们打趴在地上，再也不能动弹了，他们才拿手电照那个人的脸。王家宽说原来是你，谢西烛。你不打麻将啦？你跑到这里来干什么？谢西烛的嘴巴动了动，说出一句含糊不清的话。王老炳和蔡玉珍谁也没听清楚。

蔡玉珍看见谢西烛的下巴留着几根胡须，但那胡须很稀很软，他的脸上似乎也没有被抓破的印痕。蔡玉珍想是不是他的伤口，已经全部愈合了。王家宽问蔡玉珍，是不是他？蔡玉珍摇头，意思是说我也搞不清楚。王家宽的眼睛突然睁大，蔡玉珍看见他的眼球快要蹦出来似的。蔡玉珍又点了点头。

蔡玉珍和王家竟把谢西烛抬过河，丢弃在河滩。他们面对谢西烛往后退，他们一边退一边拆木板桥，那些木头和板子被他们丢进水里。蔡玉珍听到木板咕咚咕咚地沉入水中，木板像溺水的人。

自从蔡玉珍被强奸的那个夜晚之后，王老炳觉得他和家宽、玉珍仿佛变成了一个人。特别是那晚上床前对话给他留下怎么也抹不去的记忆。他想我发问，玉珍点头或摇头，家宽再把他看见的说出来，三个人就这么交流和沟通了。昨夜，我们又一同对付谢西烛，尽管家宽听不到我看不见玉珍说不出，我们还是把谢西烛打败了。我们就像一个健康的人。如果我们是一个人，那么我打王家宽就是打我自己，我摸蔡玉珍就是摸我自己。现在，木板已经被家宽他们拆除，我们再也不跟那边的人来往。

在一些无聊的日子里，王老炳坐在自家门口无边无际地狂想。他有许多想法，但他无法去实现。他恐怕要这么想着坐着终其一生。他对蔡玉珍说如果再没有人来干扰我们，我能这么平平安安地坐在自家的门口，我就知足了。

村上没有人跟他们往来，王家宽和蔡玉珍也不愿到那河边去。蔡玉珍觉得他们虽然跟那边只隔一条河，但是心却隔得很远。她想我们算是彻底地摆脱他们了。

只有王家宽不时有思凡之心，夏天到来时，他会挽起裤脚涉过河水，去摘桃子吃。一般他都是晚上出动，没有人看见他。他最爱吃的桃子，是朱灵照相时曾经靠过的那棵桃树结出来的桃子。他说那棵桃树结的特别甜。

大约一年之后，蔡玉珍生下了一个活蹦乱跳的男孩。孩童嘹亮的啼哭，使王老炳坐立不安。王老炳问蔡玉珍，是男的还是女的？蔡玉珍抬起王老炳布满老茧的右手，小心地放到孩童的鸟仔上。王老炳捏着那团稚嫩的软乎乎肉体，像捏着他爱不释手的烟杆嘴。他说我要为他取一个天底下最响亮的名字。

王老炳为孙子的名字，整整想了三天。三天里他茶饭不思，像变了个人似的。最先他想把孙子叫作王振国或者王国庆，后来又想到王天下、王泽东什么的，他甚至连王八蛋都想到了。左想右想，前想后想，王老炳想还是叫王胜利好。家宽、玉珍和我终于有了一个健康的后代，他耳聪目明口齿伶俐，将来他长大了，再也不会有什么难处，他能战胜一切他能打败这个世界。

在早晨、中午或者黄昏，在天气好的日子里。人们会看见王老炳把孙子王胜利举过头顶，对着河那边喊王胜利。有时候小孩把尿撒在他的头顶他也不顾，他只管逗孙儿喊着孙儿。王家开始有了零零星星的自给自足的笑声。

不过王家宽仍然不知道他爹，已给他的儿子取了一个响亮的名字。他基本上是靠他的眼睛来跟儿子交流。对于他来说，笑声是一种永远也无法企及的奢侈品。当他看到儿子咧开嘴角，露出幸福的神情时，他就想那嘴巴里一定吐出了一些声音。如果听到那声音，就像口袋里兜着大把钱一样愉快和美妙。于是，王家宽自个儿给儿子取了个名字，叫王有钱。王老炳多次阻止王家宽这样叫，但王家宽不知道怎么个叫法，他听不到王胜利这三个字的发音，他仍然叫儿子王有钱。

王胜利渐渐长大了，每天他要接受两种不同的呼喊。王老炳叫他王胜利，他干脆利索地答应了。王家宽叫他王有钱，他也得答应。有一天，王胜利问王老炳说，爷爷你干吗叫我王胜利，而我爹却叫我王有钱，好像我是两个人似的。王老炳说你有两个名字，王胜利和王有钱都是你。王胜利说我不要两个名字，你叫爹他不要再叫我王有钱，我不喜欢有钱这个名字。王胜利说完，朝他爹王家宽挥挥拳手，说你不要叫我王有钱了，我不喜欢你这样叫我。王家宽神色茫然，不知发生了什么事。王家宽说有钱，你朝我挥拳头做什么？你是想打你爹吗？

王胜利扑到王家宽的身上，开始用嘴咬他爹的手臂。王胜利一边咬一边说，叫你不要叫我有钱了，你还要叫，我咬死你。

王老炳听到叭的一声响，他知道是王家宽打王胜利发出的声音。王老炳说胜利，你爹他是聋子。王胜利说什么叫聋子？王老炳说聋子就是听不到你说的话。王胜利说那我妈呢？她为什么总不叫我名字。王老炳说你妈她是哑巴。王胜利说什么是哑巴？王老炳说哑巴就是说不出话，想说也说不出。你妈很想跟你说话，但是她说不出。

这时，王胜利看见他妈用手在爹的面前比画了几下，他爹点了点头，对爷爷说爹，有钱他快到入学的年龄了。爷爷闭着嘴巴叹了一口气说，玉珍你给胜利缝一个书包吧。到了夏天，就送他入学。王胜利看着围住他的爷爷、爹和妈，像一只受惊的小鸟，头一次被他们古怪的动作和声音吓怕了。他的身子开始发抖，随之呜呜地哭起来。

到了夏天，蔡玉珍高高兴兴地带着王胜利进了学堂。第一天放学归来，王老炳和蔡玉珍就听到王胜利吊着嗓子唱：蔡玉珍是哑巴，跟个聋子成一家，生个孩子聋又哑。蔡玉珍的胸口像被钢针猛猛地扎了几百下，她失望地背过脸去，像一匹伤心的老马，大声地嘶鸣。她想不到她的儿子，最先学到的竟是这首破烂的歌谣，这种学校不如不上了。她一个劲地想我以为我们已经逃脱了他们，但是我们还没有。

王老炳举起手里的烟杆，朝王胜利扫过去。他一连扫了五下，才扫着王胜利。王胜利说爷爷，你干吗打我？王老炳说我们白养你了，你还不如瞎了、聋了、哑了的好，你不应该叫王胜利，你应该叫王八蛋。王胜利说你才是王八蛋。王老炳说你知道蔡玉珍是谁吗？王胜利说不知道。她是你妈。王老炳说，还有王家宽是你的爹。王胜利说那这歌是在骂我，骂我们一家。爷爷，我怎么办？王老炳把烟杆一收，说你看着办吧。

从此后，王胜利变得沉默寡言了，他跟瞎子、聋子和哑巴，没有什么两样。

中篇1或短篇2

艾伟

俘　虏

　　我决定就此死去。我躲在山洞里。洞里无比黑暗，只有左方有一缕光线，刺眼得像美国人的探照灯。我不看那光，那光让我心烦。我一直闭着眼，饥寒交迫，希望死亡快点来临。在钻进山洞之前，我看到遍地的尸体，那都是我的战友，他们刚才还是活蹦乱跳的。他们在枪林弹雨里冲锋，相信自己一定会赢。我像他们一样，从来没想过会全军覆没。只有我还活着，在黑暗中，我感到羞辱和困惑。我渴望在敌人到来之前死去。我已准备了子弹，如果敌人到来，我准备一枪结果自己。

　　我睡着了。等我醒来的时候，一群韩国人正围着我，他们的枪口对着我的脑壳。我这才知道我是被弄醒的。我意识到自己被俘了，我迅速拿起身边的枪，但他们的反应很快，把我的双手架住，让我无法动弹。我挣扎了一下，可我已没有一点力气，我沮丧地喘着粗气。他们哇啦哇啦叫着。在参战前，我们学过几句简单的朝语，我听懂了其中的几句。他们叫我安静，不要反抗，否则要毙了我。我愿意他们一枪毙了我。

　　我想不通。我从来没想过失败。我们跨过鸭绿江的时候没想过这个，至少没想过会被抓起来，做俘虏。在我的脑子里，俘虏是个同我无关的耻辱的词语，这支部队从来没有教过我们举手投降。但现在我却被活捉了。

他们把我带到一个哨所。他们开始审问我。我当然什么也没有说。那些南韩人气坏了。我看到他们眼中的杀机。我要激怒他们，让他们毙了我。要激怒这些南韩人很容易，只需用眼神。他们见到我眼神中的鄙视，怒不可遏。他们就把我拉出去，威胁说要杀了我。我求之不得。他们把我拉到一条积冰的河边，把枪顶在我的头上。我想象我的血在冰面上流动的情形。老实说，这个时候，我是有点恐惧的，我的腿有点发软，我灵魂出窍，有一种窒息的感觉。我想，我应该喊几句革命口号，就像狼牙山五壮士一样。喊口号也许可以消除恐惧。可就在这个时候，美国人托马斯出现了。

托马斯是急匆匆跑着过来的。他穿着美军野战服，手上端了一支冲锋枪。他一路大喊大叫，对那些南韩人指手画脚。后来，他用胸膛挡住南韩人的枪。他伸出手指在摇动。我不知道这个美国人在说什么，但我意识到这个美国人把我从南韩人的枪口下救了下来。当时，我的胸口充满了喜悦，这喜悦非常饱满地在身体里膨胀。但喜悦迅即消失，沮丧马上占据了我的心头。因为活着对我来说是屈辱的没有尊严的。南韩人不敢违抗美国兵，他们让托马斯把我带走了。我被带到一公里之外的美国兵营。

托马斯是负责管理战俘的，能说汉语。战俘营有十九位战俘，他们看上去很茫然，只有一个叫李自强的家伙，似乎比较乐观。托马斯经常找他，向他交代相关事情，然后再由他传达给我们。我很小看这个家伙，认为他相当于一个汉奸。反正就像电影里描述的，帮鬼子干活的没一个好东西，不管这鬼子是日本鬼子还是美国鬼子。但战俘营里其他人却非常尊重李自强，也愿意听李自强的指挥。一个难友见我不说话，劝我说，李自强刚开始同我一样，黑着脸不说话，关了一段日子，他也就适应了。那难友还说，原本，他们的伙食不好，但通过李自强的交涉，现在伙食好多了。难友劝我想开点，战争总是有输有赢的。我冷冷地看了那难友一眼。

我还是不说话。很少吃东西，我想死去。到了晚上，死亡的诱惑更加强烈，就好像这黑色的夜晚就是死亡本身。我幻想一觉醒来我已不存在，像空气一样消失了。有时候，我的眼前会出现死亡的景象，令人奇怪的是，脑子里出现的死亡的图景并不阴森，而是有着天堂般的灿烂光芒。这样的夜晚我会想另一个问题：如果我死了，真的什么都不存在了吗，我会在哪里呢？这是个令我困惑的问题。

经常有飞机从兵营飞过，还能听到远处的隆隆炮声。战争就在不远处展开，但对我来说，战争就像发生在另一个世界，已与我无关了。难友们也都没有睡着，他们竖着耳朵，倾听着外面的一切。我听到睡在李自强身边的难友在悄声说话：

"你说这战争什么时候完，我们会赢吗？"

李自强没吭声。

"如果我们赢了，我们算什么？功臣吗？"

"睡吧睡吧。"李自强恶声恶气地说。

"也许他们会在战争结束前把我们杀掉。"那难友一脸忧虑。

又一拨飞机从头顶掠过，但兵营里没有人动一下，就好像那些飞机并不存在。我感到恐惧在难友们中间弥漫开来。其实每个人的心头都存在这些疑虑和担忧。这疑虑和担忧令我感到绝望，有一种生不如死的极度的挫败感。

第二天，我是被一阵尖叫声惊醒的。我看到远处的地上流着一摊血，蜿蜒曲折，散发着幽暗的神秘的光芒。那血就是从昨晚说话的那位难友的手腕上流出来的。那难友的右手紧紧攥着一块玻璃片，他的左手无力地伸展着，手腕上那被玻璃切割的部位已肿成了发糕。他的脸白中带青。难友们无声地立在一旁，没人吭声。光线从窗外照进来，安静，和平，亘古不变，就像死亡一样永恒。

一会儿，托马斯来了。他的眼中有一丝悲伤。他和李自强叽里呱啦说了几句。

"把他埋了吧。"李自强说。

李自强脸上看不出什么表情。他的脸颊偶尔会抖动一下。难友们开始干活。他们在兵营外的山谷里挖了一个坑，然后把难友埋了。一会儿，亡者就这样在这个世界上消失了。这就是死亡，如此安静，不着痕迹。我抬头望天，这片土地上的天空高邈深远。我的心像突然被消融了一样，就像死亡突然降临到了我的身上。

几天以后的早晨，李自强拿了一大堆罐头，对难友们说："快吃早餐，吃完后，今天去修路。"

李自强带来的是牛肉罐头。我很少吃东西，基本上处在半绝食状态。我很久没吃到肉了。今天，当罐头打开来时，空气中飘荡的肉香令我浑身颤抖。我于是吃了起来，我的肚子渐渐瓷实起来。本来，因为我的身体，李自强没安排我去修路。但我突然想去了。

路过那个山谷，我想起难友那张惨白的死亡的脸。难友死得很难看，但死亡依旧给我诱惑。自从难友出事以来，托马斯采取了严厉的措施，我们不能随便带任何器具进入俘虏营。我们的劳动工具有专门的安放间。这意味着我连死亡的机会都失去了。

石子公路已被炸得不成样子。美国兵不会走路，他们向北挺进一定得坐在汽车里，否则他们一步也前进不了。这路每天都有我军的飞机来轰炸，但炸完后，美国人就安排战俘去修筑。想起从这条路上北进的美国人在和我军作战，我为修路这样的行为感到羞耻。

托马斯对我愿意参加修路感到意外。他问我身体是不是吃得消。我恶狠狠地看了他一眼，没理睬他。托马斯的目光一直跟随着我。

东北亚的冬天出奇的冷，路边的河面上积了厚厚的冰。在阳光下，冰面闪烁着华美之光。填埋道路的石块要去河对面的山谷搬。石块放到冰面上，然后，难友就可以推着石块从冰面上滑过来。托马斯要我们控制好滑动的速度，以免撞伤别人。我的目光一直盯着冰层。我用脚踹了踹冰面，冰层像大地一样坚实。我想象冰下的水，想象水中的鱼。我多么愿意自己是一条鱼。一条自由自在的鱼。我将从这里出发，游入大海，然后游回自己的祖国。

这个想象让我浑身发抖。我捧起石块撞击冰面。大地有自己的软肋，冰面也有它的穴位。我只听得"骍"的一声，冰被砸开一个口子，接着我看到一股热气从水面上涌出。热气散去，水非常清澈。找感到自己突然变得无比柔软，我就像所罗门瓶子里的怪物，化成了一缕烟，钻入冰层之下。

死亡也是一件困难的事。托马斯又一次救了我。这一天，他一直古怪地看着我，就好像我会突然杀了他。他是见我钻入冰层而奔跑过来的。他没脱衣服就跳进冰窟窿里。当时，我的难友们都还不明白发生了什么，他们站在冰层上，呆呆地看着这边。

我在向水下沉。托马斯粗大的手臂像一条鲨鱼那样追了上来。他的手抓住了我。我没有反抗，我不知道为什么自己不反抗，我蜷缩着。托马斯带着我缓缓上升。那一刻，我像一个婴儿一样软弱，我泪流满面。当我快浮出水面时，光线强烈得令人晕眩。我感到自己好像刚刚结束一场越野拉练，没有一点点力气。我像一条死鱼一样闭着眼睛躺在冰面上。难友们冷漠地围着我，一声不吭。

托马斯叫人把我抬到他的房间。天太冷，我的湿衣服很快就结了冰。托马斯的房间里烧着炭火。托马斯把我的衣服剥去，替我换上了一件宽大的睡袍，然后让我躺在他的床上。

我茫然地睁着双眼，身体在慢慢变得暖和，但我的心头却在打战。我知道我的眼中此刻带着惊恐不安。我清楚地意识到自己对生的留恋。当我意识到自己也是个贪生怕死的人之后，我对自己充满厌恶。

托马斯说："你为什么要死？你这么年轻。"

托马斯显得有些激动，他从床下拖出箱子。他拿出一沓照片，递给我。我不知道是什么东西，一看原来是韩国女人的裸照。我的头轰的一声，就像一颗炸弹在脑子里炸响，我于是什么也看不清，只看到血肉模糊的一堆。很久以后，我再次回忆那些图片，我才依稀记得那些光溜溜的大腿和胸脯，但它们是分离的，就好像我的神经系统分裂了，无法把它们合在一起。

托马斯说："你为什么要死呢？你瞧瞧这些美人儿，生活是如此美好。"

我闭着眼睛，想，这个美国佬真他娘的是个下流坏。不知道他是从哪里弄来这些照片的，这个人一定糟蹋过不少朝鲜姑娘。我参战前，听老兵们说过，美国人的口袋里往往放着一些裸体女人照，要么是爱人的，要么是明星的。总之，美国人都很流氓。

托马斯见我闭着眼，愤怒地把照片摔到我的头上。我用手把这些照片挡了回去。托马斯像是很心疼他的照片，弯下高大的身躯，捡拾散落在地的照片。

我说："你太下流了，你太太要是知道你这样，肯定饶不了你。"

托马斯露出天真的笑容，那双眼睛有着孩子般的纯真。他说："她只会更加爱我。"

托马斯的坦然，超出我的经验。我想，我如果藏着这样肮脏的东西，我一定不敢拿出来给人看，如果被人发现了，我一定会觉得无脸见人，羞愧难当的。但这个美国鬼子神情自若。我感到他的态度刺痛了我，令我郁闷和愤怒。我不想再看见这个流氓。我从床上爬起来，披上自己的湿衣服，冲出了托马斯的房间。

托马斯说："你这是干什么？你们那间屋子是多么冷啊。"

那些裸照一直停留在我的脑子里。我怎么驱赶都无法让它们在意识里消失。当天晚上，我没睡着，脑子里都是这些乱七八糟的东西。我的整个身子像是沸腾了一般，既柔软又紧张。我想，我看来是中毒了。我感到害怕。可我无力抵御它们。我后来就不抵抗了。我的心突然变得安详起来，我的身子也舒展开来。我像是落在温暖的水中，生命的感觉突然降临，泪水夺眶而出。

我的身体一直非常灼热。我不知道自己后来是睡着了还是失去了意识，有一些幻觉一直缠绕着我，让我有一种回家的感觉。

后来，我才知道那夜我烧得厉害，烧得我失去了知觉。等我醒来的时候，我躺在一间简陋的病房里。醒来的一刹那很奇妙，最初感到自己的身体没有重量，轻如鸿毛，四周光线强烈，后来，光线慢慢暗淡，我的身体也变得越来越沉重。一种无力的沉重。托马斯站在我的身边，他见我醒来，显得很高兴。他告诉我，我得了伤寒症。

"不过，你放心，医生已经给你注射了氯霉素。"托马斯说。

治疗伤寒是个漫长的过程。但我的体质好，恢复非常迅速。美国人不是人人都像托马斯那样好心肠。这是一个专门收治俘虏的治疗所，有时候一整天美国人都不来看我一下。托马斯倒每天来看我一次。他一来就摸我的额头，就好像他是个医生似的。

"我懂医。"托马斯说，"我父亲是个教会医生。"

我知道美国人相信上帝，他们的部队中也有教士。在一次行动中，我们还抓到过一个美国传教士。他胆子特别小，见到我们就把手举得老高，恨不得举到上帝那儿。头几乎埋到了土里。他说，他只是个教士，他反对战争。

也许是因为生病，我显得很软弱。我对托马斯也不再像以前那么讨厌，有时候，也会同他聊聊家常。我问：

"你信上帝吗?"

托马斯摇摇头，他天真的眼里浮现一丝困惑。他说："不知道。"

"你呢?"他反问。

"不信。"

"我开始信的。我小的时候每个星期都要去教堂。我是我们那个教区的童子军成员。每周都去做义工。"托马斯说到这儿，停了一下，说，"后来，我就有点疑惑，我不怎么去教堂了。我父亲为此非常伤心。"

"你太太是干什么的?"我问。

托马斯见我问这个问题，一脸快活。他说："我太太很了不起，她是一位教授，是专门研究性的。"

听到托马斯说他的太太是研究性的，我的头大了。怪不得托马斯这么下流。我想，托马斯接下来肯定要说下流话了。我赶紧转移话题：

"我什么时候回难友们那里?"

"待在这里不好吗?"

托马斯不知道我内心的隐秘。我怕难友们怀疑我。我离去时，他们一定会用奇怪的眼神看我。这种眼神会让我感到不舒服，令我感到我的清名在他们的眼神中已不复存在。

在病房待了四天，我回到难友们中间了。我恢复得还可以，只是身体还有点虚弱。难友们去筑路的时候，我可以在规定的范围内活动，李自强很关心我。他经常从托马斯那里给我弄来一些可口的罐头。但我还是对他很不满。我听一个难友说，为了让李自强管理我们，美国人曾专门培训过他。难友们中间，只有李自强拥有一把刀子和一根棍子。当然他从来没用棍子打过一个难友。有人说，他可能已是美国人的奸细。这个我不太相信，我不相信他会出卖我们。经过这段日子的观察，我发现战俘营其实还是有很大的空间的，美国人根本不知道难友们在想什么，他们又听不懂中国话。托马斯这个白痴倒是听得懂一些，但他把他管着的战俘当成一群听话的绵羊。想起托马斯，我又想起那些裸照。

我想再看一看那些裸照。我上次没看清楚，头脑里模糊一堆。随着身体的恢复，那些图片又开始骚扰我了。那种模糊的印象令我有再看一次的渴望。我得看清楚究竟是怎么一回事。

再见到托马斯时，我的这种渴望变得更为强烈。我下了好大的决心和托马斯打招呼。

托马斯见我鬼鬼祟祟的样子，警惕地问我什么事。我说没什么事。托马斯不相信，他说你一定有事。我早已憋红了脸，支吾道：

"我想看看那些图片。"

托马斯一脸天真坏笑，他在我胸脯上狠狠打了一拳。他快活地去取箱子里的照片，一脸的满意，就好像他干了一件了不起的大事，引诱我提出这个无耻的要求是他这段日子以来所取得的最大成就。

现在我看清楚了。我还没碰过女人。在入伍前，我喜欢过一个姑娘，她是一位护士，比我年纪大，我偷偷跟踪过她，但她一直不知道有人暗中喜欢她。除此之外，我没有任何经验。我努力控制自己的情绪，但我还是看得浑身发颤。托马斯在一旁得意地笑。我的脸羞得发烧，很有点无地自容的感觉。

我回去的时候，托马斯要送我一张。但我拒绝接受。我一脸不以为然，我说：

"你以为我喜欢这种东西？我会干这种丑事？"

托马斯一脸的疑惑，就好像我是从地里突然钻出来的怪物。

我感到自己确实像怪物。因为回到自己的屋里我就后悔了。我应该带一张来。那些图片有强烈的魔力，它们占据了我的脑子。这回当然更清晰了。这清晰令我有不真实之感。我想再看看图片，以验证自己的记忆。但我不会再向托马斯提这个要求了。那样的话，我真的成了下流坏。

我确实下流。我竟然这么下流。我整日想着那事。我的身体充满欲念。我看到附近兵营里那几个美国妞，眼睛都会发直。这时候，我就在心里批判自己。我经常闭着眼坐在那里，口中念念有词。我像一个打坐的和尚。难友们不知道我怎么了，不过他们对我的行为不感兴趣。我闭着眼睛，在驱赶那些图像，口中骂的是我自己。我一遍一遍说：

"你这个下流的东西。你这个下流的东西。你这个下流的东西……"

有一天，托马斯碰到我，向我意味深长地眨眨眼，说：

"现在我放心了，我知道你不会自杀了。"

我和托马斯说话的时候，李自强总是微笑地着看我们。我不喜欢这个人的笑。我虽然不认为他已变节，但我不喜欢这个人。他在托马斯面前点头哈腰的样子令我觉得丢脸。

托马斯说得对，我现在确实已经不想死了。我不想死了后，想起他救过我两次，我就对他有些感激。他给了我两次生命啊。况且我得伤寒的时候，他这么关心我。

托马斯好像很喜欢我。干活的时候，他喜欢和我说说话。

有一天，筑路休息期间，托马斯来到我身边。这时，刚好有一群美国女兵走过。托马斯咽了一口口水，问：

"你还没同女人睡过吧?"

我的脸红了。

托马斯说："你如果睡过女人，你就不会想到死了。"

那群女兵慢慢走远了，就像一群天鹅消失在天空中。托马斯显然感到遗憾。他突然回过头来，问我：

"他们说你打仗非常勇敢?"

我不知道他为什么问这个问题，我没回答。

"我可不想杀人。"他耸耸肩，一脸自嘲，"所以，我管俘虏。"

我不置可否。

他好像对我满怀好奇。他认真地问："你杀过多少人，"

我杀过多少人自己都记不清楚了。我白了他一眼。

他吹起口哨。他说："同我说说没关系，我又不会报复你，你已经是美军的俘虏，我们美军优待俘虏。"美国兵都爱吹口哨。他们喜欢把自己搞得像个小流氓。他们以为这就是个性。我在心里冷笑。

我问："你中国话说得很好，哪里学的?"

他说："我从小学中文，我父亲本来想让我去你们国家传教的。后来，我自己都困惑。再说，你们国家成了共产国家，也没机会了。"

我"噢"了一声。我想，美国人就是想麻醉中国人民的精神。

我心里对托马斯有了一些亲近感。我总是不自觉地观察托马斯。有一天，托马斯带那群美国女兵到他的房间。托马斯高兴得像一只得到主人食物的狗。他全身的毛发都变得服帖，好像随时准备着主人的抚摸。我不知道托马斯是不是在给她们看他收藏的南韩女人的裸体照。他下流得如此光明正大，这一点令我羡慕。我做不到。我的下流是真下流。我只能批判自己。

凭良心说，托马斯待俘虏不错。因为修路消耗的体能很大，他经常向上面要求一些可口的食品给我们吃。大家也都很配合他，尽量把活干好。

我对托马斯的好感令我不安。我知道我不该如此。我从来没想过会对一个美国鬼子、一个敌人有亲近感。我在托马斯面前从来没有笑脸，眼中依旧是那种对待阶级敌人的你死我活的凶狠。我不想让托马斯知道我感激他。不能让这个美国鬼子得意了。我们之间界线分明。

有一天，在筑路的时候，李自强来到我身边。他态度十分严肃。他假装干活，对我说：

"我观察你一段日子了。我已相信你。我有事同你商量。"

我不知道他在说什么。我看着他。我一直对李自强有点反感，他干活时的积极劲儿令我看轻他，我觉得他好像想在俘虏营里待一辈子似的。他要同我商量事情，我感到很奇怪，我平时都不理睬他。但这个人却认为自己是俘虏们的头，他当仁不让地配合托马斯管着我们。

他说："我这样做是冒风险的，关系到这十九条生命。但我已信赖你。"

我不知道他要说什么。没反应。他显然也在观察我。他想了想，又说：

"听说你是一个侦察兵？"

我是一个侦察兵。但我从来没说过自己的身份及部队的番号，我不知道他是从哪里打听来的。我很奇怪。

"我准备带同志们逃走。我需要你配合。"他说这话时，双眼变得十分锐利。

听到他的话，我的眼睛一亮。我多么希望自己能逃走，不做俘虏。如果到战争结束，我还关押在这里，那意味着俘虏这个名号会跟我一辈子。以后人们就会叫我俘虏。我的屈辱将是一辈子的事。他捕获了我眼中的光亮，满意地点点头。但一会儿，我眼中的光亮就暗淡了下来。我有点不相信他。我觉得根本是逃不走的。我们不知道自己的部队在什么地方，而这一带早已是美国人的地盘。但他看上去像是认真的。他见我没表示，不以为然地笑了笑。他说：

"跟我来一下。"

我跟他来到河边，和李自强站成一排，假装撒尿。李自强同我说出了他的计划。他说，他一直在找机会逃走。这事他没同难友们商量过。他认为机会不是没有。虽然我们筑路的四周都是岗哨，但美国人似乎已对我们放松警惕。当然不能一下子全跑掉，得一个一个消失。李自强说，因为托马斯整天端着冲锋枪跟着我们，他是个最大的障碍。我们想要逃走的话，必须先把他杀了。

听了他的话，我有点吃惊，我看了他一眼。

他的眼光像刀子那样切割过来，我从未见过他的如此凶狠的眼光。他说：

"怎么？不对吗？"

我说："我们往哪儿逃？这里到处都是美国人和南韩人。"

他说："往北，就能找到我们的部队。"

我说："天这么冷，我们能活着找到部队吗？"

李自强的脸突然涨红了，他发火了："我难道就没想过会饿死、冻死？没想过会找不到部队？但这总比在这里当俘虏好。就是死也得闯一闯。"

我从来没见过李自强发火。他的态度一向很和蔼的，像美国人的走狗。看来我看错了他。他的发火让我重新评估了他。我开始信任他。我说：

"好吧，我们干。"

这时，托马斯端着枪朝我们这里走来。他好像嗅到了一些异样的气味。李自强马上露出特有的媚笑，和托马斯打招呼。我则黑着脸走了。

李自强对托马斯说："这个傻瓜，现在还想着死。"

托马斯不信，他摇头说："不，不，不，不，不。他不会再去死了。他还没活够呢。"

李自强开始在难友们中间传播他的出逃计划。某种隐秘的希望在俘虏营里浮动，这使得空气中像是有了一种令人振奋的东西。每个人的脸看上去都有一种故作的平静。天地之间好像突然变得安静了，干活的时候，喧哗声少了，远处的枪炮声会变得特别刺耳。这份寂静令人不安。托马斯对现场气氛好像有所警觉，他开始认真地端着枪，观察我们的一举一动。李自强还像往常一样同托马斯开一些玩笑。

回到俘虏营，大家都不说话，各自安静地干自己的事，就好像大家都成了哑巴，就好像发出一点声音后，秘密就会被泄露。这寂静令人沉重，令人喘不过气来。

我躺在床上。天已经完全黑了。俘虏营外面，美国人的探照灯在不停地扫射。当探照灯扫过群山时，群山被战火烤焦的黑色令人惊骇。自从李自强告诉我准备出逃的计划后，我的心已活动开了，我经常想起我的故乡，想起那个护士。如果我能活着回去，我一定要去找她，把她的衣服全剥去，要让她像那些裸照上的南韩女人一样，呈现在我的面前。这时，托马斯那些照片又在我的眼前晃动起来。

我听到身边有声音。原来李自强躺在了我的身边。我迅速把脑子里的图片驱赶掉。我的呼吸有点急促。"我得到消息，我们过几天就要转移到釜山战俘集中营。那样的话，我们就没有机会了。"李自强说到这儿，停了一下，然后坚定地说，"不能再拖了，我们明天早上实施计划。"说完，他塞给我一把刀子，"明天，到了筑路工地，你想办法把托马斯杀了。其他事你不用管，我都安排好了。"李自强丢下刀子，就悄然移开了。我都还来不及反应，他说的究竟是什么意思。

我失眠了。我整个晚上握着那把锋利的刀子。我当然已经明白我在这次行动中扮演的角色。夜很黑。朝鲜的夜晚比我想象的要黑。我有点惊恐。因为，此刻我只要一想起托马斯，脑子里浮现的就是他微笑的天真模样。我无法想象托马斯的死亡，想起精力充沛的高大的托马斯将在我的刀子下结束生命，我感到不安。我很困惑。我是个杀过不少敌人的人，我不该这样啊。后来我想明白了，在战场中，我杀的那些人我并不认识，他们对我来说是抽象的，只是敌人。但托马斯就不同了，我已认识他。他同我想象中的敌人是如此不同，这个人虽然下流，但天性和善，思维简单，像一个没长大的孩子。可我明天就要杀掉他。我觉得自己难以下手。

我对自己的怯懦感到困惑。我怎么会变成这个样子？怎么会变得毫无信念呢？怎么会变得是非不分、敌我不分呢？我真是辜负组织多年来的培养和教育。面对这样一个任务，我的内心竟然充满了矛盾。我不能这样，也不该这样啊。我开始从另外一个角度去看待托马斯。他确实是一个流氓，是敌人。他来到朝鲜，不知糟蹋过多少朝鲜姑娘。我们出征前，看过一些新闻资料片。那资料片有一集专门讲美国大兵强奸朝鲜姑娘的事。那片子说，美国大兵到处驻军，驻军到哪里，强奸到哪里。驻在国的妇女经常受到美国大兵的骚扰。美国兵是多么不义。想起那些资料片中的场景，我心中的怒火就被激发了。托马斯在我眼里开始变得可恶起来。我开始把他想象成一个十恶不赦的浑蛋。

我走向托马斯。托马斯有一张阳光般的脸，他对我意味深长地笑着。他的笑充满了和平的气息。在我的感觉里，托马斯不像是军人，更像一个和平使者。我跟着他。我们俩有着十分暧昧的表情，就好像前面等着我们的是一张张令人血脉贲张的裸照。刀子就在我的棉衣里面。我的右手伸进棉衣，已紧握住它。我一直盯着他的心脏。我将把刀子插入托马斯的心脏。

可就在我举起刀子，向托马斯的胸膛刺去时，我听到一阵混乱的骚动。战俘营的大门突然打开了，早晨的光线从门框里射了进来。和光线一道进入的是五个美国兵，他们来到李自强面前，用枪对着李自强，叫他起来。一会儿，他们把李自强带走了。李自强被带走前，用锐利的怀疑的目光看了我一眼。我不知发生了什么。

我想，我没刺死托马斯，我刚才是在梦中。我长长地松了一口气。

李自强的突然被抓，在难友们中间引起了不安。有人怀疑出现了叛徒。我发现早晨以来，很多人用怀疑的眼神打量我。这让我感到屈辱。不过，我确实为自己感到害羞。我竟然因为那仅仅是一个梦而如释重负。我对自己非常不满。我像一个罪人一样低着头，好像李自强被抓真是我告密的。这天，美国人没安排我们去筑路。也许他们正在审问李自强。战俘营里，难友们都没说话，刚刚燃起的希望瞬间就破灭了，这令他们感到气馁。他们一个个都无精打采的。

我感到自己正身处危险之中。我不断在心里盘算这次行动失败的后果。也许我会受牵连，他们会因此把我杀了。要是以前，我不会害怕，但现在我不想就此死去。我还要去故乡见我的小护士。我不知道谁是告密者，虽然战俘营只有十九名难友，但人心难测，谁是奸细你很难判断。我甚至想到奸细有可能是李自强本人。是李自强给我设置了陷阱。这样一想，我倒抽了一口冷气。

难友们对我充满了敌意。很多人开始相信我就是叛徒了。我感到很难在这里待下去了。我要么被美国人杀死，要么被难友杀死。我有这个预感。整整一天，我的右手都握着棉袄里的刀子。我双眼警觉，观察着周围的一举一动。大家在静静等待正在降临的风暴。

傍晚，送饭的南韩人把门打开时，我吓了一跳。南韩人的后面跟着两个端着枪的美国兵。两个美国兵的出现使气氛骤然紧张。往日只是南韩人送饭的。美国兵显得比往日要来得警觉。我以为他们要把我带走了。没有，他们仅仅是来送饭。当时天已黑了，我看到兵营里的探照灯开始来回搜索着。我看到门外的黑暗。我看到了把守战俘营的哨所。哨所外更黑暗，但我知道哨所外的黑暗叫作自由。那黑暗在诱惑我。我的心狂跳起来。我甚至没想自己的心为什么狂跳，我已站起来。我迅速靠近那两个美国士兵，那两个美国兵警觉地看着我。他们开始本能地做准备。但还没等他们准备好，我的匕首已插入了他俩的心脏。我在侦察学校时学过如何快速出手，在敌人没反应时解决。那个南韩人见此情景，他把饭锅放在地上，无声地哭了。我怕他喊出声来，我的匕首又刺入他的胸膛。

大家都惊呆了。他们没想到我会这么干。我自己也没想到。此刻他们的眼里有一种不知所措的神情。他们不知道自己接下来该干什么。想起他们以前投向我的怀疑的眼神，我感到委屈，我的眼睛突然湿润了。我说：

"我去把那个哨兵干掉，然后你们就跑吧，要是把我们送进釜山集中营，我们就再也回不到祖国了。"

我拿着匕首，向出逃必经的哨所潜伏过去。兵营的探照灯让我无处藏身。我匍匐在地上，向哨所靠近。我离那哨所越来越近了。我已经看见哨所值勤的美国大兵。这时，哨所的灯突然亮了，美国兵从里面走了出来。他一脸疑惑。他显然已经嗅到了一些不同寻常的气味。我躲藏起来。

那美国鬼子终于来到我面前。我从后面抱住他，迅速地扭断了他的脖子，然后夺走了他的枪。

我向身后的难友挥了挥手……

我是最后一个离开俘房营的。不知怎么的，我突然有点想念托马斯。这个人救了我两次命啊。看来，我真的失去了阶级立场。

我来到托马斯的营房前。他的营房外布满了岗哨。但我还是想去看他一眼。我是从一个铁丝网的口子进去的。这要冒很大的风险。我当过侦察兵，这点困难我对付得了。就这样，我来到托马斯的窗口。房间里很黑，我什么也看不见。我想托马斯睡着了。我当然不能和他告别。我从地上拿起一块石头，在他的墙上写了几个字：

"再见了，托马斯。"

写完这几个字，我就跑了。我跑了一段路，听到美国兵的军营响起了警报声。我想，他们终于发现俘虏们跑了。我不知道托马斯该如何应对这个局面。

我越过河流，来到山林里。老实说，我不知道往哪里逃。我不知道我们的部队在哪里。我只是往北走，我知道我的家就在北方。想起自己不再是俘虏，我感到无比宽慰，俘虏这个词对我来说是多么沉重的耻辱啊。

我有点困了。我想，还是休息一下吧。我坐下来，把枪抱在怀里。我很快睡着了。在睡梦中，我还见到了那个小护士。梦里那个小护士没穿任何衣服。

我是被人弄醒的。醒来的时候，我很不耐烦。怎么可以搅了人家的好梦呢。但当我看到眼前的情景时，我惊呆了。托马斯正举枪对着我。我几乎是本能地迅速拿起怀里的枪，对准他。

托马斯说："把枪放下，否则我会杀了你。"

我看到托马斯那双天真的眼中有少见的凶狠。一种准备杀人的凶狠。

我的心突然软了一下。他同我说过的，他之所以管俘虏是因为他不想杀人。他说杀了人他会受不了，会疯掉的。

托马斯很敏感，他一定看到了我眼中的柔软。他放松下来。他放下枪，对我说：

"请你把枪放下。跟我回去。不会有任何事。"

可就在这时，我扣动了扳机，把托马斯毙了。我不知道为什么会突然扣动扳机。托马斯一脸惊愕地倒在我面前，他天真的双眼中充满了疑问。他带着满腔的疑问见他的上帝去了。

当我知道自己杀了托马斯后，令人奇怪的是我并没有不安，相反，我很快找到了自己，找到了自己的角色和身份。我是一名志愿军，是中国人民解放军——志愿军。一种前所未有的英雄气概和自豪感迅速在我的胸中扩展。我抬头望天。我得赶快离开这里，听到枪声，他们会追赶过来的。我无比鄙视地看了一眼托马斯，然后又狠狠地踢了他一脚，转身走了。我边走边骂：

"你这个美帝国主义走狗，你这个下流坯，我代表人民处决你。"

忠　诚

不被信任的感觉可不好受。他们开始要我回去，他们说，这是规定，像我这号人都得回国。我不愿意。我不能这样回去。他们已认定我做过俘虏，但我决不承认。我当然也不能以一个俘虏的身份回国，我不能承受这样的屈辱。我宁愿战死在战场，也不愿回去。

他们有点不耐烦。他们把我关了起来。他们不让我穿上志愿军军服。我不怨组织，这不是针对我个人的，这是我军的传统，你必须把一切向组织说清楚才能归队。是的，我失踪了整整三个月，我得把这三个月的所有一切讲清楚。

我了解我们的组织。组织是不会轻易相信任何交代的，组织更看重你的实际行动。我相信我对组织是诚实的。但我能完全诚实地面对组织吗，我发现不能。我不会说南韩人要杀我时是那个美国人托马斯救了我，我也不会说我企图跳河自杀时还是那个美国人救了我，我更不会说托马斯在俘虏营里照顾我，并且给我看女人的裸照。这些都不能提。也不能提我偶尔浮现的对托马斯的感激。我甚至连在俘虏营里策反出逃并杀了托马斯这样称得上英雄行为的事都不能说，总之，我不能说出自己做了俘虏。我就说，这三个月，我历尽艰难，在寻找部队。

"有什么可以证明你所说的吗？"看管我的战友一脸讥讽。我说话时，他经常挂着不以为然的笑容。

过了些日子，我就同管我的这小子有点熟了。他叫鲁小基，是个机灵的家伙。这样的人在部队是很能讨首长欢喜的。会察言观色吧。他虽然会给首长倒水倒茶，会拍首长的马屁，但也算不上讨人厌。

"听说你是侦察兵？"鲁小基问。

我听了后，眼睛放光。这说明组织在调查我。如果他们能了解我在原来部队的作为，组织也许会相信我。可是这小子接着说：

"听说你原来的部队全军覆没了。美国人他娘的这阵子真是残忍，他们见一个杀一个，他们已不相信志愿军战士会投降。"

我猜度他话里的意思。也许他又在暗讽我成了美国人的俘虏。他说话很标准，像广播里的播音员发出的，我不知道他是哪里人。

"你是北京人吗?"我问：

"不是。"他含糊地答道，

"那你是哪里人?"

"我? 我们是同乡。"他有点不耐烦。

"可你一点口音也没有。不像我，说话大舌头。"

"你这个人怎么这么烦。我一听你的话就知道是我老乡。"他很快地讲了几句家乡话。

没错，他的家乡话讲得很地道。我现在确信这个家伙是我老乡了。我很久没听过乡音。乡音令我有一种想流泪的感觉。这段日子我很脆弱。我对这个人有了亲近感。虽然这家伙在我面前挺骄傲的，有一副小人得志的嘴脸。

"兄弟，你家里都有些什么人?"我继续同他套近乎。

"你在向我探听情报吧?"他板着脸说。

"我知道组织会怀疑我，为什么别人都死了，只有我死里逃生。"我说。我猜想，组织也许在怀疑我替美国人做间谍。不过组织总有一天会了解我的忠诚。我愿意为国家去死。

"那倒是没有。"他停了一下，转换了话题，"你呢? 家里有些什么人?"

"我父母很早就死了，我已记不起他们来了。我是奶奶养大的，她已七十多岁了。"其实我父母没死。我父亲是个乡村教师，为人耿直，经常有些不合时宜的言论。我母亲是个家庭妇女，没什么主见，家里的事我父亲说了算。

鲁小基低头。他像是在沉思着什么。我看到他的眼中有那么一丝同情。我想这个人其实并不坏，心肠挺好的。我得利用他这一点。我说：

"我父亲是被日本人杀死的。日本人进入我们村，杀了很多人，我父母被杀死了。"我想了想，又说，"我父亲死的时候，眼珠子都被挖了出来。"

鲁小基的眼圈就红了。他说："你奶奶谁在照顾？"

"她身体挺好的，硬朗着呢。"

"兄弟，你还是回去吧。"鲁小基说，"我们是老乡，我才劝劝你，你还是回去吧，照顾你奶奶去。"

"兄弟，我不能回去。我这样不清不白回去，脸都丢尽了，这样的话，我还不如死。"

我知道这样回去不会有好果子吃。我们村子里有一个人曾被日本人抓去筑路。他是个有学问的人，据说是位工程师。但日本人走后，他受尽了歧视。他还算不上汉奸呢。后来，有一天，他在自己的破屋里上吊自杀了。

我见过这个人吊在梁上的情形。这几天，我晚上经常梦见他。他四肢僵硬地睡在黑暗中。在梦中，他的头顶上有异样的光亮，狰狞恐怖，这光亮没有任何来历。后来，我发现那个伸着长长舌头的脸变成了我自己。我像是被什么东西勒住了一样，呼吸困难，我觉得自己就要窒息而死了。这时，我猛地醒了过来，出了一身冷汗。在黑暗中，我喘着粗气，我的心狂跳不止，眼中有深深的恐惧。我感到自己软弱无比，从来没有过的软弱，我泪流满面，我强忍着，不发出任何声音。

也许是看在老乡的份儿上，鲁小基似乎对我客气起来。我想，他还算是个不错的人吧。

我不想留在这里。每天向组织汇报思想，会把人搞疯，我哪有那么多思想，我又不是思想家。我想上战场。我已向组织打了无数次报告，甚至写了血书。但上面一点反应也没有。

鲁小基偶尔也透露一些信息给我。有一天，他对我说，他听说了我在当侦察兵的时候很勇敢，上面对我也挺欣赏。听了这样的话，我突然泪流满面，身体里面涌出一种无比巨大的幸福感。我以前很少流泪，男儿有泪不轻弹嘛，但这段日子，泪腺好像特别发达，经常一触即发。只是平常我是一个人偷偷地流，而现在我居然在鲁小基前流泪。事后想想，我也够没出息的。

我平息后，不好意思地对鲁小基笑了笑。

鲁小基说："我明白你的委屈。"这段日子，鲁小基对我特别客气。

我去洗脸。屋子里很暗，天窗投下一束光线，投射在洗脸盆上，我看到了自己的脸。我的脸十分苍老，胡子杂乱地堆在脸上。我看到我脸上猥琐的表情。我几乎不认识自己了。我曾经是多么英武。很多人都这么说，说我穿上军装真是英气逼人。我不能再这样下去。

我回到鲁小基那儿，鲁小基的面容十分凝重。我想他心里面有事。

"兄弟，你好像有心事呢。"我试探地问。

"没有。"他本能地说。

"兄弟还是信不过我？还认为我是美国人派来的间谍？"

"那倒不是。我相信你。"

"是不是战事有点吃紧？"

我这么猜是有道理的。在没过鸭绿江前，我以为美帝国主义是他奶奶的纸老虎，而我军将会战无不胜，可现实是残酷的，不是美国人比我们勇敢，而是美国人装备好。

鲁小基想了想，说："不瞒你说，我们这支部队已被美国人拦腰斩断了。我们被美国人包围了。"

我倒吸了一口冷气。如果是这样的话，那我就可能再次成为美国人的俘虏。但这次决不能再这样了，这次我一定会先杀了自己的。

我问："是整支部队吗？"

"据说是十万人。"

我还是吃惊不小。十万人呢。而上次，我们只是一个连被美国人包围。

"不过，美国人也不一定能把我们灭了。"鲁小基自言自语道。不知道他在安慰我还是在安慰他自己。

我看到天色暗下来。朝鲜的傍晚来得特别早，过了五点，夜幕就开始降临了。山上的冰雪呈现暗蓝色的光芒，虽是战火连天的年代，但还是有一种人烟稀少的寒冷而孤单的感觉。我突然想起家乡。在国内，这会儿人们在干什么呢？我的眼前出现热气腾腾的小吃和锣鼓喧天的喜悦。这时候，我真的想回去。但想到回去后，一切都会黯然失色，我就打消了这个念头。

"如果有什么突围分队，我愿意冲在最前面。请你向组织转告。"

也许是鲁小基不忍看我那种祈求的目光，他没看我一眼，他若有所思地看了看天边，点了点头，走了。

我可以从关押的屋子里出来，到处走走了。也替炊事班做个帮手。我换上了志愿军军服，只是这军服没有徽标。

战事可能真的很吃紧。我军官兵都行色匆匆的，他们不正眼瞧我一下。连炊事班的人也不同我说话。我像是一个局外人。我感到一点儿做人的尊严也没有。但总归比以前好一点儿。

鲁小基已不来看管我了。不写思想汇报后，鲁小基就来得少了。

一天，我正在拆除一袋空降的食品。这是美国人误投到我军阵地的。罐头打开来后，牛肉的香味令人迷醉，我感到不但四周的空间被这香味占领，我的身体的所有部分也都被占领了。我多么想把这罐牛肉和自己的身体融为一体。我想起在美国俘虏营里吃牛排的情形，竟有一种恍若隔世之感。这时，鲁小基来到我面前，他叫我停止手中的工作，跟他走。

我来到鲁小基那儿。鲁小基给了我一套正式的军装，让我穿上。看到军装上的徽章，我的眼圈就红了。我竟不敢相信，也不敢动它。在我的潜意识里，我已经排除了我还是一名中国人民解放军——志愿军。鲁小鲁把军装递给我，我有点不好意思。鲁小基温和地说，穿上吧。我就一脸腼腆地把原来的衣服脱下，然后穿上它。我对自己能穿上军装有点不太适应。我看了一眼鲁小基，我想知道鲁小基的反应。从他人的反应里可以见到自己。鲁小基显然对我很欣赏。他说，你是个漂亮的家伙，你以后会迷倒一大批女人。我笑了笑，自信了一点。

我猜不出组织的用意。我想组织也许对我有新的安排，不可能再让我去炊事班帮忙了。我渴望去前线献身，甚至有强烈的战死战场的欲望。

鲁小基说："通过这段日子的考察，组织认为你是位好同志，让你先去俘虏营看管俘虏。"

我听了鲁小基的话后，感到很失望，那不是我希望的安排，我不希望留在后方。

还是鲁小基带我去战俘营的。这事虽不能令我感到满意，但总比待在炊事班要好。总的来说，我算是欣然前往的。

这个战俘营不大，关着九个美国大兵，其中有两个还是黑人。有两位志愿军管理着这个营地。一位姓严，年龄稍长，像是过了三十，脸色漆黑，脸上有些粗糙的颗粒，他的眼神冷漠，经常有不易察觉的刺人的光亮闪过，他应该是这个营地的负责人。另一位姓肖，有着一张娃娃脸，但也是整天板着个面孔。大概是职业需要，对付美国俘虏，你得在脸上摆点儿颜色。我很自然地把他们的表情搬到自己的脸上。

鲁小基先向老严谈了一下我的情况，然后再把我介绍给老严。老严伸出他那双大手，把我握住。根据以往的经验，我以为一个长着这样的大手的人，手会很温热，但老严的手出奇的冷。

鲁小基走后，老严就带我去看俘虏。一路上，老严沉默不语。

我们一进去，俘虏们就都立正了。那情形像是士兵等待着首长的检阅。老严叫他们稍息。老严发现人数不对，突然问：

"托马斯呢？"

我听到这个名字吓了一跳。托——马——斯。我四处观察，看看有没有我熟识的人。

一会儿，我嘲笑自己的慌张，美国人叫托马斯的多了去了，此托马斯非彼托马斯，我是自己吓自己。我认识的托乌斯已被我毙了。

是肖战友接了话，他说："托马斯去茅坑了。"

老严开始说我军优待俘虏的政策，我猜他每回都要说一遍。他这个人平常不说话，但说这一套倒是滔滔不绝的。

这时候，一个人匆匆赶来了，站在俘虏的队伍中。见到他，我的心狂跳起来。是的，就是他，托马斯。我非常困惑，也很吃惊，这个人竟然没有死。他还活着，并且做了我军的俘虏。我的心不禁有些慌乱。托马斯这时也看见了我，他的目光既明亮，又有些害怕，就好像见到一头不明所以闯入的野兽，搞不清对人类是否友善。托马斯那阴影遍布的目光像是在试探我，像是想同找打招呼。我板着脸，冷冷地盯着他，我不能因此而胆怯了。我假装不认识他。

老严像是看出了什么名堂，问："你们认识？"

我赶紧用一种不容置疑的口吻说："不认识。"

老严一直看着我，他的眼神里布满了怀疑的光芒。一会儿，老严把那人叫到我面前，向我介绍：

"他叫托马斯，会说普通话，现在靠他帮忙管理这些美国人。"

我点点头。

老严叫那人回去站好队。然后，又开始训话：

"毛主席早就说过，美帝国主义是纸老虎。你们要老老实实待着，不要搞阴谋诡计。一切侵略者注定都是要失败的，因为正义在我们这里……"

从俘虏们那里出来，我的心情非常复杂。一方面，我对没有杀死托马斯有一种如释重负之感。老实说，我一枪毙了托马斯后，也没有想起过他来。要处理的事情太多了，这事还来不及想。但见到他，那种复杂的心情就涌了上来。毕竟这个人救过我两次命啊，也没死在我手里，当然会给我一些安慰。但另一方面，在目前情况下，托马斯的出现令我非常害怕，就像有一枚定时炸弹埋在我身边那样。托马斯又懂汉语，只要他说认识我，我就会被钉在历史的耻辱柱上，永远不得翻身。我发现，我已经闯入了一个危险密布的地方，随时有可能身败名裂。

我的工作就是随时听从老严的吩咐。老严说，今天让他们掏大粪去，我和肖战友就带着美国俘虏去总部掏大粪。老严说，今天洗军服，我俩就带着他们去河边洗。河水很冷，那些美国人经常冻得哇哇叫。有几个美国人手上已长满了冻疮。我隐约感觉到老严似乎信不过我，不给我同美国人单独接触的机会。肖战友几乎同我形影不离，像是在监视我。

我对俘虏非常残忍，他们一有不对，就会遭到我的殴打。我唯独不打托马斯。我这么做有多重考虑。第一，当然是为了震慑托马斯，好让他封嘴。第二，同我不被信任有关，我急于证明我比谁都仇恨敌人。我无缘无故殴打俘虏的时候，肖战友就会奇怪地看着我，但也没有制止我。

托马斯经常去老严那里，我不知道托马斯和老严说些什么。只要有组织就会有机密，即使这组织只有三个人。也许老严暗地里在调查我，也许是我多心。我注意观察肖战友的反应。肖战友和老严之间应该是有沟通的，如果老严握有对我不利的证据，老严也许会告诉肖战友。

我和肖战友也聊一些家常。但肖战友好像没什么兴趣，我问他哪个省的，他就回答，是湖南的。我问他家里几口人，他说四口。总之，他回答得标准而简约，从不多说一个字。他的反应看上去十分机械，表情木然，如果不是眼神有些光亮，我会认为他是一个白痴。我当然不能问，老严和托马斯谈些什么，但即使问也问不出什么，因为我猜得出肖战友的标准答案：谈工作。

我很焦虑，我得清除这个潜在的危险。但我无法单独和托马斯住一起。

托马斯，这个单纯的美国人，即使成了一个俘虏，他的笑容依旧保持着昨日的灿烂。他干最苦最累的活儿，穿着破烂的衣服。也许他的口袋里还藏着女人的裸体照，在夜晚，借着月光偷偷地看上几眼，以慰藉他的俘虏生涯。北朝鲜的月亮非常明亮、安静，在山头的云层中穿行。在无云的时候，月亮的光华照得世上的一切都显得苍白无力。在这样的月光下，那些我曾见过的照片上的裸女会呈现怎样的风韵呢？

托马斯能说会道。他和那些美国人用英语说说笑笑时，我会怀疑，他是不是在告诉他们，他认识我。也许他还在用尖刻的语言骂我是一个无耻之徒。他救我两次，可我恩将仇报，一枪毙了他。托马斯在说话时，那些美国俘虏一直笑嘻嘻地意味深长地看着我。就好像托马斯真的在讲述我与他的故事一样。托马斯是我的噩梦。

我突然气急败坏，冲过去踢了他们几脚，让他们闭嘴。

有一次，我们去总部搬运给养。在路上，托马斯尿急，他在老严点头后，由我押着去撒尿。他站在一处悬崖边上，掏出他的家伙，愉快地撒起来。这时，我涌出了一个念头：我只要在后面推上一把，这个人就会坠入万丈深渊，这等于拆除了埋在我身边的定时炸弹，从此我就安全无虞了。托马斯即使在撒尿时，也有些孩子气，他吹着口哨，尿路不断改变，好像他正在画着一幅不存在的图画。念头既生，我一下子屏住了呼吸。念头是如此强烈，不容我多做思考，我就伸出了手。当我将要接触到托马斯的背部时，我停止了。我发现我无法置他于死地。我不能这样，这个人救过我两次命，我已杀过他一次，我不能不明不白地杀他第二次了。我转过身，眼圈都红了，我大口大口地吸气。

托马斯好像并不知道自己的危险，他撒完尿，全身一个激灵，把家伙放入裤裆。这时，他看了我一眼。这是我第一次和托马斯单独面对。他的脸上顿时有了奇怪的表情。我的脸黑了下来，我假装并不认识他。我说：

"走吧，他们走远了。"

托马斯点点头。

"子弹击中我这儿。"托马斯指了指右胸口，他没有看我一眼，好像在对一个不存在的人说话，"我以为要死了……我后来被中国人抓了起来，他们把我救了过来。我很感谢中国人，真的……"

我开始并没吭声，后来我冷冷地说："当心你的舌头，我不认识你。"

托马斯相当聪明，说："我是不认识你，我从来没见过你。"

我说："算你命大。"

托马斯突然站住了，他好像从我的话中听出了玄机。他说："我不想死，只要让我活着，我什么都愿意干。"

我挺瞧不上这个美国人的。说出这么没出息的话。这样的人也许还是一把把他推下悬崖来得干脆。我就踢了他一脚，说：

"少废话。"

老严突然出现在我面前。原来他是在一块岩石边等着我们。他见到我们，脸上挂着古怪的笑容。他的那双眼睛，充满了怀疑的光芒。我被他看得极不舒服，我真想揍他一顿，给他一点颜色瞧瞧。

老严对托马斯说："你快跑，追上他们。"

托马斯就屁颠颠地追了上去。

我和老严默默地走在山路上。谁也没有说话。但我感到我和老严之间紧张的气息。老严已经不相信我了，他已把我盯死了。这会儿，我就在他旁边，但我感到我和他之间似乎相隔遥远，或者，我像是被什么东西包围着、压迫着。我当然知道是什么东西压迫着我，是不被信任。我以为他们最终会信任我，我都已穿上了军装，但我还是不被信任。

走了好一阵子，他才开口问："你们刚才讲什么？"

"他说是志愿军救了他的命，他对志愿军相当感激。"

"是吗？"老严意有所指地说，"你们好像挺熟的？"

我没理睬这个人。加快步子，独自向前。

事后，我非常后悔我没有把托马斯推入悬崖。因为那以后，事情似乎变得严峻起来。老严经常把托马斯叫去。有一次，肖战友对我说，托马斯以前是美国俘虏营的军官。他很少同我讲俘虏的事，我就格外警觉。我说，是吗？

老严有一天把我叫去，问我这失踪的三个月是怎么生活的。我说，见什么吃什么。什么都吃，连死老鼠都吃。老严说，噢，是这样。我说，我是受过野外生存训练的，只要没被击中要害就能活下来。

我知道老严还是没有信任我。我甚至觉得，在他心里已认定了我同托马斯有关系了，他认定我在这三个月中，已变了节，投靠了美国人。不过，也许是我多心。但目前的处境让我不能不留点儿心眼。

也许是为了解除老严的怀疑，有一天，我主动向肖战友说起我被俘前的那次战争。我们整个连都完了。我说，在这之前，我受命前去请求大部队支援，所以我逃了出来。我说，我其实不愿意在这里看管俘虏，我想去前线。

但肖战友好像对我的话没兴趣。他没头没脑地对我说：

"我们已经被包围了。四周都是南韩人和美国兵。"

对此，我却一点不关心。我渴望和美国人正面接触，来个你死我活。要解决目前的困境，我只能这样。如果面对敌人，我的命运只能是两种：要么成为一个英雄，要么成为一个烈士。我说：

"你什么打算？"

"我不会做一个俘虏。"他冷冷地说。

我和肖战友说话时，天色已晚，四周暗了下来。树林暗影浮动。傍晚的气息使眼前严酷的战争显得有点不真实，好像我一直置身于世外。这令我有点伤感。

我和肖战友说这些时，内心充满了巨大的不平感。我敢保证，我比谁都勇敢，比谁都忠诚，但现在就是像肖战友这样的白痴都要怀疑我，我都要看他的脸色。但我必须经受住这个考验，把一切耻辱洗刷干净。

有一天，老严把我叫去。我进去时，发现托马斯老老实实坐在老严那张简易写字桌前面，他双脚并拢，搓着手，那双天真的眼里面带着惊恐。我吓了一跳。我不知道老严为何把我叫过来，难道他从托马斯的嘴里审问到了什么？我当然不能把我的担心表露出来。我也没问老严找我何事。我现在很少说话。老严的话也少，但他会先开口的，是他找我来的。这次老严倒是很热情，站起来，把他的位置让给我，说：

"你来审审吧，我看他支支吾吾的，一定还有料。"

我硬着头皮坐到椅子上。我得面对这个场景。我把目光刺向托马斯。能问些什么呢？我对托马斯太了解了。但我必须要问。

"你在美军哪支部队？"

"我在美军水原战俘营工作。"

"你虐待过中国俘虏吗？"

"没有。"

"骗人。"

"别的士兵有。他们叫中国人在营地跑步，不让他们停下来，直到他们脱水晕过去。"

"你一个管俘虏的怎么会被抓的？"

"因为俘虏策反跑了。我是去追赶那些逃跑的俘虏时被抓的。"

……

我审问的时候，老严在一旁打瞌睡，但我知道他一直仔细倾听着，不会放过任何细节。

我从老严那里出去时，发现自己浑身都是冷汗。我深深地吸了一口气。刚才的审问令人窒息。那不是在审托马斯，而是在审我自己。我真是怕一不小心出什么娄子。即使现在，我已做了几次深呼吸，依旧感到胸闷。我很软弱，我甚至想到我应该把一切同组织交代清楚，包括和托马斯的关系，包括我向托马斯索取女人的裸照，包括我的阶级立场问题，但我马上否定了自己这个想法。这样做等于把自己打入地狱，如果说了，组织就不会再信任我了，我就会像那个给日本人筑铁路的工程师，只有上吊的份儿了。

俘虏出去干活儿时都要在脸上做记号。在他们的脸上或衣服上打一个红×。这工作一直是我在做。我像对待那些将要送到屠宰场的牲口一样，打×。轮到托马斯时，找住托马斯的嘴上打了一个大大的×。这是我昨晚上想好的，我得想些办法警告托马斯，让他永远永远闭嘴。我打完×，老严奇怪地看了我一眼，但他什么也没说。

老严又把我叫去审问托马斯。这已经是第四次了。我的问话在向危险的方向前进。

"听说你被捕时受伤了？"

"是的。"

"怎么伤的？"

"一个逃亡的俘虏……不，不，是一个逃亡的中国志愿军打了我一枪。"

"是谁组织策反的，你知道吗？"

"不知道。"

"我想你也不知道，如果你知道策反就不会成功了。"

"是的。你说得对。"

"如果现在你见到那些俘虏你还能认出来吗？"

"能。但中国人的脸都差不多，也不一定。"说到这儿，托马斯笑了，"比如我觉得你很眼熟，但实际上我不认识你。"

听了这话，我吓得不知如何审问下去。我的目光盯着托马斯的上衣口袋。他还穿着美国军服。他被捕时，我军已把他的全身搜了个遍，他的口袋应该没什么东西。可我太了解托马斯了，你把他所有的东西搜了去，他无所谓，但他会把裸照藏好，藏在胸口。我也是一时失控，冲了过去，抓起他的前胸，撕开他的衣服，那裸照就弹了出来。我捡起裸照，冷笑道：

"这个美国人天生就是下流坯。"

我这么做是愚蠢的，这只能让我更危险。我觉得再这样下去，老严总有一天会把事情弄个水落石出。肖战友有一天对我说，老严以前是地下工作者，搞情报的。他警惕性高，什么事情都逃不过他的眼睛。肖战友这么说时虽然依旧面无表情，但让我心里发虚。

我总感到背后有一双不信任的目光。这目光现在好像无处不在，像刀子一样闪闪发亮，因为这目光，我经常觉得现在已经没有黑夜，我的一切都是裸露的，无处藏身。

我晚上老是做同一个梦，梦见托马斯那张有时候能说会道、有时候又笨嘴笨舌的大嘴巴。在梦里，这张嘴像鳄鱼嘴那么大，是真正的血盆大口。我对这张嘴巴充满了恐惧。我多么希望托马斯的脸上没有嘴巴。或者托马斯成为一个不能发出任何声音的哑巴。似乎只有那样我才是安全的。当我从噩梦中醒来的时候，对这个美国人充满了愤恨。就是这个人让我度日如年的。我真是后悔，我当时没把他推下悬崖。

美国人虽然被囚禁着，但他们天性乐观，只要待他们稍宽松一点，他们就说说笑笑。他们聚在一起的时候，就叽叽喳喳说个不停，经常还哄堂大笑。我猜那些玩笑同性有关，因为他们老说"发格"。我待在美国战俘营时知道这个在他们口中出现频率最高的词是什么意思。美国俘虏老是"发格、发格"的，让老严很烦。他发布了一条指示，规定从即日起这些美国人不得讲英文。老严的指示让美国俘虏很吃惊，他们的脸上布满了无辜的表情。美国人向老严抗议。美国人抗议的时候，肖战友推了推枪栓。他把子弹推入枪膛时，机械发出响亮的声音。这声音吓着了这些战俘，他们都沉寂下来，脸上布满了恐惧。这以后，他们就不再相互说英语了。

老严对他们开设了中文课。这个任务交给托马斯。老严对美国人训话：

"好好学，把咱们的话学会了，以后只能用中文说。"

托马斯教他们中文的时候，我和肖战友就背着枪在门外站岗。

我是怀着一种绝望的心情看着他们学中文的。我真的希望这里没一个人会说中文，那个托马斯最好是一个哑巴。

如果托马斯真的给他们讲了我的什么话，那么，等他们学会中文，身边的定时炸弹不是一个，而是九个。我倒吸了一口冷气。

我得想点办法。也许我应该把托马斯杀了，或者我应该赶快离开这个地方。

战争越来越严酷。有消息传来，在美国的釜山战俘营里，美国人开始变本加厉地污辱志愿军战俘。同时传出一些照片，照片上志愿军俘虏光着身子，在做各种性交动作。还有更恶劣的，就是美国人强迫志愿军俘虏同牲畜性交。旁边的美国女兵和男兵都在狂笑。这些照片确实令人愤慨。在附近的我军战俘营，管理人员开始报复，他们叫来一些北朝鲜人，叫他们折磨美国人。鲁小基带着首长的指示来到俘虏营。鲁小基强调我军优待俘虏的政策。

但愤怒是可以传染的。愤怒也传染到了我们这里。肖战友开始折磨美国人。他先把那些美军污辱我军俘虏的照片贴到墙上，然后拿着鞭子，在屋子里踱步。那些美国人看到照片，都脸色苍白。他们知道自己必将遭受到也许是致命的报复。

肖战友像疯子一样抽打着美国人。他原本没有表情的脸完全扭曲变形。我能理解肖战友，这种仇恨是真实的刻骨的。敌人有时候很抽象，但战争一发生，敌人就会变得具体。我有这种体验。那是我所在的连队第一次出现死亡的时候，我眼看着我的战友被美国人的枪弹击中后死去了，那时我胸中涌出的仇恨势不可挡，我真的想马上冲过去把他娘的美国人都杀个干净。肖战友鞭子挥过，美国人的脸上、身上、手臂上都出现了血痕。

一会儿，肖战友就累了，他气喘吁吁地擦着汗，把鞭子扔给我，说："你去收拾那个人吧，那个人我给你留着。"

他所说的那个人就是托马斯。他刚才没打托马斯一鞭子。我明白他的用意。

我把鞭子扔了。我冷冷地站起来，向托马斯走去。托马斯大概看到了我眼中的杀机，他后退着求饶，不要，不要。我当然不为所动。也许我早已等着这样的时机了。我甚至连想都没好好想，像是完全出于本能。我从腰间抽出刀子，逼向托马斯。托马斯再无退路。我掐住托马斯的脖子。一会儿，他的舌头就伸了出来，我迅速揪住托马斯的舌头，然后把它割了下来。我的一系列动作非常娴熟。我曾是一个侦察兵。我可以说训练有素。舌头割去，血流喷射，我的脸被染得通红，成了一个血人。我抹了一把脸，我的双手沾满血液。老严和肖战友没料到我会这么干，他俩完全惊呆了。我看到肖战友甚至颤抖起来。托马斯像一条鱼一样在地上蹦跳，扯着嗓子喊，但他再也说不出一句话了。我掷了刀子，走出俘虏营。

我难以平静。我双脚打战，浑身无力，就像我脚下的路被抽空了，我浮在半空之中。没走多少路，我就呕吐起来。

这之后，我一直不敢见到托马斯。我在有意回避他。即使见到他，我也不会向他看一眼。现在，我安全了，但我内心却再也难以平复，我已难以把托马斯当成一个美国鬼子，当成我的敌人。我太熟悉这个人了，我已把他当成我生活中的一员，就像是一个邻居。我因此经常感到难过。

我开始照顾托马斯。干重活的时候，我偶尔会帮帮他。送饭时，我会给他加点儿菜什么的。我军的条件比较恶劣，伙食差，我见托马斯狼吞虎咽的。舌头被割后，托马斯双眼变得警觉和敏感，并且有那么一种阴毒的光芒。是的，现在，他对我充满了敌意，这种敌意甚至不加任何掩饰。我意识到，危险不但没有消除，而且可能更逼近了。因为我明白，托马斯如果要揭发我，除了嘴以外，还可以用手，因为他可以把一切写下来。也许，我应该把他的手也砍了去。

战事越来越吃紧。我们所在的山头被包围了。老严告诉我，我军可能失守，也可能全军覆没。

我爬上山顶，察看周围的状况。危险比想象的要严重。头顶上都是密密麻麻的美国飞机。飞机发出令人讨厌的声音，就好像这个山头是一堆巨大的狗屎，而这些飞机是一群可恶的苍蝇。南韩士兵和美国大兵完全包围了我们。他们正在靠近我们。

老严和肖战友似乎再没心思看管这些俘虏了。他们把俘虏营里的事交给了我，投入了战斗。美国士兵对外面的情况浑然不觉。

他们在恐惧解除的时候，基本上是自得其乐的。有时候开心起来，就像孩子。他们发明了一种游戏，他们是用稚嫩的中文玩的，说出五官名字，然后用动作比画出来。他们玩得挺投入的。我感到奇怪，外面是严酷的战争，而这里像一个超级幼儿园。

但托马斯比任何人都要来得警觉，他似乎意识到老严和肖战友已不在俘虏营，这俘虏营只留下我一个人看管着。他大概在担心我会趁机杀了他。他一直用锐利而闪烁的眼神观察我，时刻准备着保护自己。也许他正在想一些把我杀掉的办法呢。对我来说，这确实是除去托马斯的好时刻，没了托马斯我就平安无事了。但我现在并不急，老严和肖战友不在身旁，我想托马斯不至于杀了我，我突然放松了下来。

枪炮声越来越近了。一些炮弹就在附近爆炸。俘虏营一下子安静下来，那些美国人一个个面露惊恐之色，他们不知道究竟发生了什么事。

我把俘虏营关死，到外面察看。到处都是炮火。这座山头已光秃秃的了，除了石头和焦土，没有一棵活着的树或草。战壕里，我军士兵状况非常惨烈。遍地都是尸体。

根据我上次的经验，我明白，我们跑不了啦。过不了多久，这里就会失守，所有的人都会死去，不死去的就会成为俘虏。我准备死去了。我不会再做一次俘虏的。

我来到俘虏营，开始做临死前的准备。我要做一个英雄。也许多年后人们会发现我的英雄业绩。我要做得尽善尽美，好让他们传颂，就像现在人们在传颂狼牙山五壮士一样。

我要先杀了这些美国人。这是我首先涌出的念头。

俘虏营的后面就是老严、肖战友和我休息的地方。那里有一个暗口，可以观察营里面的一切。营里的门都关死了，要杀了这些美国人易如反掌。他们这会儿还在玩游戏。美国人对自己成了俘虏没有任何羞耻感，给人的感觉好像他们巴不得成为俘虏似的，所以，他们被抓后反而放松下来。我非常瞧不上他们这一点。这样的部队怎么能打胜仗呢。他们玩游戏还特别较真儿，经常为一点点小事争得面红耳赤。现在，我要把这些垃圾送到天堂里去。

我不紧不慢地推上子弹，开始向他们射击。当一个人的脑袋突然开花的时候，那些俘虏惊呆了，然后乱成一团。我继续射击。我的枪法是多么准，弹无虚发。可是，我这么一个神枪手，却英雄无用武之地，让我看管这些令人厌烦的俘虏。这世道，真是不公平。我把这些日子压抑的愤怒都发泄到他们身上。一会儿，营里躺满了尸体，只有托马斯活着。但托马斯已经吓傻了。

我把托马斯叫出来。托马斯揣摩不出我会怎样对待他。他已失去了任何对抗的意志。他扑通一声，跪了下来。他在求我。他已说不出话，但我懂他的意思，他不想死。他给我看他妻子的照片，我曾经看过的。我知道他的意思，他不想死，他的妻子还在等他。他比画着就哭了，哭得像一个孩子似的。我说，托马斯，你别哭，我不会杀你。我从来没同托马斯讲过一句话，我一直假装不认识他的。托马斯吃惊地抬起头来，一脸疑惑。显然他没有相信我。我说，托马斯，谢谢你曾救了我，你跑吧，四周都是你们的人，你只要跑，你就会有救。托马斯似乎不相信自己的耳朵，愣了好一会儿，等他反应过来，就从地上爬起来，逃跑。他是倒退着逃跑的，他怕我一枪毙了他。他始终对我不放心，我想在他眼里，我一定是个变化无常的魔鬼。后来，他被什么东西绊了一下，像一块石头一样向山下滚去。

我知道接下来应该干什么。一切早已了然于胸。我开始捆绑炸药。一会儿，我的身体上挂满了炸药。我的手中还握着一根爆破筒。

战场突然安静下来。也许我军的士兵全部战死了，也许只是我的幻觉。大概是幻觉，其实四周依然充满了枪声和爆炸声。安静是从我的身体里面渗透出来的。那是临死前的宁静。是的，我对死亡没有任何恐惧，有的只有宁静。

敌人像蚂蚁一样聚集，他们向我靠近。我坐在那里，脸上挂着安详的笑容。我等着他们完全靠近，然后，我会站起来，拉响身上的炸药和爆破筒，把自己和敌人送进天堂。

自己的故事

张　旻

一

在妻子小鹿和我摊牌前，我已预感到这一天即将到来。那日下午我从单位回到家，小鹿一反常态躺在卧室里蒙头睡觉。通常小鹿下班比我早，这会儿应该在厨房做晚饭。女儿尚未回家，关闭的窗户上挂着窗帘，家里显得幽暗寂静。我一见这一情形人就怔住了，有些心悸，仿佛被一个熟悉的梦魇笼住了。我没有想到小鹿是不是身体不舒服，而是不能自己地面红心跳起来，虽然无言，却已置身于小鹿的姿势所显示的话语和事态里。我在床头站住。小鹿没有动弹，被子一直蒙在头上，好像她不知道我的到来。我终于过去在床沿上坐下，一只手轻轻放在她隆起的肩膀上摇了摇，关切地问道：

"小鹿，你怎么了？身体不舒服？"

我的声音显得有些走调和虚弱。

小鹿没有回答我，猛地把肩膀耸了耸，抖落了我的手。我默然坐了一会儿，面对她，又将手轻轻放了上去。她的肩头更猛烈地耸动起来，身体也往里床挪去。我提高了一点儿声音又问：

"小鹿，你怎么了？为什么发脾气？"

小鹿还是不回答我。

我感觉到自己有些恼火，说："你有什么话就说出来，你这样莫名其妙的我怎么吃得消？"

我话音未落，小鹿忽然掀开被子坐了起来，两眼圆睁瞪着我。小鹿苍白的脸上泪痕未干，眼睛有些红肿，头发乱糟糟地被覆下来，一些发丝粘在颊上。她说：

"你今天总算把心里话说出来了。我是莫名其妙，你吃不消我。你到你感觉好的地方去。"

我望着她，愣了一会儿，说："真是莫名其妙。"

我想去碰她。通常小鹿情绪恶劣时，我习惯于这样。但这天小鹿对我的触摸反应剧烈，她把我的手甩开了。

我问："小鹿，到底是怎么回事？你说还是不说？"

小鹿道："你别来问我，你自己心里明白。"

我说："我不明白。"

小鹿脸上泪痕未干，新的眼泪又涌了出来。她哽咽着说：

"你走开，不要来问我，你自己心里明白。"

我站了起来，对着小鹿叹了一口气，离开了房间。

我去灶间做晚饭。无论何时，我都不是一个完全没有责任心的人。我内心烦躁、惶惑不安，但我还是勉强自己把晚饭做了。在小学读二年级的女儿回来后，我让她去喊妈妈起来吃晚饭。女儿问我，妈妈怎么了？我说，妈妈身体不太舒服。女儿回答，妈妈在哭，她不吃晚饭。我说，那我们先吃吧。

吃过晚饭，我收拾了餐桌，让女儿做作业。女儿做完作业后，我吩咐她去大房间睡觉，自己则歪在小房间的床上看了一会儿电视，即昏昏沉沉地在灯光和电视声中睡着了。这通常是我看电视的结局。这天我之所以知道这一结局，因为当我被一阵推搡和呵斥惊醒时，我的眼睛被灯光刺得睁不开，耳畔响起了电视节目的嘈杂声。我不必睁开眼睛，就知道小鹿站在床边，俯视着我。我困惑地、有些惊诧地向她一笑。我听见她在对我说：

"这么舒服，以为没事了？"

我睁开了眼睛，望着她，问："你是谁？"

她仍说："这么舒服，以为没事了？"

我说："我不知道。我想睡觉。"

小鹿掀开被子。我靠在床背上，被子盖着下体。现在我的下体裸露出来，但小鹿好像没注意。我说：

"你这是什么意思？"

小鹿说："你想舒舒服服地睡觉，别想。"

我重复道："你这是什么意思？"

我忽然睁开的眼睛正冲着天花板上的莲花吊灯，小鹿的脸庞显得昏昏然，头发似乎被她的十指挠得更乱了，蒙着她的脸，她的眼睛在发丝后面闪出一片湿润的、暗红的光芒。我不由得又问：

"你这是什么意思？"

小鹿做了一个手势，答："我会这样的，你相信吗？"

我这才注意到小鹿并非没有意识到自己掀被的动作，也注意到了小鹿的手里握着一把一尺来长的不锈钢开齿刀。小鹿此刻已把刀提了起来，搁在我的身体上面。我惊吓地说：

"小鹿，你把刀收起来。"

我顿了一下，把被子盖好，又说："你怎么和你妹妹一样的！"

小鹿答："你现在才知道已经太晚了。"

半年前的一个夜晚，小鹿的妹妹在丈夫熟睡时用一把菜刀砍了他，丈夫痛醒后惊慌失措地从三层楼跳了下去，跌在一片树丛里，侥幸捡了一条命。

我说："我又没有虐待你，你为什么待我这样？"

小鹿答："你不要花言巧语，你对我怎样，我现在很清楚。"

我问："你清楚什么？"

小鹿眼睛有些空茫地望着我，不响，好像没有听见，她的嘴角又似隐含讥诮之色，不屑于回答。

我掀开被子，并把衣服都脱去了，平躺在床上。

小鹿说："你不用这样，装得自己很无辜。"

我问："那我到底怎样？"

小鹿默然片刻，答，我真是被你这种样子欺骗了很久，现在你再也不用想欺骗我了。告诉你，有人给我打了电话。"

我问："什么电话?"

小鹿答："……"

我躺在床上笑了起来。那一刻,我感到小鹿说话的语调和神态很天真,也很特别,显得她的情绪有些古怪。我不禁说:

"原来是这种事。夫妻之间搞来搞去都是这种事,没意思。你怎么能被一个匿名电话所控制呢?是不是匿名电话?"

小鹿不答。

我问:"电话是谁打的,你知道吗?我知道是谁打的。其实你心里也是知道的。"

我想小鹿明白我说的是谁。我在这里不必把他的名字以及他和我们俩的关系说出来,这些都是老生常谈。我伸过手去拉住了小鹿的一只手,小鹿摆脱了。我又拉住她的手,让她坐下来。小鹿的另一只手仍握着那把刀。我说:

"你坐下来,我们好好谈一谈。"

小鹿答,我不相信你。"

我问你:"你相信我背叛你了?那个人是谁呢?他有没有告诉你?"

小鹿答:"不用他告诉我。"

我问:"是不是我们单位的?是谁呢?我们单位的你都认识。"

不管小鹿愿不愿听,相信不相信,我举了几个人的名字。

我说:"是不是秦昕?苏梅?刘红?还是张晓萍?你认识她们。"

小鹿答:"谁认识她们!"

我说:"你怎么不认识她们?秦昕就是我们单位的一枝花,我和你在街上碰见过她的,她去年去考过时装模特。苏梅我也和你说起过,是从学校调到我们单位的,都说她有性病,你记得吗?你碰见过她没有?"

小鹿答:"谁碰见过她!"

我说:"你肯定碰见过她的,好像在一次我们单位包场的舞会上,你说她像一座黑塔。她人很高,很黑,膀圆腿粗。特别喜欢穿超短皮裙和黑色的无袖衫,头发梳得像一只鸟窝。你记得吗?我告诉过你,她们办公室的人都很害怕她,她坐过的椅子都不敢坐,连她摸过的东西也不敢摸。刘红她们抱怨说,要是传染上了那种病,回家和老公怎么交代,跳进黄河也洗不清了。我好像还告诉过你,她刚刚调到我们单位那会儿，有一次我们单位包场舞会，那个舞厅里有一排沙发，她几次好像很无意地坐在我们单位一个小伙子腿上。当时大家还不了解她是个什么样的人，不知道她有性病。当时大家看她的言行举止只是觉得她有些'十三点'，甚至还有些怜悯她，因为她对人家说，她的婆婆不许她晚上出去，她那晚出来，是请了单位一位同事上她家去叫她的，说是请她去给那位同事的妹妹辅导外语。她以前在学校时是教外语的。不知道她为什么要这么做？其实她几乎每天晚上都出去的，一个人到舞厅去跳舞。她男人经常在外地做生意，听说也有性病，两人曾为此闹得不可开交，但到底也不知道是谁传染给谁的，只有他们自己心里最猜楚。我告诉过你没有，前几天她已经在我们单位里失踪。先是她婆婆找到单位来，后来又来了一个女的，说是她男人跟苏梅跑了，家里的五千元钱不见了。她在我们单位到处说，她男人也染上了性病，她反正是不要他了，把他让给苏梅，但她要要回那五千元钱。据她说苏梅可能已经怀孕了，这次是躲到外面去打胎。那个女人还说，苏梅是个'十三点'女人，她男人并不喜欢她。她男人曾对她说，苏梅皮肤比你黑，其他也都不如你。我们单位有人似乎要为苏梅打抱不平，对她的这种说法非常嫌恶。我告诉过你没有？"

小鹿又以那种若隐若现的讥诮、不屑的神情撇嘴一笑，不答。

我问："你是不是认为那个人是苏梅？"

小鹿答："这也没有什么不可能的。"

我讪讪地一笑，说："你认为我会这样？"

小鹿问："你觉得自己会怎样？"

小鹿的嘴角又显露出讥诮的意味。

我说："我不至于这样吧，如果你认为我会这样，那肯定还有别人。刘红你认识吗？"

小鹿答："不认识。"

我说："今天你都不认识了。你不是对刘红做过评价吗？你不是说她走路挺胸撅臀，非常性感？你不是说你有一次在浴室里碰见她，没想到她的脸看上去很细腻，身上的皮肤那么粗糙，乳房比屁股都大的可怕，但她自己还自我感觉良好，在休息室里也不穿衣服，旁若无人地逛来逛去，屁股上的肉都在抖动，好像要掉下来了？"

小鹿道:"我什么时候说过这种话?"

我停了一下,望着她,说:"小鹿,你今天怎么回事?"

小鹿说:"你听哪个女人说的?"

我说:"听你说的呀。"

小鹿重复道:"我什么时候说过这种话?是你自己看见的吧。你当心点儿,她丈夫是解放军。"

我说:"张晓萍的丈夫还是公安局局长,你不是也说我对她有意思?"

小鹿道:"你脸皮怎么这么厚。"

我拉住小鹿的手,在她手背上捏了一下。我问:

"小鹿,你是真的还是假的?"

小鹿神情晦涩地一笑,不响。

我说:"小鹿,你这么不了解我?不知道我在根本上是个悲观主义者,或者是个虚无主义者?我对女人是很感兴趣,但是我不能去想这种兴趣,只有一件事情可做,就是做爱。我好像感到我的兴趣不是这样的。这使我非常困惑,或者说使我沮丧。我感到那种交往就像最虚伪的繁文缛节那样令人不堪忍受。你理解我吗?"

小鹿从床上站起身,说:"我不理解你。"

说着小鹿欲走,手里仍握着那把刀。我握住她,将刀从她手里拿开。我请她再坐一会儿。我跪着,把她的腿搬上来,并欲替她把衣服脱了。小鹿拉开我的手,问:

"你什么意思?"

我答:"没什么意思。"

小鹿问:"你刚才说的话忘了?"

我说小鹿,你还是不理解我。"

小鹿说:"我永远也不会理解你的。"

但小鹿并不怎么坚持,随我替她把衣服脱了。她俯首看看自己,问我:

"我比别人怎么样?"

我说:"没有人能和你比的,我看得多了。"

小鹿抬手在我脸上打了一下,人松软下来。小鹿的身体苗条而又丰腴,皮肤洁白,一对圆润娇柔的乳房还很饱满。在她的右腿内侧,有一颗绿豆大小的黑痣，由于它处在大腿的"黄金点"上，显得特别悦目诱人。她说冷，我把被子盖住她的双肩，俯身轻轻地将唇贴在那颗痣上，一缕我所十分熟悉的河水似的阴湿芬芳的体息漫起，我的唇吻住那颗痣，舌尖微微舔它。小鹿裸露的两腿如脂如膏，如两段白藕，她的身体的气味儿使我迷醉。我低声唤她：

"小鹿。"

她问："什么事？"

我仍唤："小鹿。"

她似乎觉得腿痒，口中发出一阵颤声，腿向两侧挪开，臀部也忸怩起来。我吻着那颗痣，吻着她的洁白的肌肤，将她的丰臀捧在手里。我用一种可笑的声音又唤她：

"小鹿。"

小鹿说："你眼睛睁大些，看看清楚，我的身体是不是比别人差。我老实告诉你，我在浴室里看到的那些女人，没有一个可以和我比的。我的乳房、肚皮、屁股、大腿都很匀称。那些女人，你不知道，要么没有乳房，要么屁股太肥、太瘪，肚皮凸出来、凹进去，大腿粗得像牛腿、细得像竹竿。有些女人，穿上衣服好像很不错，脱出来实在是很可怕的。所以我老实告诉你，你得到我应该感到非常满足了。"

我说："我知道的。"

小鹿不再言语。我仍吻那颗痣，唇移到她的腹下，把她忸怩的裸臀拥在怀里。一股河水似的、又如活蹦乱跳的鲜鱼的气味儿粘在我的头发和眼睫上，我如浸在河里似的往上游动，在她体上匍匐。我感觉到她的一条腿在后面翘起，把被子展开，然后在我的臀部勾了一下。她的脸仍显得很苍白，双目微合，神色恍惚。

"你饿吗？你还没吃晚饭。"我伏在她耳边，听见自己这么问她。

她答："不饿。"

我说："等会儿我替你把饭菜热一下。"

她说："我不吃。"

我说："小鹿，小鹿。"

她问："你有毛病吗？"

我说："我是有毛病的。"

我的声音若浮云流水般空幻轻灵。

她把冰凉的手心，贴在我的后背上，抬起两股，苍白的腮边出现了一片红晕。

二

翌日上午，我在单位里没有见到刘红。刘红的办公室在我们办公室对门，她若在，总能见到她醒目的身影，听见她的声音，她若不在，也不必过去看一下，就能感觉到。听人闪烁其词地说，刘红又请假到宁波去了，她的丈夫的军舰停泊在那里。有人问，她去做什么？不论男女，大家都笑起来。那人辩解道，你们笑什么？我是说，她这样不是太辛苦了吗？有什么意思。他们办公室的张晓萍这时发表见解：这点儿辛苦不算什么；再说有什么意思你是不知道的。

星期天小鹿带女儿回娘家去了。那天午后，我独自一人出门，沿着大街，来到一幢楼下。我朝四楼的一扇窗户望去，窗口开着，阳台上晾着一些衣服，我在那儿站了一会儿，在旁人看来，我也许是在等人。

那是一个和两年以前很相似的阳光明媚的晴朗的日子。我记得那回我是第一次到这儿来，我显得很平静，内心却很慌乱地仰头眺望那扇窗户。窗户也是这么敞开着，里面挂着一块淡绿色的窗帘。那时我和刘红已经很熟，对她印象颇深。其实刘红来我们单位后，我几乎从一开始就对她有较好的印象。不过那会儿我又总是很难确切地记住她的容貌。刘红似乎在不同的季节、不同的气候和时辰，容颜都会有所变化，就像她的头发，时而织辫，时而松散，时而绾结。在她的身上，最显眼的、永不改变的特征是她高耸的胸脯和使人感觉到有些翘起的浑圆的臀部。除此之外，她并不肥胖，甚至可以说还有些苗条。显然正是由于这样的特征，当她站立时，她的身体显得特别挺直，似乎故意要炫耀她的胸脯和臀部似的。和她同时来单位的一个瘦小羸弱的女孩，常常伸手在她的屁股上拍一下，抱怨道，这么讨厌。不只是由于她的这一特征本身，也是由于这样的拍击，引起了我的注意。那个女孩柔嫩的手掌在刘红臀上发出的绵软的声音在我的听觉及视觉上产生的印象是无法描绘的；这个臀部坐过的椅子、有时坐过的别的女孩的大腿在我的视觉、触觉甚至嗅觉上产生的印象也是无法描绘的。那个女孩常把手勾在刘红肩膀上，另一只手从刘红胸前绕过去，她的手臂压在刘红胸上，或者把刘红的胸脯挤向两侧，那样一种饱满丰隆、如花蕾含苞欲放的感觉也是无法描绘的。春秋季节，刘红常穿黑色或者棕色的踏脚裤，柔软贴体的布料使她丰腴浑圆的臀部给人以十分逼真的感觉；她穿牛仔裤时，粗硬的线条又使它十分夸张地向后撅起。宽松的套衫使她的丰乳隐约其间；紧身上衣则又使它们原形毕现。

我现在也还清楚地记得我和刘红第一次有机会交谈的情形，那时我们已经不算陌生，在公众场合，有时也能互相开开玩笑。有一天下午，刘红独自一人在她的办公室里。我当时几次离开自己的办公室，去上厕所，或去别处取什么东西，或和谁说一句话，经过那间办公室，透过窗户，我都见她安安静静地坐在里面。每次刘红都听见了我在走廊里橐橐的脚步声，抬起头来看我一眼，并朝我微笑。最后我走回来时，心里仍很紧张，可能又会重复这样的过程。于是我鼓励自己，为什么她一个人在办公室里我就不敢进去呢？如果我不进去，事情还是这样；如果我进去了，事情又会怎样呢？我就让自己停止思考，到了办公室门口，我就进去了。刘红已经抬起头来，含笑望着我，说，柯金，你在忙什么？走过来走过去的。我说，刚才是有些事，现在忙完了。刘红坐在一张大办公桌后面，人靠在椅子里。我过去站住，也含笑望着她。我说：

"你怎么一个人在办公室里？"

她说："是啊，我很孤独。我看你在外面走来走去的，心想不知道你会不会进来。"

我说："我是想进来的，但又不知道你是不是欢迎我，所以我迟疑不决地在外面走来走去，不敢进来。"

她笑起来，说："倒是我想叫你，看你一脸严肃的样子，没敢叫。"

我就也笑呵呵地在和她面对面的一张办公桌前坐了下来。一时彼此都默然无言，显得刚才的调笑多少有些做作。其实我们彼此间毕竟是才熟的，互相还不了解。

那个下午我们并没有交谈很多。我几乎没有谈及自己，我的生活状态有什么值得告诉人家的呢？刘红那时已经结婚，并有一个两岁的女儿，她的丈夫在部队，是海军，一年绝大多数的日子都不在身边。这倒是一个很好的话题。刘红告诉我，别人看她平时嘻嘻哈哈的，以为她很快乐，其实她一个人带孩子在家，是很辛苦，也很单调的。幸亏她母亲很照顾她，给了她许多帮助。我就问她，那他什么时候能够转业回来呢？刘红说，他可能不会转业，部队要培养他，他现在二十九岁，已经是少校军衔了；他自己也不愿意回来，他学的专业回来没用的。我问，那怎么办呢？她说，我也不知道，可能将来我们只好随军，但现在我还不想到部队去。我问，那你当初和他结婚时想过将来的这种状态没有？她说，想过的，我知道是这样的。刘红告诉我，她的丈夫梁国荣以前和他们家是邻居，比她大两岁，他们谈恋爱后，人家就说他们俩是青梅竹马。他们俩小时候确实很要好。刘红对我说了一些他们俩小时候交往的情况。刘红说，她现在仍喜欢交年龄比自己大几岁的男性朋友，可能就是受了童年时代的影响。后来高中毕业，梁国荣考取了海军学院，他们俩就分开了。在大学读书期间，他们在通信中建立了恋爱关系。梁国荣大学毕业后，留在海军服役。两年后刘红也大学毕业了。又过了两年，他们结婚。刘红说，我以前知道结婚后会这样的，但我没有想过我是不是应该嫁给他。

我说："爱情是盲目的，可以使人奋不顾身，不考虑实际问题。"

刘红笑说："哪儿有这么伟大。我们只是相处久了，这件事好像本来就是这样的，不用考虑。双方父母也都是这么想的。"

我说："即使像你说的这样，爱情仍然是很重要的因素，至少你没有感觉到这方面存在很大的问题。也可能是你沉湎在爱情中久了，便不能像一般初恋的女孩那样敏感地觉察到它。"

刘红又笑，有些困窘、不知如何说好似的。

我考虑了一下，又说："你情愿以婚后的这种状态为代价而嫁给他，就说明了这一点。"

刘红又迟疑了一会儿，才答："也可能是像你说的这样，我都感觉不到我们的关系的好处了，只是把它当作一种习惯。他一年难得回来一次，我们在一起时总是和和气气的，不存在什么问题。有时碰到我不高兴，挂在脸上，也被他看作是女孩子使小性子，他就来讨好我，向我献殷勤，从不和我争吵。"

我赞叹："这不是很好吗？"

她说："是很好。他这个人从小气量比较大，人老实。否则我也不会嫁给他。"

我说："我觉得，其实你们现在这种状态，是很好的。真的天天在一起，有什么好呢？彼此间连一点儿思念都没有的关系，有什么好呢？"

她答："你这么说，还是我们这种状态好？我也希望这样。有一句格言说，婚姻是爱情的坟墓。也是自由的坟墓。"

我说："因为是自由的坟墓，所以爱情也被窒息了。生活中其实潜伏了许多可能性，是很丰富的。如果失去了自由，生活就变得没有什么可能性了。它也就萎缩了。"

她说："柯金，你开始深刻起来了。"

我笑，换了个话题，问她："那你平时在家里做些什么？"

她答，做家务呀。现在孩子还小，很忙的。

我说："听说你很会跳舞。"

她说："也不是很会跳，比较喜欢。"

我问："那你平常出去跳吗？"

她答："有时候出去的。"

我说："我在大学读书时也很喜欢跳舞的，那是七十年代末、八十年代初，跳舞刚开始在大学里流行。后来我就跳得很少了。现在几乎不跳了。"

她说："有一次单位里举办舞会，我看你跳得蛮好的。"

我说："这你是恭维我了。我自己知道，这么多年来我的舞艺没有任何长进。不过我还是蛮喜欢跳舞的。"

刘红这时忽然想起什么似的，说："听说过两天工会要包场舞会，你来呀。"

我说："是吗？那我有空的话肯定去的。"

果然过了没几天，我们单位工会在文化馆里包了舞会。那是一个面积很大的橄榄型的舞厅，之前和之后我都去过多次。那天中午，我把舞会的事告诉了小鹿，我问小鹿是不是去。小鹿答，我是想去的，可是女儿怎么办？我们双方的父母都不在本城。我说，那就算了，我也不去了。小鹿说，你想去就去，别不好意思。我说，我是想和你一起去，一个人去没意思。小鹿说，你们单位有那么多女的，怎么没意思？我去了，反而妨碍你了。我就伸手摸了摸小鹿似笑非笑的脸颊，说：

"和我们单位女的跳有什么意思？我又不是热衷于跳舞，我是想和你跳。我们上一次什么时候一起跳舞我都不记得了。"

小鹿说："是啊。你有时候还出去玩玩，我这几年真是天天晚上都在家里，人家都说我心里只有女儿丈夫。"

我说："那今天晚上你出去玩，我在家里。"

小鹿不屑地说："谁和你们单位的人去玩。"

我说："那你约个同事到别的舞厅去。"

小鹿说："两个女的夜里到那种地方去，什么意思？"

我说："我是说，你约个男同事去。"

小鹿笑，问："我约谁？"

我说了一个她的男同事的名字：钟锋。

小鹿又笑，脸红了，问："我怎么对他说？"

我说："你打个电话给他，就对他说今天晚上我想请你出去跳舞，你有空吗？"

小鹿问："那你在家里睡得着吗？"

我说："这你不用操心，我可以躺在床上，想象你们跳舞的情景，这也是很有意思的。然后我想象舞会结束了，你们从舞厅出来，站在马路边上，他向你建议道：去我家坐一会儿？你怎么回答？"

小鹿答："舞都跳了，去他家坐一会儿有什么关系。"

我说："我知道你是这么想的。你们俩就一起到了他家。他很殷勤，又给你拿饮料，又给你削苹果。然后你们坐了下来，仍沉浸在刚才跳舞的感觉里，你们谈起了某种你们还不太熟练的舞步，谈着谈着，他比画着，站起身，请你也站起来和他再试一下。你就不假思索地站了起来。可是你一站起来，你一和他的身体挨近，你就觉得气氛不对了，不再是舞厅里的那种感觉，你就觉得他的身体、他的手和表情都不一样了。但这时你又不能拒绝他；况且你想，这有什么关系，只是练练舞步。你脸红了，内心有些慌乱，和他手捏手试了那个舞步。试了几次，忽然你还没有反应过来，他搂着你的腰、捏着你的手不动了，他的表情变得非常严肃，眼睛凝视着你。你的微笑也在嘴角僵住，眼睛惶惑地避开，你本能地想摆脱他的怀抱，但是你不好意思这么做；何况有一个声音又在你耳边嘀咕，既然刚才你可以和他这么搂着，为什么现在不能呢？他并没有伤害你，无论是平时还是现在，你对他都没有任何坏印象，他的姿势和目光里充满了对你的欣赏和痴情，整个晚上他都对你关怀备至体贴入微，唯恐你感到不愉快。就是现在他也没有使你感到不愉快，那么你为什么要去伤害他呢？你对自己说，这是没有办法的，顺其自然吧，况且不是我主动的。你又想，我现在感到有些紧张，这是因为柯金的缘故，而柯金有没有这样的事情呢？谁知道呢？如果我现在拒绝了他，且不说这是不是对柯金的愚忠（可能他早就对我背叛在先），就算这是值得称道的，我付出的代价是什么呢？我把这样一个良宵美景破坏了，这对我是不是公平？我活着，而且只活一次，为什么不能期待生活的丰富性呢？我要使自己成为一个什么样的人呢？就算我对柯金不忠，他不知道，这件事等于不存在，这就好像柯金如果已经对我不忠，我并不知道，此刻还正因为柯金的缘故感到忐忑不安哩。于是你决定不拒绝钟锋的怀抱。你不动，仰起脸来，也凝视他。他要和你接吻，你也没有拒绝他。他就把你抱了起来，放在床上，脱去了你的衣服。他要和你做爱了，你也没有拒绝他。你只是自欺欺人地闭起眼睛，好像自己睡着了，不动。那一瞬间，你下意识绷紧的身子像断了弦似的，你透了一口气，你对自己说，现在事情已经做了，无法挽回了，随它去吧。再说这时候你的情绪也上来了，无法抵制他。你就开始有了反应，扭动屁股，两条手臂伸上来，绕在他的背上；你的胸脯也耸起来，让他俯下脸去，吮吸你的乳房。你侧过头去，看他小山似的身体，看他正在向你冲撞的臀部，你的身体在体味着他所给予你的和你的丈夫所给予你的不同的东西，体味着偷情的欢悦和慌乱。过了一会儿，他汗流满面，气喘吁吁，他的身体忽然猛烈地颠簸起来。你顷刻间感觉到一股暖流涌向你的身体。你抬起下肢，迎接这股暖流，你感觉到浑身都酥软无力，关节都有些酸酸的。然后你仍抱住他的身体，就像抱住你的丈夫的身体一样。你对自己说，这就是偷情，这就是别的男人的身体。你想起了刚才的一种感觉，当他的阴茎进入你的身体的那一瞬间，这一切仿佛都变得很平常了，没有什么奇特。你仰面朝天，脸颊潮红，目光迷离，两臂缠绕着他。他的身体仍匍匐在你身上，脑袋钻在你怀里，口中仍含着你的乳头。你不无羞愧地想，我已经尝过这枚禁果了，我已经懂得生活的这种意外了，我以后再也不这样了，否则，我将为此付出什么样的代价呢？你这么想着，不知何时，他从你身上下来了，躺在你旁边，手仍摸着你的乳房。你让他摸了一会儿，坐起身，想要穿衣服回家。可是他又把你拉了下去，如痴如醉地对你说，小鹿，我做梦都想你，我想了你好多年了。你不能不被他这样如火如荼的感情和欲望所打动，不由自主地再次和他做爱。然后他才心满意足地放你回家，问你，要不要我送你？你说，不要。你离开他家时，他仍赤身裸体地躺在床上，几乎已经睡着了。你到了外面，觉得浑身连骨头都像面团似的柔软、酥麻。你回到家，我还没有睡着，我正在想象你到了门口。你开了门进来，我假装睡着了。你过来看了看我，到卫生间去洗澡。我听见卫生间里传来哗哗的水声。我知道你洗得很恍惚，也很用心。你把身体洗干净，回到房间，钻进被窝。我闻到你身上洒了香水，但仍有一股腥臊的异味儿。你洗了澡，你的身体在水里浸过了，显得更加温暖、柔软、光滑。你在黑暗里睁着眼睛，这我能够感觉到。我像被你惊醒似的翻了个身，问你，你回来了？什么时候？你说，还早了。我问，玩得开心吗？你说，还可以。我伸手摸到了你的身体，你没有像平时那样裸着睡觉。我表示要和你做爱，你显得不太愿意，说，睡觉吧，我很累了。我仍坚持，你就随我了。我开了灯，说，你好像有些心不在焉，是不是仍沉浸在舞会的氛围里？你看清楚，我不是钟锋。你故意笑着说，我知道，钟锋比你高，又比你瘦，感觉不一样的。我问怎么知道感觉不一样呢？你反问，你不是说我和钟锋睡觉了吗？我问，我什么时候说的？"

我说到这儿，还没有说完，她终于不要听了。

她说："你怎么还在说下去？你真是太会意淫了。"

我说："这不是意淫，你只要打一下这个电话，这件事很自然就会是真的。"

她说："告诉你，我早就打过了，你知道吗？"

我回答："我不是刚才已经对你说过了？"

她说："柯金，你这个人真是很奇怪的。"

我说："你不也是很奇怪的吗？"

她说："好了，不和你说了，我要上班去了。"

那天晚上我就去文化馆参加我们单位包场的舞会。我去时单位里许多人都已到了。我记得我一进去就看见几对舞伴在中间的舞池里翩翩起舞。刘红也在那儿。我还记得刘红那晚穿了一件色彩鲜艳的羊毛套衫、一条黑色的长裙。她见我进来，在她的舞伴的肩膀上向我微笑。那支舞曲结束后，我正独自坐在舞厅边上的一把椅子上，闲望别人，刘红朝我走过来，说：

"你来了，我还以为你不来了哪。"

我说："说好要来的，怎么会不来。"

她问："没带你太太一起来？"

我答："她不喜欢跳舞。"

刘红笑笑，欲在我旁边的一把椅子上坐下。这时又一支舞曲响了起来，我起身邀请她：

"刘红，你也别坐了，我请你跳舞。"

她便重新站直身子，向我抬起两臂，面露笑容。我拉着她的一只手，和她一起过去。那恰好是我喜欢的慢四步舞。我们便随着舞曲舒缓的节奏移动了脚步。一对一对的舞伴过来了，在我们周围摇晃。刘红轻声问我：

"柯金，这儿你来过没有？"

我说："没有来过，我平常不跳舞的。"

她说："那你怎么跳得这么熟练，舞感很好？"

我说："这可能是受了你的感染。我觉得我的手一碰到你的腰，它就具有了特别丰富的乐感，我的身体和脚就不由自主地动了，像在水波中漂浮似的，随波逐流。"

她说："柯金，你这么会说话。"

我说："真的，你相信吗，我虽然是第一次和你跳舞，但是我和你一接触，我就感到你特别地富有舞蹈的柔美性，你的身体仿佛就是一串音符、一道旋律，或者是一种舞姿。是我身不由己地融汇到了你的舞步里，所以你觉得我也跳得不错。"

她说："柯金，你真是会说话，我都被你说得脸红了。"

我说："这是因为像这样诚心诚意的赞美你平时听得太少的缘故。我们一般都不愿意诚心诚意地赞美别人，要么沉默不语，故作姿态，要么就对人家冷嘲热讽，要么把真话也说得像反话似的。所以我们一般也不习惯听别人诚心诚意的赞美的话。"

她问："那你怎么能这样诚心诚意地赞美人家呢？"

我说："我也不习惯说这种话的，今天和你跳舞，感觉特别好，如梦如幻，所以就在你面前情不自禁了。"

她说："听你这么说，我心里最很开心的，但又怕自己显得太可笑——就像你说的。"

我说："那你要么是很世故的，要么还很单纯。"

她问："你愿意我是怎样的呢？"

我说："我愿意你就是这样的。"

她重复道："是怎样的呢？"

我说："就是这样的。"

刘红笑了起来，笑出了声音。然后我们像被她的笑声吓了一跳，都愣住了，不再说话。那是一支非常缓慢的、悠长的舞曲，我们有些困窘的心情渐渐地就在这样的音乐里化开了，不再感到需要说话。我们互相勾住身体，几乎就在原地徘徊。刘红的身体腴而不肥，柔韧轻盈，步伐富有弹性。这是情侣的舞蹈，我们的身体也像这个舞蹈所意味的那样靠得很近，我们的脚步也不知不觉地离开了四拍，踩着更为简捷、柔情和优雅的两步节奏。舞厅里灯光明灭，色彩缤纷。刘红的脸侧在我的左边，她的头发不时地撩在我脸上，带着一股幽淡的芳香。她的腰肢柔若轻风，微微有些后仰的身体使她饱满的胸脯更为突出，和我的身体若即若离。她好像不在意似的，好像没有感觉到。我不清楚这时候她心里在想什么，是不是在想什么。跳舞这种形式实在是很奇妙，在这样的形式里，我像她的恋人那样捏着她的手，将她搂在怀里，和她互相面对面依偎。不只是她的头发撩在我脸上，她的粉腮偶尔也和我的脸颊相触，她的丰满的双乳偶尔也压在我的胸脯上。我轻轻搂着她的柳枝清风般的细腰，俯下头，仿佛在她的耳边喁喁私语。我心里充满了柔美优雅的感觉，仿佛自己也变成了一串音符，变成了河面上的一叶扁舟，变成了天空中的一朵白云。

我不由自主地想起了不久前我在一个朋友家参加过的一次奇特的家庭舞会。在那次舞会上，所有的参加者互相之间都不认识，都是第一次见面，只有我的那位朋友认识我们大家。那天共来了五男五女，年龄都在三十岁左右。我的朋友告诉我，今天来的每一个人都是已婚的，都不是来寻找婚姻的可能性的。不知是天意如此，还是我的朋友的刻意安排，五位女子都颇有姿色，而且身段气质各不相同：一位是丰腴型的，很是性感；一位是苗条型的，高个子，风姿绰约，优雅矜持！一位小巧玲珑，柔嫩温情；一位身材矮胖，娇媚妖娆；一位体质虚弱，瘦小敏感，神情忧郁。在那间二十五平方米的大客厅里，大家三三两两地站在一边。我朋友说，我不必为你做介绍，你们自己互相介绍吧。舞会就开始了。那晚播放的都是柔缓抒情的曲子，显然是主人事先做了准备。我第一位邀请的，是那位丰腴的女子，她脸上向我露出了一个璀璨的笑容，就接受了我的邀请。她穿了一身黑衣裙，直发披覆在半边脸上，另一边的头发拢在耳后。我还记得她的脸型是方正偏圆的，在那黯淡的光线里，她两腮白里透红，丰满的嘴唇上涂了口红，有些醒目，一对黑眼睛扑闪着长长的睫毛很难令人忘怀。她的发式使她的容颜显得别致，富有奇特的情调，我觉得那是很性感的。主人把客厅里的灯都熄了，只在房间里留了一点儿光线，使人不至于猛地感觉得太突兀。我悄声问她，你是做什么工作的？她刚要回答，我说，我来猜猜看。我猜了几次，均未猜中。她说，我是小学老师。我说，我是想猜你是小学老师，但我又想最直接的答案可能是最错误的。我把我的工作也告诉了她。我说，我一点儿都没有想到今天到这儿来会一个人都不认识。她说，我也是的，他打电话给我，叫我晚上来玩，还关照我一个人来，不要带朋友。我们都悄声笑起来。我们又交换了我们的姓名（我没有能够记住那个名字）。然后我们都沉默了，不再说话。我也不知道再说什么，似乎再说什么都是累赘，像这样无言地、久久地互相靠着，在水波似的音乐里随意漂浮，便是最自然、最合理的状态。甚至我觉得我们的手那样规则地举着，也是很做作的，也是一种累赘。我便将手放了下去，落在她的腰上；她的那只手也像另一只手一样搁在我的肩膀上了。我们几乎是互相拥抱着了。可是这样的动作是不是也是很牵强的，是不是也是一种累赘呢？我不知道我是否用了力，我感觉到我的两条手臂把她充满肉感的柔软的腰肢搂抱住了，我感觉到她的两条手臂伸到后面去，把我的头颈缠绕。她的身体像是被我提了起来似的靠在我身上，她的被直发遮住了的那边脸颊和我的脸颊贴在一起。我觉得我的身体很妥帖地伏在她身上，她的乳房从两边耸起把我的胸脯含住。我抬起手，从她的腋下向上勾住她的肩膀。我想用嘴撩开遮住她脸颊的那些头发。直到那盒音带转完，我们才分开，退回到客厅边上。过了一会儿，音乐再次响起，我们心领神会似的重新进行了组合，这回，我邀请了那位小巧玲珑、柔嫩温情的女子。要不是我朋友告诉了我，我不会想到她已经结婚。她的身体若幽谷清风、温泉暖玉，一头长发瀑布似的散在肩上。她的手指纤细而又绵软，圆圆的脸庞和眼睛，圆圆的嘴巴。当她把两手搭在我的肩膀上、头轻轻地靠在我耳边时，她给了我一种说不出的柔情蜜意。我俯下脸去，摩挲着她的头发，用我的长臂、用我的宽厚的胸膛把她拥在怀里。我们没有说一句话。这时候，我感觉到她似乎在颤抖，她的身体、肩胛、手臂和脸颊，都给我一种不由自主发抖的感觉，但又似乎只是一阵叹息，甚至是一阵抽咽。我悄声问她，你怎么了？冷吗？她摇了摇头。我情不自禁地把她拥得更紧，向她表示我的感动和安慰。后来，我邀请了那位风姿绰约的高个子舞伴。她非常漂亮，无论是容貌和身材都无可挑剔，宛如一件精致的艺术品。我小心地将两手放在她的腰上，她的两手也轻轻、柔柔地伸过来。她的身体挺得很直，几乎和我一般高；她的高高、晶莹的鼻梁几乎和我相触。她的眼帘本来低垂着，现在她抬起春光秋水般的眼睛，和我的目光对视。我朝她笑了一下，我的笑意仿佛是轻轻抛去的一枚落叶，在她的眼波里漾起一层水晕。那是多么优雅的情致，多么矜持的心绪。虽然她没有开口，我也感觉到了一缕气息，如水果糖的甜香，从她的口中游出。我也邀请了那位矮胖的、娇媚妖娆的舞伴。她的一只眼睛似乎有些斜视，即使侧着脸，也像在对我微笑。她的身体浑圆、白腻，当她搂抱住我的腰时，我的手心里和身上都充满了这样的肉感，仿佛我们的身体都从衣服里面裸露了出来。我也邀请了那位神情忧郁、体质虚弱的女子。在我的心里，我只是象征性地搂住了她的春草秋叶般的身体，但是我没有想到她伏在我手臂上的身体会有这样的分量，仿佛那不是她的身体，而是她的容颜。我不由得自以为是地对她说，今天晚上我还没见你笑过，我想你如果微笑的话，肯定是特别美丽。她说，哪里，我是经常笑的。

那天晚上舞会结束后，我朋友请我送一下那位名叫顾小华的娇媚妖娆的矮胖的女子回家。他说，你送一下她回家，她家比较远。我就骑车把她送到了她家楼下。她下了车，邀请我上楼去坐一会儿，说，你送了我这么远，上去坐一会儿。我问，这么晚了，不打扰吗？她说，不打扰的，我老公住医院了，女儿送到外婆家去了。她欲把自行车扛上楼去。我问，你家住几楼？她答，四楼。我问，那你怎么扛得动？她说，没办法，我们这儿没有车棚。我说，还是我来吧。我就替她把自行车扛了上去。

到了她家，她问我要不要吃点儿夜宵？我问有没有酒？她说有的。就去做了夜宵，我们吃了，一边又喝了大半瓶葡萄酒，喝得脸都红红的。她指指那瓶酒，问我还喝吗？我说不喝了。我们就一起站起身。她像刚才跳舞时那样过来把两条手臂搂住了我的腰，将头靠近我胸脯上。我问，还想跳舞？她说，不想跳了，腿太酸了。我说，那你去躺一会儿吧。她说，身上出了汗，我想去洗个澡。她就松开我的身体去开了热水器，到卫生间洗澡去了。我说我也想洗个澡，就在旁边等着。她洗完后，神采飞扬地说，现在我的腿不酸了，又可以跳舞了。我说，洗澡是消除疲劳的最好的方法。我就也过去冲了一把。她又过来抱住我的腰。温暖的水从头上淋下来，水声潺潺，如乐作焉。她要我把手伸到她的腋下，把她抱起来，让她两腿勾住我的腰。她的身体倒并不重，没费多少力我就把她的臀部托了起来，她就坐在我的手上。

我问："这是什么舞？"

她说："这也是两步舞。"

我说："你倒是很会跳舞的。"

她说："你也很会跳的。"

我们都笑，一时不再说话。我抬着她的身体，站在水下。她把门打开，我就进去。

那晚我回到家，小鹿和女儿都在睡觉，大房间的门关着。我没进去。我心里仍想着刚才和那位女子告别的情景。

我朋友对我说："等会儿你们送一下她们回家。"

我说："好的。"

他问："你愿意送哪一位？"

我说："随便的。"

他悄悄指了指她，问："这位怎么样?"

我说："好的，随便的。"

我朋友就招手叫她过来，告诉她，等会儿他送你回家。

她瞟了我一眼，向我一笑，说："谢谢，我家很近的，不用送的。"

我说："就算是一种形式吧，能够送你回家，我深感荣幸。"

她说："那太谢谢了。"

舞会结束后，我就骑车送她回家。

到了她家楼下，她指着四楼的一扇窗户对我说，"我家就在那儿，以后有空来玩。"

我说："现在已经很晚了，你丈夫会怪你吗?"

她说："不会的，他这两天住医院了。"

我没想到她会这么说，笑了起来。我说：

"那家里就你一个人?"

她说："是的，我女儿送到外婆家去了。"

她就和我道别，弯腰欲把自行车扛起来。我说：

"我替你扛吧，你这么苗条，怎么扛得动。"

她说："谢谢，我扛得动的，我只是把它扛到二楼。"

她果然把自行车扛了起来，回眸一笑。我望着她那风姿绰约的模特儿似的背影，说：

"看你干这种粗活儿，很不忍心的。"

她说："谢谢你这么说，其实这辆车并不重。"

她再次和我道别，就扛着自行车上楼去了。

我回到家，小鹿和女儿都在房间里睡觉。我洗了澡进去。小鹿醒了，抬起头问我：

"什么时候了? 回来这么晚?"

我说："舞会结束得晚。"

她问："玩得开心吗?"

我说："比较开心的。许多人意犹未尽，现在都到刘红家去了，大概要闹通宵。"

她问："那你为什么不去?"

我说："我不想去，没什么意思。"

她问："刘红是不是她男人在部队里的那个女人？"

我答："是的。"

她说："那你现在到她家去是没什么意思，以后你一个人去，可以给她一点儿安慰。"

我笑，问她："你知道你这句话是什么意思吗？"

她问："什么意思？"

我说："在旧中国，二三十年代，新青年之间若有什么性要求，就说，请给我一点儿安慰。后来革命青年把这句话改为：我们的关系可不可以比同志关系更进一步？"

她说："我就是这个意思。"

我说："你忘了她男人是人民解放军了？"

我们这么闲聊了一会儿，怕把女儿吵醒，就不说了。我也上床睡觉。

礼拜天上午，我给刘红打电话。我说：

"喂，刘红在吗？"

对方说："我是刘红，你是哪位？"

我说我是柯金。"

她说："你好，柯金。"

我们沉默了片刻。她问：

"你现在在哪儿？在家里？"

我说在家里，没什么事，打个电话给你。"

她问："你女儿不在家？"

我说："不在家，她们到外婆家去了。"

她说："小孩子都喜欢到外婆家去，我女儿也到外婆家去了。"

她在电话那头笑了起来，又说："难得有这么一天轻松些。"

我也随她笑了，问她："你现在在做什么？"

她答："不做什么。在看电视。"

我问："有兴趣出来走走吗？"

她问："到哪儿去呢？"

我说："随便的，出来走走。"

她似乎在电话那头想了一下，说那我们去郊外踏青怎么样？现在是春天，田野里风景优美，空气新鲜。"

我答："这个主意不错。"

我们就约定在车站见面。我以前曾在农村插过队，对农村的情况比较了解，也颇有好感。我们在车站选择了一个名叫望新的乡，就坐上公共汽车去了。汽车大约开了五十分钟。我们俩都是第一次去那个地方，不过我对"望新"的来历略有所知，在车上我即告诉她，望新从前是个穷乡僻壤，又是血吸虫病的高发区，传说曾经来过一个仙人，给农民带来了福音，农民们便一代一代地祈盼仙人再来，所以这个地方就叫望仙，解放后改名为望新。传说仙人曾经降临的那座桥，至今仍叫望仙桥。到了那儿，我们从车上下来，果然在一条狭窄的河流上见到了一座石拱桥，可能就是望仙桥。我们沿着河岸到了桥上，在那儿待了一会儿。河流的前面两岸都是青黄的麦田，麦子即将成熟。河道颇深，流水则浅浅地淌着，清冽冽的水汽在河道里郁积，在阳光下晒得阴阴的。我们都不懂桥，也不谙风水，不知道那座桥是否有异相。过了桥，我们进入了一条两边开着一些店铺的陋巷，这儿便是望新的小镇。我问她，你来过这种地方吗？她说，没有，我们家在本地农村没有亲戚的。我问，你喜欢这条街道吗？她说，谈不上喜欢还是不喜欢，我只是有一种新奇感，好像是在做梦似的。我说，在乡下，这条街道算是比较干净的，在我从前插队的地方，小镇上有个屠宰场，常常血水流到街上，一片腥臭，苍蝇成群，那可真是惨不忍睹。她说，太可怕了。我说，当然，现在时代不一样了，那个地方可能也进步了。她问，你后来回去过没有？我答，没有。我想了一下，又说，那个地方现在对我来说，好像已经是一个可望而不可即的梦幻之境了，我若再去寻它，实在是很无聊的，也是徒劳的。所以刚才在车站我没有建议到那儿去。

时间已是中午，我们都有些饿了，就在街上找了家看上去还比较卫生的饭馆吃饭。那是典型的乡镇饭店，灰蒙蒙的玻璃，土黄色的门框，墙壁上新刷了白灰。进去后感觉很昏暗。店堂里有一些顾客，几张桌子空着，一边有卖熟食的橱窗。我们找了一张桌子坐下，要了几盘炒菜、两碗米饭和两瓶啤酒，慢慢地吃了起来。在动筷前，我把两双从筷筒里取出的筷子拿到里面水龙头下洗了洗，对她说，纯粹是形式主义。虽然她表示不会喝酒，我还是给她倒了大半杯。如果不怕油腻，那些菜味道尚可，至少是很新鲜的。她问我，你以前插过队，现在又来到乡下，在这样的饭店里吃饭，感觉怎么样？我说，就像你刚才说的，仿佛是在做梦。你以前没有插过队，怎么也会有做梦的感觉？

她说："我那是一种很虚幻的、陌生的、滑稽的感觉，和你不一样的。"

我说："我现在就像重新回到了从前插过队的地方。那儿也有一片饭店，和这儿很相似，只是比这儿更脏些。怀旧其实是很无聊的，但又是情不自禁的，使人感到很伤感，怅然若失。我刚才一走进这儿，就想起了我插队那会儿，有一回我的一个好朋友、中学同学到我那儿去玩。他在另一个公社插队。我和他一起去那片饭店吃饭。那时候我们中学毕业不久，刚学着喝酒，我们俩喝完了一瓶黄酒，喝得醉醺醺的，互相搀扶着离开了饭店，回到我的住处。后来我们总是说，那时候的黄酒，肯定比现在的黄酒醇厚得多。现在就是一人喝两瓶，也不会那样。"

她说："那是因为你们的酒量提高了。"我仍坚持说："酒量是提高了，但酒的质量肯定是下降了。"

她一笑，不知道她是顺从了我的说法，还是觉得我的说法很可笑。在那张小小的桌子旁，我们面对面地坐着，慢慢地喝酒、吃菜。门外，春日明媚的阳光晒得一地银白色，从这儿望出去，街道显得亮堂堂的。行人很少。过了一会儿，她接着刚才的话题说道：

"我没有插过队，又比你小几岁，我总觉得你们的插队生活很神秘。你能和我谈谈吗？"

我说："谈什么呢？我坐在这儿，望着门外的街道，觉得心里感慨万千，但真要我谈点儿什么，又觉得无从谈起。这是一个丰富而又简单的话题。有关青春时代的回忆往往都是这样的，丰富而又简单。"

她说："你刚才说过的一句话，我印象很深。你说你插过队的那个地方，现在对你来说越来越是一个可望不可即的梦境，你说你若再去寻梦，是很无聊的，也是徒劳的。我觉得你这句话说得很棒，但我不知道它是什么意思。我是一个没有什么阅历的人，思想肤浅，我很喜欢听你谈谈这种话题，虽然我可能听不懂。"

我说，我那么说，可能有许多原因。我是不由自主那么说的，并没有经过深思熟虑。自我分析一下，我为什么不愿意回那个地方？我为什么要说那是"寻梦"？为什么说那个地方是一个可望不可即的梦幻之境？我插队只有两年，我想其中有一个原因：而且肯定是最重要的原因，就是我的初恋。我所说的初恋，并不是指某一个具体的行为，而是指一种状态。我是什么时候进入这种状态的，我不知道，但我插队的那两年，肯定是这种状态的巅峰时期。那时候我们一起下乡的，有五六所中学的三十多个学生，和我分配在同一个生产队的，有一个男生和一个女生。我们那个生产队是比较富的，规模也比较大，位置就在小镇旁边，那几年上调了几名知青，房子空了出来，就把我们三人分配了过去。我是开了后门的，我想他们俩也是开了后门的，因为他们来后不久，我就得知他们俩是同班同学，关系早就敲定了。那个男的叫吴民，和我住一个单元。本地农村插队知青的住房都是一样的，一个单元两间，一间灶间，一间卧室。我们生产队共有两个这样的单元，是连在一起的小平房，在村庄的西北边，紧靠着村后的一条小路和河流。那个女生名叫尤敏，和一个前两年来的女知青住在另一个单元里。吴民那时候在城里是个名人，我早就知道他了，他会拉当时最代表高雅的小提琴，经常在文艺演出中登台亮相。他所在的那所学校的"毛泽东思想文艺宣传小分队"也最富有影响，当时有不少女生崇拜他。他插队落户后，就参加了公社的毛泽东思想文艺宣传小分队。他是个看上去很傲慢、实际上俗不可耐的人，就像许多所谓的艺术家一样。他连平时走路都要做艺术家状，一只手插在裤袋里，一只手捏着小提琴的弓似的，幅度颇大地摆动着；他的头总是侧仰着，眼睛向上，头发甩在一边，显得心不在焉、不可一世。其实他的这些动作都是刻意为之，存心做给别人看，或者是做给他自己看的。他就像喜欢穿奇装异服标新立异的艺术家，洒脱地说，我从来不在乎别人怎么看，只求自己穿得自在。但其实他穿得并不自在，他只是装作不知道自己是很刻意地为人群而穿的，并不是为他自己而穿。他一面在人群中行走，一面注视着自己，自我欣赏，非常庸俗。我那时还注意到他很会和乡下的各级干部打交道。他的目标就是将来公社保送他去上大学。他野心勃勃，曾多次对我说，十年后我们再见面时，你是文学家，我是音乐家，他总是先封我文学家的头衔，然后给自己戴上一顶音乐家的桂冠。这也使我不无醋意地觉得他的鄙俗。后来恢复了高考，他没有上大学，当兵去了。他复员回来后，我偶然在马路上碰见他，虽然我和他曾经同住一室，但我对他却没有故人重逢的亲切感。在我的感觉上，我和他仍然像是在中学时代那样隔膜的（那会儿他是名人）。我这么嫌恶他，有时自己也觉得是失之公允的，因为这里面太明显地掺杂了个人的因素。这种因素曾经是很重要的。但不知是值得庆幸还是令人叹惋，现在时过境迁，当时的那种感情已经过去了，已经显得陈旧和遥远，就像是一枚遗留在旧书里的枫叶签，我不仅无法再将它还原，甚至已经对它辨认不清了。我至今仍铭心刻骨的并不是这种感情本身。我第一次见到尤敏是在下乡那天公社为我们召开的欢迎会上。在一个大会议室里，尤敏隔着桌子坐在我对面，她和吴民坐在一起。我那时还不知道他们的关系，他们并不显得亲热，彼此也没有交谈（在那时，这会使人很敏感）。尤敏穿了一件军大衣，头戴军棉帽，显得俊秀飘逸。她的脸颊并没有像其他女生那样冻得红红的，依然白皙亮丽，冰清玉洁。我那时情不自禁地有一种幻觉，仿佛在那个嘈杂的环境里，虽然有许多人影和声音，虽然她并没有看我一眼，但她分明已经感觉到了我，就像我已经感觉到了她那样。在后来宣读分配名单时，被念到名字的同学纷纷起立，向会场致意。叫到尤敏这个名字时，她也站了起来。然后是吴民，然后是我。欢迎会绪束后，我们三人一起被领着去我们的生产队。路上吴民和我并肩而行，我们之间做了最初的简单的交谈。我们互相交换了名字，抱怨刚才会场太闹，没有听清楚。然后吴民告诉我，他是谁，问我以前看过他的演出没有。我说，可能看过，可能没有看过，记不清了，我平时很少看文艺演出。他说，他这次本来不是插队的，要去当文艺兵，但结果被别人开了后门。我说，反正以后还有机会。我也问了他走在我们前面的尤敏的名字。到了生产队我们的住处，我们在队长和家长们的帮助下安顿了下来。我们也见到了那位前两年来的女知青夏萍，她虽然只比我们大两岁，但看上去要老成得多（她后来又在乡下待了三四年才回城）。家长们离开后，我和吴民坐在自己的床上，面面相觑，都有些伤感和忧郁，心里空空的，如同小时候被父母送到了幼儿园似的。这时候吴民取出了他的小提琴，就坐在床上，面向着我，拉了一支曲子。拉完后他朝我笑笑。我说，听说你们学校小分队是很有影响的。他说，是的。这时外面有人敲门。门只是虚掩着，未关。吴民说，进来。尤敏就推开门进来了。她先看见我，朝我一笑。我也回报一笑。这是那天我们之间第一次打招呼。然后她问吴民，你都整理好了？吴民答，都整理好了。她问，你晚饭怎么吃？吴民说，家里带了些菜来，等会儿在煤油炉上烧点儿饭。她问，要不要我多烧些饭，你不要烧了？吴民答，不要，我自己会烧的。尤敏就站着看了看我们的房间，说，乡下很冷的，门窗都关了，不知道西北风是从什么地方钻进来的。尤敏这时已经脱了军大衣和军棉帽，露出了两条辫子，以及一件深颜色的花棉袄。吴民对她说，你坐一会儿。她就在床边的一把竹椅上坐下，面向我们。对于她的这个动作，我当时一方面迟钝得没有感觉到他们之间的特殊关系，另一方面又有些神经过敏。她坐下后，注意到了桌上的一排书，那是我从家里带来的，包括历史的、政治的、哲学的和文学的等内容。她随手翻了几本，没有问这些书是谁的。她似乎有些着迷于其中的几本小说和诗集，那是当时能够拥有的最好的书了，如《青春之歌》《牛虻》《被开垦的处女地》《钢铁是怎样炼成的》《圣彼得的伞》《草叶集》《普希金小说集》等。她掀动和触摸那些书页时，虽然没有和我交谈，甚至还没有和我说过话，但是我能够感觉到她知道她是在碰谁的东西。她果然说，这么多的书，可以开书店了。我说，你如果要看书，就向我借。她说，那我就借这一本。她拿着《普希金小说集》（这本书在我的感觉上一直有些古怪和虚幻，可能是因为从前我总是在昏暗的光线下似睡非睡地阅读它，从来也没有读完过）。我说，你拿去吧。她问，你自己看过了没有？我说，还没有看完，你先拿去看吧。她说，谢谢，我以前听说过普希金这个名字，但我还是第一次见到他的书，我也从来没有读过苏联的小说。我说，普希金不是苏联作家，他是俄国的。她说，对，是俄国的，我说错了，封面上写着哪。好像还有契诃夫，也是俄国的作家，我们学过他的小说《变色龙》。她的脸颊上露出了两片笑靥，粉腮微红。我说，俄国的作家是很多的，还有果戈理、托尔斯泰、屠格涅夫等等，俄国的文学是非常伟大的。她问，他们的书你都看过没有？我说，看过几本，借不到。她说，是借不到的。那个黄昏，我们很意外地这么聊了几句。不记得我们还谈了些什么。事实上，在整个插队期间，我们都没有交谈过多少，那晚的谈话，或许还是最丰富的一次，或许还是我那时候和女性交往最丰富的一次（如果不算和女生的弟弟，或者和女生的妈妈交谈的话）。我的心灵敏感而又脆弱，它从来不需要一个循序渐进的、有条有理的、具有说服力的过程。即使没有和她的交往，我对她的感觉也不会两样；而即使知道了他们的关系，我的感觉也不会改变。在以后的日子里，所有的关系都显得平淡，不仅是我和他们的，也包括他们两人之间的。吴民经常不在社里劳动，去公社参加小分队的排练和演出。尤敏作为女社员，白天劳动时很少和我们男社员在一起。晚上她偶尔到我们房间里来，和吴民简短地交谈几句，和我打个招呼。有时她在门口叫吴民一声，吴民出去两人在门口谈一会儿话。她向我借的那本书，那本梦幻般的《普希金小说集》过了很久她还回来后，似乎也没再借过别的。乡下的日子是单调、缓慢和疲惫的。我记得每当农忙，有些女知青晚上经常在房间里哭泣，可是次日清晨，她们还是不得不出工去。她们的衣服越穿越旧，皮肤越晒越黑，头发越来越蓬松零乱，神情越来越憔悴迟钝，言语举止也越来越显得懒散随意。但是尽管如此，这一切仍然是可以轻易抹去的。

有一天中午，我正在房间里吃饭，尤敏意外地进来告诉我，刚才大队部来人通知我们，下午去公社武装部开会。在我的感觉上，那是一个不寻常的日子，它忽然把一个中断了的时光衔接住了。我问她，开什么会？她说，不清楚，可能是关于民兵集训的事。我问，他们去不去？我是指吴民和夏萍，他们都不在场。她说，夏萍没有通知，她以前集训过了，吴民不知道去不去，他不是在公社排练吗？我笑了说，这是个好消息，可以不劳动了。她也笑，说，听夏萍讲，民兵集训是很开心的，她们上次集训了两个礼拜。我问，你和队长说了没有？她答，说了。我说，那好。她就回自己房间去了。我吃完午饭，看看时间差不多，就开了门，想过去叫她一声，但有些迟疑，不知道她是否打算和我一起去，她刚才也没说。我就没过去叫她，拉上门独自绕到了屋后的那条小路上。我刚走了没几步，就听见后面她的房间那儿也传来了开门和关门的声音，她在叫我。我转身见她正在过来，我说，你还没走啊，我还以为你已经走了。她说，没有，我很困的，在打瞌睡，忽然听见你房间的门响了，就出来了。我说，我也打了个瞌睡，醒来觉得周围很静的，以为晚了。她说，现在过去差不多。那是夏末初秋的天气，天高云淡，走在午后的树荫下颇觉凉爽，路边的水田里插下去不久的晚季稻秧在和风煦日下令人赏心悦目。我们到了公社大院，不一会儿会议就开始了。那天来开会的共有四十来人，半数以上是我们这一届的插队知青，另外有一些本地的回乡青年。会议的主题果然是关于民兵集训的。主持会议的是公社武装部的一位姓陆的干事，二十五六岁的样子，穿了一身军便服，头戴摘了帽徽的军帽。那是我第一次见到这个人，当时据坐在我旁边的一位同学说，他是本地的复员军人，别看他长得像个白面书生，其实武艺高强，在特务营里待过多年，无论是刺杀、格斗、射击、擒拿，样样都很在行。我好奇地端详这个人，要不是我同学的这一番话，我会以为这么一位文弱浮夸的白皮肤青年，更像一个在乡下常见的酸不拉叽的小秘书。由于他当过兵，发言时用的是一种南腔北调的、带有浓重当地方言的官话。他的声音柔软细腻，虽然他把话说得很响，一字一顿。他照例从国际形势谈到国家形势，谈到我们公社的形势，强调了这次基干民兵集训的重要意义，最后布置了任务。集训时间果然为两周，脱产。在近二十年后的今天，那两个礼拜作为一个事件，留在我记忆里的已经很少，但是我一直有一种很深的印象，或者说是感觉：我们曾经在一个类似于教室、仓库或者旧体操房的场地练习过瞄准。我们趴在地上，尤敏好像总是站在旁边，她好像不必和我们一同训练，好像在这方面已经优越于我们，站在旁边看我们训练就像是那位姓陆的教官的助手似的——她总是一面若无其事地看着我们趴在地上练习瞄准，一面和他嘀嘀咕咕地说着什么。有时他们神情肃然，有时他们会一起笑起来；有时他坐在窗台上，她靠在他的旁边，面向我们，但对我们的任何动作都像是心不在焉，视若无睹，离我们远远的。到了傍晚，在公社小分队排练的吴民过来了，他和陆干事打个招呼，和我打个招呼。我们解散后，他和尤敏一起离去。在那样的时刻，我常看见陆干事独自朝小镇走去，依然整齐地穿着他的军便服，戴着他的军帽。在乡镇的那家饭馆旁边，沿街有一排陈旧的木窗，木窗里面是一个服装车间，陆干事到了那儿，朝木窗里望一眼，那儿总有一双眼睛在等候他。差不多就是这一刻，车间里放工了，从房子后面绕出一个身材苗条的农村姑娘，推着一辆自行车。若不是在这样的环境里，若不是她的发型和衣着，谁也不会想到她是一个农村女孩。她有像城里女孩一样匀称的体型、洁白的肤色，一样的明眸皓齿，一样乌黑的头发、纤长的手指、花儿般的容貌、月儿般的柔情。她把自行车让给陆干事，陆干事就骑上去，带着她离去。她的水汪汪的眼睛仍含着车间里的昏暗，慵倦娇美的身体在微风轻哨的街道上花香蝶影般地柔柔地舒展开来，徐徐淡去……

在那样的日子里，到了傍晚，我经常独自百无聊赖地从镇上走回村里自己的住处。有一天，我经过隔壁的窗口时，看见尤敏已经回来，正一个人在里面吃晚饭。我们打了招呼，我问她：

"夏萍不在？"

她答："她回家去了。"

我问："吴民呢？"

她说："他也回家去了，他们小分队明天到城里去看演出。"

我不知为什么笑了，说："他们也要看演出啊。"

她答："谁知道他们。"

我到自己房间里，也做了晚饭吃了。天色暗下来，从北窗望出去，远处的村庄亮起了星星灯火。乡村的夜晚安静得早，这时候几乎已经没有人声了。在这样一个寂寞沉静的秋夜，我在房间里有些坐立不安。

我听见外面响起了几下轻微的叩门声。我问：

"是谁？"

有人答道："是我。"

我过去把门打开。一个人影站在门外，手里捧着那本《普希金小说集》。

我说："是你啊。"

她说："这本书还你。"

她把书递给我。

我说："这不急的，你看完了没有？"

她答："基本上看完了。不好意思，借了这么久。"

我说："没关系，书是我自己的。"

我接过书，邀请她："进来坐一会儿吧。"

她答："好的。"

她就进来了。我请她到里间去，坐在她以前坐过的那把竹椅上。那是我们房间里唯一的一把椅子。我就坐在床沿上。

从整体上看，我们这幢房子很像是被我们庞大的村庄弃在身后的一小块排泄物，形单影只。房子前面是我们四个人的自留地，屋后是一条寂静的小河流。那晚上，房子里只剩下我们俩，显出一种难得的凄美来。这样的一种凄美，隐隐之中似乎蕴含了无限的生机。在我曾经有过的梦幻里，这是一个难以描绘的美丽的夜晚，它很像一朵花蕾，含苞欲放，富有丰富的想象的可能。这些年来，我一直蛰伏在自己的嗅觉（确实只是一种嗅觉）里，被这种没有声音和动作的状态一天天地窒息，在这样一个美妙的时刻，这种窒息变得越来越沉重，嗅觉也变得越来越沉重（尖锐和迫切），像是在进行垂死挣扎似的。

我把书拿在手里翻了翻，说："你如果还没有看完，拿去看吧，看完了再还我。"

她说："基本上看完了。"

她忽然一笑，说："如果我再拿去的话，可能又要过大半年才来还你。以前在学校时，像这样厚一本书，一两天就看完了，现在看了这么长时间，实在不好意思。"

我说："这是因为白天劳动太辛苦的缘故。我也是到了乡下，晚上看书才会打瞌睡，以前从来不这样的。"

她说："你好像晚上睡觉很晚的。有时我和夏萍到前面去玩，回来很晚了，还看你坐在灯下看书。"

我说："是吗？也不算很晚。"

我们沉默了一会儿。随后我们谈起了一些下乡后的琐事，也谈了这些天民兵集训的事情。据说过两天要去川沙海滩实弹打靶。我告诉她，在训练时，我曾用气枪五发五中，打了五十环，陆干事看见的。她答，她也看见的，很了不起。这期间，她多次斜眼看桌上的一只小闹钟，不知是怕她自己烦我，还是她自己感到厌倦了。我含笑问她：

"你为什么总是看钟？是不是感到瞌睡了？"

她说："哪儿呀，我是怕我打扰你看书。"我说："今晚我不看书了。"

她说："那我也怕你厌烦我呀。"

我说："什么话。你知道你看钟时我在想什么？倒是我怕你觉得和我说话没意思。那我现在把钟藏起来，你不要再看它了，好吗？"她答："好的。"

我就把钟藏在了书后，说："我们来比比看，谁先打瞌睡。"

她说："我是不会打瞌睡的。"

我笑，说："等着瞧吧。"

我们就又谈了一会儿话，谁也没有打瞌睡。又过了一会儿，她起身向我告辞，说："时间不早了，我走了。"

我也站起身，说："你走了啊？"

她说："我走了，时间不早了。"

我说："你一向早睡的，今天晚了。"

她斜眼看了一下钟，说："现在十点钟，也不算太晚。明天还要早起。"

我问她："明天几点钟集合？"

她说："七点钟。"

我就陪她到灶间门口，替她把门打开。听着隔壁的门关了，我才闭户熄灯，上床就寝。

那一夜我在床上一直似睡非睡。有一阵子我感觉到被一种微弱而又刺耳的声音惊醒了。我恍惚起身，又听到了这种声音，然后声音又没有了。我被它蛊惑着，从床上下去，蹑手蹑脚来到门口。我开了门出去，贴在墙上。月光下，我看到隔壁的那扇门若掩若虚，仿佛它轻轻地合着，留出了一条缝隙。我悄无声息地进去了。里面很黑，什么也看不见。

"你来了。"一个声音在说。

"我来了。"

"你是骑车过来的？"

"不，我是走来的。"

"那你走了很长时间？"

"不，还好。"

她似乎叹了一口气，问："你看得见吗？"

"看得见。我睡不着，想过来坐一会儿，可以吗？"

她说："你坐。"

我就摸摸索索地过去，在她旁边的那把竹椅上坐下，悄声说道："我以为你睡着了。"

她答："没有。"

我说："我听见一种声音，原来是你这儿的门没有关好。你这么粗心。"

她说："是我们的门销没有装好，门关不上。"

我说："我不知道。"

我一时不再说什么，俯下身去，把头颅搁在她面前。

她说："别这样，有人来了。"

我说："我不怕。"

我考虑了一下，又说："也许我不应该这样，但是，为什么我总是要做出漫不经心的样子呢？"

她似乎也考虑了一下，说："这种话你应该对你的女朋友说才是。"

我说："我没有女朋友。"

我还想说什么，她没让我说下去，伸出一只手掌，把我的嘴捂住了。

翌日清晨，我醒时觉得外面有些异样，起身下床，发现窗外的空地上已经围了许多人，那些人都有些面目不清。我隔壁的那个屋子房门大开，一个两腮涨得通红的年轻的乡下姑娘正从屋子里出来。我知道这个女孩，她是小镇上闻名遐迩的美女，容貌、身材和肤色，都毫不比城里的美女逊色。那天早晨，她显得格外激动，面若桃花，杏眼圆睁，在两个中年妇女的帮助下，将一具从屋里拖出来的白乎乎的裸体，像在一张纸上粘一只昆虫标本似的，摁在墙上。又有一个男人走上去，往两边踢她的脚，让她两腿岔开。她的头发松开了，乱糟糟地落下来，垂直胸前。美女打了她几个耳光，叫大家看她，我站在窗后，忽然感到背后有些动静，回过头去，见是公社武装部的陆干事坐在里间，面带微笑地望着我，问我：

"你站在窗后做什么？"

我刚从床上起来，几乎裸着身体。我惊问：

"你怎么在这儿？你是怎么进来的？"

他问："你怎么在这儿？"

我说："这儿是我的房间。"

他不表示什么，朝外面努努嘴，问："这是怎么回事？"

我说："我不知道。你怎么在这儿？"

他只是笑，仍不表示什么。

这时候外面声音又大了起来。我马上穿上衣服出去，只见从我们屋后的小路上，过来了一队知青，为首的那人人高马大，他拨开围观的人群在大声地说着什么。

随后他们也拥入那间屋子，也从里面拖出了一个赤身裸体的人来。不知是他本来就未穿衣服，还是被他们脱掉的。他的身体又瘦又白，两条腿像剥了皮的田鸡腿似的。他试图挣扎，但被五六个小伙子控制住了。那个人高马大的知青在他挣扎时上去朝他脸上揍了一拳，说：

"你不是很会摔跤吗？想不想和我摔一跤？"

他们把那个漂亮的女孩也揪住了，往公社拖去。

他们离开时，我看见吴民不知什么时候也站在围观的人群里（也许我听错了尤敏的话）。我就过去问他：

"你怎么不去？"

他问我："你怎么不去？"

我说："我不喜欢这种事情；再说我和这件事情没有关系。"

他说："我和你一样，也不喜欢这种事情。"

那个风和日丽的春日的中午，我似乎有些喃喃自语。

三

她忽然在我对面扑哧一笑，问："喂，你在说什么？"

我说："我没说什么。"

她说："你好像有些发呆了，你听见我的话没有？"

我问："什么话？"

她说："我喝了些酒，也不记得了。反正我是一个没有多少阅历的人，思想肤浅，我很喜欢听你谈这种话题。"

我说："其实我们都喜欢听别人讲他们自己的故事。"

她答："是的。"

她顿了一下，又问："她后来怎么样了？是不是死了？"

我不禁有些恍惚、迟疑，答道："我不知道该怎么对你说。我记得有一天深夜，我正睡得迷糊，忽然听见外面有人叩门。我问是谁，没有回答。我就起床过去把门打开。叩门者站在朦朦胧胧的月光下，手里捧着一本书，对我说，这本书还你，我都看完了。我还没有反应过来，她已经走到房间里来，把书放在我的桌上，然后和我相视一笑，在房间里坐了一会儿。临走时，她好像又从桌上取了一本书，说，这本书借我看一下，看完就还你。我说，不急的，你慢慢看。她在门口回眸一笑，就出去了。"

我似乎有些出神，不知再怎么说，就停了下来。

她问："她后来还你了没有？"

我说："许多年过去了，我都不记得她后来还我了没有。"

她默然片刻，用一种慨叹的、又多少有些惊诧迷惑的语调说道："怎么这样的。"

我说也许你觉得我说的话很奇怪，但是，对于我们的回忆来说，究竟什么是最重要的？我们所讲述的自己的故事，是过去了的、确切无疑的，还是仍然变幻着的，甚至是生长着的，不可捉摸？是存在于昔日的岁月里，还是存在于我们自己的心灵里？你问我，她后来怎么样了，是活着，还是死了？这对于我来说，是永远也不存在的问题。

她仍叹道："怎么这样的。我还以为她死了哪。"

那时候，春光明媚，微风和煦，鸟语花香，流水潺潺。在这样暖融融的气候里，我们都有些醉意蒙眬，慵倦而又兴奋，这是难得的好情绪。我们沿着河边一条小路悠晃晃地往远处走去。小路上阒无人影，一派午后的寂静和空旷。田野深处，有几处阳光下显得灰蒙蒙的、烟云缭绕的村落；一些被小草和树木掩映着的池塘，波光潋滟，宛然寒晶闪烁的玻璃片似的。

四

星期一到了，下午单位包场看电影（"一部富有教育意义的影片"，政府要求各级单位组织观看）。我只坐了一会儿，便借故离开了，在街上转了一圈，来到她家的那幢楼下。我抬头看见四楼窗户上挂着一块淡绿色的窗帘。我上去。她替我开门时，并没有显露出惊讶之色，但是她还是问我：

"你怎么没去看电影？"

我答："你不是也没去？"

她问："你怎么认识我家？怎么知道我在家里？"

我答："这是凭的感觉。"

她笑（声调有些夸张），随即她侧身请我进去。

我进了她家，看了看她家的两个房间，然后回到客厅坐下。她给我泡了杯茶，坐在我对面。在我的印象里，我那天对色彩和服饰似乎没有什么感觉。我们坐下后，互相看了一眼。我多少有些勉强地做出一种笑容，问她：

"今天我们谈些什么呢？"

她也有些困窘地答道："不知道，你说呢？"

我们沉默了一会儿。我继续让那个笑容留在脸上，又对她说：

"你感觉到没有，我们要是一直这么坐下去的话，彼此都会很尴尬的？"

她答："是的。"

她的脸颊已经有些绯红。

我或许因为昨夜没有睡好，早晨起来后一直有一种晕眩般的恍惚。这时我随口问她："昨天玩得愉快吗？"

她好像没有听清楚我的话，迷惑地抬起头来，问："什么？"

我似乎自己也没有留意自己的问题，想了一下，换了一个话题，对她说："我今天早晨起来有一个想法，或者说是一种感觉。我告诉你，你或许会觉得不可思议。我想问你一个听起来很幼稚的问题：我们俩现在一起这么安安静静地坐在这儿，在你的家里，这是不是真的？"

她问："什么意思？"

我没有应她，又问："我是不是第一次到你家来？"

她答："是的。"

我说："我没有这种感觉；或者说，我现在坐在你这儿，可是在我的感觉上，眼下的这种情景仍然很像一个白日梦，或者是一种回忆。我就想，如果真是在白日梦里，或者在回忆里，这种情景会是怎样的呢？会不会有一种状态，它是完全真实的，或者是完全虚幻的？同样，会不会有一种状态，超越于这两种界限，既是现实的，正在进行，又是在梦幻和回忆里；既是可能的、进到我们的内心，又能够使我们梦想成真、如愿以偿?"

她诧异地仰起脸看着我,说:"柯金,你真是一个非常古怪的人,我都不知道你这算是深刻,还是什么。"

我说:"我知道你会觉得我说的话很古怪,但是我的感觉确实是这样的。无论是现在、过去或是未来,我们都不能真实地拥有它,我们总是心怀怅惘和疑惑,执着而又茫然;我们总是觉得还有另外的一种状态——这是我们永远也不会放弃的。"

她问:"是不是现在我们就处在这种状态里?"

我答:"也许,我刚才离开电影院时就处在这种状态里了,否则我怎么能找到这儿来呢?我怎么会在这儿见到你呢?这个下午我一直感觉到自己很不寻常,内心充满了对自己的梦想和回忆,一举一动都带有虚幻般的色彩;同时我又能自如地支配自己,把梦想和回忆演示出来。"

她仍睁大眼睛望着我,嘴角似笑非笑的,问我:"你这么说是什么意思?你要对我说什么?"

我对她做了一个手势,说:"我是要对你说些话。你坐到这儿来。"

她答:"我听着哪,你说吧。"

我仍说:"你坐到这儿来。"

她显得有些迟疑和困惑,但还是起身坐了过来,坐在长沙发上,在我的旁边。她扭过脸来问我:

"是不是我们的演示开始了?"

这一刻,她的眼神显得十分奇妙,空蒙而又富有异彩,我仿佛第一次注意到。我的心房忽然涨大起来,像在梦境中打了一个趔趄似的。我说:

"我知道你会这么说的。"

我顿了一下,又说:"现在,我们就像飘浮在我们自己的心灵里,我们并没有丧失行为和语言的可能性,但是,它们仿佛是受我们的梦想和回忆的操纵,比现实更为丰富多彩。"

她轻声地笑了起来,答:"那又怎么样呢?"

我说:"我知道你会这么说的。"

她又莞尔一笑,身体挪过来些,一只洁白如梦的小手轻轻触在了我的手背上。她的两颊这时艳若桃花,如抹了胭脂似的,眼睛水汪汪的,

仰面望着我。她问:

我俯下脸去,在她耳边悄然道:"现在我是不会说什么的。"

她伸手推了一下我的脸,像怕痒似的。随后她站了起来。我们的腿似乎在床沿上被挡了一下,身体有些失衡。我勉强一笑,问她:

"现在你感觉到了什么没有?"

她答:"你别问我了。"

我看了一眼她不知何时已经闭起的眼睛,不再说话。她平躺下去,身体很白,但似乎并不像她的脸颊那么光滑细腻,略有些干燥似的;她的臀部浑圆结实,肥腴的乳房即使躺着也丰隆饱满。最显眼的自然是她的阴部,但在那样的状态里似乎又有些模糊不清,黑乎乎的。我伏下身去,手捧住了她的乳房,心里仿佛松了一口气似的。

她的手指也蛇似的游动过来,抚摸我。她问我:"你害怕吗?"

我问:"害怕什么?"

她说:"我很害怕的。"

我仍有些心不在焉地问她:"害怕什么?"

她在我身上掐了一下,答:"你知道的。"

我说:"你没有必要胡思乱想。今天下午我们单位包场看电影,你本来想不去,但领导说这是一次政治活动,不能请假。我看见你坐在张晓萍旁边,我就坐在你们后面。起初我还想找机会溜出去,但领导在门口值勤,根本没法溜出去。电影结束后,我们在外面碰见,你邀请我到你家来坐一会儿,我就来了。和你聊了一会儿,你母亲从托儿所领你女儿回来了。你害怕什么呢?"

她答:"是啊,我害怕什么?这种时候说这种话,是很不应该的,对吗?对不起。"

我说:"没关系。"

我又说:"倒是我应该感到害怕,你的丈夫是解放军战士。"

她笑,问:"你真的害怕吗?"

我说:"怎么不害怕?我在电影院里溜不出来,倒觉得松了一口气。"

她又笑,掐了我一下,不响。过了一会儿,她又说:

"我们单位领导真是很愚蠢。人家对这种事情都是睁一眼闭一眼,每人发一张票,看不看随你,只有他们弄得煞有介事,还站在门口执勤，看住我们。"

我说："他们可能是聪明过头了，想讨好上边，其实上边也只是做个形式而已。"

她说："我去向他们请假，是尊重他们，如果不去请假，他们能拿我怎么样呢？明天交一张病假单给他们，奖金都不能扣我。"

我说："是这样的。"

她朝我嫣然一笑，说："我们不要再说这些事情了。"

我问："那怎么样？"

她的身体这一刻仿佛灌满了水似的涨大起来，柔韧而富有弹性，脸颊上一片桃红，显得喜气洋洋，娇态可掬。

我不再说什么，像是对她的姿态做出反应似的。她在我的怀里娇喘吁吁，香汗淋漓，不停地抚摸和吻我。我感到，这是一件漫长的、兴奋的、迷乱、无奈、时断时续、若即若离的事情，是永远的和遥远的，即使我很深入，她把我裹得很紧，一波一波地将我吮吸进去。

我们在那样的状态里徘徊不已。

她似乎仍对一个问题耿耿于怀，过了一会儿，又问我："我好像没有告诉过你我家的地址，你怎么知道的？"

我答："你告诉过我的。"

她显得很惊讶，说我告诉过你的？我这个人真是记性很坏。

我说："这可能是因为你平时和别人说话总是很客套的。是我先告诉你我家的地址，你再告诉我你家的地址的。你还记得我家的地址吗？"

她困窘而茫然地望着我，犹疑不决地回答你家的地址？你什么时候告诉我的？

我说："你这个人平时和别人说话肯定是很客套的，心不在焉。不像我，你说过的话我都记得。"

她说："这你就冤枉我了，你和我说话我也是很认真的，你说过的话我也都记得。"

我问："我说过什么你都记得？"

她笑，问："柯金，你是不是要来考我？"

我答："我不是要考你。也许是我有些神经过敏，不过我确定是很在乎你对我的印象。我告诉过你，我对你的印象是很不错的。"

她沉默了一会儿，说："可能我真的得了健忘症了，我现在是第一次听你对我说这样的话。"

我答："我对你说过的话是不会忘记的。你如果不相信，我现在还可以再对你说几遍。"

我的脸颊一时发热；她脸上也彤红如云，眼神显得越来越惊愕和窘迫。她还是勉强向我一笑，问：

"你怎么了？"

我问："怎么了？"

她说："你去照一下镜子，我从未见过你这样。"

我说："那是因为以前没有机会。你不要笑话我。"

我在她面前一条腿跪了下来，朝她仰起脸。

她说："我不是笑话你，你别这样。"

我问："为什么？"

她抬头瞥了一眼墙上的挂钟，说："我妈马上就回来了。"

我拉住她的手，把脸埋在她手心里，不再说话，直到有人在外面摁响了门铃。她俯下脸，在我耳边小声说：

"我妈来了。"

她过去开了门。门外站着两个老太，她的母亲和她的婆婆。她女儿抱在她婆婆的怀抱里。她们看见她，问她：

"电影看完了？"

她答："看完了。"

问："什么时候回来的？"

答："刚回来。"

"晚饭做了没有？"

"在做。"

她们到房间里去后，我独自不声不响地离开了。

五

也许就是小鹿那日和我谈话后的第二天吧，我去找了我们谈到过的我的那位同事张晓萍。我把那件事情告诉了她。问她：

"这会是谁呢？"

她神秘而又轻蔑地一笑，说："我知道是谁。"

她告诉了我一个名字——我有预感是我们单位的，但我仍有些惊讶，问：

"是他？你怎么知道？"

她说："你别问了，肯定是他。"

我说："你告诉我吧。"

她显得有些犹豫，最后说："我从未告诉过别人。"

我说："我料想又是一个老生常谈的故事。"

她问："那你还要不要我告诉你呢？"

我答："当然要的。"

她就说："那是以前我在文化局时候的事了。那时他也刚调到文化局。他来后不久，就像一个未婚青年追求一个未婚女孩一样来追求我。有一个时期，他几乎每周都要给我写一两封信。他在信中还总是问我为什么不给他回信？问我知不知道他现在每天都须经历从希望到绝望的过程，就像太阳升起和落下？但平时他几乎从不和我说话，即使在外面碰见，他也只是远远地看我一腿，像个情窦初开的少年。后来有一天傍晚，我下班回家，他不知从什么地方忽然蹿到我面前，挡住了我的路。我吓了一跳，对他板起脸，狠狠地瞪着他，问，你做什么？他张开两手向着我，像怕我跳起来似的，对我说，对不起，我只是想和你说几句话，求你对我态度好些。我当时真是又惊又气，哭笑不得，责问他，我态度怎么不好？我快要被你吓死了。他就又向我道歉，求我原谅，说他今天是鼓足勇气才这么做的。他虽然态度谦卑、恭敬，但又显得十分镇静，说话清晰、流利，不慌不忙，似乎他并不为自己的举动感到难堪，相反他是有权利这么做的。他的这种态度使我产生了一种非常怪诞的、不可思议的梦魇般的感觉。后来我平静了些，才对他说，你有话就说吧。他就问我，我写给你的信你都收到了没有？我答，都收到了。他问，你给我写过回信没有？我答，没有写过。他说，我还以为是我没有收到，所以想来问你一下，我是非常希望得到你的一封回信的。我说，请你以后不要再给我写信了。他说，就像你不给我回信是你的自由一样，我给你写信也是我的自由。我说，你喜欢写你就写好了，但我不会再拆开看了。他说，这也是你的自由。我不禁笑了起来，就问他，你想过没有，你给我写这种信，有什么意思没有？你至少忘记了两条：一、我们都不是少男少女；二、我并不喜欢你的这些信。他回答我，我正是以少男少女那样的真情给你写这些信的，我相信这种真情终究会有结果的。我不屑地问，会有什么结果？会改变我的婚姻状态吗？他说，这和婚姻状态没有什么关系。难道你不明白，无论在什么状态里，爱情都是不容抹杀的？如果一个人爱上了另一个人，他就有权利向她表白，如果她也用爱情回报了他，这就是最美满的结果。我仍不屑地问他，那你认为我也会用爱情回报你吗？他说，我相信你终究会被我的真情感动的。你现在可能会讥笑我的纯洁无瑕的感情，但我告诉你，拥有爱情的人，无论年龄长幼，在本质上都拥有一颗少男少女之心，只有与爱情无缘的人，才会标榜自己成熟世故。我说，但我总不能在你面前像你对我标榜自己拥有一颗少男之心那样标榜自己拥有一颗少女之心吧！他说，我相信你会有这份感觉的。我无言以对。我一直觉得他是一个非常猥琐的、拘谨古板的男人，我看不起这样的男人，现在却忽然由他说出这么一番话来，由他来表演这样的纯情，而且表演得如此淋漓尽致，我觉得这实在是畸形的、病态的，不伦不类，感觉上非常不舒服，我还有什么话可说呢？我就匆匆对他说了声再见，撇下他回家去了。后来他果然又给我写了几封信，但没有再在街上把我拦住过。"

我问："后来呢？"

她道："后来我就调过来了。没想到过了一年他也调过来了。当然不能说他是因为我才调过来的。他过来后，起初我们没有什么接触，但去年我们调整到了同一间办公室，事情就又来了。他还是老样子，经常在办公室里做痴情男孩状，眼睛一眨不眨地盯着我看，旁若无人；只要我在场，他很少说话，和我几乎是不说话的；如果我和某一位男同事说话多一点儿，他的目光在我的背后就像一双爪子似的。他也许是感觉到了我在别人面前拥有一颗少女之心吧。单位里经常举办舞会，他几乎每次都来，但直到今年的一次舞会上，他才过来邀请我跳了一次舞。他在和我跳舞时对我说，你能接受我的邀请，我真是非常感动，我以为你会拒绝我的。他好像就是为了说这句话才过来邀请我跳舞的。说完后就一声不吭了，舞跳得磕磕绊绊。我说，我为什么要拒绝你，你看我拒绝过谁了？舞跳完后，我和他都松了一口气。我原以为到了新单位，事情又过去很久了，他不至于再弄出什么花样来，可是没想到上个月他又故技重演，给我寄来了很厚很厚的一封信。我本来不该看的，都怪我的好奇心太强，还是拆开看了。信里写的还是老一套，说他如何如何爱我，如何如何痛苦，说我如何如何地不理解他。唯一的一个新的内容，是说我在折磨他，说这种折磨现在越来越厉害了，变本加厉，使他不堪忍受。他在信里翻来覆去地说一句话，求你不要再这样折磨我了，给我一点儿理解和安慰吧。我很后悔拆看了这样的信，我真该原封不动地退回给他。读他这封信，我对他究竟是不是认识我、我究竟是不是认识他都产生了怀疑。第二天我就把他的这封信连同他以前写给我的所有的信都塞在了他的抽屉里。他来上班后，我看他打开了抽屉，见到了那些信，但他脸上并没有什么表示，也没有朝我这儿看一眼，就伏案工作起来了。那天晚上，吃过晚饭，我正在厨房洗碗，门铃响了。我去把门打开，居然是他找上门来了。我问他你来做什么？他说，我有几句话要和你谈。我说，我老公在家。他说，他不在，我看见他出去了。我只好让他进来，吩咐儿子到房间里去玩。我对他说，你有话就快说，如果我老公回来看见你，我就把事情告诉他，他是公安局局长，他会有办法对付你的。他说，你不要吓唬我。我说，我吓唬你啊？我老实告诉你，我现在见你都怕了，不只是讨厌，我在想，你脑子是不是有毛病的？他说，你这么想，我感到非常痛苦，因为我的所作所为都是为了向你表达我对你的一片真情，让你为它感动，为它骄傲。你如果不喜欢我的这种方式，你应该告诉我，我怎么做才能够使你喜欢，才能够得到你的青睐？我今天登门拜访，就是想要对你说这个。我说，你真想知道我就告诉你，只要你不再给我写信，不再对我说这些话，不再来招惹我，我就喜欢了。他不响，低下头，这回显出一副很可怜、很萎靡的样子。然后他说，张晓萍，我没有想到你会变得这样。你过去不是这样的，你变了，你自己感觉到没有？我现在已经不敢和你奢谈爱情了，只希望你能够理解我一些，给我一点儿安慰，不要这样折磨我就好了。听他这样说话，特别是听他又提到'折磨''安慰'这些词，我忽然冲动起来，情不自禁地脱口而出：我怎么折磨你了？你要我怎么给你安慰？是不是要我和你上床做爱？我说出了这样的话，自己感到脸红心跳。他也被我说得局促不安、手足无措。看他这样，我反而无所谓了。我知道他就是想要和我睡觉，他还能要什么呢？既然话说到了这份儿上，我干脆再说，你怎么脸红了，是不是我的话说到你的心坎里去了？他不响，仍然一副手足无措的样子。我就又说，你要我怎么样给你安慰你告诉我嘛，何必假装少男少女呢？他终于生气了，脸部肌肉都有些发抖，恼羞成怒，结结巴巴地说，谁要你的这种安慰？你以为别人要你的这种安慰我也要你的这种安慰吗？你不要这样来侮辱我。"

她停了下来，似笑非笑地望着我，眼神有些兴奋和呆愣，有些困窘。我们沉默了一会儿。我也感到有些窘迫，故作笑态，道："是的，他肯定是听说了什么。"

她说："以为我说的是他。"

我叹道："原来还有这么一段故事，我一点儿都不知道。"

她又沉默了一会儿，说："我再告诉你一件事吧。你知道我为什么这么讨厌他吗？他在给我写那封信的同时，也给我们单位的另外一个人写了好几封信。你猜得出是谁吗？是我们的办公室的。"

我说："是刘红。"

她问："你为什么猜是刘红？"

我答："我感觉到是她。你又怎么会知道的呢？"

她说："是刘红自己告诉我的。她还把他的信拿出来给我看了，和写给我的信是一样的。不过我没说。我当时感到很羞耻！虽然我一直没把他的信当回事，但我还是有一种被他玩弄的感觉。"

我问："那刘红是什么态度呢？"

她答："你是很会猜的，你再猜猜看呢？"

我说："她嘴上肯定说很讨厌的，心里恐怕有些得意，不然她为什么要把这件事告诉你呢？"

她答："是这样的，刘红这个人心是很野的。"

我笑道："不知道刘红有没有给他一点儿安慰。她可能比你善解人意，富有同情心。"

她说："去你的。"

我们一时没有什么话好说了。她起身到隔壁房间去了一下，回来说儿子已经睡着了。我们就也躺下。她是个高个子女人，一米七十，又躺在床上，苗条的身材显得格外修长。她的乳房小小的，腹部平滑，臀部匀称；最突出的是她的两条长腿，白亮、光滑、圆润。

她问了我一个我以为是非常可笑的问题："你想我吗？"

我答："不想。"

她说："你说话总是这么古怪。如果你不想我，我也不想你，那我们这是为了什么？"

我说："我不知道你是为了什么，我是为了得到一点儿安慰。"

她说："去你的。"

我们一时无言。

外面门铃响了。她儿子跑去开门，是她丈夫回来了。我就起身告辞。

她问她丈夫："你今天怎么回来这么晚？"

她丈夫说："不是回来很早吗？本来以为要通宵的。"

过了几天，我在下班的路上约了我的那位同事同行。春季的傍晚街景醉人，花香袅绕，气候十分宜人。我们在树木掩映的一条人行道上边走边谈。

我对他说："我今天想问你一个问题，你可能会觉得我问得很突兀，那就请你原谅。"

他答："没关系，什么问题？"

我还是踌躇了一下，才问："你是不是非常恨我？"

他果然诧异地回答："这是一个什么问题？我为什么要恨你？"

我又踌躇了一下，犹豫不决地望着他，说："你这么说，恐怕我就不用再问你什么了，就当我没说。"

他却忽然笑了起来，伸过手来拍了拍我的肩膀，道："恐怕这不是你的心里话吧？老实说我知道你想问我什么。你是怕我不会告诉你，其实我倒是会告诉你的。有些话我们在平时不能谈，但在有些情况下我们却可以无话不谈。像现在这样一个傍晚，在这样的一条街上，这么幽静、温馨，我有一种梦游般的感觉，我和你其实都不仅是平时的我和你了。你无论问我什么，我都愿意回答你；你不问我什么，我也想和你谈谈。"

他顿了一下，又说："我明白，你是想问我关于我和张晓萍的事情。

我可以告诉你。不知道你听说了什么，我和张晓萍的关系是很不寻常的，也许一般人不能理解。在我们调过来之前，我和她都在文化局工作时，我互相之间就通过了一些信。那时我们都已经结婚，在单位里几乎没有什么接触，不说话，形同路人。但我们在信中却像老朋友似的互相随便地，甚至是亲切地交谈。我们谈各自的经历、家庭、婚姻，谈思想和情感，等等。后来我们就调到这儿来了。她比我先过来，我过来后，又像以前那样给她写了一封信，想恢复我们以前的关系。可不知为什么这次她没有给我回信。有一天晚上，我见她丈夫离家后，就去拜访她。可以说，这之前我们既没有这样面对面地单独相处过，难免都有些尴尬。我看她脸颊红红的，眼神飘忽不定，心想自己恐怕也是这样吧。我们都不知道如何寒暄。她说，是你啊，我没有想到你会来。她的语气中流露出了明显的惊讶和惶惑。我鼓起勇气对她说，我来是想问你一个问题，我前些天给你写过一封信，你收到没有？她说，收到了。我问，你有没有给我写过回信？她说，没有。我说，我还以为是我没有收到，所以来问你一下。我注意到她脸上的潮红退去后，又显出了她的那种高深莫测的女人的矜持和沉静，就像平时我所看到的那样。我真是很难想象我和她之间曾经有过亲密无间的通信关系，仿佛那根本不是真的，只是一种梦幻和臆想。我不禁局促不安地站了起来，说，那我走了，我没有什么事情，只是想来问一下我的信你收到了没有？既然收到了，我也就放心了。她也站了起来，朝我笑了一下，说，你走了，不坐一会儿了？那一刻我们面对面地站着，离得很近，她的略带雀斑的脸在日光灯下白得有些晃眼。就是那一瞬间，在我将要转身之际我踌躇了一下，似乎是一种犹豫，或者是一阵晕眩。我的脑子里忽然冒起了一个念头，这是不是在做梦呢？我就当它是在做梦吧。我为什么会这么想呢？这和我长久以来做梦的经验有关。大概自我读初中起，我在梦中经常会有一种惊觉，我常会在梦中自问：我是不是在做梦？如果无法确定，我就对自己说，就当是在做梦吧。每回我都不会搞错。这时候我就去找心里想着的一个女孩。如果那个女孩就在眼前，无论我平时在她面前多么自卑和胆怯，现在我都会勇敢地朝她走过去，和她交谈；我甚至还会缠绵悱恻地拉住她的手，和她拥抱和接吻。成年后，我的梦中不知不觉地充满了情爱和性的内容。虽然在我梦中出现的那些女人几乎全都是面目不清的，但我仍能够感觉到她们在另一种情形之下所给予我的压抑和焦虑，在那种情形下，她们是挑逗的、神秘的，可望而不可即。我常能在梦中扑朔迷离的阳光下从容而又急迫地向她们走去，和她们交欢，既像绅士，又像无赖。我记忆最深处的是我读高中时的一位同班女生，她真是有沉鱼落雁之容，闭目羞花之貌，光彩照人，美轮美奂。也许她平时自我感觉太好了，对我们男生都很高傲冷漠，我和她同学几年，从未和她说过话，有机会只能远距离目视她，而她似乎连瞧都没瞧过我一眼。直到中学毕业时，我都怀疑她是否认识我。许多和她说话的机会我都怯懦地放弃了，我所拥有的只是每天夜里在被窝里自由尽情地想她，渴望能在梦中和她相会。直到许多年过去了，我不再像从前那样对她朝思暮想了，我甚至都有些忘记她了，可是有一天夜里我却忽然在梦中，在一个又像教室又像宿舍的地方非常清晰地、逼真地见到了她。我猛地一激灵，一个念头一闪而过：这是在做梦。我马上毫不犹豫地向她走过去。她好像恍惚地朝我笑了一下。多年不见，她似乎有了一变化，显得分外妖娆可爱。周围仿佛晃动着许多影子，但我并不在意是谁。我径自到了她面前，就伸开两臂把她抱住了，和她一起倒了下去。我感觉到自己要醒，就手忙脚乱地做了准备，和她做爱。我一面与她做爱，一面在心里默念：不要醒，不要醒，不要醒。最后我在高潮来临时幡然醒来，终于了却了一桩夙愿。那天我在张晓萍的家里，我和她将要分手时，我所产生的也是这样的一种惊觉。当她向我仰起她的略显雀斑的白晃晃的脸时，我俯视着她，被这样的梦幻笼住了，不由自主地问她，这是不是在做梦？她答，可能是在做梦吧！否则你怎么会这样突然而来，又这样突然而去呢？我的梦魇更深了，我没有转身，而是向她伸出了手去，把她抱住了。当我无法确定时，我就对自己说，就当是在做梦吧。每回我都不会搞错。我感觉到她在我的怀抱里挣扎了一会儿，就不动了，任我把她推倒在床上，任我把她脱了衣服，抱住她的屁股和她交欢。我们好像没有交谈，没有含情脉脉地互相凝视，甚至也没有接吻。"

他默然片刻，又喃喃自语似的说下去："事隔不久，我好像还没有清醒过来，又在我们单位另一位同事的家里，产生了同样的感觉。这件事我现在也不想瞒你。我在和她云雨交欢时，似乎也没有和她谈话、目视、抚摸、接吻的印象，我的感觉上似乎只有两个性器官的交合，铭心刻骨而又虚若无物，连身体似乎都不存在了。我不知道这是否意味着什么。事后我就逃也似的离开了她家。"

他停住，转过头来面带微笑地瞟了我一眼，不再说下去。我用一种声音打破了突然出现的沉默，问他：

"你是不是在做梦呢？"

他答："我也问自己，是不是在做梦呢？一切都是那么称心如意，可能是真的，也可能是假的。不过我又常对自己说，就当是在做梦吧，怎么样呢？"

……

回到家后，吃过晚饭，小鹿带女儿去朋友家串门。我独自百无聊赖地靠在沙发上看了一会儿电视，心想，我也出去散散步吧。我就也离开了家，走出我们新村外面的一条石子弄堂，来到马路上。春日的夜晚无限美好，微风飘香，树影婆娑，月色温柔，不由得令人百感交集。我朝远处彩灯闪烁的闹市走去。在那儿我遇到了一个熟人，他按照中国人的方式问我：

"到哪儿去？是去跳舞吧？"

我答："你怎么知道我去跳舞？"

他朝一个方向指了一下，说："我看见你老婆进去了。"

我答："怪不得你知道我去跳舞。"

我们就告辞了。我朝那个方向走去。但是半道上我拐了个弯，到了另一家舞厅的门口。我踌躇了一下，还是买了票进去。里面刚好在播放一支轻婉柔情的曲子，是我所喜欢的。我就邀请了身边的一位小姐。我不知道她长相如何，我的眼睛还不适应舞厅里幽暗的光线，我只觉得她的身材苗条、柔软、轻盈，移动脚步时乐感很好。像是出于一种习惯，她的头轻轻靠在我的肩膀上，身体也若即若离地和我的身体相偎。在柔如流水、轻若浮云的音乐声中，我们就像在水中漂浮、在云里飞翔似的。我想起了我们单位里的"舞皇后"秦昕，我曾经和她跳过舞，那感觉是切肤入骨的，终生难忘。我不由得问自己，这是不是在做梦？我的脸也俯下去，贴在她的脸上，两只手都在她的腰间搭着，将她搂住。这时刻我感觉最深切的，是她紧贴在我胸脯上的两只乳房，以及和我若即若离的两条腿——它们的移动，显得是在交替着进攻和躲闪，充满了挑逗性。我们的腹部也如胶似漆地黏在一起了。不知过了多久，我忽然听见她在我的耳边悄声说道：

"这个舞跳完后，我想出去一会儿，你能陪我出去走走吗？"

我答："可以的。"

我回答得很平静。那个舞跳完后，我们没有松开手，一起离开了舞厅。在明若白昼的舞厅门口，我不知为什么，仿佛掉了魂似的，不由自主地径自朝舞厅一侧的幽暗处走去。她跟了上来，到我旁边问我：

"你到哪儿去？"

我答："不到哪儿去，随便走走。"

她又靠过来，拉住我的手。我随着她的脚步，毫无方向地前行。不知不觉地，她把我带入了一条小弄堂。那似乎是一条死胡同，里面漆黑一团。我们都站住了，面对着面。但是我还是看不清她的脸，里面太暗了。我不由得把她抱住，把她抵靠在墙上。这是不是在做梦？我脑子里又冒起了这样的念头。就当是在做梦吧，又怎么样呢？我把秦昕的脸仰起，和她接吻。我抚摸她的乳房，把她的裙子撩起来。就在这时，我猛地听见一声低沉的吆喝；

"抓住他！"

我惊抬头，看见几条黑影在弄堂口闪了进来，直扑过来。我刚想跑，但马上意识到这是不可能的，这肯定是一个圈套。果然，当那些黑影围住我们时，她推开我，到了他们身后。他们一拥而上，对我拳打脚踢，搜去了我的钱包、手表和一枚金戒指，然后一声呼哨，跑得无影无踪。我的下身被他们踢了一脚，躺在地上打滚，冷汗直冒。

小鹿和女儿回来时，我正凭几假寐。她们的声音惊扰了我，我睁开眼睛，电视机仍开着。小鹿不满地瞪了我一眼，说：

"你总是这样。"

我问你们怎么才回来？到哪儿去了？"小鹿说："不是告诉过你了？"

当小鹿去卫生间洗澡时，我把女儿叫过来，问她告诉爸爸，你们到哪儿去玩了？"女儿说："不是告诉过你了，我们到杨阿姨家去玩了？"

我问："妈妈是不是一直和你在一起？有没有离开过？"

女儿说："没有离开过。"

女儿小小的年纪像大人一样平时经常说谎（大人却还总是煞有介事地教育小孩不许说谎，这种说法本身正是一句最大的谎言），因而我不能相信她。我看着她的眼睛严厉地说："你又说谎了，妈妈明明离开过的，和爸爸去跳舞了。小孩子不许说谎。"

女儿不屈服，反问我："那你干吗还要来问我？奇怪。"

说完就跑开了。

小鹿洗完澡后，不知怎么地朝我仔细打量了一番。她忽然发现了什么，问我：

"柯金，你的金戒指呢？"

我低头一看，那枚戒指果然不见了。我说：

"我取下来了，放在抽屉里。"

小鹿没再说什么。

她们睡下后，我去小房间打开书桌的抽屉时，没注意小鹿影子似的跟了过来。她朝抽屉里看了一眼，问我：

"金戒指呢？"

我说："被人抢走了。"

小鹿问："被谁抢走了？"

我说："刚才我出去了一次，有一个女人把我骗到一条小胡同里，他们就把我的金戒指抢走了。"

小鹿问："那个女人是谁？"

我没有回答她，眼睛愣愣地望着抽屉里面，不知怎么地哭了起来。我竟忘记了我平生最大的禁忌：男人哭泣是最丑陋的。我一面抽咽，一面说：

"他们还抢走了我的钱包和手表。"

小鹿说："可是你的手表不是在这儿？"

她指了指我的手腕。

"你的钱包不也在这儿？"

她又摸了摸我的口袋。

我忽然产生了一种惊觉：这是在做梦？我仍然无所顾忌地、虚弱地啜泣着，不能自已，呜呜咽咽地说："你不要来管我。"

说着我就摆脱开她，不顾她的阻拦，到了外面。我不由自主地奔跑了一会儿，又停下脚步。夜似乎已经很深，周围黝黑虚无，充斥着无影之影和无声之声；月色依然温柔。这一刻，我不知道我应该回家去，还是应该继续我的行程。我知道我要去的地方已经不远了。